A alquimia na quitanda

Ferreira Gullar

A alquimia na quitanda

Artes, bichos e barulhos nas melhores crônicas do poeta

TRÊS ESTRELAS

Copyright © 2016 Três Estrelas – selo editorial da Publifolha Editora Ltda.

Todos os direitos reservados. Nenhuma parte desta obra pode ser reproduzida, arquivada ou transmitida de nenhuma forma ou por nenhum meio sem a permissão expressa e por escrito da Publifolha Editora Ltda., detentora do selo editorial Três Estrelas.

EDITOR Alcino Leite Neto
EDITOR-ASSISTENTE Bruno Zeni
PRODUÇÃO GRÁFICA Iris Polachini
CAPA Luciana Facchini
PROJETO GRÁFICO DO MIOLO Mayumi Okuyama
EDITORAÇÃO ELETRÔNICA Jussara Fino
PREPARAÇÃO E ÍNDICE REMISSIVO Alvaro Machado
REVISÃO Beatriz de Freitas Moreira e Carmen T. S. Costa
SELEÇÃO DE TEXTOS Cássio Starling Carlos

Dados Internacionais de Catalogação na Publicação (CIP)
(Câmara Brasileira do Livro, SP, Brasil)

Gullar, Ferreira
   A alquimia na quitanda: artes, bichos e barulhos
nas melhores crônicas do poeta.
   São Paulo: Três Estrelas, 2016.

   ISBN 978-85-68493-23-6

   1. Arte contemporânea 2. Crônicas brasileiras
3. Literatura brasileira – Crítica e interpretação
I. Título.

15-07851   CDD-869.8

Índices para catálogo sistemático:
1. Crônicas: Literatura brasileira   869.8

Este livro segue as regras do Acordo Ortográfico da Língua Portuguesa (1990), em vigor desde 1º de janeiro de 2009.

TRÊS
ESTRELAS

Al. Barão de Limeira, 401, 6º andar
CEP 01202-900, São Paulo, SP
Tel.: (11) 3224-2186/2187/2197
editora3estrelas@editora3estrelas.com.br
www.editora3estrelas.com.br

Sumário

Zoologia fantástica 11

A cura pelo afeto 14

Barulhos 17

O preço da liberdade 20

Omissão no ar 23

A coisa está branca 26

E o cronista endoidou... 29

Lula *versus* PT 32

Ópera do mensalão (alegre, mas não tanto) 35

Alguém fala errado? 39

Ouvir vozes 42

Um Natal diferente 45

Um bicho que se inventa 48

A lição do inverno 51

Bichos 53

Relações perigosas 55

A morte do livro 57

Papo brabo 60

Craques da minha vida 62

O preço da fama 64

No horário eleitoral gratuito 66

Fora da história 68

Idade do óbvio 70

Profissional do desafio 72

Um outro 11 de setembro 74

A falência da lei 76

Pânico no jardim 78

O sonho acabou 80

Ser negro 82

Os urinóis de Marcel Duchamp 84

Presença de Clarice 86

Exclusão social, o que é isso? 88

Evocação de Lucy Teixeira 90

Uma viagem inesquecível 92

Estamos nas mãos deles 94

Uma faca na alma 97

No avesso do verso 99

Carta aberta a um pombo 101

O sorriso de Nara 103

Niemeyer: a beleza é leve 105

Dentro da noite 107

E por falar em porradas... 109

Uma questão teológica 111

Resmungos gramaticais 113

De volta a Moscou 115

De vivos e de mortos 117

A revolução bem-humorada 119

Os fora da lei 121

Onde andarás? 123

Das inumeráveis atualidades 125

Um lance de dados 127

Por falar em 1968 129

A ganância do bem 131

A novela é mesmo uma novela 133

Caras e bocas 135

Uma lei errada 137

A sociedade sem traumas 139

Uma experiência radical 141

Um modo novo de encher a barriga 143

E por falar em golpe militar… 145

Mataram o Velhinho! 147

Quadrado negro 149

Uma experiência-limite 151

Louco amor 153

Trenzinho do caipira 155

Cabra safado não se ama 158

Carta tardia a um poeta arredio 160

Os habitantes da casa 162

Evocações fortuitas 164

Primeiro aninho 167

Surto filosófico 170

Quem mantém o tráfico é o usuário 172

Made in China 174

Do fazer ao exibir-se 176

Eu fui às touradas em Barcelona 178
Revolução na favela 180
Às vésperas do pleito 182
Morte com data certa 184
Reencontro com Antonin Artaud 186
Aqui: um outrora agora 188
O povo desorganizado 190
O trinado do passarinho 192
E o lobo virou cordeiro 194
Redescoberta de Oswald de Andrade 196
Uns craseiam, outros ganham fama 198
Mentira tem pernas curtas 200
Arthur Bispo e a arte contemporânea 202
Pode ser que me engane... 204
À toa na tarde 206
Preconceito cultural 208
Do tango ao tangolomango 210
A utopia pariu um rato 212
Revolução no Carnaval 214
Nasce o poema 216
Um sonho que acabou 218
Desfazendo equívocos 220
E o real cobra seu preço 222
Ah, ser somente o presente 224
Às vezes 226
A magia da imagem 228
A exceção e a regra 230

Amar o perdido 232

Piada de salão 234

Com saudade e com afeto 236

Não basta ter razão 238

A revolução que não houve 240

Ciência e paciência 242

Sem pecado 244

É abuso demais 246

Idade da informação 248

Para onde vamos? 250

Amor e morte em Buenos Aires 252

O que me disse a flor 254

Alquimia na quitanda 256

Tragédia desnecessária 258

Quisera ser um gato 260

Ao apagar das luzes 262

Tentando entender 264

Mas a Petrobras é deles 266

Agora é cair na real 268

Perguntas sem resposta 270

Papo furado 272

Do fundo da noite 274

Arte como alquimia 276

Índice remissivo 278

Zoologia fantástica

Sou um contumaz inventor de teorias – algumas até foram levadas a sério, como a Teoria do Não-Objeto; outras, injustamente desconsideradas. Nem por isso desisto, tanto que uma de minhas teorias mais recentes é a de que uma das funções do artista é criar o maravilhoso (ou o surpreendente), pela razão simples de que não encontramos no mundo maravilhas em quantidade suficiente para satisfazer a fome de maravilha que habita as pessoas.

Lembro o exemplo dos reis europeus que colecionavam animais espantosos, como girafas, elefantes, rinocerontes, camelos... Se o leitor me permitir, contarei um fato ocorrido comigo mesmo: quando menino, achei numa praia um pequeno búzio colorido que me deslumbrou; então saí à procura de outros búzios igualmente lindos, mas nenhum. Búzios lindos e animais extravagantes não podemos criá-los, mas poemas, sinfonias, quadros, esculturas, sim. Logo, pode-se dizer que cada obra que o artista cria aumenta a quantidade de coisas maravilhosas existentes no planeta.

Lembrei-me dessa teoria ao topar em minha estante com um livro de Jorge Luis Borges intitulado *Manual de zoología fantastica*, editado em 1957, em cujo prefácio faz ele uma afirmação que tem a ver com o tal fascínio dos reis por animais exóticos. Escreve que um garoto, levado pela primeira vez a um jardim zoológico, vê animais que nunca vira, como jaguares, abutres, bisões e, em vez de ficar assustado, encanta-se com eles. Borges parte daí para falar de outro zoológico, o das mitologias, habitado por animais inventados, como esfinges, grifos, centauros e dragões.

Não resisto à tentação de falar desses seres, alguns dos quais vocês já conhecem, como a ave fênix, que renasce das cinzas. O que eu não sabia é que, segundo a tradição, ela dura exatos 1.461 anos; como, segundo os antigos, cumprido o ciclo astronômico, a história universal se repetiria em todos os seus detalhes, a ave fênix viria a ser um espelho ou uma imagem do Universo.

Mas, afora o centauro (tido como o mais harmonioso animal da zoologia fantástica), o grifo, o dragão e a sereia, existe o cem-cabeças, que é um peixe estranhíssimo, chamado também Kapila. Uma biografia de Buda conta ter ele encontrado uns pescadores que, à custa de muito esforço, tiraram do mar um peixe enorme, com uma cabeça de macaco, outra de cão, outra de cavalo, outra de raposa, outra de porco, outra de tigre, e assim até o número cem. Buda perguntou ao peixe: "Não és Kapila?". "Sou Kapila", responderam as cem cabeças antes de morrer.

Kapila teria sido um monge que a todos superara no conhecimento dos textos sagrados e, quando morreu, se transformou naquele peixe.

Não é menos curiosa a história dos "animais esféricos", que, segundo Platão, teriam inspirado a Deus a forma esférica do mundo. Seguindo essa linha, mais de quinhentos anos depois – conforme informa Borges –, em Alexandria, Orígenes ensinou que os bem-aventurados ressuscitavam em forma de esfera e entravam rodando na eternidade, o que, mal comparando, me lembra a ala das baianas da Portela, que também entra rodando, se não na eternidade, na avenida...

De todos esses animais fantásticos, não tenho dúvida de que os da predileção de Borges são os que chama de "animais dos espelhos". Conta que, na época do Imperador Amarelo, o mundo dos homens e o dos espelhos não eram, como agora, incomunicáveis e, além do mais, os seres de um e de outro mundo não coincidiam nem nas formas nem nas cores. Passava-se de um mundo para o outro sem problema.

Até que, certa noite, o pessoal do espelho invadiu a Terra, travando-se uma sangrenta batalha, vencida pelas tropas do Imperador Amarelo, que rechaçou os invasores e os encarcerou nos espelhos, impondo-lhes a tarefa de repetir todos os atos dos homens. Mas dia chegará em que aqueles oprimidos se libertarão e reunirão forças para romper as barreiras do vidro e do metal. E há quem diga que, antes da invasão, ouviremos, vindo do fundo dos espelhos, o rumor das armas...

Parece uma história inventada por Jorge Luis Borges, que sempre foi invocado com espelhos, como demonstra o célebre soneto a que deu o título de "Ao espelho" e em que diz : "Por que duplicas, misterioso irmão,/ O menor movimento desta mão?" e termina assim: "Quando eu morrer, copiarás a outro,/ Depois a outro, a outro, a outro, a outro...".

Mas o animal, a meu ver, mais fascinante dessa zoologia inventada é o A Bao A Qu, que habita a escadaria da Torre da Vitória, em Chitor, donde se vê a mais bela paisagem do mundo. Vive em estado letárgico, no primeiro degrau, e só ganha vida consciente quando alguém galga a escadaria; ele então se coloca nos calcanhares do visitante e sobe, prendendo-se nas bordas dos degraus curvos e gastos pelos pés de gerações de peregrinos. E assim vai ele ganhando forma e cor, mas só alcança sua forma perfeita no último degrau, quando quem sobe é um ser elevado espiritualmente. Quando não consegue se formar totalmente, o A Bao A Qu sofre, e sua queixa é um rumor quase imperceptível, como o roçar da seda. Sua volta à vida é sempre muito breve, pois, quando o peregrino desce, ele cai para o degrau inicial, onde, já apagado e semelhante a uma lâmina de vagos contornos, espera pelo próximo visitante.

30.1.2005

A cura pelo afeto

Ainda aluna de medicina, Nise da Silveira se horrorizou ao ver o professor abrir com um bisturi o corpo de uma jia e deixar à mostra, pulsando, seu pequenino coração. Saiu da sala para vomitar.

Esse fato define a mulher que iria revolucionar o tratamento da esquizofrenia e pôr em questão alguns dogmas estéticos em vigor mesmo entre artistas antiacadêmicos e críticos de arte.

A mesma sensibilidade à flor da pele que a fez deixar, horrorizada, a aula de anatomia a levou a se opor ao tratamento da esquizofrenia em voga na época em que se formou: o choque elétrico, o choque insulínico, o choque de colabiosol e, pior do que tudo, a lobotomia, que consistia em secionar uma parte do cérebro do paciente. Tomou-se de revolta contra tais procedimentos, negando-se a aplicá-los nos doentes a ela confiados. Foi então que o diretor do hospital, seu amigo, disse-lhe que não poderia mantê-la no emprego, a não ser em outra atividade que não envolvesse o tratamento médico. "Mas qual?", perguntou ela. "Na terapia ocupacional", respondeu-lhe o diretor.

A terapia ocupacional, naquela época, consistia em pôr os internados para lavar os banheiros, varrer os quartos e arrumar as camas. Nise aceitou a proposta e, em pouco tempo, em lugar de faxina, os pacientes trabalhavam em ateliês improvisados pintando, desenhando, fazendo modelagem com argila e encadernando livros. Desses ateliês saíram alguns dos artistas mais criativos da arte brasileira, cujas obras passaram a constituir o hoje famosíssimo Museu de Imagens do Inconsciente do Centro Psiquiátrico Nacional Pedro II, situado no Engenho de Dentro, no Rio.

É que sua visão da doença mental diferia da aceita por seus companheiros psiquiatras. Enquanto, para estes, a loucura era um processo progressivo de degenerescência cerebral, que só se poderia retardar com a intervenção direta no cérebro, ela via de outro modo, confiando que o trabalho criativo e a expressão artística contribuiriam para dar ordem e equilíbrio ao mundo subjetivo e afetivo tumultuado pela doença. Isto, no começo, foi pura intuição, que ganhou consistência teórica graças aos ensinamentos de Jung, sua teoria do inconsciente coletivo e das mandalas como formas arquetípicas da expressão.

Por isso mesmo acredito que o elemento fundamental das realizações e das concepções de Nise da Silveira era o afeto, o afeto pelo outro. Foi por não suportar o sofrimento imposto aos pacientes pelos choques que ela buscou e inventou um outro caminho, no qual, em vez de ser vítima da truculência médica, o doente se tornou sujeito criador, personalidade livre capaz de criar um universo mágico em que os problemas insolúveis arrefeciam.

No final dos anos 1950, eu era chefe do copidesque do *Jornal do Brasil*, quando certa noite recebi um telefonema da doutora Nise. Ela pedia apoio para uma iniciativa sua que estava sendo hostilizada por outros médicos do Centro Psiquiátrico do Engenho de Dentro. É que, tendo observado a melhora no comportamento de um internado ao conquistar o afeto de um cão que aparecera no hospital, ela decidira levar outros cães para possibilitar esse relacionamento afetivo com outros internados.

De fato, eles passaram a cuidar dos animais, a brincar com eles, tornando-se mais alegres e afáveis. Alguns médicos, porém, consideraram aquilo uma ofensa à psiquiatria e à sua condição de doutores, uma vez que substituía os métodos científicos de tratamento pelo convívio com cachorros. Alguns dos cães apareceram mortos, envenenados. A publicação da notícia serviu para que parassem de matar os animais.

O trabalho dela sempre gerou polêmicas. A revelação, nos ateliês de terapia ocupacional, de alguns artistas de extraordinário talento, logo exaltados por Mário Pedrosa, nunca foi um assunto pacífico. Muitos críticos e artistas de renome negavam-se a admitir que doentes mentais fossem capazes de fazer arte. Na opinião deles, as pinturas e os desenhos de Emygdio de Barros, Raphael Domingues ou Fernando Diniz não passavam de criações mórbidas, sem qualquer mérito artístico.

De fato, mero preconceito fundado em razões ora ideológicas, ora esteticistas, que os impedia de enxergar a beleza e a expressividade daquelas obras. Tal preconceito foi, até certo ponto, atenuado com o tempo, mas é verdade também que, mesmo hoje, quando se fala de arte brasileira, esses artistas não contam e, se contam, é como um caso à parte.

Deve-se dizer, a bem da verdade, que não era propósito da doutora Nise, ao realizar aquele trabalho terapêutico, produzir artistas. Na sua concepção, a linguagem não verbal das artes plásticas possibilitava aos doentes mentais expressar vivências conflituais complexas e, graças a isso, reorganizar seu mundo subjetivo, fornecendo ao mesmo tempo ao estudioso da esquizofrenia elementos reveladores daquilo que Antonin Artaud definira como "os inumeráveis estados do ser".

Comemora-se neste ano o centenário de nascimento dessa mulher, que soube ser, durante toda a vida, brava, doce e generosa.

27.2.2005

Barulhos

Disse certa vez que dei o azar de nascer na época da caixa de som. Sim, porque, antigamente, até os meus 21 anos, quando vivia em São Luís do Maranhão, o barulho que eu mais ouvia era do vento nas copas das mangueiras e dos coqueiros, um rumorejar constante que atravessava as manhãs e as tardes iluminadas de sol e que era o som do dia, como há o som das cachoeiras. O dia jorrando.

Pois bem, isso talvez explique minha intolerância com os barulhos de hoje, que excedem o nível de decibéis que meus ouvidos toleram. E, embora se fale da necessidade de reduzir a poluição sonora, o que observo é a intenção deliberada de aumentá-la.

Senão, vejamos: que tráfego nas ruas entupidas de veículos provoque barulho é inevitável, mas o mesmo não se pode dizer do rock a soar dentro do supermercado ou no restaurante do hotel às sete horas. Essa música tornou-se uma praga que nos persegue por todos os lugares, porque se descobriu que todos nós adoramos música jovem e queremos ouvi-la em todos os momentos da vida e em todos os lugares.

Enquanto as autoridades dizem tomar medidas para evitar a poluição sonora, na prática, o que percebo é uma guerra ao silêncio. E, como o silêncio induz a pensar, tendo a concluir que essa barulheira deliberada é para fugir à reflexão. Trata-se de uma sociedade que prefere se atordoar a se conhecer. O que coincide com os interesses da publicidade comercial, que, como se sabe, quer nos levar a consumir a qualquer preço, ou seja, sem pensar nos juros que desabarão sobre nossa cabeça.

Mas, afora isso, há os evangélicos e, agora, certas igrejas católicas que travam com aqueles uma ruidosa disputa de público, cada qual berrando mais alto do que o outro. É verdade que os católicos pregam menos que os evangélicos, mas, em compensação, se acham no direito de invadir nossa privacidade, de nos impedir de ler, de ouvir a música que queremos ouvir ou de simplesmente ficar no silêncio de nosso recolhimento.

Os evangélicos vão para as praças com seus alto-falantes e ali ficam a gritar citações bíblicas e a nos ameaçar com o fogo do Inferno. No caso da Igreja

Católica, citarei dois exemplos de abuso: o de uma igreja no Flamengo que transmite para a rua todas as missas e cantorias do dia a partir das seis horas; o outro é uma igreja nas Laranjeiras, com um alto-falante poderosíssimo no alto da torre, que, à Hora do Ângelus, irradia a *Ave-Maria* de Gounod numa altura tal que leva a vizinhança às raias do desespero.

Tanto num caso como noutro, moradores foram pedir ao pároco que reduzisse o volume dos alto-falantes e receberam a seguinte resposta: "Pessoas que fazem tal pedido só podem ser inimigas da religião". Claro, quem fala em nome de Deus tem sempre razão e tudo pode fazer para o bem do pecador, ainda que este não concorde com a ajuda.

Mas há também quem atue em nome do bem comum e, por essa razão, se sinta também com o direito de nos atormentar. Cito um exemplo: haverá barulho mais insuportável que o das sirenes dos caminhões do Corpo de Bombeiros, dos carros da polícia e das ambulâncias? Não resta dúvida de que devemos todos dar passagem a eles, porque um minuto que percam pode significar a perda de muitas vidas humanas. Mas não precisam de sirenes tão desesperadoramente altas a produzir emissões acústicas que ameaçam perfurar nossos tímpanos. E tudo porque uma empresa inventou um tipo de sirenes mais poderoso do que aqueles antigos e muito mais caros. Certa ocasião, ia eu no meu carro quando, de repente, logo atrás de mim, soou um silvado atordoante, que quase me fez jogar o carro contra um outro ao meu lado. Era uma ambulância.

E quando você descobre que, sob seu quarto de dormir, existe uma boate? Isso aconteceu comigo faz muitos anos, ao me mudar de Ipanema para Copacabana. Só então entendi por que o apartamento estava tão barato.

Passados os primeiros instantes de perplexidade ("Estou ferrado! Como é que não procurei ver o que havia embaixo do apartamento?"), desci até a rua, entrei na boate e pedi para falar com o responsável. Expliquei-lhe que meu quarto de dormir ficava exatamente em cima de sua boate e que, com o som naquela altura, não podia dormir. Ele respondeu que, se abaixasse o som, os fregueses iriam embora. "Mas eu é que não posso ficar sem dormir", repliquei indignado.

— Então vá se queixar à polícia — respondeu-me ele.

No dia seguinte, ao comentar o ocorrido com a síndica do prédio, ouvi dela que o dono da boate, além do mais, era ingrato, uma vez que a chave de luz de sua casa de shows ficava em nosso edifício. Eu mal acreditei no que ouvira.

— Ah, é? Então o problema está resolvido — disse-lhe eu.

Naquela noite, quando a música da boate começou, eu fui até a caixa de luz e desliguei a chave da boate. Logo o sujeito apareceu à porta do edifício e pediu ao porteiro para deixá-lo entrar, pois o fusível de sua boate certamente queimara. Apresentei-me diante dele e disse que não se tratava disso: eu é que desligara a luz. O homem, agora conciliador, pediu-me que religasse a corrente, pois a boate estava cheia de fregueses.

— Vá se queixar à polícia — respondi, gloriosamente.

Acontece que o tal sujeito era da polícia.

13.3.2005

O preço da liberdade

O Sesc Ipiranga, ao me convidar para participar de um ciclo de leituras dramáticas neste mês, ofereceu-me a oportunidade de reviver alguns momentos da história do Grupo Opinião, que, no campo teatral, em dezembro de 1964, deu início à luta contra a ditadura militar. Pude assistir, antes do debate que se realizaria em seguida, a um espetáculo-síntese das peças *Opinião* e *Liberdade, liberdade*, o que não só me comoveu como me levou de volta àqueles dias difíceis, dos quais, então, estranhamente, senti saudade! É que, hoje, aquelas cenas, falas e canções surgem sobre um fundo de realidade do qual estão excluídos os temores e ameaças daquele momento, embora não de todo, porque, na verdade, estão presentes como passado. Os atores agora são outros, mas a seus gestos e palavras se misturam os de Nara Leão, de Zé Keti e de João do Vale: subitamente estou em nosso teatrinho da rua Siqueira Campos, em Copacabana, lotado de um público fervoroso e solidário.

Mas tampouco me limito a evocar o espetáculo, já que a essa evocação se juntam as lembranças de como ele nasceu, em meu apartamento em Ipanema. A questão que nos colocávamos era: "Como continuar a luta agora que não há mais o Centro Popular de Cultura (CPC)?".

Nara acabara de lançar um disco intitulado *Opinião*, em que cantava músicas de Zé Keti e João do Vale, que ela ouvira no Zicartola. Vianinha teve então a ideia de fazer um show que reunisse os três artistas, mesmo porque cada um deles representava classes diferentes da sociedade brasileira, o que daria margem a tocar em assuntos como a reforma agrária, a desigualdade econômica e a liberdade de expressão.

Para que tais problemas não surgissem como mera provocação à ditadura, o texto do show se basearia em depoimentos dos três protagonistas. Havia, no entanto, um problema para o qual não víamos solução imediata: se surgíssemos como um novo grupo teatral, a ditadura logo perceberia que era o CPC com nova cara.

A saída foi, ao convidarmos Augusto Boal para dirigir o espetáculo, propor que o Teatro de Arena de São Paulo assumisse nominalmente a produção do espetáculo. Resolvido esse problema, restava um último: onde montá-lo? Vianinha se lembrou de um espaço no shopping center da Siqueira Campos, onde o Arena havia se apresentado em 1959.

Ali, utilizando as cadeiras velhas de um antigo cinema, montamos o nosso precário teatro, que entraria para a história. O show *Opinião* estreou, e a casa lotada com um mês de antecipação impediu que a ditadura o tirasse de cartaz.

Entusiasmados com o êxito do espetáculo, que juntava música popular brasileira e texto político, Millôr Fernandes e Flávio Rangel tiveram a ideia de criar um espetáculo que se chamaria *Liberdade, liberdade*. A censura do regime, que já estava alerta, tentou proibir a peça, mas surpreendeu-se ao ver que, para isso, teria de censurar palavras de Sócrates, Aristóteles, Voltaire, Shakespeare, Lincoln, Danton, García Lorca e Castro Alves, entre outros... Após uma semana de hesitação, liberou-a e, em 21 de abril de 1965, ela estreava com o teatro lotado.

Algumas semanas depois, recebo um telefonema de Pichin Plá, que, naquela tarde, cumpria seu turno na bilheteria. Avisa-me que um sujeito comprara para aquela noite quarenta ingressos, exigindo que fossem todos juntos. Lembrei-me de que o vice-governador Rafael de Almeida Magalhães ia assistir ao espetáculo exatamente naquele dia, a convite de Hélio Fernandes, diretor da *Tribuna da Imprensa* e irmão de Millôr. Decidi ligar para Hélio, que ligou para Rafael, que ligou para o chefe de polícia.

Começado o espetáculo, descobriu-se no banheiro masculino um objeto estranho: era uma bomba caseira. Estávamos tensos, certos de que algo ia ocorrer. De fato, no momento em que Paulo Autran monologava em cena, uma voz gritou: "Comunista!". E logo outras repetiram: "Comunista! Comunista!". Mas a plateia reagiu e, batendo palmas, as abafou. Localizamos o ponto de onde partiram os gritos e avisamos os policiais, que, findo o espetáculo, detiveram um grupo de homens suspeitos e os revistaram: traziam escondidos sob o paletó cassetetes, canos de ferro e revólveres. Desarmados, saíram do teatro quando o público já tinha ido embora e se depararam com um fotógrafo e um repórter da *Tribuna*. No dia seguinte, o jornal estamparia na primeira página a foto do chefe do bando: um oficial da reserva da Aeronáutica, em mangas de camisa. Naquela noite, na Fiorentina, gargalhávamos: "Pusemos a polícia da ditadura contra a ditadura! Dialética pura!".

Faz quarenta anos que tudo isso aconteceu. Naquela noite, ainda pudemos rir, mas, certa madrugada, estouraram a bilheteria do nosso teatro com uma bomba. O público, assustado, afastou-se, fomos à falência. Durante o debate no Sesc Ipiranga, quando alguém afirmou que o Brasil não mudou e que continuamos sob uma ditadura disfarçada, discordei veementemente. É que nós também dizíamos, antes do Golpe de 1964, que a democracia brasileira era uma farsa, uma vez que a sociedade continuava injusta. Só depois que a tal da "democracia burguesa" acabou percebemos o quanto ela era preciosa. Tivemos de lutar vinte anos para reconquistá-la e só então podermos, livremente, clamar de novo pela sociedade menos injusta.

27.3.2005

Omissão no ar

Dos quarenta anos de existência da TV Globo, agora comemorados, vinte trabalhei nela. Tudo isso?! Espanto-me – e tanto mais porque nunca o desejara. Já bem antes de mim, três outros companheiros do Grupo Opinião haviam trabalhado ali: Oduvaldo Vianna Filho, Armando Costa e Paulo Pontes. Daí nasceu *A grande família*, que está até hoje no ar como um dos melhores programas da TV brasileira. Na minha opinião, é claro.

O quarto amigo a entrar foi Dias Gomes, cuja companheira, a doce amiga Janete Clair, já fazia sucesso com suas novelas de grande impacto emocional. Ao regressar do exílio, em 1977, fui convidado por Dias a escrever com ele a novela *Sinal de alerta*. Na verdade, sua intenção era ajudar-me a sustentar a família. Hesitei, já que nunca tinha escrito para televisão, mas não foi tão difícil quanto eu temia, o que não significa que me tenha tornado um mestre no gênero.

Mas me dediquei seriamente ao trabalho para dominar os segredos dessa técnica narrativa, inicialmente em parceria com o próprio Dias e, logo depois, com Paulo José, com quem também muito aprendi. E foi Paulo José quem me fez escrever meu primeiro original para a televisão, um especial em dois episódios intitulado *Dona Felinta Cardoso, a rainha do agreste*, dirigido por ele e que deu certo.

Em seguida, fiz parte da equipe de redatores do seriado *Carga pesada*, do qual escrevi vários episódios e, no ano seguinte, *Obrigado, doutor*. Num desses episódios, um barbeiro ciumento sequestra a própria mulher e ameaça matá-la. O doutor (Francisco Cuoco) consegue chegar até ele e argumenta: "Quem ama não mata". Daniel Filho, com seu faro aguçado, captou essa fala e me disse que ela sozinha daria uma minissérie. E, de fato, alguns anos depois, essa minissérie foi escrita e exibida com sucesso pela Globo, tendo por *plot* precisamente o caso de uma mulher apaixonada que mata por ciúme.

O poder irradiador da televisão popularizou de tal modo a frase que ela se transformou em slogans para toda obra: "Quem ama não suja" (campanha de limpeza urbana), "Quem ama não polui" (preservação do meio ambiente) etc. Esse é um dos lados gratificantes do trabalho na televisão; há outros menos agradáveis, como ter que produzir 24 capítulos com uma história que só renderia 5, ou ver desastradamente mutilado um roteiro que você escreveu com tanta emoção e capricho. Por isso mesmo, sempre disse que trabalhava na televisão apenas para ganhar dinheiro. Muita gente dentro da Globo se sentiu ofendida com essas declarações e tudo fazia para me pôr fora de lá, mas não conseguia porque eu contava como o apoio poderoso de Boni e Dias Gomes; depois que um saiu e o outro morreu, preparei-me para ser demitido e o fui, sem demora, o que me fez muito bem, pois me livrou do estresse e da TPC (tensão pré-renovação contratual), que resulta da estranha tática adotada por certos executivos da Globo de só renovar o seu contrato quando você já perdeu noites de sono e está dopado de Diazepan... Aí o cara tira o contrato da gaveta e diz: "Vamos renová-lo por mais um ano. Assine aí". E o pior é que não é ele quem decide nada, a decisão já fora tomada pela direção da emissora – ele é apenas o pequeno algoz, que só se realiza plenamente quando pode dizer-te: "Estás demitido, amizade". Esse é o lado pior. Mas a TV Globo tem muitos lados bons, e um deles é pagar bem a seus artistas, pagar-lhes em dia e dar-lhes meios técnicos de alta qualidade para trabalhar.

Com Dias Gomes, Marcílio Moraes, Lauro César Muniz e Joaquim Assis tive os melhores momentos dos longos anos em que ali trabalhei. Dias foi o mestre que, com seu talento e competência, me possibilitou escrever algumas coisas de boa qualidade, como *As noivas de Copacabana*, considerada então pelos dirigentes da emissora "uma obra-prima, que a todos nos orgulha e envaidece". Tenho a vaidade de ter sido o defensor da ideia que Dias já havia descartado como inviável. Mas a verdade é que a minissérie nunca teria tido a qualidade que teve sem a sua inventividade e capacidade de roteirização, virtude essencial da teledramaturgia. A contribuição de Marcílio foi também decisiva.

Juntos, o Dias e eu, escrevemos também (desta vez com Lauro César Muniz) a novela *Araponga*, tema igualmente escolhido por sugestão minha, já que me negava a escrever novelas sentimentais. Sei que é próprio do gênero folhetinesco muitas lágrimas e soluços, mas é o gênero que não me agrada: sugeri que fizéssemos uma comédia policial. O personagem Araponga assim se chamou porque descobrimos que os membros do SNI costumavam adotar nomes de pássaros como codinomes: pipira, sabiá etc. O nome Araponga entrou para o vocabulário jornalístico para designar os policiais grampeadores de telefones. Aliás, Dias Gomes, autor de novelas inesquecíveis, criou personagens que passaram a conviver conosco como parte do Brasil imaginário. Pois esse mesmo Dias Gomes, que deu à TV Globo o melhor de si, não teve seu nome mencionado nem uma vez sequer durante a grande festa dos quarenta anos da emissora, nem mesmo quando mencionaram os companheiros de trabalho já mortos. Devo admitir que, nesse ponto, a emissora acertou: Dias continua vivo.

8.5.2005

A coisa está branca

Embora todo mundo já tenha escrito sobre a tal cartilha que a Secretaria Especial de Direitos Humanos do governo federal elaborou e editou, também vou meter o meu bedelho no assunto. Vocês hão de lembrar que sobre o papa eu não escrevi, que de papa eu não entendo; de cartilha também não, mas querer nos ensinar que pega mal usar expressões como "farinha do mesmo saco" indica que esse pessoal do Lula ou não tem mesmo o que fazer ou está a fim de nos encher o saco (com perdão da expressão politicamente incorreta).

Essa coisa de censurar palavras e expressões nascidas do falar popular é uma mania que de vez em quando aflora. Não faz muito, surgiu uma onda exigindo que se expurgassem dos dicionários palavras como "judiação" ou "judiar", sob o argumento de que são expressões antissemitas. Bastava pensar um pouco para ver que tais palavras não se referem aos judeus, e sim a Judas Iscariotes, isto é, à malhação do Judas no Sábado de Aleluia. Judiar ou fazer judiação é submeter alguém a maus-tratos semelhantes aos que a molecada faz com o boneco de Judas.

Outra expressão que a ignorância rancorosa considera insulto racista é "a coisa está preta", que, na verdade, como se sabe, alude ao acúmulo de nuvens negras no céu no momento que precede as tempestades. Assim, quando alguém pressente que as coisas estão se complicando, usa aquela expressão. Pois acreditem vocês que um conhecido meu, pessoa talentosa, me disse que em sua casa está proibido dizer "a coisa está preta"; lá se diz "a coisa está branca"! Pode?

Essa cartilha – que o governo promete consertar, como se tal coisa tivesse conserto – pode abrir caminho para restrições à liberdade de expressão, se não em termos de lei, por induzir pais de família e professores a discriminar textos literários ou jornalísticos e, consequentemente, seus autores. No que me toca, já estou de orelhas em pé, pois acabo de lançar um livro para crianças (!!) cujo título é *Dr. Urubu e outras fábulas*. Para azar meu, o poema que dá título ao livro começa assim: "Doutor Urubu, a coisa está preta".

Temo ser levado ao tribunal da Inquisição por incorrer em duplo delito, pois, além de usar a expressão condenada, ainda dou a entender que a frase alude à cor negra da ave, e logo que ave! Um urubu, bicho repugnante, que só come carniça!

Adiantaria alegar que não fui eu quem pintou o urubu de preto? Minha sorte é que vivemos numa democracia, e o nosso povo, por índole, é pouco afeito ao fanatismo desvairado, em que pesem as exceções.

Exagero? Pode ser, mas, se exagero, é de propósito, para pôr à mostra o que há de perigoso e burro nesses defensores do politicamente correto, porque, se não há o perigo da fogueira, há o perigo do império da burrice ir tomando conta do país. E tudo devidamente enfeitado de boas intenções.

Sim, porque, conforme alegou o autor da cartilha, ela foi concebida com o propósito de resguardar a suscetibilidade de brancos e negros, de judeus e muçulmanos, de cearenses e baianos, de palhaços e beatas... Até os comunistas foram beneficiados sob o pretexto de terem sido vítimas de graves calúnias. Não sei se a Secretaria de Direitos Humanos acha natural chamar a outros de fascistas ou nazistas; quanto a acoimá-los de vigaristas, creio que não, pois isso ofenderia os vigários em geral. Não posso afirmar se a cartilha resguarda também a suscetibilidade dos chifrudos, dos pançudos, dos narigudos, dos cabeludos e dos cabeçudos; dos pirocudos, acredito que não, pois isso é tido como elogio. Mas e as moças de pouca bunda e poucos seios (do tipo Gisele Bündchen), que o pessoal apelida de "tábua"? E os gorduchos, apelidados de "bolão"? Os magricelas, de "espeto"? E os baixotes, chamados de "meia porção"? Isso sem falar num respeitável senador da República a quem seus confrades – acredito que sem malícia – apelidaram de "lapiseira".

Estou de acordo com que não se deva tratar pessoa nenhuma por apelidos depreciativos. Por exemplo, num papo com Bin Laden, eu teria a cautela de não chamá-lo de terrorista, especialmente se ele estivesse acompanhado de um homem-bomba. Do mesmo modo agiria com o juiz Nicolau, a quem nunca trataria de "meritíssimo Lalau", embora certamente não lhe revelasse a senha de meu cartão de crédito.

Como se vê, isso de falar politicamente correto envolve muitos problemas, porque não se trata de engessar apenas o humor (bom ou mau) das pessoas, mas de engessar o próprio idioma. Falar, de certo modo, é reinventar a língua, já que o que se diz estava por ser dito e, ao dizê-lo, damos-lhe uma forma imprevisível até para nós mesmos. Além disso, há pessoas especialmente dotadas de verve, que nos surpreendem (e a si próprias) com expressões às vezes irônicas, sarcásticas ou simplesmente engraçadas. Criam modos de dizer inusitados, apelidos, ditos, tiradas, que nos divertem e enriquecem o nosso falar cotidiano. É que falar é um exercício de liberdade (para o bem ou para o mal) que não cabe nos preceitos de uma cartilha ou de um código de censura.

Aliás, para terminar, sugiro que se mudem os nomes de certos insetos, como barata, formiga e piolho, por coincidirem lamentavelmente com os sobrenomes de algumas respeitáveis famílias brasileiras.

15.5.2005

E o cronista endoidou...

Vou falar hoje de um assunto que talvez não seja assunto de crônica, mas, como já disse que ninguém sabe o que é crônica, vou falar assim mesmo. O assunto é o poema, uma tese sobre o poema, coisa que possivelmente não interessa a ninguém e, quem sabe, por isso mesmo eu deva falar dele.

Costumo dizer que o poema não vale nada. Não vale nada no mercado. Pouca gente compraria um poema e, se comprasse, seria barato, ou seja, ao preço do mercado. Não obstante, nem tudo é o mercado. Há mais espaços na vida do que sonha a nossa vã filosofia.

Por exemplo, quando estava eu no exílio, conheci um sujeito, economista, casado com uma linda morena brasileira. Ele e ela frequentavam regularmente aquelas reuniões um tanto fossentas de exilados. Reuniões que não eram tão alegres quanto os papos no Jangadeiros ou no Vermelhinho, mas era o que tínhamos e, em certas situações, é melhor alguma coisa do que nada. Há divergências, é claro.

Pois bem, nessas reuniões o marido da brasileira bonita, que era talvez chileno ou espanhol, costumava sentar-se ao meu lado e puxar conversa sobre economia. Citava números, estatísticas, percentagens, leis do mercado e eu, sem muita alternativa, escutava. Até chegar o momento azado em que pedia licença a pretexto de ir ao banheiro ou apanhar uma bebida e não voltava mais. E eis que, inesperadamente, me contam que a tal morena brasileira deixara o economista por um argentino. Pensei logo comigo: na próxima reunião, se ele aparecer por lá, vai ser pior ainda, aí é que grudará comigo o tempo todo.

E chegou esse dia. Fui para a reunião disposto a escapar do sujeito a qualquer preço e consegui por algum tempo. Quando já estava no terceiro copo de cerveja, distraí-me e ele sentou-se ao meu lado. E sabem o que aconteceu? Não falou uma só palavra de economia – só falou de poesia, assunto que dominava muito bem. Falou-me de seus poetas preferidos, que eram alguns de língua espanhola, outros franceses, ingleses ou italianos. Sabia de cor poemas de Eliot e de Fernando Pessoa.

— Estou relendo meus poemas queridos — confessou.

E então entendi: é que a morena tinha ido embora e, quando a morena vai embora, meu caro, só a poesia nos socorre. É então que ela se torna necessária.

Se tudo corre bem, a economia basta, mas, se a morena se vai, não há economia, nem trigonometria, nem geografia, ecologia, paleontologia que dê jeito. Só mesmo a poesia.

Com isso fica demonstrado por que a poesia vale pouco no mercado: trata-se de um bem de consumo conspícuo. Mas, como os poetas não escrevem para ganhar dinheiro, essa pouca valia não os desencoraja.

Esse é um aspecto deste assunto que não interessa a ninguém; o outro aspecto é que, além de valer tão pouco, o poema não é inevitável. Explicando melhor: qualquer poema que tenha sido escrito – ainda que seja a *Divina comédia* – poderia não ter sido escrito e, além disso, poderia ter sido escrito de outro modo, poderia ser outro!

Vou dar um exemplo doméstico. Certa vez, escrevi um poema inspirado na lembrança de minha casa de infância em São Luís do Maranhão; uma casa antiga, soalho de tábuas corridas e corroídas, com algumas fendas por onde costumavam sumir minhas poucas moedas. Mas uma manhã caiu-me da mão uma moeda de um cruzado (aquele velho cruzado, aliás velhíssimo cruzado) e desapareceu por uma das fendas do soalho. Decidi recuperá-la: aproveitando o fato de que uma das tábuas do cômodo estava solta, meti-me por baixo do soalho e fui me arrastando no pó negro ali depositado, que talvez por quase um século não visse a luz do sol e exalava insuportável fedor de mofo. Recuperei a moeda, mas nunca mais esqueci aquela aventura. O poema não contava essa história, mas falava da "noite menor sob os pés da família" e da "língua de fogo azul debaixo da casa".

Isso foi em 1970. Meses depois, tive que ir para a clandestinidade e, um ano depois, para o exílio. Fui parar em Moscou. E lá, de repente, ao lembrar-me do poema, verifiquei que o perdera. Inconformado, resolvi escrevê-lo de novo e o consegui, tanto que ele foi publicado no meu livro *Dentro da noite veloz*, editado em 1975, quando eu já estava em Buenos Aires.

Muito bem. Volto para o Brasil em 1977 e, remexendo velhas pastas que aqui haviam ficado, encontro o poema dado por perdido. Para minha surpresa, era bastante diferente do segundo, escrito em Moscou. O que significa isso? Significa, sem dúvida, que os poemas não têm uma forma inevitável e, como forma e conteúdo são indissociáveis, tampouco seu conteúdo é inevitável. Se, naquele dia em

Moscou, eu tivesse encontrado o primeiro poema, não teria escrito o segundo, e aquele ficaria como o único poema possível sobre o tema, conclusão equivocada, conforme acabo de demonstrar, pois, como sugeriu Mallarmé, o poema é um lance de dados que jamais eliminará o acaso.

    E digo mais: o poema não é a expressão do que se viveu ou experimentou. Se eu sinto um cheiro de jasmim na noite e escrevo um poema sobre esse fato, o que faço não é expressar tal experiência, mas, na verdade, usá-la como impulso para inventar uma coisa que não existia antes: o poema, o qual se somará a todas as galáxias, planetas, cometas, oceanos e tudo o mais que exista no Universo. E o Universo será, a partir de então, tudo o que já era mais aquele pequeno agregado de palavras nascido de um perfume.

19.6.2005

Lula *versus* PT

A esta altura dos acontecimentos, fico me perguntando o que aconteceu com essa ala da esquerda chamada Partido dos Trabalhadores. Como bom virginiano, não paro de esmiuçar as coisas que me dizem respeito e aos demais, como é o caso do destino desse partido que nasceu como um aceno de esperança e renovação da política brasileira e, agora, tendo assumido o governo do país, revela-se uma decepção.

Nunca pertenci ao PT, mas, no momento em que ele nascia, defendi-o de alguns companheiros do Partido Comunista Brasileiro (PCB), que viam nele uma ameaça à luta pelo socialismo. Temiam que se tratasse de um embuste que poderia arrastar os trabalhadores para uma aventura desastrosa. Eu respondia: "Nós, em quase sessenta anos, não conseguimos conquistar a maioria da classe operária. Vamos deixar que eles tentem".

No final da década de 1970, a ditadura fazia água. O Partido Comunista, aliado a setores do Movimento Democrático Brasileiro (MDB), viu que chegara a hora de isolá-la, chamando para a luta o empresariado que já dava demonstrações de descontentamento. A gente sabia que o golpe militar ajudara a burguesia a sair de seus impasses, mas que o seu regime ideal é a democracia, que lhe permite atuar livremente. Marcou-se um ato público, no Teatro Casa Grande, no Rio, para consolidar a aliança das esquerdas com o empresariado, e foram convidadas figuras empresariais de prestígio, ao lado do jovem líder operário Luiz Inácio da Silva, o Lula. Veio com ele, entre outros, um intelectual chamado Francisco Weffort, que quase entornou o caldo: resolveu cobrar de público a colaboração do empresariado com os torturadores da Operação Bandeirante (Oban). Levamos um susto, mas, felizmente, alguém se levantou e desautorizou a cobrança inoportuna. Esse era o tipo de gente que rodeava Lula e que deu origem ao PT.

Havia outros, entre os quais José Dirceu, José Genoino, Frei Betto, quase todos caracterizados por uma visão radical, gente que tinha participado da luta armada ou a apoiado. Gente antipartidão. Esse era um dos traços mais típicos desse grupo. Pois bem. Um mês após o Golpe de 1964, o PCB lançara um documento afirmando que o caminho para derrotar a ditadura era a luta pelas liberdades democráticas. "Ocupemos todos os espaços que nos permitam organizar e conscientizar o povo", dizia o documento. Mas, dentro do próprio partido, havia quem apostasse na luta armada, e tentaram me aliciar. Respondi que não teria sentido deslocar a luta para o terreno militar, onde a ditadura era mais forte. Embora, em 1979, a luta armada já tivesse sido derrotada, o radicalismo persistia na cabeça daquele pessoal.

Lula nunca foi de esquerda, como ele mesmo afirmou recentemente. Era um líder sindical carismático, inteligente e hábil – o homem que faltava para os derrotados da luta armada, que só tinham ideias, mas não tinham povo. Já Lula, que tinha povo, não tinha ideias que lhe permitissem tornar-se o chefe de um partido político. Juntou-se a fome com a vontade de comer: nasceu o PT.

Assim, o PT – se meu raciocínio virginiano estiver correto – é fruto de um acordo tácito entre duas coisas heterogêneas, mas afins: a ambição política de Lula e a visão revolucionária da esquerda radical. Lula se imaginou um Lech Walesa sul-americano, mas os seus novos companheiros – todos barbudos – imaginavam-no um Fidel Castro. Ele, ladino, deixou crescer a barba também.

E eis que, finda a ditadura, Lula é eleito para a Assembleia Nacional Constituinte, mas, pouco afeito à elaboração de leis, mal aparece lá. Pronta a nova Constituição, dispõe-se a assiná-la, mas o PT o impede: não aprovava aquela Constituição burguesa.

Não obstante, na primeira eleição direta para a Presidência da República, Lula se candidata, disputa com Fernando Collor e perde; nas eleições seguintes, candidata-se de novo, disputa com Fernando Henrique Cardoso e perde de novo. Em ambos os casos, não chega a 30% dos votos válidos. Mas o PT elege deputados que fazem uma feroz oposição ao presidente eleito. Em 1998, nova eleição para presidente, Lula disputa outra vez com Fernando Henrique e é outra vez derrotado. Ao se aproximarem as eleições presidenciais de 2002, muda de atitude.

— Se for para perder de novo, não me candidato.

Era um recado ao PT que, traduzido, significava o seguinte: só me candidatarei de novo à Presidência da República se não tiver que me submeter ao programa radical do partido nem às alianças estreitas com os pequenos partidos de esquerda. O velho acordo Lula-PT tinha chegado a seu limite, uma vez que a imposição dos radicais, submetendo Lula a sucessivas derrotas, tornara-se intolerável para ele. Ou o PT reduzia seu radicalismo, ou não haveria candidatura. A cúpula petista radical recua, Lula busca aliança com o PL e muda o discurso eleitoral. Nasce o Lula bom-moço, sorridente, que não quer briga com ninguém – e ganha as eleições.

Empossado, tem que impedir que o radicalismo petista ponha tudo a perder: mantém a política de FHC e nomeia um banqueiro e dois empresários para os ministérios fundamentais. O PT, por sua vez, ocupa a máquina estatal e compra deputados para não abrir mão do aparelhamento. Eclode a crise que desmoraliza o PT e, teoricamente, liberta Lula. Cabe, porém, perguntar: existe o PT sem Lula? Existe Lula sem o PT?

3.7.2005

Ópera do mensalão

(alegre, mas não tanto)

CENA 1

Lula e um jornalista.

Jornalista – Presidente Lula, o deputado Roberto Jefferson, presidente do PTB, partido que compõe a base do governo no Congresso, está sendo acusado de corrupção. O que o senhor tem a dizer sobre isto?

Lula – Escute: minha mãe, que nasceu analfabeta, sempre me disse que a imprensa não merece confiança. O deputado Roberto Jefferson é nosso companheiro e, como companheiro, tem todo o meu apoio. Confio nele a tal ponto que seria capaz de lhe dar um cheque em branco e ir dormir tranquilo.

CENA 2

Roberto Jefferson e Valdemar Costa Neto na CPI dos Correios.

Jefferson (*a Valdemar*) – Cale a boca, o senhor era um que recebia o mensalão do PT.

Valdemar – Isto é uma calúnia! Vossa Excelência é um mentiroso! Em defesa de minha honra vou processá-lo como caluniador e pedir a cassação de seu mandato!

Jefferson – Quá, quá, quá! Você vai me processar? É uma piada? Nobre deputado, eu até que simpatizo com seus hábitos... Lembra aquela moça sem calcinha que o senhor levou para o camarote do presidente Itamar no Carnaval? O senhor tem bom gosto, adora mulheres e gosta de jogar...

Valdemar coça a sobrancelha e fica mudo.

CENA 3

Dias depois.

Valdemar – Dirijo-me à Comissão de Ética para pedir a cassação do mandato

do deputado Roberto Jefferson, um criminoso cuja simples presença mancha a dignidade do Congresso Nacional!
Jefferson (*cantando*) – *La donna è mobile...*

CENA 4
No estacionamento da Câmara. Valdemar e Jefferson.
Valdemar – Jefferson, querido amigo, vamos pôr de lado nossas diferenças. Você retira de público a acusação que me fez e eu desisto do pedido de cassação de seu mandato.
Jefferson (*cantando*) – *La donna è mobile...* (*Muda de tom*) Deputado Valdemar, já sublimei a perda de meu mandato. Estou disposto a acabar com a festa.
Valdemar – Para com isso, cara! Um acordo é sempre melhor que uma peleja.
Jefferson – Não faço acordo com corruptos.
Valdemar – Quem fala! Você é um corrupto confesso. O que fez com os 4 milhões de reais que recebeu do PT? Pensa que vai sair desta numa boa?
Jefferson – Mas levo todos vocês comigo. Sou o homem-bomba, não sabia?

CENA 5
Semanas depois. Descobre-se que Valdemar recebeu dinheiro do mensalão.
Valdemar – Dirijo-me ao presidente desta Casa e aos senhores deputados para informar que, neste momento, renuncio ao meu mandato de deputado federal.
Silêncio no Plenário.
Valdemar – Tomei esta decisão, senhor presidente e senhores deputados, para mostrar que ainda existem homens dignos neste país!
(*risos*)
Valdemar – Chamo a mim toda a responsabilidade pelos recursos não contabilizados que foram entregues ao meu partido.
Jefferson – Melhor dizendo, o mensalão...
Enquanto isso, em Garanhuns.
Lula (*chorando no palanque*) – A mãe de todo mundo nasceu sabendo ler, só a minha nasceu analfabeta!
Suplicy – Sempre disse que a solução era a renda mínima.
Valdemar – Como estava dizendo, senhor presidente, se renuncio ao meu mandato, é para resguardar a minha honra e a honra de meu partido. Admito que recebi dinheiro não contabilizado e também não o contabilizei, mesmo

porque a contabilidade nunca foi o meu forte. De qualquer modo, minha conduta foi incompatível com o exercício do mandato parlamentar. Por isso renuncio.

Jefferson – O nobre deputado é um hipócrita. Está renunciando para não ser cassado e poder se candidatar nas próximas eleições.

Valdemar – Vossa Excelência é que é um crápula e vai ter que responder pelos crimes que cometeu.

Severino – Chega de bate-boca! Desejo saudar o gesto admirável do nobre deputado Valdemar, que dá assim um exemplo de desprendimento e grandeza moral para as futuras gerações. Nobre deputado, Vossa Excelência honra o Congresso Nacional!

(*risos*)

Jefferson – Também, um Congresso como este!

O povo nas ruas (*vaiando*) – Uh, uh, uh, uh!!

Suplicy (*em voz baixa*) – Sempre disse que a solução é a renda mínima.

CENA 6

CPI dos Correios. Silvinho depõe.

Deputado – O senhor pode dizer o seu nome completo?

Silvinho – Reservo-me o direito de só responder em juízo.

Deputado – Muito bem. Diga então quanto o senhor recebe de salário como secretário-geral do PT.

Silvinho – O nobre deputado está de gozação!

Deputado – Estou informado de que o senhor recebe por volta de 9 mil reais. Pode explicar como, com esse salário, pôde adquirir uma caminhonete Land Rover, que custa mais de 70 mil reais?

Silvinho – Reservo-me o direito de não responder, Excelência.

Deputado (*exibindo um papel*) – Aqui está a prova de que o senhor possui uma caminhonete Land Rover.

Um executivo (*entrando intempestivo*) – Fui eu que dei este carro de presente ao Silvinho. Somos amigos de infância.

Silvinho (*ao executivo*) – Você não devia ter revelado essa nossa amizade, que é uma coisa pura demais para misturar com tanta sujeira!

Executivo – Nada disso, caro amigo. A verdade deve ser dita.

(*gargalhadas*)

Severino – Vossas Excelências acabaram de dar um exemplo de dignidade que honra este país! (*gargalhadas*)
Heloísa Helena – Dou graças a Deus por eles terem me expulsado do PT!
Suplicy – Sempre disse que a solução é a renda mínima, mas não quiseram me ouvir...
(*Pano rápido*) Informa-se que foi finalmente proposto o uso do detector de mentiras nas CPIs do Congresso Nacional.

14.8.2005

Alguém fala errado?

Sei muito bem que, de acordo com a linguística moderna, não existem o certo e o errado no uso do idioma nacional, ou melhor, não existe o errado, o que significa que tudo está certo e que minha antiga professora de português, que me ensinou a fazer análise lógica e gramatical das proposições em língua portuguesa, era uma louca, uma vez que a língua não tem lógica como ela supunha e a gramática é de fato um instrumento de repressão; perdeu seu tempo dona Rosinha ensinando-me que o verbo concorda com o sujeito, e os adjetivos com os substantivos, como também concordam com estes os artigos, ou seja, que não se deve dizer dois dúzias de ovos, uma vez que dúzia é palavra feminina, donde ter que dizer "duas dúzias de ovos", o que era, como sei agora, um ensinamento errôneo ou, no máximo, correto apenas naquela época, pois hoje ouço na televisão e leio nos jornais "as 6 milhões de pessoas", construção indiscutivelmente correta hoje, quando os artigos não têm mais que concordar com os substantivos e tampouco com o verbo, como me ensinara ela, pois me corrigia quando eu dizia "ele foi um dos que fez barulho", afirmando que eu deveria dizer "um dos que fizeram barulho", e me explicava que era como se dissesse "foi um dos três que fizeram barulho", explicação antiquada, do mesmo modo que aquela outra referente à regência dos verbos e que eu, burroide, entendi como certo quando, na verdade, o certo não é, por exemplo, dizer "a comida de que ela necessita" ou "o problema de que falou o presidente", e, sim, "o problema que falou o presidente", frase que, no meu antiquado entendimento, resulta estranha, pois parece dizer não que o presidente falou do problema, mas que o problema falou do presidente, donde se conclui que sou realmente um sujeito maluco, que já está até ouvindo "vozes" e, além de maluco, fora de moda, porque não se conforma com o fato de terem praticamente eliminado de nossa língua as palavras "este" e "esta", que foram substituídas por "esse" e "essa", pois sem nenhuma dúvida é uma tolice querer que o locutor da televisão, referindo-se à noite em que fala, diga "no programa desta noite" em lugar de "no programa dessa noite", que, dentro do critério de que o errado é certo, está certíssimo, ao contrário do que exige esta minha birra, culpa da professora Rosinha, por ter insistido em nos convencer de que "este" designa algo que está perto de mim, "esse", algo que está perto de você e "aquele", o que está longe dos dois, e ainda a minha teimosia em achar que essas palavras correspondem a situações reais da vida, não são meras invenções de gramáticos; e, de tão sectário que sou nesta mania de preservar a língua, não suporto ouvir a expressão "isto não significa dizer" em vez de "isto não quer dizer", que é o correto, ou era, além de expressão legítima, enquanto a outra é um anglicismo, mas que, por isso mesmo, há quem considere ainda mais correta, porque estamos na época da globalização, o que torna mais bobo ainda implicar com estrangeirismos, como aquele meu amigo que fica irritado ao ler nos jornais que "a reunião da Câmara foi postergada para segunda-feira", em vez de "adiada", como sempre se disse e que facilita o entendimento da maioria das pessoas, já que nem todos os brasileiros amargaram o exílio em países de língua espanhola. Mas já quase admito ser muita pretensão teimar em dizer "o governador cogita de enviar à Câmara um novo projeto de lei", pois isso de que o verbo "cogitar" rege a preposição "de" também é bobagem, coisa de gente pretensiosa que precisa se impor às outras falando arrogantemente "correto", como se houvesse modo de falar certo ou errado, de falar correto, pois a verdade é que tal pretensão oculta um preconceito de classe, uma discriminação contra aqueles que não tiveram oportunidade de estudar e, por essa razão, não podem falar como os que usufruíram do privilégio burguês, ou pequeno-burguês, de estudar gramática, o que vem acentuar a injustiça social. Como se não bastasse serem aqueles pobres discriminados no trabalho e no conforto, ainda se acrescenta essa discriminação, acusando-os de falarem mal a língua, da qual são eles de fato os criadores e que foi apropriada pelos ricos e poderosos que agora se consideram donos dela, como de tudo o mais que existe neste mundo, pois eles de fato não toleram a hipótese de que todas as pessoas sejam iguais e que todas elas falem corretamente ainda que gramáticos elitistas insistam em dizer que falam errado só porque não falam segundo as normas da classe dominante, que, além de impedir os pobres de estudar, acusam-nos de serem ignorantes, atitude de fato inaceitável, pois sabemos que todas as pessoas são igualmente inteligentes e talentosas, portanto capazes de criar obras de arte geniais, de conceber teorias iguais às que conceberam Galileu e Einstein, e só não o fazem porque são deliberadamente impedidas de dar vazão a seu gênio criador; e também neste caso se comete a injustiça de consagrar como gênios alguns homens privilegiados e não atribuir qualquer valor aos milhões, perdão, às milhões de pessoas tidas como comuns, e só não consigo entender é por que os linguistas que defendem tais ideias continuam a escrever corretamente tal como exigia minha professora do colégio São Luís de Gonzaga, naqueles distantes anos da década de 1940... Diante disto, não está mais aqui quem falou.

25.9.2005

Ouvir vozes

O poeta Décio Victorio, meu velho e querido amigo que você não conhece, que quase ninguém conhece e que não quer ser conhecido, trabalhou certa época como acompanhante de pacientes do Centro Psiquiátrico Nacional Pedro II, no Engenho de Dentro. Trabalhava no pátio da clínica, onde os internados passavam boa parte do dia entregues às suas fantasias, falando sozinhos ou andando à toa. Décio, responsável e solidário, fazia tudo para ajudá-los, e foi com esse propósito que pediu a Aniceto que lhe fizesse um terno. Aniceto fora alfaiate de profissão até o dia em que a mulher o abandonou e ele sofreu um surto que já durava vinte anos. Ele aceitou a proposta de Décio, que, no dia seguinte, já lhe entregava um corte de brim para que pusesse mãos à obra. Ocorreu que, naquele mesmo dia, um avião passou sobre o pátio e "disse" a Aniceto que o paciente sentado ali a seu lado é que tinha lhe roubado a mulher. Sem hesitar, o alfaiate traído saltou sobre o acusado, disposto a estrangulá-lo. Os enfermeiros acudiram e, depois de dominá-lo, aplicaram-lhe um sossega-leão.

Como advertia minha avó Teca, não se deve dar crédito a tudo o que se ouve, especialmente se dito por um avião. Mas esse é um conselho a que as pessoas não costumam dar ouvidos. Já antes de Homero, os gregos atribuíam aos oráculos o dom de não só dizer a verdade como até de adivinhar o futuro. Às vezes eram as sibilas, que falavam coisas incompreensíveis, mas, antes delas, o povo dava ouvidos ao rumorejar das águas de um riacho que corria entre as raízes de um carvalho e até mesmo ao farfalhar das folhas desse carvalho tido como sagrado. Ali estava um sacerdote para decifrar a mensagem das águas ou dos ramos, como também decifrava o que diziam, em transe, as sibilas do Oráculo de Delfos.

Mas de onde vem essa crença de que vozes incompreensíveis estão dizendo verdades? Talvez venha da necessidade que temos de conhecer a verdade última, de antever o futuro, de decifrar o mistério da existência. Essa é uma questão complicada que envolve a própria natureza da linguagem verbal, veículo do logos; essa linguagem, que torna inteligível o real, não satisfaz entretanto nossa necessidade de decifrá-lo e, por isso, quem sabe nos induza a admitir que a linguagem hermética contém a expressão do mistério – seja a expressão dele. De qualquer modo, por ser hermética, necessita de um tradutor, ou seja, do sacerdote que diz entendê-la e decifrá-la.

Essa pode ser a razão por que não apenas a gente simples acreditava no que diziam os oráculos, mas também um filósofo como Heráclito de Éfeso, para quem, naquela voz, falava um deus: "E a Sibila que, de seus lábios delirantes, diz coisas sem alegria, sem ornamento e sem perfume, atinge com sua voz além de mil anos, graças ao deus que nela está". É certo também que, num aforismo seguinte, ele adverte que "os olhos são testemunhas mais exatas que os ouvidos".

Os ouvidos enganam e, porque enganam, nos dão a possibilidade de crer no inexplicável, o que é um modo, se não de entendê-lo, ao menos de assimilá-lo. Assim, acreditamos que certos ruídos ou sons naturais também são manifestações de alguma entidade superior. Para nossos índios, por exemplo, o trovão era a voz de Tupã, uma manifestação de sua zanga, enquanto para outras gentes, os uivos do vento nas noites de tempestade soavam como os lamentos de almas penadas. O temor pode nos vir também da garganta de um pássaro, como por exemplo daquele que, na São Luís de minha infância, era conhecido por rasga-mortalha e que passava gritando assustador, à noite, sobre o telhado de nossa casa.

Dependendo de quem as ouve, muito podem as palavras, especialmente quando ditas por um corvo (*Never more*) que fale inglês ou por um papagaio que fale tupi-guarani, como no caso que nos conta Pero de Magalhães Gândavo em sua *História da Província Santa Cruz* (1576). Os guerreiros de uma tribo invadiram uma aldeia inimiga, trucidando seus moradores, mas, quando já estavam a um passo da vitória definitiva, ouviram algumas palavras ditas por um papagaio, tomaram-se de pavor e saíram correndo todos.

É verdade que o avanço do conhecimento empírico, a descoberta das causas dos fenômenos naturais, veio pouco a pouco calando aquelas vozes, retirando-lhes o significado oracular ou meramente assustador. Os poetas – e os pirados –, não obstante, continuam a dar a elas outros significados que os dos oráculos ou, no dizer de Mallarmé, emprestam "um sentido novo às palavras da tribo". Augusto dos Anjos, com frequência, ouvia a voz do Destino e, no final da vida, ouviu a voz do próprio Incriado, a que chamou de "O Último Número", o qual, atro e subterrâneo, bradou a seus ouvidos: "Não te abandono mais, morro contigo".

Eu também, modéstia à parte, às vezes ouço vozes, muitas vozes, mas nada assustadoras: vozes inofensivas de perfumes e manhãs, de sabores, de olhares, de peles, de um roçar de cabelos – um alarido que me dorme abafado no corpo.

Os poetas não são sacerdotes, mas podem à sua maneira entender o que fala o vento nas folhas, como Fernando Pessoa, para quem "a brisa/ nos ramos diz/ sem o saber/ uma imprecisa/ coisa feliz".

13.11.2005

Um Natal diferente

Naquele ano de 1968, passei o Natal em cana.

Não diria que foi um Natal festivo, mas, dentro das possibilidades, eu e meus companheiros de prisão tratamos de fazer jus à data, gozando a situação em que nos encontrávamos. No nosso xadrez – o x-13 – havia oito presos, Paulo Francis, eu e mais seis; no xadrez ao lado, estavam, além de Caetano Veloso e Gilberto Gil, vários jovens, entre os quais um que se chamava Perfeito Fortuna, o líder deles. Pela grade da janela, que dava para os fundos da prisão, nos comunicávamos com nossos vizinhos que não paravam de inventar encrencas e cantar. Já minha preocupação era pôr ordem em nosso convívio e achar um jeito de encher o tempo. Daí ter proposto que cada um contasse coisas interessantes de sua vida, relacionadas ou não com a luta política.

Uma das figuras mais curiosas do grupo era um sujeito alto e ossudo que se chamava Antonio Calado, homônimo do escritor e que, devido a isso, tinha sido preso. Quando soube que eu conhecia o romancista, implorou-me para dizer aos militares que ele não era o outro Callado. Mas como atendê-lo se até aquele momento estávamos todos incomunicáveis? Quando, dias depois, fomos levados um a um ao interrogatório, pude fazer o que me pedira. Disse maldosamente ao oficial que me interrogava: "Ele se parece tanto com o escritor Antonio Callado quanto um jabuti se parece com um lápis". O oficial me fitou irritado mas, no dia seguinte, mandou soltá-lo.

Fui preso no dia 13 de dezembro, em minha casa, no começo da noite, por um oficial do Exército, que se tornou mais tarde conhecido como um dos chefes do jogo do bicho no Rio de Janeiro: o capitão Guimarães. Eu e Thereza[*] estávamos nos preparando para ir ao cinema, junto com Vianinha, João das Neves e Pichin Plá, nossos companheiros do Grupo Opinião. João e Pichin já haviam

---

[*] Thereza Aragão, autora e diretora teatral, casou-se em 1957 com Ferreira Gullar, com quem teve três filhos: Paulo, Luciana e Marcos. Com Oduvaldo Vianna Filho, Paulo Pontes, Gullar e outros, foi uma das fundadoras do Grupo Opinião. Apaixonada pela música popular, produziu, com Sérgio Cabral, o show *Fina flor do samba*. Morreu em 1994. [N.E.]

chegado. Quando soou a campainha da porta, fui abrir pensando que era o Vianinha, mas deparei-me com dois soldados do Exército.

— É aqui que mora o senhor Ferreira Gullar?
— Do que se trata?
— É o senhor?
— Sou eu mesmo, mas do que se trata?
— Tenho um ordem de prisão contra o senhor — disse o capitão, forçando a entrada.

Neste instante, Thereza chegou à sala. Ao tomar conhecimento da situação, perguntou ao oficial:

— O senhor tem uma ordem de prisão?
— A ordem é verbal. Ele está preso.
— Mas isso é ilegal — disse ela.

A televisão estava ligada e nela apareceu a figura do ministro da Justiça lendo um documento.

— Escute — falou o capitão, apontando para a televisão.

O ministro lia o Ato Institucional nº 5, que suspendia todos os direitos constitucionais do cidadão. João das Neves e Pichin Plá assistiam àquilo apavorados, temendo que sobrasse para eles, já que estávamos todos num mesmo barco. Nossa preocupação era agora com o Vianinha, que poderia estar sendo procurado também.

— Vamos inspecionar a casa — disse o capitão, e se encaminhou para o corredor.

João e Pichin aproveitaram para dar o fora.

— Fiquem esperando pelo Vianinha lá embaixo e avisem a ele — adverti eu.

Os dois saíram. Eu entrei na cozinha, abri a geladeira e joguei dentro dela minha caderneta de endereços, a fim de que não caísse nas mãos dos milicos. Em seguida, sussurrei a Thereza que, depois que me levassem, telefonasse para Mário Cunha, na sucursal do *Estadão*, informando de minha prisão.

Enquanto isso, eles vasculhavam a casa mas, ao tentarem entrar no quarto dos meninos, Luciana, minha filha, que tinha então treze anos, os impediu e fechou-se no quarto. A mando da Thereza, ela tinha levado para lá alguns exemplares do jornal do partido.

O capitão, então, voltou-se para a estante do corredor e começou a catar ali os livros que supostamente serviriam para me inculpar. Ele ia olhando a capa dos livros e os devolvendo à estante. Como ali estavam os livros sobre arte, a sua busca era infrutífera. Até que se deparou com uma pasta, abriu-a e sorriu satisfeito. Tinha encontrado o que buscava. Chamou o soldado e entregou-lhe a pasta.

— Isto vamos levar — disse ele ao soldado.

Eu, que tinha reconhecido a pasta, aproximei-me:

— Por que vai levar? São os originais de um livro meu sobre arte.

— Sobre arte? — disse ele ironicamente. — Sei...

De fato, eu havia reunido ali uma série de artigos que publicara, anos atrás, no "Suplemento Dominical" do *Jornal do Brasil*, sobre os movimentos da arte contemporânea e pusera o seguinte título: "Do cubismo à arte neoconcreta". Deveria entregar aqueles originais, na semana seguinte, à Editora Ler.

Inutilmente tentei explicar ao capitão que aqueles artigos nada tinham a ver com política. O soldado os levou junto com livros e revistas considerados subversivos. Só depois de algum tempo entendi o motivo daquela decisão. Ele achou que a palavra "cubismo" dizia respeito a Cuba.

E essa foi a anedota que nos fez rir muito naquela noite de Natal que passamos no xadrez da Vila Militar.

25.12.2005

Um bicho que se inventa

Toda pessoa necessita que as demais pessoas a reconheçam tal como ela acredita que é, tal como se inventa para si mesma. Isto significa que, porque somos uma invenção de nós mesmos, o reconhecimento do outro é indispensável a que essa invenção se torne verdadeira. Por isso, se é certo, como disse Jean-Paul Sartre, que "o inferno são os outros", é certo também que está neles o sentido de nossa existência.

Um recém-nascido não é ainda um cidadão, quase diria que, a rigor, ainda não é gente: trata-se de um bichinho que traz consigo, potencialmente, todas as qualidades que o tornarão de fato uma pessoa. Sim, porque uma pessoa, mais que um ser natural, é um ser cultural.

Certamente, não pretendo dizer que a pessoa não seja o seu corpo material, esse organismo que pulsa, respira e pensa; tanto é que, sem ele, simplesmente ela não existiria, e é nele que repousam todas as qualidades que permitirão o surgimento da pessoa humana que cada recém-nascido se tornará.

Mas não há nenhum fatalismo nisso. Se é verdade que o recém-nascido já possui qualidades e traços próprios que o tornam diferente de todos os outros, não significa que se tornará inevitavelmente o indivíduo x. Não, o que ele se tornará – e é imprevisível – dependerá em boa parte de como assimilará os valores que a educação lhe ofereça. No princípio, o que ele aprende são as normas básicas de sobrevivência e convívio. Só mais tarde conhecerá os valores que absorverá de acordo com suas idiossincrasias, em face dos quais reagirá de maneira própria e, assim, irá, passo a passo, se formando e se inventando como ser humano.

A sociedade humana foi inventada por nossos antepassados. Quem nasce hoje já a encontra inventada, material e espiritualmente, com seus equipamentos, valores e princípios que a constituem e definem. É dentro desta realidade cultural, complexa e contraditória, que ele vai se inventar como indivíduo único e inconfundível. Porque cada um de nós quer ser assim: único e inconfundível.

Viver é, portanto, inventar-se: inventar sua vida, sua função no mundo, sua presença. Obviamente, nem todos têm a mesma capacidade de inventar-se e reinventar o mundo. Alguns levam essa capacidade a ponto de mudar de maneira radical o universo cultural que encontraram ao nele integrar-se, como o fizeram por exemplo Isaac Newton ou Albert Einstein, Sócrates ou Karl Marx, William Shakespeare ou Wolfgang von Goethe, Leonardo da Vinci ou Pablo Picasso...

Mas a humanidade não é constituída apenas de gênios, que, na verdade, são exceções. Não obstante, todas as pessoas, em maior ou menor grau, se inventam e contribuem para que o mundo humano se mantenha e se renove. Aliás, se os gênios contribuem para a reinvenção do universo cultural – que é o nosso espaço de vida –, a vasta maioria das pessoas é responsável pela preservação do que já foi inventado. Por isso mesmo, a maioria é conservadora e frequentemente resiste às mudanças e inovações. É que essa maioria não tem noção de que vive num mundo inventado, de que a vida é inventada e de que os valores que lhe parecem permanentes também o são. Eles não foram ditados por nenhum ente divino, mas inventados pelos homens conforme suas necessidades e possibilidades. E também, conforme elas, podem ser mudados.

O homem é o único animal que se inventa e inventa o mundo em que vive. A colmeia, que a abelha fabrica hoje, tem os casulos da mesma forma hexagonal que tinha desde que surgiram no planeta as primeiras abelhas. Já o *habitat* humano vem mudando desde sempre, da caverna natural ao casebre, que se transformou em aldeia, povoado, cidade, até chegar à megalópole de hoje. O homem, para o bem ou para o mal, mudou a face do planeta, utilizou os recursos naturais para produzir seu mundo tecnológico e dinâmico. Mudou a natureza, alterou o seu funcionamento biológico, meteorológico, sísmico. Seu *habitat* é primordialmente a cidade, esta complexíssima máquina que só funciona graças à tecnologia que inventamos e desenvolvemos incessantemente.

Quando digo que o homem se inventa, não sugiro que se trata de mera fantasia sem base na realidade. Newton inventou o cálculo infinitesimal, linguagem das ciências exatas, que não existia. A ciência inventou as leis da física, que sempre atuaram na natureza, mas que eram como se não existissem no entendimento humano. As invenções da arte são de outro tipo: Shakespeare inventou a complexidade da alma humana que, se não fosse ele, estaria como se não existisse. Ou seja, a partir da natureza ou de sua imaginação, o homem se inventa e constrói um universo cultural que é seu verdadeiro espaço de existência.

O homem criou também, além do mundo material, além da ciência e da técnica, o mundo simbólico da filosofia, da música, da poesia, do teatro, do cinema. Inventou os valores éticos e estéticos. Inventou a Justiça, embora sendo injusto.

E por que, então, a inventou? Porque quer ser melhor do que é, quer – como disse o poeta Hölderlin – "ultrapassar o campo do possível". Inventou até Deus, que é a resposta à fatalidade da morte e às perguntas sem resposta. O homem inventou Deus para que este o criasse. Filho dileto de Deus, pode assim aspirar à ressurreição.

1.1.2006

A lição do inverno

A Europa e a Ásia estão, nestes dias, sepultadas sob a neve, e eu, que nada entendo das questões climáticas e planetárias, me pergunto: mas não se diz que a Terra está cada dia mais quente? Os entendidos saberão responder a essa pergunta, enquanto, de minha parte, alimento a esperança de que ainda há de demorar muito até que a calota polar derreta e os mares comecem a submergir as cidades costeiras.

Mas não é exatamente disso que quero falar, eu, bicho tropical, que só vim a conhecer uma peça de roupa chamada suéter aos 21 anos, ao mudar-me para o Rio de Janeiro. Quero falar do inverno russo, do frio que experimentei em Moscou, já homem maduro, em comparação com o qual os 16 ou 18 graus do inverno carioca eram quase verão. Já imaginou um sujeito nascido e criado em São Luís do Maranhão, numa temperatura média de 32 graus, exposto de repente a um frio de 15 graus abaixo de zero?

Exposto é modo de dizer, uma vez que eu trazia coladas ao corpo camiseta e ceroulas de lã, sobre as quais vestia calças de tecido grosso, camisa e um paletó pesado. E, por cima de tudo isso, um capote mais pesado ainda, forrado de lã. Era assim que eu, com quase o dobro do peso, saía da *abchejite* para ir às aulas no Instituto Marxista-Leninista, que ficava a umas três quadras de distância.

Ah, sim, esqueci de falar das botas também forradas de pelo, com um solado da grossura de dois dedos. Por precaução, calçava duas meias em vez de uma. Caminhar empacotado desse jeito sobre o gelo das calçadas de Moscou exigia equilíbrio e cautela. A cabeça era protegida por uma *chapca* – aquele gorro de pelos espesso, forrado de seda, com duas abas que se abotoam sob o queixo, de modo a proteger as orelhas do frio. Na primeira manhã de inverno que saí à rua sem abaixar as abas do gorro, comecei a ter a sensação estranha de que minhas orelhas eram de plástico gelado e que, se alguém lhes desse uma cacholeta, se partiriam facilmente. Já o nariz, esse era mais difícil de proteger e, se ventava, então, parecia congelado, dormente, como se não fosse meu.

Mas frio mesmo eu peguei em Leningrado (hoje São Petersburgo): 30 graus abaixo de zero. Não obstante, aquela manhã era mais clara e esplendente que qualquer outra, devido ao reflexo da luz na neve que tudo cobria. Fomos advertidos de que não poderíamos fumar na rua porque, ao tragar, poderíamos puxar para o pulmão um ar tão gelado que poderia provocar uma pneumonia. Mas, quando cruzamos a ponte sobre o rio Neva, vimos sobre seu leito congelado um grupo de pessoas vestindo calções e maiôs como se estivessem numa praia. Não acreditei no que via: tinham cavado um buraco no gelo e, através dele, mergulhavam no rio, cujas águas corriam por baixo do gelo. "Isso é gente da Sibéria", explicou a guia. "Estão acostumados com temperatura de 70 graus negativos." Senti um calafrio.

Devo admitir que, mais que o frio, o que desagradava no inverno em Moscou era acordar numa manhã que parecia noite. Depois ia clareando, mas, amanhecer mesmo, só às dez horas. E, como se não bastasse, às quinze horas começava a anoitecer. Era, portanto, já de noite quando saía do instituto, às dezesseis horas, de volta ao quarto que dividia com um companheiro mais jovem, paulista, operário de profissão, tão ou mais magro que eu. Meu nome de guerra era Cláudio, e o dele, se bem lembro, Luís. Findo o curso, ele, que chegara bem antes de mim, se foi de Moscou para retomar sua vida legal no Brasil, reassumir seu nome verdadeiro, que jamais soube nem saberei qual era. A vida clandestina, entre outros incômodos, tem mais esse, de fazermos amizade com pessoas que não podemos saber quem são, às quais nos afeiçoamos sabendo que vamos perdê-las de vista para sempre. Mas a gente termina por se acostumar, já que também éramos todos, uns para os outros, personagens fictícios de uma aventura real.

Com os outros não sei como foi, mas comigo custei a me dar conta de que realmente estava em Moscou, na legendária cidade que, na minha mente, parecia mais ficção que realidade. Certo dia, passeando na Praça Vermelha, ao ver as torres do Kremlin, espantei-me: "Será que estou mesmo aqui?". Só me convenci de que estava morando na capital da URSS certa tarde, quando, da janela da *abchejite*, vi passar uma senhora e uma menina, com um guarda-sol aberto. Estava claro que se tratava de mãe e filha, a caminho, talvez, de um cinema. Caí na real.

Mas foi em abril, quando os primeiros brotos surgiram nos galhos ressequidos pelo frio, que voltei a sorrir. E não demorou muito até que me deparasse, certa manhã, com a rua toda verde – árvores, jardins, canteiros –, de um verde virente, novinho em folha. Era a primavera que chegava a ensinar-me que a vida é um eterno renascer. Aqui no Brasil, país da eterna primavera, mal nos damos conta disso. Claro que o sabemos, mas saber é diferente de viver. Essa notícia de que o inverno acaba, a tristeza acaba e o verde volta a sorrir foi o inverno russo que me sussurrou ao ouvido, naquele abril de 1972.

22.1.2006

Bichos

Somos feitos de tudo que ocorreu conosco, de tudo que experimentamos, desde os cheiros de lama e jasmim até os bichos que passaram por nossa vida. Quando digo nós, falo mais de gente do interior do que de gente da cidade grande: meus filhos, quando viram pela primeira vez uma galinha viva, ficaram maravilhados. Já eu, bem menino, ganhei um macaquinho-de-cheiro, espertíssimo, que um dia fugiu pelo sapotizeiro da casa vizinha. Um dia ganhei um carneirinho branco que levava a pastar no capinzal da Quinta dos Medeiros; eu o provocava, empurrando-lhe a testa, e ele arremetia, dando-me marradas. Sumiu de minha vida, não sei como. Para onde terá ido meu carneirinho branco?

Mas houve bichos que, ao contrário, me provocavam medo e repugnância, como as cobras e os escorpiões. Um bicho que povoou minha infância foi a formiga: após a primeira chuva do verão, manavam aos borbotões da parede do quarto, vindas não sabia de onde. E, no quintal, eram as saúvas vermelhas, que fervilhavam sobre a terra escura, carregando pedaços de folhas. Como Bizuza garantia que "onde tem formiga tem dinheiro enterrado", eu e minhas irmãs demos a cavar naquele ponto do quintal. Mas desabou uma tempestade, e nós, enlameados dos pés aos cabelos, desistimos da busca do tesouro.

Nem por isso as formigas saíram de minha vida. Na quitanda de meu pai, apareceu um rapaz estranho que puxava assuntos mais estranhos ainda, quase sempre sobre formigas; mais precisamente sobre os exércitos delas que, segundo ele, guerreavam sob as folhas do matagal. E contava as batalhas a que havia assistido entre legiões de formigas vermelhas e negras – os dois exércitos equipados de lanças e escudos, marchando ao som de clarins. Uma guerra de robôs metálicos semelhantes aos que hoje se veem na televisão. Um dia, o contador dessas histórias sumiu da quitanda. Vi-o, mais tarde, por acaso, debruçado no muro do manicômio, espiando a rua, quando por ali passei de bonde, a caminho da escola. Não foi, portanto, por acaso que, muitos anos depois, escrevi um poema concreto intitulado "O formigueiro", em que as letras dispersas nas páginas lembravam formigas e, como no quintal, traçavam ali "o mapa do ouro".

Mas não só de formigas esteve habitada minha infância: também de galos, frangos e galinhas – daqui e de Angola. Via os pintos saírem dos ovos, crescerem e começarem a cantar de galo. Por isso minha poesia está cheia de cacarejos, pios de pintos e galos gritando ao amanhecer.

Já rapaz, ao entrar num barco para ir a Alcântara, saltou de dentro dele um rato. O barqueiro, de remo na mão, o encurralou entre o paredão do cais e a maré que cobria a rampa. Sem saída, o pequeno animal, de presas à mostra, avançou sobre o homem que, assustado, deixou que ele se fosse. Aprendi naquele dia que não se deve deixar o adversário sem alternativa, pois ele vira fera, mesmo que seja um rato.

Havia, além desses, os bichos silenciosos, especialmente as aranhas. Nos cantos da casa, às vezes no quintal, surgiam caranguejeiras, abrindo e fechando as mandíbulas. Olhava-as com horror, mas nenhum mal me fizeram, nem soube de ninguém a quem tenham atacado. Os escorpiões se punham em posição de defesa, o esporão venenoso na ponta do rabo, que erguiam em riste acima da cabeça. Mas também deles escapei ileso.

Meu reencontro com uma aranha só veio a ocorrer muitos anos depois, num domingo à tarde, num apartamento em que morava em Ipanema. Junto ao parapeito da janela de meu escritório, vi quando a mosca enredou-se na teia e ficou ali se debatendo. A aranha se aproximou rapidamente e começou a atá-la com sinistra diligência. Eu poderia evitar a morte da mosca, mas pensei: se toda vez que uma aranha capturar uma mosca, surgir alguém para libertá-la, as aranhas morrerão de fome. Elas que se entendam.

A última vez que me defrontei com uma aranha foi ano passado, quando abri um dicionário de filosofia: em suas muitas e finíssimas pernas, o pequenino animal, espantado, correu ou flutuou até o alto da página e lá se deteve, a me observar. Nascida e criada entre aquelas páginas, estava ela em seu mundo, cuidando de seus afazeres vitais, quando eu ali penetrei como uma ameaça. Era enorme a desproporção entre meu tamanho e o dela, menor que a unha de meu dedo mindinho. Postada no alto da página, fitava-me tão surpresa quanto eu com aquele inesperado encontro. Minha vontade era pedir-lhe desculpa, como faria a uma jovem em cujo quarto penetrasse intempestivamente. Como não falo a língua das aranhas, tratei de fechar o livro com todo o cuidado, de modo a não lhe causar nenhum dano.

Mas o bicho mais afetuoso que conheci foi um gato siamês. Chamava-se Gatinho e, depois de dezesseis anos, se foi, meu companheirinho, levando com ele a alegria da casa.

12.2.2006

Relações perigosas

Já que, neste momento, você não tem o que fazer (do contrário, não estaria lendo esta crônica), proponho-lhe refletir sobre a seguinte questão: existe relação causal – isto é, de causa e efeito – entre o funcionamento dos órgãos sexuais e o funcionamento cerebral? Melhor dizendo, transar de mais pode resultar em pensar de menos? Ou, invertendo a pergunta: pensar demais pode ameaçar a sobrevivência da espécie?

Certas pessoas, para quem o progresso tecnológico – fruto da inteligência humana – pode levar ao desastre ecológico total, dirão que sim, ameaça; já outros, para os quais a inteligência é a própria essência do homem, dirão que não, e podem alegar que as espécies animais que se extinguiram não eram dotadas de inteligência.

Mas você há de se perguntar por que venho agora, a propósito de nada, levantar essa questão. Respondo que, na verdade, não é a propósito de nada, mas de uma notícia que li, faz alguns dias, sobre morcegos. A notícia dizia, resumindo-a, que alguns morcegos machos têm de pagar um preço para manter seu poder de reprodução: ter cérebros menores.

Pesquisadores da Universidade de Syracuse, de Nova York, observaram que, em determinadas espécies, cujas fêmeas são promíscuas, os machos têm testículos maiores e cérebros menores. Conforme os autores da pesquisa, se a morcego fêmea acasala com mais de um macho, fica estabelecida a competição: quem ejacular o maior número de espermatozoides vence a disputa. Pelo menos, isso é o que assegura o biólogo Scott Pitnick, coordenador do estudo, que analisou 374 espécies. A conclusão, segundo ele, é que, neste caso, tamanho é documento.

O aspecto mais curioso desse estudo, que foi publicado na revista *Proceedings of the Royal Society: Biological Science*, é a comprovação de que, pelo menos alguns animais, durante o processo evolutivo, trocam desenvolvimento intelectual por capacidade reprodutiva, conforme explica David Hoskens, biólogo do Centro de Ecologia e Conservação da Universidade de Exeter, na Inglaterra. Segundo ele, os morcegos priorizam os testículos e esse investimento tem de sair de algum lugar, já que nenhum benefício é grátis. É mais ou menos – digo eu – como no capitalismo, aliás, como na economia: o dinheiro que se investe em determinado setor saiu de algum outro; não existe mágica nem milagre.

O cientista explica que o corpo do macho canaliza a energia para aumentar os testículos e conseguir, assim, maior vantagem para se adaptar à situação nova, criada pela solicitação sexual das fêmeas. O que me intriga é que essa energia, que lhe faz crescer os testículos, tenha que sair-lhe do cérebro, disso resultando que, no caso dos morcegos pelo menos, quanto maiores os testículos, menores os miolos.

Já se viu que esse incremento testicular é determinado pela necessidade de aumentar a produção de esperma, e que essa produção resulta da solicitação sexual de certas morcegas insaciáveis. São elas que, desrespeitando as normas da monogamia, seduzem os parceiros das outras, com a consequência lamentável – do ponto vista intelectual – de terem eles o cérebro diminuído. Em compensação – alegarão outros, defensores da liberação sexual e do hedonismo –, têm mais prazer, o que remete a uma nova questão, que é saber se o prazer sexual é superior ao prazer intelectual que, no caso dos morcegos, não sei avaliar. E, no caso dos humanos, também não.

O que de fato me grila, nesse assunto, é por que, para crescerem os testículos, tem que diminuir exatamente o cérebro; não poderia, por exemplo, diminuírem as asas, as patas, o estômago? Dizem os cientistas que o fator determinante dos processos biológicos – e dos outros – é o acaso, que é, como se sabe, o contrário de Deus, razão por que seria injusto responsabilizá-lo pela redução da capacidade intelectual dos morcegos. O acaso formou o morcego tal como ele é hoje, e ele poderia permanecer com seus testículos proporcionais ao cérebro, não fossem as morcegas desavergonhadas que – por acaso ou por necessidade – só pensam "naquilo". Pode-se alegar a favor delas que agem para garantir a sobrevivência da espécie, dado que têm um só filhote por ninhada e apenas duas tetas.

Deixando de lado o caso de Batman, não sei se essa relação cérebro-testículos se mantém nos humanos. Entre os morcegos, os monogâmicos têm cérebro e testículos de tamanho normal; a questão é saber se ocorre o mesmo com os cidadãos bem casados, que não pulam a cerca. E os devassos, teriam a atividade mental proporcionalmente inversa à sua atividade sexual? Ou, falando francamente, transar muito faz o cara ficar burro? Não garanto, mas a verdade é que o povo, sem qualquer base científica, costuma dizer de certos homens que "têm os testículos no lugar do cérebro". De qualquer modo, tanto no caso dos morcegos como no dos humanos, a culpa caberia à fêmea que, a exemplo de Eva, arrasta o cara para o mau caminho. Dizem até que Adão, antes de conhecê-la, era muito mais inteligente. Do que duvido.

12.3.2006

A morte do livro

A morte do livro como veículo da literatura já foi profetizada várias vezes, na chamada época moderna. E não por inimigos da literatura, mas pelos escritores mesmos. Até onde me lembro, o primeiro a fazer essa profecia foi ninguém menos que o poeta Guillaume Apollinaire, no começo do século XX.

Entusiasmado com a invenção do gramofone (ou vitrola), acreditou que os poetas em breve deixariam de imprimir seus poemas em livros para gravá-los em discos, com a vantagem – segundo ele, indiscutível – de o antigo leitor, tornado ouvinte, ouvi-los na voz do próprio poeta. A profecia estava equivocada, mas o erro do poeta é compreensível, já que, com o gramofone, os poetas modernos estariam mais próximos dos antigos aedos.

De qualquer modo, Apollinaire, que foi um bom poeta, revelara-se um mau profeta, já que os poetas continuaram a se valer do livro para difundir seus poemas enquanto o disco veio servir mesmo foi aos cantores e compositores de canções populares, que são de fato os aedos modernos. E a tal ponto que houve até quem afirmasse a substituição do poema pela canção popular: a poesia teria, assim, por morte do poema, se transferido do livro para o disco.

Mas ainda desta vez os propagadores de maus presságios pisaram na bola, uma vez que, décadas depois dessa profecia, os livros de poemas continuam a ser editados, com a ajuda, hoje – vejam vocês! –, da revolucionária tecnologia da informática. (Mas já há quem garanta que o livro – e não só os de literatura – vai morrer agora, substituído pelo computador. Mal sabe, essa gente, que há quarenta anos inventei o livro-poema que o computador não pode substituir!)

O mais recente profeta do fim do livro é o romancista norte-americano Philip Roth, que, numa entrevista, fez o prenúncio. Na verdade, ele anunciou o fim da própria literatura e não por falta de escritores, mas de leitores. Certamente, referia-se a certo tipo de literatura, pois obras de ficção como O *código Da Vinci* e a série *Harry Potter* alcançam tiragens de milhões de exemplares em todos os idiomas.

Outro fenômeno que contradiz a tese de que as pessoas leem cada vez menos é o crescente tamanho dos best-sellers: ultimamente, os volumes ultrapassam as quatrocentas ou quinhentas páginas, havendo os que atingem mais de oitocentas. Tais dados põem em dúvida, mais uma vez, as previsões da morte do livro e da literatura.

Não concordo com elas, quando mais não seja porque me parecem simplificadoras da questão. Se é verdade que, só em estado de delírio, alguém afirmaria que mais gente lê livros do que vê televisão, também se equivocaria quem visse nessa diferença de interesses um indício de que em breve ninguém mais lerá livros.

A visão simplificadora consiste em não levar em conta alguns fatores que estão ocultos, mas atuantes na sociedade de massa: fatores qualitativos que a avaliação meramente quantitativa ignora. Começa pelo fato de que são as obras literárias de qualidade, e não as que constituem mero passatempo, que influem na construção do universo imaginário da época. É indiscutível que tais obras atingem, inicialmente, um número reduzido de leitores, mas é verdade também que, através deles, com o passar do tempo, influem sobre um número cada vez maior de indivíduos – e especialmente sobre aqueles que constituem o núcleo social irradiador das ideias.

Costumo, a propósito desta discussão, citar o exemplo de um livro de poemas que nasceu maldito: *As flores do mal*, de Charles Baudelaire, cuja primeira edição, em reduzida tiragem, data de 1857. Naquela mesma época havia autores cujos livros alcançavam tiragens consideráveis, que às vezes chegavam a mais de 30 mil exemplares. Esses livros cumpriram sua missão, divertiram os leitores e depois foram esquecidos, como muitos best-sellers de nossa época. Enquanto isso, o livro de poemas de Baudelaire – cuja venda quase foi proibida pela Justiça –, que vem sendo reeditado e traduzido em todas as línguas, já deve ter atingido, no total das tiragens, muitos milhões de exemplares. O verdadeiro best-seller é ele ou não é?

Não é a quantidade que importa. A cidade de São Paulo deve ter hoje uns 10 milhões de habitantes, mas os moradores desta megalópole, na verdade, vivem em pequenos grupos de uns poucos amigos e conhecidos. Ninguém, de fato, convive com milhões. Só alguns indivíduos da sociedade multitudinária são conhecidos de tantas pessoas, que ele mesmos desconhecem. É bom, para o escritor, vender muitos livros e poder viver de seu trabalho, mas nada se compara ao encontro pessoal com alguém que lê e ama sua obra. A propósito disto, costumo contar a história de um bêbado aqui do bairro que, ao me ver passar, gritou:

"Ferreira Gullar, famoso e eu não sei quem é!". Já meu amigo Raí, que vende livros usados sobre um plástico estendido na calçada, a poucos metros de minha casa, sabe muito bem quem sou eu; o mesmo posso dizer daquele mendigo que me declarou em alto e bom som: "Poeta, esporadicamente leio os seus livros". O que posso querer mais?

19.3.2006

Papo brabo

— Falando francamente, parece que o que aconteceu recentemente em São Paulo muda o panorama. Não se pode mais falar de criminalidade como se falava antes, não acha?

— Está se referindo à ação rápida e coordenada dos bandidos?

— Sim, estou me referindo ao PCC. Parece que se trata de um fenômeno novo no cenário social. É verdade que ele existe desde 1993. A polícia disse que o tinha desbaratado, mas os fatos mostram o contrário.

— Também estou espantado com o que tenho lido nos jornais. Só uma quadrilha bem organizada e eficiente poderia provocar levantes em 48 presídios, ataques a delegacias e residências de policiais, além de metralhar bancos e queimar ônibus, e tudo isso ao mesmo tempo. Houve, sem dúvida, uma ordem que partiu de um comando central, a cuja decisão se obedece sem discutir.

— O PCC, se não me equivoco, atua como uma organização paramilitar, composta de homicidas cheios de ódio e revolta, decididos a se vingar de seus opressores, ou seja, o aparelho repressor do Estado, e assustar a sociedade. No estatuto, a central de comando é intitulada de quartel-general.

— Segundo li na imprensa, deduzo que o PCC constitui a elite dos criminosos que atuam disciplinadamente dentro e fora dos presídios. Não é qualquer um que pode se tornar membro dele.

— Basta ler o seu estatuto. Lá está escrito que os membros da organização que estejam em liberdade estão obrigados a ajudar os "irmãos" que estão presos, do contrário "serão condenados à morte, sem perdão".

— Trata-se de uma entidade com características muito especiais e estranhas. Ao mesmo tempo que o comando garante seu poder pelo terror, trata a todos como irmãos e exige total solidariedade entre todos eles. Os criminosos referem-se ao PCC como "partido", instituição política, e não obstante se configura também como uma seita religiosa.

— Sabe que, dentro das penitenciárias, os membros do PCC evitam se envolver em brigas pessoais e estão proibidos de praticar violência contra os companheiros de prisão, como roubo, estupro, agressão? Devem dar exemplo aos demais presos e, por isso, são respeitados e temidos.

— É, eles procuram demarcar o limite entre os bandidos e o resto da sociedade, de modo a se definirem como uma irmandade vítima da violência carcerária e que, por isso, deve responder a seus inimigos com redobrada violência.

— Por isso mesmo são temidos, não só pelos demais presos como pelos agentes penitenciários. Um desses agentes disse a um repórter que, se algum deles tenta tomar um celular de um desses bandidos, ouve a seguinte ameaça: "Vou mandar matar tua família". Pelo sim, pelo não, o agente penitenciário desiste.

— Mesmo porque ele sabe que a organização atua também fora do presídio.

— Essa dupla atuação, dentro e fora do sistema carcerário – que ficou demonstrada nesses dias de violência –, é uma das principais forças do PCC.

— E a sua principal arma, talvez mais até do que as armas de fogo, é o telefone celular. Graças a ele, o comando dirige a organização de dentro das penitenciárias e a amplia incessantemente. Sem ele, a avalanche de violência que desabou sobre São Paulo não teria ocorrido.

— O PCC alardeia que já está organizado em todo o Estado de São Paulo e se organiza paulatinamente em âmbito nacional.

— Isso ficou evidente quando a sublevação se espalhou pelos presídios de São Paulo e de outros Estados.

— O telefone celular dispensa o contato pessoal, viabiliza acordos e compromissos entre cidades e Estados distantes, não importando se os dirigentes das quadrilhas estão livres ou presos.

— Desse modo, parece que está se formando um partido clandestino para dirigir toda a população carcerária do país.

— Um partido que defenderá o direito de o bandido ser bandido.

— Se terá representação no Congresso, não sei. De qualquer modo, representa um grave perigo para a sociedade: o perigo de tornar a segurança do Estado brasileiro refém de uma organização criminosa.

28.5.2006

Craques da minha vida

Como o assunto no Brasil de hoje é o futebol, aproveito para dizer que sou filho de um antigo centroavante do Luso Brasileiro Futebol Clube, que foi tantas vezes campeão maranhense.

Ele se chamava Newton Ferreira, e foi na qualidade de craque da seleção maranhense que, em 1929, conheceu o Rio de Janeiro, um ano antes de nascer o seu filho José, ou seja, eu, também conhecido como Periquito.

Disputava-se o Campeonato Brasileiro, e a seleção maranhense, campeã do Norte e Nordeste, veio ao Rio enfrentar a seleção carioca. Foi recebida, no Palácio do Catete, pelo presidente Washington Luís e, no dia seguinte, adentrou o gramado disposta a vencer. Mas perdeu: perdeu para os cariocas de 9 a 0 e saiu de campo debaixo de vaias e sob uma chuva de chupas de laranja.

Isso foi meu pai mesmo que me contou, muitos anos depois, quando o trouxe ao Rio para tratar da saúde. Talvez tenha sido dele que herdei esta disposição para rir de mim mesmo. Ele ria da derrota e eu ria com ele.

Mas minha relação com o futebol não se limita a isso, já que, sem o mesmo talento que ele, joguei no infantil do Ferroviário Futebol Clube, sem contar as peladas no Campo do Ourique, em frente ao Mercado Novo. Bem, já então Newton Ferreira abandonara o futebol e se tornara um pequeno comerciante, mas ainda me levava para assistir, aos domingos, às partidas do Luso.

Minha carreira futebolística terminou quando sofri uma violenta rasteira e caí de bunda no chão. Temi ter quebrado o espinhaço e vi que seria melhor dedicar-me a esporte menos brabo; a poesia, por exemplo.

Troquei a rua pelo quarto, onde agora passava os dias lendo, enquanto meus companheiros de pelada seguiram seu rumo. Dois deles se tornaram craques de futebol, amados das respectivas torcidas: Esmagado, que fez sua carreira lá mesmo em São Luís do Maranhão, e Canhoteiro, que se tornou ídolo da torcida do São Paulo.

Quando, aos 21 anos, me mudei para o Rio de Janeiro, já os tinha perdido de vista e quase me esquecera do futebol – eu, que era vascaíno doente, que pusera o nome do Vasco em meu time de botão.

Muitos anos depois, numa das minhas idas a São Luís, reencontrei Esmagado, já fora do futebol, mas admirado pelos fãs. Passeamos juntos pelas ruas da Madre-Deus, num sábado à noite, quando pude ver como o povão o admirava e se aproximava de nós para abraçá-lo e conversar.

De Canhoteiro, tive notícias através dos jornais: era chamado de "o Garrincha do Morumbi", tão sensacionais eram os dribles que dava nos adversários, com o mesmo espírito moleque das peladas de infância. Jogou na seleção brasileira e conquistou legiões de fãs, entre os quais o menino Chico, filho de Sérgio Buarque de Holanda.

Certo domingo, pela televisão, o vi jogar. Mal acreditei: ali estava, com as mesmas gingas, o Canhoteiro das partidas em frente ao Mercado Novo. Nesse mercado, o pai dele, seu Cecílio, tinha uma banca onde vendia mingau de milho e tapioca. Era lá que, todas as manhãs, bem cedo, quebrava o jejum antes de seguir para o colégio.

Ele não via com bons olhos aquela obsessão do filho pelo futebol. Queria que o filho estudasse, em vez de jogar bola. "O que vai ser desse menino quando crescer? Vai terminar vendendo mingau no mercado que nem eu?"

Newton Ferreira procurava tranquilizá-lo: "Nada disso, seu Cecílio, o menino vai ser um craque da bola. Ouça o que estou lhe dizendo". Mas é que, naquela época, ser um craque da bola no Maranhão, em matéria de grana, não queria dizer grande coisa. "Você foi um craque e acabou quitandeiro. Quero que meu filho seja doutor, seu Ferreira, isso o que eu quero", dizia Cecílio.

Canhoteiro já era gênio aos dez anos de idade. Prendia a ponta da camisa na mão, enfiava dois dedos na boca (ele ainda chupava dedo) e saía driblando todo mundo com extraordinária habilidade. Tive, assim, a glória de trocar passes com ele, muito antes que a fama o coroasse.

Um dia confidenciei a um cronista esportivo – se não me engano, ao Armando Nogueira – que tinha sido colega de infância de Canhoteiro, e ele logo pensou em promover um encontro de nós dois, na primeira oportunidade que o São Paulo viesse jogar no Rio. O encontro não houve, mas, quando falou de mim a Canhoteiro, este exclamou:

— Não me diga, o Periquito virou poeta?!

11.6.2006

O preço da fama

Tornar-se famoso é tornar-se notícia e, hoje, notícia é dinheiro porque é isso o que a mídia vende. Ser famoso pode ser bom porque sua presença vale ouro como também vale, consequentemente, tudo o que faça e tudo o que diga e até mesmo o que não faça e não diga. Por outro lado, pode ser ruim (tudo tem seu lado mau) porque a fama pelo menos um preço cobra ao famoso: a sua privacidade.

Mas há vários tipos de famosos, conforme a razão de sua fama: se é ator ou atriz de televisão, se é cantor de música popular, se é jogador de futebol. Algumas dessas pessoas mal podem sair à rua, ir ao shopping, fazer *cooper* na praia ou no parque. No mínimo, vai ser abordado por este ou aquele transeunte e, se descuidar, logo estará cercado de curiosos. Por mais que a pessoa curta ser admirada e adorada, chega a um ponto em que perde a paciência, mesmo porque tudo cansa, até a idolatria dos fãs ou principalmente esta. E é natural que assim seja, porque se trata de uma relação que menos tem a ver com a pessoa mesma do que com a fantasia das outras.

Deve-se admitir, no entanto, que o fã tampouco tem culpa. Na verdade ele parte de uma realidade midiática que é a realidade de hoje da qual em maior ou menor escala quase ninguém escapa. Se uma atriz de televisão entra inesperadamente num *spa* que você costuma frequentar, um frêmito espalha-se pelo ambiente e todas as pessoas que ali estão, mesmo as que ali trabalham sossegadamente, são tomadas de súbito *frisson*. E tudo se modifica de repente, ninguém mais se comporta como de hábito e a própria atmosfera da sala parece iluminada. E é assim mesmo, porque vivemos todos num mundo inventado, um mundo de símbolos e imagens, que são o sentido de nossa existência. Uma jovem linda, que habita o universo mágico das novelas, ao penetrar em nosso cotidiano banal, provoca um curto-circuito e nos precipita no imaginário.

O mesmo aconteceria se, em vez de uma atriz, aparecesse ali Ronaldo Fenômeno. Nisso todos os famosos se assemelham, mas em outras coisas, não: se num show de sua cantora predileta ela de repente desafina, nada muda essencialmente; já com o craque de futebol é diferente: se perde o gol, se joga mal, o fã se enfurece, passa de admirador a detrator.

Há quem compare o craque de futebol ao herói. Agora, durante a Copa, isso tem acontecido com Ronaldo, estigmatizado como o herói decadente, o herói que falhou.

Se um jogador de futebol pode ser visto como um herói, não será um herói do mesmo tipo que Aquiles ou Heitor, personagens da *Ilíada* de Homero, nem como Tiradentes, da Inconfidência Mineira, ou Che Guevara, assassinado em La Higuera, em 1967. Tais personagens não agiam diante das câmeras da televisão nem punham em jogo sua vida para atender à expectativa de admiradores que deles exigissem a vitória a qualquer custo. Se Aquiles e Heitor, na versão de Homero, bateram-se ante o olhar de gregos e troianos, seus aliados e inimigos, na maioria dos casos, os heróis lutam e morrem anonimamente, levados ao sacrifício por própria e decidida vontade de defender sua pátria ou os valores em que acreditam. Se derrotados, o povo chora-lhes a morte, em vez de culpá-los pela derrota, e maldiz quem os matou.

Não é isso o que ocorre com os craques de futebol, particularmente se alcançam a fama e a glória que alcançou Ronaldo, por sua capacidade de fazer gols e decidir uma partida: não pode errar, não pode falhar, não pode perder.

Na verdade, um jogador de futebol não é um herói, a não ser para os fãs. Tornou-se craque porque, desde menino, tinha prazer em jogar bola e uma capacidade maior que seus colegas de pelada. Tomando como exemplo os craques que via jogar e admirava, decidiu entregar-se de corpo e alma ao futebol e, graças a suas qualidades excepcionais, destacou-se e ganhou a admiração dos torcedores. Mas seu objetivo não era certamente salvar a pátria.

Sucede que, durante a Copa do Mundo, integrando a seleção brasileira que, como disse Nelson Rodrigues, é "a pátria de chuteiras", terá que salvá-la. Faz parte do "quadrado mágico" que o técnico inventou e tem agora dificuldade de desinventar, já que nele residiria a chave para chegarmos ao hexa. Está acima do peso? Está sem ritmo? Com bolhas no calcanhar? Que decepção, nosso herói engordou! Lento e lerdo, comprometeu a estreia do Brasil na Copa. É quase um traidor da pátria.

E assim, objeto da expectativa de milhões de pessoas, entra em campo aquele que nunca desejou ser herói e que, ao contrário dos heróis de verdade, não pode fracassar.

25.6.2006

No horário eleitoral gratuito

Amigão, você deve me conhecer de nome. Eu me chamo Pedro Mensala, fui eleito deputado federal em 2002, mas renunciei para não ter meu mandato cassado e não poder me candidatar de novo. Por que queriam cassar meu mandato? Você deve estar sabendo, foi essa coisa de mensalão que inventaram para me perseguir só porque sempre trabalhei pelo povo pobre, primeiro como vereador, depois como deputado estadual e finalmente como deputado federal.

Apoiado por meus antigos companheiros de sindicato, batalhei por minha categoria, provocando o ódio dos patrões. Foi assim que ganhei a confiança dos companheiros e comecei uma carreira política vitoriosa. Mas, ano passado, a direita reacionária inventou essa calúnia chamada de mensalão, e fui denunciado numa CPI. Pura palhaçada. Não há provas de que eu tenha recebido dinheiro para votar com o governo. Mentira, mentira, mentira! O governo não precisaria me comprar porque pertenço à sua base de apoio.

É verdade que fui eleito por um partido de oposição, mas, assim que o novo presidente tomou posse, mudei de legenda, deixei a oposição para apoiar o governo, pois, realista que sou, ou melhor, idealista que sou, queria dar meu apoio a um presidente igualmente idealista e que, como eu, sempre batalhou pelos pobres. Se recebi dinheiro, foi grana não contabilizada para pagar despesas de campanha eleitoral.

Quanto você pensa que custa uma campanha para deputado federal, amizade? Não, não tenho vergonha de dizer que me elegi com grana do caixa dois, porque isso todo mundo faz sistematicamente, e não vou bancar o babaca, dar uma de honesto e perder as eleições. Agora ficam esses hipócritas falando de ética. De que serve a ética? Com perdão da palavra, limpo a bunda com ela. Político não pode ter ética, tem que meter a mão na merda mesmo, se quiser se eleger. Estou ou não com a razão? Olhe, muitos intelectuais pensam exatamente como eu.

Os falsos moralistas inventaram que eu tinha mandado minha mulher ao banco pegar a grana do mensalão. Veja você, mulher de deputado não pode mais ir a banco que é para receber mensalão! Ela foi lá retirar o dinheiro que a tia dela mandou para comprar uma máquina fotográfica digital, que lá em Cajapió não tem. A coitada retirou os 50 mil reais que a tia mandou e inventaram que era dinheiro de suborno! Mentira, mentira, mentira!

Depois disso, não contentes, inventaram outra calúnia, afirmando que havia comprado uma fazenda por 1 milhão de reais, perto de Cajapió, quando quem de fato comprou essa fazenda foi meu irmão, com um dinheiro que ganhou na loto. Como se vê, demonstro que sou um homem honesto, que nunca me meti em falcatruas, conforme sabe o povo, que, por isso, sempre me honrou com seus votos. O fato é que tanto fizeram, forjaram provas e testemunhos, denúncias vazias e invencionices, que os membros da CPI terminaram acreditando e me relacionaram entre os corruptos. Aliás, o relator da CPI, que faz carga contra mim em seu relatório, embora sendo do meu partido, não vai com minha cara porque sou um homem de origem humilde, um simples bancário que se tornou parlamentar graças à sua dedicação à causa pública.

Fiquei na seguinte situação: ou perdia os direitos políticos por oito anos, ou renunciaria para poder me candidatar de novo. Foi o que fiz, de modo que aqui estou, com a graça de Deus, candidatíssimo e contando com o seu voto independente, consciente, de pessoa que não se deixa levar pelo que diz a imprensa e os detratores de honra alheia.

Nem bem minha candidatura foi anunciada, já meus inimigos passaram a acusar o meu partido de permitir a candidatura de um corrupto. O mesmo disseram de outros candidatos que, como eu, dentro da lei, renunciaram para escapar da cassação. Pergunto: quem gostaria de perder seus direitos políticos?! Não é a lei que permite renunciar para não ser cassado? Alegam que essa lei é uma imoralidade e que foi feita pelos deputados para se livrarem da punição. Estou me lixando. Se a lei me beneficia, bobo seria eu se não me valesse dela. A lei da própria natureza permite que os mais espertos sobrevivam, e os incapazes pereçam. Não sei de que me acusam, se apenas obedeço à natureza!

Esquecem que a moralidade é relativa e que se deve separar o joio do trigo. Se um sujeito desrespeita a lei, visando usar o mandato em interesse próprio, isso é imoral; mas, se faz com o propósito de trabalhar pelo bem comum, é ético, não merece ser punido, pois, como se sabe, os fins nobres justificam os meios ignóbeis.

24.9.2006

Fora da história

Há sessenta anos, em setembro de 1946, Nise da Silveira criava, no Centro Psiquiátrico Nacional Pedro II, no Rio, o ateliê de pintura que daria origem ao Museu de Imagens do Inconsciente, hoje uma referência fundamental para os que estudam as relações da arte com a esquizofrenia.

O museu foi concebido com o propósito de preservar obras que, realizadas por doentes mentais, constituíssem material de estudo do seu mundo interior, de difícil acesso e compreensão. Não era intenção de Nise formar ali artistas mas, sim, lançar mão da linguagem simbólica da arte para ampliar as possibilidades de superação da enfermidade psíquica. Não obstante, desde o primeiro momento, os trabalhos de alguns dos pacientes despertaram o interesse do crítico francês Léon Degand, então diretor do MAM (Museu de Arte Moderna) de São Paulo, que propôs expô-los. Essa mostra provocou uma polêmica entre os críticos Mário Pedrosa – que defendia o valor artístico das obras – e Quirino Campofiorito – que o negava. Na verdade, um debate que continuaria ainda por muitos anos dividindo a opinião de artistas e críticos.

Mas não vale a pena, agora, reabrir essa discussão, mesmo porque o que hoje muitas vezes se apresenta como arte não cabe em nenhuma definição possível. A estranheza, que levava alguns críticos a negar valor artístico àquelas obras, parece coisa normalíssima em face das manifestações atuais. Tampouco quero perder meu tempo com isso.

Não demorou muito para que o ateliê de pintura da doutora Nise revelasse talentos surpreendentes como os de Emygdio, Raphael e Diniz. Era de fato um outro universo que se revelava em suas pinturas e desenhos. Vendo-os, convenci-me de que, se a condição de esquizofrênicos imprimia a suas obras uma atmosfera peculiar, inusitada, não era ela que os qualificava como artistas. Noutras palavras, entendi que um artista pode ser esquizofrênico mas nem todo esquizofrênico será artista e, dentro dessa mesma visão, há esquizofrênicos que são bons artistas e outros que são geniais, como é o caso de Emygdio de Barros. Essa é uma afirmação difícil de demonstrar, mas não sei de que outro modo qualificar a força expressiva daquele universo de formas ao mesmo tempo familiares e estranhas, transfiguradas na sua expressão visionária. As cores, que surgem como relâmpagos do fundo da noite – noite psíquica? –, pertencem a uma outra dimensão do imaginário. Há, em seus quadros, uma carga psíquica de tal densidade que certamente só quem, como ele, visitou outros "estados do ser" pode revelar.

Emygdio, que estava internado havia 25 anos sem falar uma só palavra, foi trabalhar no ateliê de encadernação. Um dia, porém, Almir Mavignier, que monitorava o ateliê de pintura, encontrou sobre sua mesa um desenho que o deixou impressionado. Descobriu que o autor era o paciente magrinho chamado Emygdio e o trouxe para o ateliê de pintura. Dos desenhos, Emygdio passou aos quadros, ricos de matéria e variações cromáticas, dando início a uma produção espantosa. Havia uma fosforescência subjacente à matéria cromática de seus quadros que ninguém sabia explicar.

Um dia, próximo ao Natal, Nise perguntou a Emygdio que presente gostaria de ganhar e ele respondeu: "Um guarda-chuva". Ela concluiu que ele desejava ir embora. "Mas ele vai parar de pintar", advertiu Almir. Decidiram, então, fazer uma exposição de seus quadros para vendê-los e, com o dinheiro obtido, comprar telas e tintas. A exposição foi feita, mas só se venderam seis quadros: cinco deles comprados por Mário. Emygdio mudou-se para a casa de seus parentes, no interior do Estado do Rio. Poucos meses depois, Almir foi até lá e trouxe para o museu uma série de belíssimos guaches, que Emygdio pintara. No ano seguinte, porém, Almir transferia-se para a Alemanha e nada mais se soube de Emygdio, até que o próprio Mário foi visitá-lo e constatou que o dinheiro destinado a comprar mais telas e tintas fora investido na aquisição de porcos e galinhas.

Muitos anos se passaram até que, certa tarde, Emygdio reapareceu, no Centro Psiquiátrico Nacional, de maleta e guarda-chuva, e informou à doutora Nise que queria reinternar-se para voltar a pintar.

E ali ficou, pintando, até completar oitenta anos, quando, por lei, teve que deixar o hospital. A doutora Nise conseguiu interná-lo num asilo de velhos, onde concluiu sua existência vivida fora da história. É certo, porém, que, graças a ele, há hoje no Universo, além de planetas e galáxias, alguns quadros e guaches de espantosa beleza.

22.10.2006

Idade do óbvio

Vivemos na idade do moderno, do pós-moderno, do sempre moderno. O tempo da novidade, da incessante novidade. Da rapidez, do efêmero, do que não dura. O que dura, o que permanece, envelhece, enferruja, mofa, apodrece.

A única maneira de impedir que uma coisa envelheça é impedindo-a de durar. Não importa o significado, a complexidade, o difícil de apreender, o que não se entrega fácil, à primeira vista. Só importa o que se entrega logo, o óbvio. O complexo, o difícil de explicar, deve ser descartado: esta é a idade do óbvio.

O que dura atravanca a venda, inibe o mercado. A duração é uma espécie de maldição: a geladeira dura mais do que deve, o automóvel dura mais do que deve, até as roupas, os sapatos, os móveis.

Por isso há que torná-los obsoletos, descartáveis, a curto prazo. A publicidade, motor da modernidade, se encarrega disso. É a obsolescência planejada e imposta. Gente fina tem que andar no carro do ano. E o carro do ano não é (aparentemente) igual ao do outro ano; é mais moderno, com desenho mais "avançado", é novo.

E, de todas as fábricas, para todas as lojas, saem a geladeira do ano, a enceradeira do ano, a televisão do ano, o celular do ano; ou do semestre? ou do mês? ou da semana?

Vivemos no mundo do novo. Por todo o país, por todos os países, centenas, milhares de especialistas trabalham em função do novo. Para encher as lojas de mercadorias novas e manter o consumo alto, para a alegria dos fabricantes, dos vendedores, dos compradores, dos arrecadadores de impostos. Vivemos no reino da felicidade, todos movidos pela euforia do novo.

Sim, porque o que dura reduz o consumo, inibe a venda e impede que se produzam novas mercadorias. O utensílio velho obstrui a entrada do utensílio novo em sua casa. Logo, preservar o utensílio velho é uma atitude contrária ao mercado, contrária à produção e ao crescimento econômico; é uma atitude antipatriótica. Amar o velho é um pecado anticapitalista. O capitalismo ama o novo.

E, se tudo é novo, do automóvel ao chinelo, por que não será também nova a arte? Sim, a arte sempre se alimentou do novo, só que, agora, como nas mercadorias, também aqui o novo deve ser veloz e fugaz.

Já havia me dado conta disso quando, em 1960, propus a Hélio Oiticica que fizéssemos uma exposição-relâmpago, que começaria às cinco da tarde e terminaria às seis. Cada obra teria, dentro, uma carga explosiva e, findo o prazo da mostra, pediríamos aos convidados que se retirassem; um de nós acionaria o detonador, e todas as obras iriam pelos ares. Naquela época, eu era um vanguardista sarcástico e defendia a tese de que a verdadeira obra de arte era efêmera, enquanto o que permanecia nos museus eram "drogas de arte".

Diga-se, a bem da verdade, que o jovem Oiticica ouviu essa minha proposta suando frio e, após um instante de hesitação, manifestou sua discordância: não estava disposto a destruir suas obras.

Pois vejam como são as coisas, pouco depois, eu abandonaria o radicalismo vanguardista, enquanto Hélio Oiticica o levaria às últimas consequências, com seus bólides e parangolés. Mas voltemos ao fio da meada.

O novo é, por definição, efêmero. Nada pode permanecer novo porque a sua própria duração o torna velho. A arte, que sempre criou o novo, não o tinha como objetivo mas, sim, como necessidade. Giotto, quando pintou *O horto*, quis pintar uma cena bíblica e, ao pintá-la, inovou; o mesmo pode-se dizer de Rembrandt ao pintar a *Ronda noturna*: renovou a pintura ao reafirmá-la. O valor que afirmam Giotto e Rembrandt não é o novo, que é fugaz, mas a arte, que é permanente, porque, como disse Pablo Picasso, "toda arte é atual".

E assim foi que o permanente se tornou obsoleto, e a busca do novo se tornou permanente. Porque nenhuma novidade se mantém nova, a busca da novidade se revelou uma tarefa insana, que destruiu a linguagem da arte, uma vez que a busca incessante do novo torna qualquer sistema (e a linguagem artística é um sistema) um entrave.

E, assim, agora sem qualquer entrave, o artista está livre para atender à obsessão da novidade. Logo o objeto se revela caduco, e o artista, sem os limites do trabalho e da obra, torna-se performático: exibe-se para a mídia, ela, também, sequiosa de novidades.

Mas, enquanto isso, longe do turbilhão da moda, um artista antiquado realiza a obra que, passada a tropelia, nos devolverá a emoção que a arte possibilita reviver em sossego.

5.11.2006

Profissional do desafio

Poucas pessoas encontrei, na vida, capazes de topar desafios como certo cara chamado Reynaldo, que conheci há muitos e muitos anos.

Sei que ele nasceu em São Paulo, mas, aos trinta anos de idade, estava no Rio de Janeiro e foi procurar a condessa Pereira Carneiro, então proprietária do *Jornal do Brasil*. O referido jornal, naquela época, era um mero veículo de anúncios classificados, e quase a totalidade de sua matéria jornalística era transcrita da Agência Nacional, órgão de divulgação do governo federal. Reynaldo propôs à condessa melhorar o suplemento feminino, e a condessa topou.

Ele então começou a adicionar, às receitas de bolo, poemas, crônicas e contos, de modo que, em breve, nascia um suplemento literário que logo se tornaria o mais revolucionário e polêmico da imprensa brasileira. O SDJB (Suplemento Dominical do *Jornal do Brasil*), como ficou conhecido, tornou-se o porta-voz da poesia concreta e, em seguida, do movimento neoconcreto, cujas obras e ideias mudariam o curso da arte brasileira.

Mas esse Reynaldo não era só o inventor e diretor do SDJB, porque, poeta que é, participou dos dois movimentos com poemas audaciosos, sem falar em seu "livro infinito" e no balé neoconcreto, que, em vez de ser dançado por bailarinos, era-o por duas grandes placas de cor que se moviam no palco. Isso para não falar na música neoconcreta que ele tentou inventar.

A sala onde funcionava o SDJB fervia. Certo dia, apareceu lá um sujeito de cabeça raspada, dizendo-se o verdadeiro criador da arte neoconcreta; ao desatar a trouxa que trazia, deixou ver um amontoado de pequenas formas retorcidas, feitas com pedaços de lata de azeite. Pouco depois, surgiu ali uma moça que antes enviara alguns poemas de sua autoria, um dos quais terminava assim: "Ah, meus sapatos amarelo-girassol". Reynaldo mandou chamá-la, publicou-lhe os poemas e fez dela sua secretária.

Um dia, a moça se tomou de fúria, quebrou a Redação, atirando no chão as estantes de livros. Mas nem todos os frequentadores do SDJB eram assim; havia também os doidos mansos, como Mário Pedrosa, Clarice Lispector e mesmo Alexander Calder, que um dia apareceu lá.

O êxito obtido pelo suplemento levou a condessa a buscar a renovação do próprio jornal. O melhor dessa reforma – que não foi apenas gráfica, mas estrutural – deveu-se a Janio de Freitas, que contou com o talento de Amilcar de Castro, escultor integrante do grupo concretista do Rio. Diga-se, porém, a bem da verdade, que a renovação gráfica do jornal já havia sido iniciada por Reynaldo, no SDJB, e desenvolvida com tanta audácia que gerava conflitos com a direção da empresa, preocupada com o desperdício de papel. A gente chamava isso de "a guerra contra o branco". Quando o SDJB morreu, ele criou o "Caderno B", que se tornaria um padrão para os jornais brasileiros: a novidade consistia em reunir, num só caderno, todas as seções e matérias relacionadas a artes e espetáculos. Hoje, não há jornal que não tenha o seu "Caderno B".

Em 1964, adveio o golpe militar, que obrigou muita gente a se esconder para escapar à repressão. Reynaldo, ciente da situação de alguns amigos, ofereceu-lhes o sítio que possuía em Nova Friburgo, para lá ficarem até que baixasse a poeira. Lá nos refugiamos, Janio de Freitas, José Silveira e eu, mas, para nossa surpresa, poucos dias depois, chegou o Carlinhos Oliveira que, vindo da Europa, decidiu passar uns dias no sítio sem falar com o dono. Na apreensão em que estávamos, a presença do Carlinhos parecia-nos uma ameaça, o que nos fez abreviar a permanência ali. Reynaldo, ao saber disso, apenas caiu na gargalhada.

Um novo desafio se colocou para ele quando surgiu a ideia de fundar um jornal-escola para jovens e futuros jornalistas. Na verdade, tratava-se de formar jovens para resistir à ditadura. O novo jornal, *O Sol*, nasceu parecido com o SDJB: como encarte do *Jornal dos Sports*, mas durou apenas seis meses. Outros desafios se seguiram: Reynaldo dirige a revista *Senhor*, o *Correio da Manhã* e, daí para diante, anda de cidade em cidade reformando jornais.

Mas esse cara de múltiplos talentos nascera poeta e, como tal, também se propôs desafios, chegando ao ponto de comentar em versos, numa estação de televisão, o fato importante do dia, como um cordelista da mídia eletrônica. E, mais recentemente, repetiu a proeza, publicando – e ilustrando – um poema por dia no "Caderno B" do *Jornal do Brasil*.

Pois bem, esse sempre jovem cidadão, cujo nome por inteiro é Reynaldo Jardim, aniversaria quarta-feira próxima, dia 13. Completará oitenta anos, e não há quem diga.

10.12.2006

Um outro 11 de setembro

Quando cheguei a Santiago do Chile, em maio de 1973, vindo de Moscou, encontrei o país praticamente parado por uma greve de transportes que só terminaria na tarde do dia 11 de setembro, após consumado o golpe militar que derrubara Allende. Falava-se que a embaixada norte-americana financiava os caminhoneiros, com cinco dólares por cabeça, o que não era pouco, uma vez que eu pagava dois dólares pelo aluguel de um apartamento duplex de três quartos, na avenida Providencia; a inflação galopante pulverizara o peso chileno. Agora, com a morte do general Pinochet, a memória me faz reviver aqueles dias avassaladores.

Não demorei muito a perceber que a situação de Allende era insustentável, ao contrário de outros exilados que, já enraizados no Chile e necessitando acreditar no melhor, achavam que a hipótese do golpe era praticamente inexistente. "O Exército chileno é profissional", garantiam. Mas a realidade dizia outra coisa: o desabastecimento provocado deliberadamente pelos ricos, comprando e estocando as mercadorias, esvaziava os supermercados; ninguém conseguia encontrar carne, frango, leite em pó, açúcar, arroz, café, cigarros, papel higiênico... O governo foi obrigado a criar um sistema precário de abastecimento, apoiado no pequeno comércio dos bairros.

Uma vez por mês, eu entrava na fila de uma pequena mercearia em frente à minha casa para comprar o mínimo permitido. Enquanto isso, os atentados se sucediam, promovidos por uma organização de extrema direita, chamada Patria y Libertad. Certa noite, quando Allende falava à nação, a transmissão saiu do ar e o país mergulhou nas trevas, porque a torre central da rede de energia fora implodida.

Enquanto isso, o Exército fazia incursões nas fábricas e apreendia armas ali guardadas pelos operários. Um livro publicado por uma editora do governo denunciava O'Higgins, o pai da pátria chilena, como traidor do povo, o que deixou indignados os militares. Como se não bastasse, o partido socialista apresentou um projeto no Congresso para instituir no país um programa de ensino marxista, provocando a ira dos democratas cristãos, que até então apoiavam Allende; os moços da Juventude Católica espalharam mesas por toda a cidade para colher assinaturas contra o projeto. Para culminar, em junho daquele ano, um grupo de jovens oficiais se sublevou. Ao ouvir pelo rádio o presidente da República rogando às pessoas que saíssem às ruas, valendo-se de paus ou pedras, para enfrentar os golpistas, convenci-me de que ele estava com os dias contados.

Dirigi-me ao Palácio La Moneda, sede do governo, como centenas de outras pessoas, solidárias com o presidente. A certa altura, soube-se que uma coluna de tanques vinha em direção ao palácio, mas, ao contrário do que supúnhamos, os tanques vieram reafirmar a autoridade de Allende. A sublevação fora debelada. O susto passou, mas fiquei mais preocupado ainda: teria sido o fim ou o começo do processo golpista?

Dia 10 de setembro, data de meu aniversário, Thereza e meus filhos me ligaram do Brasil. Perguntaram quando iriam se juntar a mim no Chile. "É bom darmos um tempo", respondi. "Temo pelo que possa ocorrer aqui." No dia seguinte, às seis da manhã, começou o golpe, com o levante de uma base da Marinha em Valparaíso. Saíra para comprar um litro de leite e, ao voltar, um homem muito nervoso me disse: "O Exército cercou La Moneda. É o fim de Allende". Subi correndo as escadas, entrei no apartamento e liguei o rádio: com voz desesperada, o presidente chileno denunciava a traição dos militares golpistas e afirmava que só morto deixaria o palácio.

Horas depois, estava morto. As emissoras de rádio, ocupadas pelos militares, sugeriam à população que denunciasse os estrangeiros "terroristas", especialmente os brasileiros, que estavam no Chile para implantar o comunismo. Dois dias depois, recebi um telefonema ameaçador dando-me o prazo de um dia para deixar o apartamento. Por duas vezes, fui visitado por militares armados que hesitaram em prender-me quando lhes provei que era membro do Colegio de Periodistas de Chile, entidade jornalística de direita. Antes que voltassem pela terceira vez, tratei de obter um salvo-conduto e cair fora do inferno.

Àquela altura, assumira o poder o general Augusto Pinochet, o mesmo que chegara a La Moneda à frente daquela coluna de tanques para dar garantias ao presidente Allende. Implantaria uma das mais sangrentas ditaduras de que se tem notícia em nosso continente.

17.12.2006

A falência da lei

A partir dos anos 1970, com a introdução do tráfico de cocaína nos morros e favelas do Rio, o crime organizado começou a instalar-se nessas comunidades. Usando de prepotência e terror, cooptando jovens para o tráfico, impôs seu domínio e transformou aqueles lugares em verdadeiros santuários do crime. Mas, de algum tempo para cá, policiais moradores dessas comunidades também se organizaram e, por conta própria, passaram a combater os traficantes e expulsá-los, tornando-se, desse modo, detentores de um poder ilegal. Apesar de cobrarem da população "taxas de segurança", contam, em geral, com o apoio dela, que, sem alternativa, os prefere aos bandidos drogados. Hoje, milícias clandestinas, integradas por policiais da ativa e aposentados, além de bombeiros e agentes penitenciários, dominam 92 favelas e morros do Rio.

Esse assunto está na mídia e, por isso, lembrei-me da conversa que tive com um jovem morador da Baixada Fluminense, num boteco, cinco anos atrás. "Onde eu moro não tem bandido", garantiu-me ele.

— Como não tem bandido?

Sorriu e, voz baixa, confidenciou:

— Bandido que aparece lá ou se manda, ou morre, amizade.

E, então, decidiu me contar tudo. A coisa começou quando um tio dele, então delegado de polícia, prendeu o chefe do tráfico dali. Um ano depois, o bandido estava em liberdade e matou um filho dele, por vingança. O policial, então, refletiu: "Se eu prender esse bandido de novo, ele em breve estará solto pela Justiça e, dessa vez, quem vai morrer sou eu. Vou acabar com ele antes". Juntou alguns policiais de sua confiança e saiu à caça do bandido até encontrá-lo e liquidá-lo. E isso se tornou uma norma. Mais tarde, denunciado, resolveu aposentar-se, mas não parou de perseguir os bandidos da região, com apoio de comerciantes locais. Essa deve ter sido uma das primeiras milícias surgidas no Rio, para dar combate aos traficantes e expulsá-los das comunidades pobres, tornando-se, de fato, um novo problema para a segurança pública.

— Como a polícia é corrupta e a lei, complacente, o jeito foi tomarmos o pião na unha — disse o rapaz, lembrando o relato de seu tio.

E o jovem prosseguiu:

— Lá onde eu moro, quando pinta um bandido, a milícia é informada. Durante as festas de fim de ano, aumentam os assaltos no Rio todo, mas não lá. Logo aparece, colado nas paredes das lojas e dos bares, um aviso ao bandido que for visto na cidade. "Fulano, tem 24 horas para dar no pé. Ou se arranca ou morre."

— E a população, o que pensa?

— O que você acha? Tem gente agora que dorme de janela aberta, cara. Ninguém se atreve a roubar, assaltar, nada disso. As crianças brincam na rua sem medo.

— Mas a milícia achaca os moradores, não?

— Os comerciantes contribuem e quem pode ajudar ajuda.

— De qualquer modo, eles agem à margem da lei. Não se pode matar um cidadão, ainda que criminoso.

— Só morrem os que se atrevem a enfrentar a milícia. Mas quase ninguém se atreve, prefere cair fora, ir traficar e roubar onde é permitido.

— Mesmo assim, essa ação da milícia é também ilegal. Sem falar que não existe pena de morte no país.

— Claro, mas sabe o que eles dizem? Que a lei favorece o bandido, e a polícia se alia ao traficante para tirar vantagem.

— Isso é verdade. Até oficiais, gente da cúpula da PM, em vez de combater o tráfico, toma dinheiro dele.

— Aquele bandido que meu tio prendeu e depois matou o filho dele foi solto pela Justiça. Os menores de idade roubam e matam confiando na lei. Elias Maluco estava preso, esperando julgamento, mas foi solto porque o prazo legal estourou. Meses depois, ele matava o jornalista Tim Lopes, esquartejava e assava os pedaços dele no micro-ondas. O policial honesto que mora na favela está mais ameaçado que o cidadão comum. Ele sai de casa à paisana, com a farda dentro de uma bolsa para ninguém saber que é da polícia. Nem a farda pode ser estendida no varal de roupas. Ou ele adere ao crime e morre, ou adere à milícia.

— Isso tudo é verdade, mas quem age à margem da lei, seja por que razão for, comete crime. E a milícia tanto pode matar o bandido quanto qualquer outra pessoa. Seu poder é discricionário. É para evitar isso que existe a Justiça.

— Existe no papel. A milícia nasceu porque o Estado não dá segurança ao cidadão e a Justiça é complacente. Qual a saída? Devolver a comunidade aos traficantes?

— Claro que não. Se, em Nova York e Medellín, o problema foi resolvido dentro da lei, é possível fazê-lo aqui.

21.1.2007

Pânico no jardim

Saiu do elevador, no térreo, e tomou o corredor em direção à porta do edifício. Era quase meia-noite. Chegara ao apartamento dela às dezenove horas em ponto para uma noite de amor. Ela estava deitada na cama à sua espera, vestindo uma camisola transparente, curta, a porta do quarto apenas encostada. A luz era pouca, mas suficiente para ver seu rosto branco, seus olhos negros, seu sorriso cúmplice. "Para batalhas de amor, campos de plumas"; uma vertigem, de que ressurgira molhado de felicidade. Deixou-se ficar, quase desmaiado, enquanto a realidade ia aos poucos se recompondo em volta: as paredes, o armário, o espelho, as roupas na cadeira.

O corredor vazio o deixou passar em silêncio até alcançar a porta que dá para o jardim à frente do prédio. O carro estava estacionado, lá fora, à sua espera. Mal abriu a porta, foi agredido pelo cheiro de jasmim.

Meia-noite é a hora em que os jasmineiros atacam com maior violência, deduziu, já que, tempos atrás, ao atravessar mais cedo o jardim, o ataque tinha sido menos violento, como também, antes, numa tarde muito clara, quando foi menos feroz ainda. A conclusão inevitável era de que os jasmineiros são mais agressivos no escuro. Era, além do mais, sexta-feira, e não domingo, e aos domingos, parece, os jasmineiros não atacam com a mesma ferocidade que nos dias de semana.

Assim, foi numa sexta-feira, precisamente às 23h55, que transpôs o portão, abrindo a pesada porta de ferro batido e vidro que separa o hall do jardim. A porta não estava trancada, pois assim a deixa o porteiro do edifício até a meia-noite em ponto. Nesse exato instante, então, fecha-a com chave e, por isso, procura sempre sair antes da meia-noite, para não ter que chamá-lo e sentir-lhe o olhar irritado e a má vontade de ter de levantar-se para lhe abrir a porta. Como não reside ali, não tem a chave.

Desse modo, ao transpor o limiar, sentiu o primeiro alarme aromático que vinha daquele arbusto à sua esquerda, metros adiante, e recuou. Fechou de novo a pesada porta de ferro e vidro, e pensou em ligar para Clarice Lispector. Naquele momento, olhou para o mostrador do seu Seiko 5 *stainless steel*, viu que marcava um minuto para a meia-noite, momento em que o porteiro já se teria levantado da cadeira na portaria do prédio, ali ao lado, para vir trancar a porta.

Hesitou: saio ou não saio? Enfrento ou não enfrento a invisível ameaça vegetal? Sua hesitação se justificava, uma vez que, na semana anterior, ao atravessar inadvertidamente o jardim, fora envolvido pela sedução perfumosa do jasmineiro e, inebriado, num impulso incontrolável, arrancara do arbusto um cacho de flores e aspirara fundamente seu aroma, mas se deu mal, pois aquele perfume, aparentemente suave, ocultava, como um punhal aromático, um odor selvagem que lesionou-lhe as narinas e o envenenou instantaneamente.

O veneno não tinha efeito imediato, mas era suficientemente poderoso para turvar-lhe a consciência e aprisioná-lo em seus grilhões. Só que talvez não caiba falar de grilhões, em se tratando de algo tão impalpável como são os aromas: sim, um gás, era de fato um gás venenoso que o arbusto produzia e guardava naquelas cápsulas brancas, que, à primeira vista, pareciam flores.

Uma artimanha insidiosa de que fora vítima naquela mencionada noite e de que só se livrara porque, embora cambaleando, conseguira chegar ao carro, parado em frente ao edifício, abrira o porta-luvas e pegara o *spray* antialérgico, graças ao qual evitara que o inchaço da mucosa nasal, cortando-lhe a respiração, o asfixiasse.

Como o porteiro já se aproximasse, decidiu transpor definitivamente o portão, mas, antes de descer os degraus, fixou o olhar temeroso no vulto embuçado do jasmineiro que, alguns passos adiante, soltava no ar o seu veneno. E, naquele exato momento, entendeu o que se passara nos últimos meses, já que até então não havia ali nenhum jasmineiro; isto é, havia, sim, um arbusto, semelhante àquele, mas que nunca exalara perfume algum. Convenceu-se de que, como consequência do desequilíbrio ecológico, surgira ali um ser vegetal demoníaco, que ocupara o antigo arbusto, embutira-se nele e dera início a sua faina homicida.

Foi então que sacou do celular e discou para Clarice Lispector, pois, com ela, pela primeira vez, falara do risco que representavam os jasmineiros, muitos anos antes de defrontar-se com esse que o ameaçava, agora, num jardim da rua Senador Eusébio, no Flamengo. Mas o telefone chamou, chamou, chamou e ninguém atendeu.

28.1.2007

O sonho acabou

O PT é um partido em mutação. E não é de hoje. O partido com pretensões revolucionárias, que nasceu em 1980, manteve o discurso radical enquanto pôde, ajustando-o à realidade, fosse em Ribeirão Preto, fosse em Santo André, até que, no plano nacional, após sucessivas derrotas de Lula, teve que baixar a crista: parou de falar na reestatização das empresas privatizadas por Fernando Henrique, de ameaçar romper com o FMI, de renegar a política econômica que acusava de neoliberal, de insistir na revogação da Lei de Responsabilidade Fiscal. Com isso, ganhou as eleições presidenciais de 2002 e chegou afinal ao poder.

Não é preciso exagerar na imaginação para supor o que então se passou na cabeça dos petistas: não podiam perder aquela oportunidade de assenhorear-se da máquina do Estado, de fortalecer suas bases, dar forças às organizações sociais e sindicais, a fim de se perpetuar no poder. Às vésperas dos escândalos de 2005, José Dirceu, então chefe da Casa Civil da Presidência, afirmou em Madri que o PT ficaria no governo do Brasil por vinte anos, no mínimo.

Foi, então, que estourou a bomba e vieram à tona as falcatruas de que o PT e Lula haviam lançado mão para viabilizar seus planos de perpetuação no poder. O instrumento principal foi o mensalão, que permitia ao governo contar com o apoio dos partidos aliados sem lhes entregar cargos importantes no governo, privilégio quase que exclusivo dos petistas. Esse aparelhamento dos ministérios e empresas estatais garantiria a permanência no poder e a realização de seu projeto político.

A denúncia das falcatruas não só inviabilizou o projeto petista como mostrou que ele era inviável, já que o eleitorado não votara no Lula para perpetuá-lo no governo nem para que pusesse em prática as ideias radicais do passado. E se Lula e o PT tiveram que comprar deputados foi porque não detinham a maioria dos votos na Câmara Federal. Resumindo: a ascensão dos petistas ao poder e a tentativa de nele se manter serviram para demonstrar que o sonho petista tornara-se anacrônico, ou seja, a realidade dissipara a fantasia e mostrara que ele se tornara um partido como os demais.

A convicção de muitos de que, após os escândalos, o PT naufragaria não se confirmou: as CPIs não deram em nada; o plenário da Câmara inocentou quase todos os envolvidos no mensalão, cuja cassação havia sido proposta pelo Conselho de Ética; os que renunciaram ao mandato foram reeleitos no pleito do ano passado. E, para a alegria dos petistas, sua representação na Câmara Federal aumentou – tornou-se a segunda maior bancada.

Esse fato não deixa de ser surpreendente e decepcionante para quem acredita que a ética deve pautar a vida política, mas não é novidade. Quantos políticos comprovadamente corruptos têm sido eleitos e reeleitos para exercer a função de legisladores, prefeitos, governadores? A desculpa usada pelos corruptos é sempre a mesma: alegam que as acusações não passam de calúnias dos inimigos políticos e da imprensa, que os odeia porque eles defendem os interesses dos pobres...

Também nisso o PT se comportou como um partido igual aos outros. O próprio Lula afirmou que a imprensa vive inventando mentiras contra seu governo e seus companheiros, o que foi recentemente repetido por ele e por seu ministro Tarso Genro, partidários ambos de uma imprensa "independente", dirigida por sindicatos e organizações populares, certamente financiada com dinheiro público.

Mas isso é outro assunto. Como disse no começo desta crônica, o PT é um partido em mutação, juntamente com a figura de seu líder, que trocou o radicalismo de palavra pela prática populista sem que nem um nem outro queiram assumir isso, por razões óbvias. Diz-se, com frequência, que o PT tem por mania a luta interna. Mas não é mania; ele vive uma crise de identidade: as facções de esquerda insistem em discutir os erros cometidos e punir os culpados, enquanto o Campo Majoritário, que os cometeu, quer apenas esquecê-los; e Lula também.

Sabem que o PT que ganhou as eleições de 2006 não foi o mesmo que as ganhou em 2002; seu eleitorado é, agora, preponderantemente dos grotões; e mesmo o eleitor mais consciente, que ainda votou neles, também mudou, passou a exigir menos. É como se dissesse: "Antes uma esquerda populista do que nenhuma". Dá para entender, pois é muito difícil abrir mão de um sonho generoso que nos deixa em paz com nossa consciência. Mais difícil ainda é admitir que não há soluções mágicas nem definitivas para os problemas.

25.2.2007

Ser negro

Ser negro no Brasil não é fácil. Talvez não seja tão difícil quanto foi antes, mas não é fácil. E não o é porque o negro teve aqui uma história iníqua, que o marcou e nos marca a todos, fez da cor de sua pele um sinal de desigualdade. Independentemente da vontade de quem quer que seja, a pele de cor negra indica uma origem socialmente "inferior", ainda que saibamos e acreditemos que todas as pessoas são iguais.

A questão não está na minha consciência nem na tua, não está em nossa firme convicção de que raça é um conceito ultrapassado e que, consequentemente, diferenças étnicas não implicam diferenças essenciais nem são muito menos indicação de superioridade ou inferioridade.

A ciência hoje ensina que a humanidade é constituída de indivíduos que, resultantes de imprevisíveis combinações de uns mesmos elementos genéticos, guardam sua inconfundível individualidade: alguns são mais saudáveis, outros menos; alguns são mais criativos que outros, mais hábeis que outros, mais tímidos, mais extrovertidos ou mais violentos ou mais desabusados, enfim, uma variedade de tipos que seria impossível enumerá-los todos. E isso não depende da etnia e muito menos da cor da pele.

Por isso, em que pesem tantos traços individuais próprios, somos todos uma única espécie – a espécie humana, definida, mais que tudo, por sua capacidade de inventar-se e inventar o mundo em que vive. O homem, filho da natureza como todos os demais seres, define e enriquece sua humanidade na medida mesma em que supera impulsos egoístas e se reconhece no outro, irmão do outro, solidário e justo. O racismo é fruto do atraso e da pobreza espiritual, mantém-se na contramão da evolução cultural do homem em direção à fraternidade e à solidariedade.

Certamente é mais fácil para quem não sofre o estigma da discriminação afirmar a igualdade de brancos e negros, de brancos e mulatos. Não lhe pesa fazê-lo, uma vez que, dada a discriminação latente na sociedade, essa afirmação, partindo de um branco, pode até parecer um gesto generoso – quando é apenas uma constatação óbvia e, muita vez, a expiação de uma culpa herdada.

Tudo isso ficou mais claro após ter eu percebido que a pessoa de cor negra traz, estampada na pele, uma história que a identifica com a escravidão, com a submissão, com a inferioridade da condição social, imposta pelas circunstâncias históricas. Deve-se entender que vivemos num mundo de valores inventados, nos quais acreditamos, sejam falsos ou verdadeiros.

Na sociedade escravista, o negro era tido e tratado como "bem de fôlego", igual às alimárias. Embora o senhor de escravos não lhes pudesse negar a condição de ser humano, tratava-os como um animal de sua propriedade, sobre o qual tinha poder quase absoluto. Em tal situação, era-lhe conveniente considerá-lo como um ser inferior. Mas muitos, como os abolicionistas, indignavam-se com essa condição inumana imposta ao negro escravo e com o falso e conveniente conceito de sua suposta inferioridade. Entre os negros também havia os que chegavam a aceitar como verdadeira a própria inferioridade, mas havia também os que se rebelavam e fugiam para os quilombos, redutos de resistência, onde viviam como homens livres e insubmissos.

Bem, é toda uma história sabida e que, se a relembro agora, é com o propósito de, juntos, a repensarmos, para ver mais claro a questão do negro e para que se superem os mal-entendidos que ainda dificultam a sua compreensão. Estou certo de que não existe conflito racial no Brasil, em que pesem os restos de preconceitos que irrompem aqui e ali; mas, quando irrompem, são imediatamente denunciados, repelidos e punidos, porque é um consenso consignado em lei que, neste país, preconceito racial é crime.

Não obstante, não basta a Lei Afonso Arinos para impedir que a questão racial se mantenha presente. Não basta o fato de que a maioria da população brasileira, em grande parte mestiça, não alimente preconceito racial, para que o negro e o mulato se sintam de fato à vontade na sociedade. Se a pessoa tem a pele negra ou parda é porque descende de escravos, não de senhores; carrega um passado de humilhações. O preconceito está em se admitir que a origem social determina o valor do indivíduo, o que é falso. Isso não justifica alimentar ódios e ressentimentos contra os brancos de hoje, aos quais também repugna nosso passado escravista. A questão não é racial mas cultural e, sob este ângulo, creio, deve ser repensada.

8.4.2007

Os urinóis de Marcel Duchamp

Foi em 1917 que Marcel Duchamp enviou para o salão da Associação de Artistas Independentes, de Nova York, um urinol de louça (desses que se fabricam em série para usar em banheiros masculinos), a que pôs o nome de *Fontaine*. Faz, portanto, noventa anos do gesto irreverente, que teria sérias consequências no curso da arte do século XX. Foi o primeiro *ready-made*.

O júri do salão hesitou em aceitar como arte aquela "obra", assinada por um tal de R. Mutt, que ninguém conhecia. No entanto, como se tratava de uma entidade de artistas independentes – ou seja, contrários aos valores tradicionais da arte –, pegaria mal rejeitá-la. Por isso, foi aceita, mas posta no fundo do salão da exposição, atrás de um tabique. Duchamp, que pertencia à Associação, ficou furioso e desligou-se dela.

O urinol – que até aquele momento não tinha maior importância – foi deixado num canto por seu autor e, com o tempo, sumiu ou se quebrou. Mais tarde, Duchamp decidiu "realizar" outras *Fontaine*; comprou outros urinóis semelhantes e os assinou sob o mesmo pseudônimo.

Explico a origem dos *ready-made* baseando-me numa entrevista de Fernand Léger à revista francesa *Cahiers d'Art*. Conta ele que, em 1914, visitava uma exposição de indústria naval, em Paris, na companhia de Brancusi e Duchamp, quando se depararam com uma enorme hélice de navio. Duchamp, entusiasmado com a beleza da hélice, perguntou a Brancusi, escultor, se era capaz de fazer algo semelhante. Ele sorriu e se afastou, seguido por Léger, enquanto Duchamp continuou parado diante da hélice. Talvez não seja exagero meu supor que esse fato – a descoberta de que um objeto industrial pode ser expressivo – tenha levado Duchamp a inventar os *ready-made*.

Claro que outros fatores concorreram para o surgimento do *ready-made*, como, creio eu, a crise das artes artesanais na sociedade industrial que se expandia. O urinol de Duchamp seria a expressão sarcástica da morte daquelas artes e, ao mesmo tempo, um modo de gozar a pretensão dos artistas que ainda se julgavam criadores de obras de arte.

Essa questão, que envolve a crise da arte e as novas técnicas industriais, estará presente no trabalho de Duchamp ao longo de sua vida, mesmo porque, contraditoriamente, o inventor do *ready-made* nunca abandonou o trabalho artesanal, como comprovam duas obras dele: *O grande vidro* (1915-23) e *Étant donnés* (1946-66), ambas inacabadas; sem falar na *Box in a Valise*, caixa em que juntou miniaturas de suas principais obras.

Não obstante, talvez por atender a uma necessidade da época, foi o *ready-made* que ditou o rumo predominante na arte internacional das cinco últimas décadas, marcada muitas vezes por manifestações em que a rebeldia se confunde com o niilismo e, particularmente, com a negação da própria arte. Deu-se menos atenção ao autor do *Étant donnés* quando libera suas fantasias eróticas numa poética de sonho do que ao iconoclasta que pintou bigodes e barbas numa reprodução da *Mona Lisa*. Noutras palavras, o Duchamp imitado e seguido foi o que tentou desmoralizar a aura da obra-prima de Da Vinci; só que nenhum de seus seguidores, possivelmente, terá se perguntado se o cara desabusado, que fez isso numa reprodução da *Mona Lisa*, teria feito o mesmo no original. Duvido muito.

Aliás, vem a calhar um fato ocorrido ano passado, em Paris, quando um artista performático de nome Pierre Pinoncelli quebrou a marretadas um dos urinóis *Fontaine* de Duchamp, pertencente ao acervo do Centro Pompidou. Um ato de irreverência um pouco mais violento que o dele, quando adulterou a obra-prima de Da Vinci; e mais, enquanto Duchamp nada sofrera, o jovem performático foi processado.

Perante o tribunal, o advogado de defesa teria alegado que Pinoncelli nada mais fizera que repetir a irreverência de seu mestre, com o atenuante de que, enquanto a *Mona Lisa* tinha sido feita por Da Vinci, o urinol destruído era um *ready-made*, ou seja, já estava feito quando Duchamp o assinou. Mesmo assim, o Centro Pompidou insistiu em ser indenizado pela perda da obra que, no mercado de arte, valeria 2,8 milhões de euros, enquanto a defesa alegava que consultara o catálogo de um fabricante de sanitários e lá o preço do urinol era de apenas 83 euros.

Por isso, afirmo que Duchamp, por mais irreverente que fosse, jamais teria posto bigodes e barbas na obra original, que pertence ao acervo do Louvre. Liso como era, correria o risco de passar o resto de seus dias na cadeia.

6.5.2007

Presença de Clarice

Meu primeiro encontro com Clarice Lispector foi numa tarde de domingo na casa da escultora Zélia Salgado, em Ipanema, creio que em 1956. Eu havia lido, quando ainda vivia em São Luís, o seu romance O *lustre*, que me deixara impressionado pela atmosfera estranha e envolvente, mas a impressão que me causou sua figura de mulher foi outra: achei-a linda e perturbadora. Nos dias que se seguiram, não conseguia esquecer seus olhos oblíquos, seu rosto de loba com pômulos salientes.

Voltei a encontrá-la, pouco tempo depois, no *Jornal do Brasil*, durante uma visita que fez à redação do "Suplemento Dominical". Conversamos e rimos, mas não voltamos a nos ver num espaço de uns dez anos. De fato, só voltei a encontrá-la logo após voltar do exílio, em 1977. Ela ligou para minha casa: queria entrevistar-me para a revista *Fatos & Fotos*, para a qual colaborava naquela época.

Clarice já era então uma mulher de quase sessenta anos, marcada por acidente que resultara em sérias queimaduras que lhe deixaram marcas na mão direita. Já quase nada tinha da jovialidade de antes, embora continuasse perturbadora em sua natural dramaticidade. Depois de ouvir dela algumas palavras carinhosas, decidi revelar-lhe como me fascinara em nosso primeiro encontro.

— Você era linda, tão linda que saí dali apaixonado.

— Quer dizer que eu "era" linda?

— E ainda é — apressei-me em afirmar...

Terminada a entrevista, despedimo-nos carinhosamente, mas no dia seguinte ela ligou de novo. Queria encontrar-me para conversar. Fui até sua casa, no Leme, e de lá fomos caminhando até a Fiorentina, que ficava perto.

Lembro-me de que Glauber Rocha, vendo-nos ali, veio sentar-se à nossa mesa e começou a elogiar o governo militar. Clarice me olhava com espanto, sem entender. Ele, depois daquele discurso fora de propósito, mudou de mesa.

— Ele veio provocar você — disse Clarice. — Com que intenção falou essas coisas?

— Glauber agora cismou de defender os milicos. É piração.

Depois dessa noite, voltei a vê-la num encontro que ela promoveu em sua casa com alguns amigos, entre os quais Fauzi Arap, José Rubem... Foi a última vez que a vi. A roda-viva daqueles tempos me arrastou para longe dela, em meio a problemas de toda ordem, crises na família, filhos drogados, clínicas psiquiátricas. De repente, soube que ela havia sido internada num hospital em estado grave. Localizei o hospital, telefonei para o seu quarto e acertei com a pessoa que me atendeu ir visitá-la no dia seguinte. Mas, ao chegar à redação do jornal, antes de sair para a visita, a telefonista me passou um recado: "Clarice pede ao senhor que não vá vê-la no hospital. Deixe para visitá-la quando ela voltar para casa". E se ela não voltasse mais para casa? Dobrei o papel com o recado e guardei-o no bolso, desapontado. Àquela noite, quando contei o ocorrido a minha mulher, ela explicou: "Clarice, vaidosa como era, não queria que você a visse no estado em que estava". Pode ser, mas, de qualquer forma, até hoje lamento não ter podido vê-la uma última vez.

Dois ou três dias depois do recado, ela morria. Ao sair do banho, pela manhã, alguém me informou: "Clarice Lispector morreu". De viagem marcada para São Paulo, entrei num táxi que me levou pela lagoa Rodrigo de Freitas. Não poderia ir a seu sepultamento. O táxi corria dentro de uma manhã luminosa, enquanto a brisa balançava alegremente os ramos das árvores. Clarice morrera e a natureza o ignorava. No avião, escrevi um poema falando nisso. Que mais poderia fazer?

Alguns meses atrás, quando aceitei fazer a curadoria da exposição sobre ela, no Museu da Língua Portuguesa, todas essas lembranças me acudiram. Ia ser bom voltar a pensar nela, reler seus livros, pois é neles e só neles que é possível reencontrá-la agora e nunca naquele saárico túmulo do Cemitério Israelita do Caju, aonde certo dia, sob sol escaldante, fui, com Cláudia Ahimsa, visitá-la. Não havia Clarice nenhuma sob aquela laje de pedra, sem flores. E não havia porque, de fato, o que Clarice efetivamente foi, o que fazia dela uma pessoa única e exasperada, era sua patética entrega ao insondável da existência – e a necessidade de escrever, de tentar incansavelmente dizer o indizível, mas certa de que, ao torná--lo dizível, o dissiparia.

Não obstante, isso era tudo o que valia a pena fazer na vida, conforme afirmou: "Quando não escrevo, estou morta".

Em compensação, quando a lemos, ressuscita.

20.5.2007

Exclusão social, o que é isso?

De algum tempo para cá, a parte da sociedade que mora em favelas e bairros pobres é qualificada como "excluída". Ou seja, os moradores da Rocinha e do Vidigal, por exemplo, não vivem ali porque não dispõem de recursos para morar em Ipanema ou Leblon, e sim porque foram excluídos da comunidade dos ricos. E eu, com minha mania de fazer perguntas desagradáveis, indago: mas alguma vez aquele pessoal da Rocinha morou nos bairros de classe média alta e dos milionários? Afora um ou outro que possa ter se arruinado socialmente ou que tenha optado por residir ali, todos os demais foram levados a isso por sua condição econômica ou porque ali nasceram. Então por que considerá-los "excluídos", se nunca estiveram "incluídos"?

No meu pouco entendimento, excluído é quem pertenceu a uma entidade ou a comunidade e dela foi expulso ou impedido de nela continuar. Quem nunca pertenceu às classes remediadas ou abastadas não pode ter sido excluído delas. Mais apropriado seria dizer que nunca foi incluído. Ainda assim, se não me equivoco, incorreríamos em erro. Senão, vejamos: a Rocinha, o Vidigal, o Borel e o Complexo da Maré fazem parte da cidade do Rio de Janeiro, não fazem? Seria correto afirmar, então, quer seja do ponto de vista urbanístico, quer do demográfico e social, que o Rio são apenas os bairros em que reside a parte mais abastada da população? Se fizermos isso, então, sim, estaremos excluindo parte considerável do território e da gente que constitui a cidade do Rio e que, portanto, pertence a ela.

Consideremos agora a questão de outro ponto de vista. Nos morros e favelas da cidade residem cerca de 1 milhão de pessoas, que têm vida social ativa, pois trabalham, estudam, participam de organizações comunitárias e recreativas. A maioria delas trabalha fora de sua comunidade, no comércio, na indústria, no serviço público, ou desenvolve atividade informal. Logo, participa da vida econômica, cultural e esportiva da cidade. Em que sentido, então, essa gente estaria excluída? Não resta dúvida de que as famílias faveladas, na sua ampla maioria, vivem em condições precárias, tanto no que se refere ao conforto domiciliar quanto à alimentação, às condições de higiene e saneamento, educação, saúde e segurança. Não estão excluídas, porém, da preocupação dos políticos que, na época das eleições, vão até lá em busca de votos. Há, nessa comunidade, cabos eleitorais, pessoas que atuam em associações de bairro e fazem a ligação com os centros políticos de poder. É certo que a grande maioria dessa gente não participa da vida política, mas isso ocorre também com as demais pessoas, morem onde morarem. Por todas essas razões, somos obrigados a concluir que os pobres e favelados estão incluídos na vida econômica, social e política da sociedade.

No entanto, isso não significa que estejam em pé de igualdade com as pessoas das classes médias e ricas. Não estão e, na sua grande maioria, descendem de gerações de brasileiros que tampouco gozaram dessa igualdade. Muitos descendem de antigos escravos e de brancos pobres que, pela carência de meios e pela desigualdade que rege o processo social, jamais tiveram possibilidade de ascender econômica e socialmente. Eles não foram excluídos simplesmente porque jamais estiveram incluídos entre os mais ou menos privilegiados.

Por que, então, cientistas políticos, sociólogos e jornalistas, entre outros, falam de exclusão social? Por ignorância não será, já que todos eles estão a par do que, bem ou mal, tentei demonstrar aqui. Creio que, consciente ou inconscientemente, procura-se levar a sociedade a pensar que a desigualdade social não é consequência de fatores objetivos, do sistema econômico, mas sim resultado da deliberação de pessoas cruéis que empurram os mais fracos para fora da sociedade e os condenam à miséria.

Em vez de admitir que esse sistema, por visar acima de tudo ao lucro e ser, por definição, concentrador da riqueza, é que dificulta, ainda que não impeça, a ascensão dos mais pobres, procura-se fazer crer que a desigualdade é fruto de decisões pessoais. Ignora-se que, no sistema capitalista, quem não tem emprego também está incluído nele, como exército de reserva de mão de obra, com a função de pressionar o trabalhador e limitar-lhe as reivindicações. A eliminação da miséria beneficia o sistema, pois amplia o mercado consumidor. O empresário pode ser, como você ou eu, bom ou mau, generoso ou sovina, mas, como disse Marx, "o Capital governa o capitalista". O problema está no sistema, não nas pessoas.

10.6.2007

Evocação de Lucy Teixeira

Eu sei que você voltou para São Luís e agora está dormindo profundamente. Depois de muitos e muitos anos, que duraram quase o tempo de uma vida, você decidiu voltar definitivamente para nossa cidade, por certo saudosa dessas ruas ladeadas de sobrados de azulejos e também para ouvir o rumor do vento nos oitizeiros e nas palmeiras. Já eu não voltei, que meu coração não é tão manso, ou talvez porque sinta medo do passado.

No entanto, desde que soube de sua volta e que está agora dormindo aí, em algum ponto da cidade, acendeu-se em mim a lembrança do dia em que a vi pela primeira vez, na casa de sua família, quase na esquina da avenida Beira-Mar. Quando veio me atender à porta, achei você pequenina e parecida com uma boneca, por causa de seu rosto redondo e dos olhos espantados. Não sabia que íamos ser amigos para o resto da vida.

Eu tinha vinte anos, e você, uns oito mais, tanto que já morava no Rio de Janeiro, onde todo poeta de província, naquela época, sonhava viver. Menos eu, que era sonho demais para mim. Você achava que não, tanto que me deu para ler uma tese escrita por Mário Pedrosa sobre a natureza afetiva da forma na obra de arte, certa de que seria capaz de entender aquilo. E não é que entendi e até discordei de algumas coisas? Você disse então que eu tinha de ir para a capital do país, pois meu destino era aquele.

E eu me empolguei e vim. Fui morar numa pensão de estudantes ali na rua Benjamin Constant, na Glória, logo visitei seu apartamento em Copacabana e, depois, o do próprio Mário. Fomos juntos e lá conheci a Mary e sua filha Vera, além de um monte de pintores e escultores, que se tornaram meus amigos e encheram minha vida. Já quase todos se foram, ou quase todos? Sobramos nós dois, talvez. Não, há ainda o Almir Mavignier, que vive na Europa, e o Abraão Palatnik, que faz tempo não vejo. De fato, sobramos você e eu, mas você voltou para São Luís e, agora, está dormindo.

Tornamo-nos amigos inseparáveis, estávamos quase todos os dias juntos, fosse no Vermelhinho ou jantando na Associação Cristã de Moços, que ainda era ali na rua Araújo Porto Alegre, em frente ao belo edifício do antigo MEC.

Falávamos de tudo, especialmente de arte e poesia, mas também da vida alheia e da nossa. Você estava apaixonada por um homem mais velho, casado, que não queria nada com você, e eu por uma garota, mais nova, que também nada queria comigo.

Você, generosa, gostava de meus poemas, tanto que, quando os publiquei, escreveu um belo artigo sobre eles. Mas um dia me falou que ia embora do Brasil e eu li em seus olhos que a razão disso era aquele amor infeliz. Você havia se declarado a ele, que, fiel à esposa, respondeu: "Para o futuro serei sempre um homem disponível". Arrasada, foi amargar sua dor, longe de todos, em Bruxelas.

Senti muito a sua falta mas, àquela altura, já me havia casado, contrariando meus propósitos e seus conselhos. É que às vezes me deixo levar pelo arroubo, sem pensar nas consequências.

De longe, você dava sinal de vida. Um dia, pediu-me que lhe mandasse uma coisa preciosa para mim: o diário de *A luta corporal*, o livro que havia escrito durante aqueles meus primeiros anos no Rio. Sem hesitar, mandei-lhe o caderno manuscrito, que se perdeu para sempre. Pouco me importa, você é minha irmã.

Bem, não dá para contar tudo. Já então você havia trocado a Bélgica pela Itália – mais precisamente, por Gênova. Passaram-se anos e nunca mais nos vimos nem nos falamos. De vez em quando sabia de você e você de mim, por meio de amigos. Nossos caminhos se tornaram demasiado distantes, já que você sempre foi mais do sonho que da política, mais da tessitura sutil da vida que das batalhas e manifestos. Mas, de vez em quando, me lembrava de nós, com ternura.

E não é que, de repente, você voltou? Foi uma grande alegria reencontrá-la naquele almoço na Trattoria. Rimos de nossas ilusões e perdas, rimos até daquela paixão que fez você fugir do país. Então fitei seu rosto de boneca engraçada e me comovi, ao ver ali, diante de mim, a mesma menina encantada com o mistério da vida, sutil e imaginosa como é a sua literatura, que, com os anos, ganhou novos modos de dizer a beleza – essa beleza que você sempre soube inventar.

Certa manhã, surpreendi-me com seu telefonema: "Voltei, caro amigo, voltei para a nossa São Luís".

Voltou e adormeceu à sombra dos velhos sobrados de azulejo para não acordar nunca mais. Pena que só evoque essas coisas agora, quando você, dormindo, já não me poderá ler.

15.7.2007

Uma viagem inesquecível

O avião é o mais seguro dos meios de transportes, dizem, e eu admito, embora prefira viajar de automóvel.

É um problema psicológico, sem dúvida, mas que posso fazer? Quando o carro balança ou estremece, não me aflijo, pois sei que, estando no chão, não vai cair; mas, no avião, a 10 mil metros de altura, entro em pânico. Sei que não cai, mas não adianta sabê-lo – entro em pânico assim mesmo.

Fazia quase três anos que não viajava de avião, negando-me a aceitar qualquer convite que me obrigasse a isso. E tudo por causa de dois sustos seguidos, na ponte aérea Rio-São Paulo. O primeiro deles, vinha para o Rio de noite e, pouco antes de chegarmos, o avião deu uma balançada tão brusca que fez a gente gritar assustada; a impressão era de que íamos nos precipitar no chão, mas não aconteceu nada; quando o avião pousou, os passageiros bateram palmas, não sei se ao comandante ou à providência divina. Mas, recuperado do susto, desci as escadas do avião e senti pena do pessoal que, em fila, esperava para embarcar. Aliviava-me pensar que só dali a um mês teria que repetir aquela viagem.

Sucede que, para os assustados, um mês passa rápido, e assim foi que, quando dei por mim, estava de novo voando para São Paulo. Com quinze minutos de voo, o comandante informou que o aeroporto de Congonhas estava fechado, e assim me vi rodando sob a tempestade durante vinte minutos antes de conseguir pousar. Salvo do desastre, prometi a mim mesmo que nunca mais poria o pé dentro de um avião. Desde aquele dia, todas as vezes que viajei para São Paulo fui de carro e me dei bem. O chofer apanhava-me à porta de casa e me deixava à porta do hotel. Além de viajar com a alma em paz, não tinha que enfrentar as filas e atrasos nos aeroportos. Cinco horas e meia de carro permitiam-me ler e escrever. Até um livro de poemas para crianças escrevi numa dessas viagens.

Anos se passaram, esqueci aqueles sustos e, talvez por isso, aceitei o convite para ir à Espanha fazer conferências e leituras de poemas. Isso foi bem antes da tragédia [com o voo TAM 113054] de Congonhas. Cláudia, que gosta de viajar e não tem medo de avião, achou ótimo e, assim, irresponsavelmente, deixei-me encantar pela possibilidade de rever Madri e, finalmente, conhecer Sevilha e Santiago de Compostela. Além do mais, ficaríamos na Residencia de los Estudiantes, onde residiram García Lorca, Juan Ramón Jiménez e Rafael Alberti. Embalado em sonhos, vi aproximar-se a data em que voaria para terras da Espanha. É certo que, em alguns momentos, acudia-me a pergunta: "E você vai estar dentro de um avião durante dez horas ininterruptas?". Estremecia de medo, mas desviava o pensamento, já que, àquela altura, não poderia voltar atrás.

E foi assim que, certa tarde de maio, Cláudia e eu, arrastando maletas, chegamos ao Aeroporto Internacional Tom Jobim: embarcaríamos às 21h30. Logo nos deparamos com uma fila enorme de passageiros que tomariam o mesmo avião. Sem muita demora, o alto-falante anunciou que o nosso voo para Madri atrasaria cerca de uma hora.

Começou a encrenca, disse a mim mesmo, e seguimos para o restaurante a fim de gastarmos o tempo. Estava lotado mas, por sorte, logo conseguimos sentar. E ali ficamos, à espera da chamada para o embarque, cujo atraso já se aproximava das duas horas. "Para que me meti nisto?", me perguntava eu, já dentro do avião, que não se movia. Finalmente, uma voz informou, em espanhol, que deveríamos esperar mais uma hora, aguardando autorização das autoridades brasileiras.

Afinal, decolamos. Meu relógio marcava meia-noite e meia, três horas de atraso. Agora, devíamos subir pela costa brasileira, cruzar o Atlântico, passar pelo norte da África, transpor o Mediterrâneo e chegar a Madri. Após o jantar, as luzes do avião se apagaram e iniciou-se a mais longa noite de minha vida, dentro de uma espécie de torpedo voador que estremecia a cada instante. Das dez horas de viagem, seis foram de turbulências. Afinal, o avião pousou e eu, zonzo de sono, fui esperar pelas bagagens.

Os dias que se seguiram foram confortadores e inesquecíveis. Ganhamos novos amigos, tanto espanhóis como brasileiros, que nos fizeram olhar a Espanha de uma nova maneira. Só que, de vez em quando, num relance, dizia a mim mesmo: "O diabo é ter que entrar naquele avião rumo ao caos aéreo brasileiro". E eu ainda não conhecia a opinião do presidente da Infraero: "Avião que não cai é o que está no chão". Pois é, no chão ficarei.

5.8.2007

Estamos nas mãos deles

Estamos nas mãos deles. Se você mora no subúrbio e anda de ônibus, está nas mãos deles. Há o ônibus mais barato e o outro, com ar refrigerado, mais caro. O mais barato não vem nunca e você é obrigado a tomar o mais caro, com ar refrigerado, mesmo no inverno. O transporte urbano é uma concessão e a empresa que explora essa concessão tem obrigações que ela não cumpre e as autoridades fazem que não veem. Estamos nas mãos deles.

Se você é idoso, está nas mãos deles. Já que existe uma lei que obriga, por exemplo, os supermercados a reservarem um caixa exclusivamente para os idosos, o gerente busca um modo de burlar a lei. É que ele quer subir na empresa e, para isso, vende a alma ao diabo. Fila exclusiva para idoso é mais um caixa, mais despesa. Então, num supermercado aqui de Copacabana, o gerente bolou uma saída: pôs uma placa dizendo que o idoso tem preferência em todos os caixas, ou seja, não tem em nenhum. Claro, qual é o idoso que tem coragem de passar na frente de vinte pessoas numa fila? O caixa especial para o idoso é lei, mas o supermercado não cumpre e fica por isso mesmo.

É uma das razões por que digo: estamos todos nas mãos deles. Por exemplo, você paga um plano de saúde, que raramente usa, mas, como está nas mãos deles, sabe que, se um dia adoecer, morre na fila do SUS. Mas eis que, em determinado mês, o boleto de cobrança não vem e você, às voltas com mil problemas, não reparou. Aí então recebe um aviso de que está em débito e terá que pagar com multa sob pena de perder o plano de saúde. Pode? Eles não mandam o boleto de cobrança e quem paga a multa é você! É que estamos nas mãos deles, cara!

Você assina televisão a cabo, paga por isso. No começo, a televisão a cabo não tinha anúncio, já que é paga por você, mas agora todas elas exibem publicidade. Você paga para ver propaganda? Não há nada a fazer, senão romper o contrato e deixar de assistir ao seu seriado predileto. Por isso, você não rompe e, contrariado, passa horas a ver publicidade que não deseja ver. Está nas mãos deles.

Outro dia, um amigo me contou: preparava-se para assistir, no Pan, à partida final da seleção brasileira de vôlei contra a seleção americana, e eis que a conexão se rompe. Surge na tela uma janela onde estava escrito: indisponível. Ele tentou mudar de canal. Desligou o equipamento, ligou de novo e o aviso continuava lá: indisponível. Depois de tudo tentar, decidiu ligar para o provedor. Atendeu uma voz feminina muito gentil que dizia: para resolver tal problema, disque um; para tal, disque dois, para aquele outro, disque três, e por aí foi: disque quatro, disque cinco, disque seis etc. Depois de ouvir pacientemente aquilo, discou o número que supunha corresponder à sua solicitação. Outra voz atendeu: para tal coisa, disque um; para tal, disque dois; para tal, disque três... e por aí foi. Ele discou um dos números indicados e aí começou outra voz a falar, mas agora fazendo propaganda da programação daquela empresa.

Finalmente, uma voz de homem perguntou-lhe o que desejava. Ele explicou que surgira na tela a tal janela e que não conseguia conectar. A voz perguntou-lhe em que bairro morava e pediu um momento para verificar. Minutos depois, informou: caro cliente, não tenho condição de verificar o seu problema, terá que ligar de novo para ser atendido por outra pessoa. Sem nada entender, ligou de novo e mais uma vez passou por toda aquela tortura a que já tinha se submetido antes e quando, enfim, uma voz feminina o atendeu, respirou aliviado. Só que não havia motivo para alívio: a voz da moça informou-o de que ocorrera uma pane no sistema de reparos e por isso não podia atendê-lo.

— E eu faço o quê? — perguntou meu amigo.

— Não podemos fazer a conexão.

— Sim, e eu faço o quê?

— O senhor terá que esperar até que superemos o nosso problema.

— E isso deve demorar quanto tempo?

— Não sei informar, senhor.

Meu amigo, furioso, berrou que aquilo era um abuso, que ele pagava por aquele serviço, que ele ia perder o jogo do Brasil, mas de nada adiantou. É que estamos nas mãos dele, entendeu?

Contei essa história a outro amigo, que me falou:

— E eu, que estou inadimplente junto ao Banco Central por causa de um cheque de 56 reais!

— Mas como?

— Achando que tinha ainda 100 reais na conta, paguei o jantar no restaurante com um cheque de 56 reais. Na conta só restavam 30 reais e, embora nessa mesma conta houvesse uma aplicação de 1.200 reais, o gerente devolveu o cheque, que foi reapresentado pelo restaurante. Tornei-me inadimplente perante a nação brasileira, eu, que nunca recebi mensalão, não participei do valerioduto, nunca vendi vacas inexistentes, nunca me deixei subornar nem por bicheiros nem por traficantes.

— É, amigo, estamos nas mãos deles.

26.8.2007

Uma faca na alma

O nosso João Cabral de Melo Neto é tido e havido como um poeta racional, e era ele mesmo quem o dizia. Não obstante, num vídeo feito em sua homenagem, Chico Buarque e Adriana Calcanhotto afirmaram que vão às lágrimas quando o leem, coisa que ele seguramente não gostaria de ouvir. Sim, porque tinha horror a derramamentos emocionais e garantia que a racionalidade era o alicerce da existência. Onde está a verdade? João Cabral era de fato o poeta cerebral que se alardeia?

Concordo com ele quando exalta importância da razão, mas é verdade também que, como disse Sartre, a realidade ultrapassa a consciência ou, como disse Shakespeare, há mais coisas no mundo do que sonha a nossa vã filosofia. Trocando em miúdos, a razão é fundamental, mas não é tudo.

Por isso mesmo, na construção do universo imaginário em que vive, o homem não se limitou ao uso de sua racionalidade, pois, se inventou a lança para caçar o bisão, inventou também as práticas mágicas que viabilizavam a caça. Enfim, desse jogo dialético da lógica e da magia, surgiria inclusive a poesia, que sempre bebeu nessas duas fontes. Mas o poeta, muito tempo depois, passou a encarnar a figura do romântico e do inadaptado social. Com Baudelaire e Rimbaud, tornou-se maldito.

No Brasil, Álvares de Azevedo, Castro Alves e Casimiro de Abreu morreram com menos de 24 anos. Pode ser que até hoje muita gente verta lágrimas lendo os seus versos, mas João Cabral certamente debocharia deles. É que, para o autor de "Uma faca só lâmina", o poema não devia ser a pura e simples expressão dos sentimentos do poeta, por mais verdadeiros que fossem, e sim uma obra objetivamente construída.

Numa conferência que pronunciou na Biblioteca Mário de Andrade, em São Paulo, em 1952, João Cabral falou daqueles dois tipos de poeta: o que escreve movido pela inspiração e o que encara o poema como trabalho de arte. Enquanto o primeiro deixa fluir a linguagem, certo de que quanto mais espontâneo mais autêntico será, o poeta "difícil" desconfia desse fluir sem controle.

João Cabral, em sua concepção antirromântica do trabalho poético, opta pela construção objetiva do poema, dando-lhe uma vida independente, uma validade que, para ser percebida, dispensa qualquer referência à pessoa que o fez e às circunstâncias em que foi feito.

Tudo bem, essa é a teoria. E, na prática, como a coisa se deu? João Cabral começou escrevendo como surrealista, até que tomou conhecimento das ideias de Le Corbusier sobre a nova arquitetura, racional e funcionalista. E escreve: "O engenheiro sonha coisas claras/ superfícies, tênis, um copo d'água".

Em contraposição aos mistérios da subjetividade, descobre a beleza do mundo real e diurno e, seguindo a teoria do arquiteto, concebe o poema como "uma máquina de comover", um artefato construído racionalmente para funcionar sobre a percepção do leitor. É dentro dessa concepção que se insere o poema "Antiode", cuja construção inovadora e lúcida ("contra a poesia dita profunda") não tem precedentes na poesia brasileira. Mas é metapoesia, poesia sobre poesia. Já o poema seguinte, "O cão sem plumas", é uma abertura para a vida real e seus problemas e também a descoberta do tema social, que o levará a escrever "Morte e vida severina", tema que perpassará, a partir daí, quase toda a sua obra. Nele, a problemática poética se confunde com a apreensão da experiência vivida, está presente em cada poema, em cada metáfora, em cada verso, quer fale de um cemitério nordestino ou de uma "bailadora sevilhana".

No fundo, tudo se resume ao modo como fazer o poema, impedindo a linguagem de fluir espontânea e fácil. Em "O ferrageiro de Carmona" dá a receita: "O ferro não deve fundir-se/ nem deve a voz ter diarreia". Em vez da fôrma, a que o ferro derretido se amolda, prescreve a forma criada pela mão que o doma, que trabalha o ferro em brasa. Mas, como a língua não é metal, para forjá-la, deve o poeta educar-se interiormente, ganhar a dureza da pedra e o fio da faca. Uma faca interna ao corpo, que seja só lâmina, cortante e ávida, para que nada lhe escape. Quando a lâmina embota, o poema cabralino torna-se só descritivo; quando afiada, ela atrofia o discurso, para que, ao leitor mesmo, ele se torne incômodo e difícil, mais tato do que fala.

Racional em João Cabral é, portanto, a postura do poeta como realizador do poema, mas não o poema. Que racionalidade há em imaginar ter no corpo (ou na alma) uma faca só lâmina? É coisa de poeta mesmo.

16.9.2007

No avesso do verso

O leitor que me desculpe, se não se interessa por poesia, mas vou voltar a falar de João Cabral de Melo Neto, cuja concepção do poema foi tema da crônica publicada no dia 16 de setembro. É que, como o espaço de que disponho é limitado, tive que resumir minha tentativa de compreender o trabalho do poeta.

E não só isso: alguma coisa mais me havia escapado e só o percebi ao reler a crônica já publicada. Eu sou assim mesmo, aprendo escrevendo e relendo o que escrevi.

O que ficou por dizer me parece bastante esclarecedor do processo poético desse pernambucano, seco como caatinga, autor de uma obra muito pessoal. A questão que propus responder, na crônica anterior, foi se a poesia dele é de fato racional, em contraposição à outra poesia, que seria sentimental.

Essa contraposição – que parece implícita na teoria cabralina – não cabe no contexto da moderna poesia brasileira, nascida com Mário e Oswald de Andrade, que substituiu o sentimentalismo pelo humor. Essa irreverência antirromântica só se acentuará em Carlos Drummond de Andrade e Murilo Mendes, poetas que influíram na formação de João Cabral.

O antissentimentalismo do poeta pernambucano é, de certo modo, um aprofundamento da atitude dos modernistas, com um fator a mais: a preocupação em realizar o poema como objeto autonomamente elaborado, produto de racionalidade construtiva, e não do improviso e da espontaneidade.

Está aí a diferença entre ele e seus antecessores que, se não eram sentimentais, eram espontâneos, deixavam o verso fluir sem um rigor maior. De uma maneira ou de outra, fazer ironias e exercer o humor ainda era, na visão de João Cabral, um outro modo de incutir no poema a individualidade do autor e, consequentemente, seus sentimentos, sua subjetividade.

O poeta João Cabral não brinca em serviço, não ri, não faz graça. Ele constrói uma obra que existirá por si, por sua própria estrutura, como um edifício de cimento e vidro. O que não significa, na verdade, que ele também não transfira para o poema a sua individualidade: uma individualidade que se quer impessoal, identificada não com a ternura ou o afeto natural, mas com a dureza da pedra e o cortante das facas. Foi isso que lhe permitiu construir uma obra única e inconfundível na poesia brasileira.

Na crônica anterior, chamei a atenção para o propósito de João Cabral em evitar, na realização do poema, o fluir espontâneo da linguagem. Essa espontaneidade tornaria o poema a expressão fácil dos sentimentos do poeta e de sua subjetividade, em detrimento do controle sobre sua realização, para torná-lo, segundo ele, um produto consciente e racional. Afirmei, então, que, se é verdade que a razão desempenhou papel decisivo na realização de seus poemas, estes, como composição vocabular, violentam e transcendem a ordem do discurso.

O que, porém, me faltou dizer foi de que modo esse processo se dá. E, se não o disse foi porque não o havia percebido até ali. Isso ocorreu, de fato, quando reli o texto já publicado — do qual me havia distanciado e quase esquecido.

Deu-se como uma descoberta do que estava oculto no que escrevera. Quando ali afirmara que, para deter o fluxo espontâneo da linguagem, João Cabral entortara o discurso, tornando-o incômodo ao leitor, obrigado assim a decifrá-lo, mantive-me ainda na superfície do problema. O que se revelou, na releitura do meu próprio texto, foi que JC não apenas torce a construção sintática, mas vai além: violenta a própria racionalidade do discurso, embora o faça racionalmente.

Vou dar alguns exemplos. No poema "Educação pela pedra", ele diz que a pedra "pela de dicção ela começa as aulas [...]/ lições de pedra (de fora/ para dentro,/ cartilha muda), para quem soletrá-la". E acrescenta que, no sertão, "a pedra não sabe lecionar," porque "lá não se aprende a pedra: lá a pedra/ uma pedra de nascença, entranha a alma".

Em outro poema, a que já me referi anteriormente — intitulado "Uma faca só lâmina" —, a audácia das imagens vai num crescendo, até lembrar o João Cabral dos primeiros versos surrealistas. Parte da imagem da faca no corpo para afirmar a exigência da lucidez sobre os sentimentos, "pois na umidade pouco/ seu relâmpago dura", e termina por afirmar que essa lâmina "sabe acordar também/ os objetos em torno/ e até os próprios líquidos/ podem adquirir ossos".

Este pode ser um começo de caminho para se descobrir o que está oculto sob a alardeada racionalidade de sua poesia.

30.9.2007

Carta aberta a um pombo

Meu querido pombinho, amigo alado, morador de rua aqui da Duvivier. Não sei se devo dizê-lo morador ou voador de rua, já que com grande frequência vejo-o esvoaçando ou mesmo voando de um ponto a outro por opção ou necessidade suas, às vezes para catar comida na calçada ou sorver água em poças que a chuva deixou, mas também para cortejar alguma pombinha de quem se enamorou. Como você distingue uma pombinha de um pombinho, não sei, são mistérios do amor.

Alonguei-me demasiado nessa introdução, sem entrar no assunto motivo desta carta, que você certamente não lerá. Mesmo assim, se lhe escrevo, caro amigo, é para agradecer-lhe a atitude gentil que teve ao deixar-me passar à sua frente, cedendo-me a vez, no momento em que ia cruzar a rua, gentileza rara nos humanos que, como você e eu, transitam por estas calçadas. Comoveu-me ver com que civilidade refreou o passo para que eu cruzasse à sua frente, sem perda de tempo, uma vez que aparentava pressa. Essa sua atitude me fez refletir sobre os pombos que junto conosco, humanos, habitam a cidade do Rio de Janeiro. Devo admitir que foi sua atitude gentil e civilizada que me fez reparar nisto: os pombos são hoje indivíduos urbanos como nós.

E então me detive a refletir na maneira como se comportam, caminhando ao nosso lado nas calçadas, bicando um grão aqui, outro ali, despreocupados, confiantes, certos de que ninguém lhes fará mal. Às vezes, se um transeunte distraído ou afoito os atropela, eles saltam ou se esquivam, não fogem assustados porque sabem que ninguém está ali para caçá-los. Pois é, mas isso não acontece com pássaros que vivem nas matas ou em sítios longe das cidades. Esses se comportam como bicho do mato, assustados e, se veem um homem ou mesmo uma criança, fogem. Não é à toa que a palavra urbanidade tem o sentido que tem.

É verdade que nem sempre foi assim. Não faz muito tempo, havia gente que tinha como esporte predileto matar pombos. Um desses, que conheci, era mestre Bernardo, autor de alentado volume intitulado *Tiro ao pombo*. Já falei dele numa crônica antiga, em que ressaltava a importância dos pombos para a vida das cidades, mas falava mais como poeta, ao dizer que os pombos eram monumentos fluidos, errantes, que levantam voo e migram de um ponto a outro das praças, como na de São Marcos, em Veneza. Era uma visão um tanto distante, que não levava em consideração o pombo como companheiro de calçada, transeunte educado e gentil.

"Bons tempos estes de hoje!", diria eu, se fosse pombo, porque, no tempo de mestre Bernardo, a coisa era feia. Os pombos eram metidos em gaiolas, levados para os campos de tiro e, lá, jogados para o alto, um a um, para servir de alvo aos atiradores. Promoviam-se campeonatos de tiro ao pombo, e quem mais pombos matasse ganhava uma medalha.

Mestre Bernardo era pai de uma amiga minha e foi ela que me levou a sua casa para conhecê-lo. Na verdade, pretendia entrevistá-lo para a revista em que trabalhava a propósito de seu livro. Tinha curiosidade em conhecer alguém que levava tão a sério o esporte de atirar em pombos, a ponto de escrever sobre o tema um volume de quase seiscentas páginas. O encontro foi marcado na hora do almoço, porque mestre Bernardo queria que eu provasse de uma especialidade sua: pombo guisado com arroz de lentilha. Fingi que comia enquanto ele chupava os ossinhos de pombos que matara, a tiros, na véspera.

Assim é a vida humana, diferente da dos demais bichos que não têm por esporte matar, alegremente. Nós, humanos, não nos contentamos em seguir as leis naturais, que regem o comportamento de todos os animais. De fato, vivemos insatisfeitos como nossa condição de bicho humano e, por isso, estamos permanentemente a inventar e reinventar a vida, usando e abusando de tudo que está a nosso alcance. Não sei se existe uma história oral dos pombos, se contam uns aos outros o que lhes sucedeu no passado; se o fazem, talvez saibam que, por muito tempo, nós os usamos para levar e trazer mensagens, especialmente durante as guerras. Como ainda não tinha sido inventado o telégrafo, usávamos o pombo como correio, valendo-nos de sua mania de sempre voltar ao pombal de origem. Se com isso se abusava de seu direito de ir e vir, era muito melhor que servir de alvo à espingarda de mestre Bernardo.

Mas essas são coisas velhas, porque o pombo de hoje, urbanizado, goza do direito de cidadania como qualquer habitante de nossa cidade. Ou mais até, já que é pequeno demais para ser alvo de balas perdidas.

23.9.2007

O sorriso de Nara

Entre receoso e comovido, assisti ao especial que conta a carreira e a vida de Nara Leão, a Narinha que todos nós, seus amigos, amávamos.

Voltar ao passado me dói muito e, por isso, sempre que posso, fujo dele. A biografia de Nara, escrita por meu querido Sérgio Cabral, elogiada por todos, guardo comigo mas ainda não tenho coragem de lê-la. Ao ganhar o livro, o abri e logo o fechei, temendo mergulhar na aventura que foram aqueles meses do show *Opinião*, aqueles anos, envolvendo tanta gente querida, tanta coisa preciosa que se foi para sempre.

O especial de TV me pegou de surpresa e, quando dei por mim, fazia uma dupla viagem, do passado ao passado, já que o presente era ver o perdido: o rosto dela, seu sorriso, sua voz, e recuperá-lo, ao mesmo tempo, uma vez que, paralelamente ao que a televisão mostrava, outras cenas, outras vozes se tornavam presentes como numa tocata, em cuja tessitura melódica, notas e tempos se entrelaçam, emergem e somem, ali na obscuridade do teatro, enquanto Boal ensaiava as cenas do futuro espetáculo. E do fundo de sombras, rindo, surge João do Vale, brincalhão. Zé Keti cantarola para Nara: "Podem me bater, podem me prender...". Vianinha está parado sob um cone de luz, num dos cantos do palco. Em volta a escuridão da plateia vazia. Vazia porque todos se foram ou porque estão por vir? Estamos antes ou depois do passado?

No shopping da rua Siqueira Campos, já faz tempo que não existe mais aquele palco de arena com a plateia em volta. Plateia feita de velhas cadeiras de um velho cinema, que ali chegaram sujas de lama, que apodreciam ao relento. Todos nós nos empenhamos, madrugada adentro, a lavá-las para afinal, naquela noite de dezembro de 1964, abrirmos nosso teatro ao público. Era uma vitória e uma resposta, depois de tudo que havíamos perdido com o incêndio da UNE, a queima de nossos livros e sonhos de mudar o Brasil. O antigo auditório da UNE havia sido transformado num teatro, que inauguraríamos no dia 6 de abril se, cinco dias antes, não o tivessem incendiado. O show *Opinião* era nossa resposta, na voz frágil daquela mocinha de classe média que, como nós, redescobrira um sofrido Brasil, cantando: "Mas eu não mudo de opinião".

Desse samba de Zé Keti nasceu o show, porque ele deu o nome ao disco de Nara, que tinha na capa uma foto dela, de braço erguido, feita por Janio de Freitas. O disco, por sua vez, nascera do Zicartola, um restaurante-casa de samba, surgido pouco antes do golpe na rua da Carioca, se bem me lembro, onde Nara se apaixonou pelo samba de morro. Mal o disco saiu, veio o golpe. Ao ouvi-lo, Vianinha teve a ideia de um show musical que falasse dos problemas do Brasil, reunindo um compositor do morro, um compositor do sertão e uma cantora carioca, moradora da avenida Atlântica.

O entusiasmo com o novo espetáculo só era ameaçado pelo temor da polícia, já que nós, seus produtores, éramos nada mais, nada menos que o CPC da UNE, odiado pelos golpistas fardados e à paisana. Para enganá-los, pedimos emprestado o nome do Teatro de Arena de São Paulo, que apareceu como produtor do espetáculo, o que era corroborado pela presença de Augusto Boal como seu diretor. Essa escolha foi providencial, não só por essa razão, mas também porque ele imprimiu ao show qualidade essencialmente teatral.

Tudo isso, não nessa ordem e, sim, na desordem da lembrança comovida, que mistura os fatos e violenta a cronologia, tanto que, num relâmpago, releio, em Lima, a última carta de Vianinha, exasperada pela revolta contra o câncer que inapelavelmente o matava. Mas, nesse momento mesmo, na tela da televisão, Nara sorri docemente, agora-outrora, tal como naqueles dias, mirando-me com candura. Paulo Pontes, Armando Costa, João das Neves, Denoy de Oliveira discutem na pequena sala de reuniões do teatro, quando Thereza propõe fazer, às segundas-feiras, a *Fina Flor do Samba*, um espetáculo com compositores, passistas e ritmistas das escolas de samba.

A luz se apaga de repente, a cena, a plateia, a cidade se desfazem na treva. Nara, rouca, mal consegue cantar, militares invadem meu apartamento, corro pelas ruas com uma maleta que se abre e despeja roupas, poemas, documentos subversivos. Dobro uma esquina e estou em Moscou, depois em Buenos Aires e finalmente sou interrogado no DOI-Codi. Soltam-me altas horas da noite na avenida Brasil. Soa o telefone, é Nara que me diz: "O tumor sumiu de meu cérebro, estou curada". Minha vontade é abraçá-la, beijá-la, mas como? Seu sorriso congela na tela da TV.

11.11.2007

Niemeyer: a beleza é leve

Ontem, 15 de dezembro, Oscar Niemeyer completou cem anos de vida, para a alegria de seus amigos e de seus admiradores. Se é função da arte inventar o mundo em que vivemos, no caso do aniversariante, já por ser arquiteto e o arquiteto que é, não há exagero em dizer-se que ele mudou a imagem que se tem do Brasil, criando formas arquitetônicas, belas e inusitadas, que se integraram para sempre em nosso imaginário.

Monumentos arquitetônicos como o Palácio da Alvorada, o Congresso Nacional e a Catedral de Brasília – para ficarmos apenas em obras da capital brasileira – tornaram-se exemplos de uma nova concepção estética, paradigmas da arquitetura contemporânea.

São apenas três exemplos, mas a verdade é que esse brasileiro é dotado de uma capacidade – quase, diria, de uma genialidade – que lhe permite criar formas esteticamente sofisticadas e, ao mesmo tempo, capazes de tocar a sensibilidade de todas as pessoas. Por isso, escrevi, num poema a ele dedicado, "Oscar nos ensina/ que o sonho é popular".

Não tenho dúvida nenhuma de que ele nasceu arquiteto. Certamente, teve de fazer o curso de arquitetura, teve de conhecer e estudar a obra dos grandes arquitetos que o antecederam, mas só um talento excepcional para intuir o espaço arquitetônico e concebê-lo em formas inesperadas pode explicar o fenômeno que ele é.

Essa capacidade de intuir e conceber o edifício manifestou-se, nele, muito cedo e se mantém com o mesmo ímpeto criativo, hoje, quando ele completa um século de vida e após projetar e construir o maior número de obras da história da arquitetura mundial.

Modesto e audacioso, mudou o projeto, concebido por seu mestre Le Corbusier, para o edifício que é hoje o Palácio Gustavo Capanema. O detalhamento do projeto estava a cargo de uma equipe chefiada por Lúcio Costa da qual ele fazia parte. Ao perceber que o edifício ganharia em monumentalidade se as colunas que o sustentariam fossem aumentadas no dobro da altura, fez um esboço que (à sua revelia) levaram a Lúcio Costa, que decidiu adotá-lo. O projeto modificado ficou tão bom que Le Corbusier fez de conta que o projetara daquele jeito.

Quem conhece a história da arquitetura moderna sabe que o princípio básico do novo modo de construir diz que "a forma segue a função". Essa estética funcionalista foi uma reação ao gosto *revival*, que sufocava a forma dos objetos e dos edifícios com um decorativismo exagerado.

Por isso, os criadores da moderna arquitetura adotaram a reta e a composição despojada como o seu princípio estético. Essa é a característica comum às obras dos pioneiros da nova arquitetura, como Le Corbusier, Walter Gropius ou Mies van der Rohe.

Se o princípio funcionalista deu nascimento a uma nova linguagem arquitetônica, provocou, em contrapartida, soluções repetitivas que terminaram por empobrecer o repertório formal da nova arquitetura. Ela se tornou pouco criativa.

Coube a Niemeyer romper com essa submissão à funcionalidade e à ditadura da linha reta e soluções ortogonais, ao conceber o conjunto arquitetônico da Pampulha, onde a forma curva predominava. Iniciou-se, então, uma revolução que mudaria radicalmente o vocabulário da arquitetura contemporânea.

Buscar a forma nova, que surpreenda e comova, terá sido o empenho de Niemeyer, desde seus primeiros projetos. E é extraordinária a sua capacidade de criar novas formas, quer sejam as colunas do Palácio da Alvorada, quer sejam os arcos assimétricos do edifício da editora Mondadori, em Milão. É tal a expressão poética desses edifícios que eles parecem apenas pousados no chão, sem peso.

O arquiteto brasileiro deu início, assim, à exploração das possibilidades plásticas do concreto armado e das novas técnicas de construção. Em consequência disso, sua audácia na concepção das obras obrigava a soluções técnicas inovadoras, fazendo avançar os processos de edificação. Para isso, contou com a colaboração de Joaquim Cardoso que, além de calculista, era poeta – e dos melhores.

Já houve quem afirmasse que Oscar Niemeyer, mais que um arquiteto, seria um escultor. A afirmação é destituída de fundamento, já que uma de suas principais virtudes é precisamente a intuição e a concretização do espaço arquitetônico. Essa é uma qualidade essencial dos edifícios por ele concebidos, em que o espaço interior e o exterior são percebidos pelas pessoas como uma experiência que tanto as fascina quanto as conforta.

16.12.2007

Dentro da noite

A primeira vez que vi a noite, se bem me lembro, foi na esquina da rua da Alegria com Afogados, em São Luís. Pode ser que já a tivesse visto antes, mas não me dera conta porque, na vida, só conta o que nos espanta. E foi naquela esquina, na porta da quitanda de Newton Ferreira, meu pai, que a noite se revelou a mim, quando ergui os olhos, inadvertidamente, por cima das platibandas das casas.

A rua da Alegria, para quem não sabe, começa na avenida Silva Maia e desce na direção do largo da Cadeia, que esse era então o seu nome, quando ali situava-se a penitenciária. Nossa casa ficava perto da quitanda, na primeira quadra entre a avenida e a rua dos Afogados. Foi nela, no quintal dela, que posei para a única foto em que apareço menino, junto com alguns de meus irmãos, irmãs e minha mãe. Como meu pai não aparece, ele é quem deve ter sido o fotógrafo. Estou ali, sentado numa cadeira, de meias e sapatos, os pés não chegavam a tocar o chão.

Mas até aquele momento não havia reparado na noite, que só vi de fato, como já contei, ao sair da quitanda e olhar para o céu, que estava cravejado de estrelas a brilhar como se fosse o rastro de um cometa. Fiquei deslumbrado e temeroso, pois era como se uma força estranha quisesse me puxar junto com elas para o infinito do mundo.

Foi só um instante. Pois logo meu pai saiu da quitanda, trancou a porta com chave e tomamos o rumo de casa, onde a família nos esperava para o jantar. Depois de comer, ouvimos um programa da Rádio Nacional com Vicente Celestino, e então fui para minha rede, armada junto à janela que dava para a rua. Mas não resisti: abri a janela, deixei que o clarão da Via Láctea dourasse meu rosto e saí voando.

Isso foi em 1938, quando mal completara oito anos de idade. No dia seguinte, pela manhã, estava normalmente observando Bizuza, na cozinha, a socar farinha de mesa com camarão e gergelim torrado para o cuxá. Não demorou muito para que me tornasse moleque de rua a vagabundear pela cidade, roubando copos em botecos e jogando bilhar na zona do meretrício, na rua da Palma. Mais tarde, chegariam os soldados ianques para ocupar a base aérea do Tirirical e tomar cerveja no Motobar.

Nessas minhas andanças noturnas pela cidade, tinha plena consciência de que o fazia sob o fulgor da Via Láctea, que me acompanhava pelos becos e ladeiras, por onde vagava sem saber o que viera fazer no mundo.

Mas foi durante umas férias no sítio de tio Felinto que pude perceber o silêncio infinito da noite cósmica, que de tão intenso me deixava ouvir até o rumor da grama crescendo sob meu corpo, ali recostado junto ao curral. Entendi que a noite não era apenas estrelas no céu, mas também o abafado vozerio dos vegetais, que não falam nem brilham, mas pulsam na escuridão que lhes oculta as cores como o zumbido dos pequeninos bichos a trafegarem nos ramos.

A escuridão é o estado natural do mundo, e a luz é pouca, ainda que as galáxias sejam feitas de matéria luminosa e incandescente a explodir no vazio do espaço sem que se ouça.

E dali, onde estava, junto ao curral, no Maranhão, nada se ouvia daquelas explosões de gases e matéria estelar. No escuro da noite provinciana, só em minha boca se mantinha algum possível lume a se acender na saliva, entre os dentes, uma palavra qualquer que iluminasse a existência.

É que a fala nega a noite e dá sentido a nossa presença no planeta.

Mais tarde, bem mais tarde, descobriria que a noite é muito mais veloz nos trópicos do que nas zonas temperadas. Nos polos, então, a noite quase não passa, dura meses. Mas a noite custa a passar também nos cárceres. Já imaginou quanto deve demorar a noite, nas selvas colombianas, para as pessoas que as Farc mantêm sequestradas? Para quem teve roubado seu futuro, a noite se prolonga dia adentro e emenda com a seguinte, é a noite sem aurora.

Que diferença daquela noite boliviana, nos anos 1960, quando Guevara punha em risco sua vida por um sonho: o sonho de criar uma sociedade fraterna e igualitária nas Américas. Sonho que ele sonhou errado, na hora errada, no lugar errado, por acreditar que quem sabe faz a hora, não espera acontecer. Não faz. Esse voluntarismo juvenil só conduz à derrota.

É que o homem perdeu o paraíso pela impaciência, como disse Kafka. Mas podemos dizer que, pela paciência, quem sabe, ainda poderá recuperá-lo. Paciência que signifique determinação, persistir na luta, demore o que demorar, paciência que nos ajude a vencer a noite com todos os seus fantasmas e pesadelos.

Como se vê, há muitas noites na noite – que nos fascina e assusta, como disse Murilo Mendes, "com seus abismos azuis".

20.1.2008

E por falar em porradas...

A frase do Lula, afirmando que "se porrada educasse, bandido saía da prisão santo", deixou muita gente chocada. É que, segundo aquelas pessoas, uma expressão tão chula não deveria ser usada por um presidente da República.

Mas é que Lula faz isso de propósito, ainda não perceberam? Há ocasiões em que ele finge ser *gentleman*, usa até palavras eruditas, e há outras em que faz questão de mostrar que veio do povo, que ele é povo. Este ano é um ano eleitoral e Lula, que nunca desceu do palanque, vai aproveitando as oportunidades para mobilizar seu eleitorado. Esperto, alega que não é candidato para assim justificar o programa Territórios da Cidadania, que vai beneficiar 24 milhões de pessoas e carrear votos para seu partido e os partidos aliados. Planta os alicerces da campanha presidencial de 2010, lance decisivo para o seu futuro político. Já imaginou se o candidato dele perde as eleições? Isso não vai permitir, nem que seja a porradas.

Lula não dorme de touca. No final do ano passado, já lançara um programa que beneficia jovens em idade de votar e em seguida aumentou a dotação do Bolsa Família. Lembram-se do que ele disse quando sentiu que a CPMF ia acabar? Afirmou que a oposição – que é inimiga do pobre, claro –, cortando 40 bilhões de reais do orçamento, ia deixar sem dinheiro o Bolsa Família e a Saúde. Defensor dos desvalidos, esbravejou, gesticulou. E o que aconteceu? Deu mais dinheiro para o Bolsa Família e inventou agora esse programa de ajuda aos pobres do campo. O lançamento de cada programa em cada município ele faz pessoalmente e diz que não está em campanha.

Sem compromisso com a verdade, afirma o que lhe convém. Outro dia disse, depois de insultar o Judiciário: "Quando estavam na oposição não governaram e agora querem me impedir de governar". Ninguém nunca governou o Brasil, só Lula. Tem a coragem de afirmar que foi ele quem acabou com a inflação, quando todo mundo sabe que a inflação foi controlada graças ao Plano Real e a medidas complementares como o superávit primário e a Lei de Responsabilidade Fiscal. Lula e o PT se opuseram a essas medidas: Lula chegou a afirmar, então, que o Plano Real era uma jogada eleitoral que ia durar só até o fim do ano; que o superávit primário era para beneficiar os banqueiros internacionais e, quanto à LRF, tentou impedir-lhe a aprovação tanto na Câmara como no Senado; não o conseguindo, entrou com uma ação no Supremo Tribunal para sustar-lhe a aplicação.

Opôs-se ferozmente à privatização das telefônicas, graças à qual, hoje, dezenas de milhões de brasileiros possuem um celular. Chegou a dizer que, se fosse eleito, iria reestatizar as telefônicas e todas as empresas que haviam sido privatizadas. Como as privatizações deram certo, calou-se e agora privatiza estradas, usinas, portos, rindo das antigas bravatas, de quando era oposição.

Lula é um populista típico. Quando afirma que inventou a roda, sabe muito bem que as pessoas bem informadas não o levarão a sério. Mas ele não fala para essas pessoas e, sim, para as que, beneficiadas por ele, acreditam em tudo o que diz. Do mesmo modo age o Maluf, quando afirma que a assinatura no documento que veio da Suíça, provando que a conta é sua, foi falsificada por seus inimigos. "Mas o senhor tem inimigos na Suíça?", alguém perguntou. E ele: "Tenho inimigos em todo canto". E os malufistas dirão: "É mesmo, ele tem inimigos em todo canto". Sim, porque Lula e Maluf, como se sabe, são perseguidos por aqueles que odeiam pobres e falam uma língua em que não existe a palavra "porrada".

Usar palavras chulas não é o pior do Lula, menos ainda neste caso, já que "porrada" deriva de "porra", que significa "cacete". Logo, "porrada" não é nada mais do que "cacetada". É que, com o tempo, ela adquiriu outras conotações, até mesmo obscenas. Por isso que, muitos anos atrás, quando aqui chegou um embaixador venezuelano cujo sobrenome era Porras y Porras, criou-se, por assim dizer, um impasse diplomático. Já imaginou, no Itamaraty, anunciar-se a presença de um embaixador com aquele sobrenome? O jeito foi trocá-lo por Parras y Parras.

Para quem fala espanhol, a palavra "porra" não tem conotação obscena, como tem para nós, tanto que, no Peru, um dos santos mais adorados é San Martín de Porras, também conhecido como San Martín de Porres. Quando estava exilado em Lima, mandei uma nota para O *Pasquim* brincando com o nome do santo. Aliás, a nota era dirigida particularmente ao Jaguar ("Confesso que bebi"), menos pelas "porras" do que pelos "porres".

23.3.2008

Uma questão teológica

Vou meter minha colher torta num assunto complicado: o problema das células-tronco embrionárias, cuja utilização para fins médicos é contestado pela Igreja Católica. Como se sabe, a Lei da Biodiversidade – que libera o uso daquelas células pelos cientistas, aprovada pelo Congresso Nacional e sancionada pelo presidente Lula – foi considerada inconstitucional pela Procuradoria-Geral da República e está em julgamento no Supremo Tribunal Federal.

A alegação da Procuradoria é que a Lei da Biodiversidade fere dispositivo constitucional, que garante a preservação da vida humana. Então, estabeleceu-se a seguinte discussão: pode-se admitir que, numa célula, menor que uma cabeça de alfinete, já esteja o indivíduo humano, detentor do direito constitucional? A Igreja diz que sim, alegando que a vida começa com a fecundação do óvulo, enquanto os cientistas afirmam que o indivíduo só começa de fato quando se formam o cérebro e o sistema nervoso. A verdade é que, se se pode afirmar que a vida humana começa com a fecundação, pode-se também admitir que começa antes, no espermatozoide e no óvulo, uma vez que os elementos que constituirão o feto já estão neles. É uma discussão sem fim.

Mas os defensores da utilização científica de células-tronco embrionárias levantam um argumento a que a Igreja responde com dificuldade: por que defender a preservação de um embrião, alegando que já está ali em potencial o indivíduo humano, mesmo sabendo que, com isso, prejudicará um vasto número de pessoas, cujas graves doenças poderiam ser curadas graças àqueles procedimentos científicos? Quando o STF iniciou o julgamento da ação de inconstitucionalidade, estavam ali presentes muitas pessoas inválidas em cadeiras de rodas. Como ignorar o sofrimento delas em nome de uma simples tese?

A resposta a essa pergunta é a seguinte: a Igreja não tem alternativa, porque o que está em jogo é seu dogma fundamental, a crença do pecado original, que levou Santo Agostinho à seguinte reflexão: se a criança, ao nascer, já traz consigo o pecado original, deve-se concluir que o ato sexual engendra não apenas o corpo, mas a alma também, pois o pecado é da alma... Daí a tese de que o ser humano começa com a fecundação, pois a presença da alma no embrião independe de já haver ou não, ali, cérebro e sistema nervoso. O que está presente, nele, desde o primeiro momento, é a alma. Não se trata, portanto, de uma questão biológica, mas teológica.

Os defensores da posição católica repelem qualquer aproximação da atitude atual da Igreja com a que adotara durante a Inquisição. De fato, não há hoje a menor possibilidade de algum ímpio ser levado à fogueira, nem a Igreja pensa nisso. A semelhança entre os dois casos está na prevalência do dogma sobre qualquer outro valor: livrar a alma do pecado, que, no passado, justificou a tortura e o sacrifício do pecador, hoje justificaria a proibição das pesquisas com células-tronco embrionárias, quaisquer que sejam as consequências para a vida de tanta gente, pois o que importa é salvar a alma que, como supôs Santo Agostinho, já estaria no embrião. Essa foi a explicação que ele encontrou para justificar a tese de que já nascemos infectados pelo pecado.

A noção do pecado original é tão essencial à Igreja que Jesus teve que ser concebido por mãe virgem, fecundada pelo Espírito Santo. Mas, como a condenação do ato sexual levava a um impasse, pois a proibição do coito determinaria o fim da espécie humana, a saída foi abençoá-lo pelo casamento e eliminar o pecado pelo batismo. E se o bebê morre, ao nascer, sem ser batizado, queimará eternamente no fogo do inferno? É duro de aceitar.

É essa mesma visão dogmática do sexo que leva a Igreja, hoje, a proibir o uso da camisinha: o ato sexual só se justificaria quando praticado com o objetivo de procriar e, como o uso da camisinha, impedindo a fecundação, implica a prática do sexo por mero prazer, leva ao pecado e à perdição da alma. Logo, transar com camisinha não é permitido, ainda que disso resulte a morte de milhões de pessoas pela Aids. Tem lógica! Mas isso não nos fará ignorar o extraordinário trabalho da Igreja, dando amparo e sentido à vida de muitos milhões de pessoas também.

Sucede que, no caso das células-tronco, a fecundação é feita num tubo de ensaio, excluindo, portanto, a relação sexual, que engendraria a alma e o pecado original. Logo, para Santo Agostinho, na célula-tronco embrionária, fecundada sem pecado, não estaria a alma. Tem lógica também.

30.3.2008

Resmungos gramaticais

Não tenho, obviamente, a intenção de aborrecer o leitor com minhas manias. Aliás, se dependesse de mim, só escreveria crônicas divertidas em vez de resmungos, graçolas. Mas é que sofro de manias e uma delas é de chatear-me com certas expressões, que vão se tornando comuns e que me parecem erradas. Está bem, está bem, já sei que não existem erros no uso do idioma, pelos menos, essa é a opinião dos linguistas, e a última coisa que quero é ser considerado por eles um sujeito ultrapassado e ranheta. Mas que posso fazer? Se o cara, referindo-se à semana em que estamos, diz "essa" em vez de "esta", tenho vontade de lhe mostrar a língua.

Lembram-se da época em que, a três por dois, usava-se a expressão "a nível de"? Essa é uma expressão espanhola e a pronúncia correta é "nivél", com acento na última sílaba. Não se sabe como nem por quê, políticos, jornalistas, deputados, advogados passaram, todos, a usá-la. Começaram dizendo, por exemplo, "a nível de teoria política", depois "a nível de perseguição policial" e chegaram a joias como "a nível de ração para cachorros". Eu sei que está tudo correto e que eu é que sou um chato de galochas, mas sinto-me aliviado ao ver que a mania passou e já ninguém fala "a nível de". Chego a consolar-me com a suposição de que a língua mesma se encarrega de expurgar esses contrabandos verbais.

Ainda assim, tenho minhas dúvidas, pois a cada momento ouço pessoas instruídas e inteligentes falarem "isso não significa dizer", o que é uma tradução ruim do inglês. Por que não usam a expressão nossa, legítima e simples "isso não quer dizer"? E a mania agora (já de algum tempo) é usar o verbo postergar em vez de adiar. Você diria a alguém: "aquele nosso almoço vai ter que ser postergado"? Se não falaria assim, não escreva assim, essa é uma boa regra. Mas por que me incomodar com isso, já que ser pernóstico não é o pior dos defeitos?

Há defeitos piores, claro, e mesmo no terreno do idioma, em que todo tipo de atentado à língua se vê com muita frequência no nosso dia a dia. Como disse, não estou querendo encher a paciência dos leitores, mas já repararam como alguns comentaristas de futebol usam certos verbos? Sabemos que o futebol tem um universo verbal próprio, bastante pitoresco, aliás, contra o qual nada tenho a opor, muito pelo contrário. Acho até divertido quando o pessoal se refere a "essa" bola. Nunca dizem, por exemplo, "ele podia ter chutado a bola" e, sim, ter chutado "essa" bola. O jogador nunca "perdeu a bola" e, sim, "perdeu o domínio". São modos de falar muito pitorescos. O que me incomoda, porém, é quando dizem: "Ronaldo machucou". Machucou o quê? O pé, o tornozelo? Não, querem dizer que ele "se machucou", mas decretaram o fim do modo reflexivo do verbo machucar. E também do verbo "classificar". Se pretendem dizer que o Corinthians não se classificou para disputar a Taça Libertadores, dizem "o Corinthians não classificou", como se o verbo fosse intransitivo. A origem disso, não sei qual é, se nasce da corriola futebolística paulistana, mas a verdade é que, como falam para milhões de pessoas, terminarão por impor esse uso errado dos verbos ao resto do país. Perde-se alguma coisa? Vai alguém morrer em consequência disso? Não... Então, só me resta ficar resmungando no meu canto, mesmo porque podem alegar que, no terreno da gramática, a zorra é total. Não se ouve na TV "as milhões de pessoas"? E como explicar por que o advérbio "sobre" passou a ser usado a torto e a direito em frases como "convencer as pessoas sobre a importância da lei" em vez de "da importância da lei" ou "ele discute sobre problemas sociais" em vez de "ele discute problemas sociais"?

Mas ao folhear um volume de Machado de Assis, deparo-me com a seguinte expressão: "A família Batista foi aposentada em casa de Santos". Como aposentada na casa? Mas logo percebo que ele se refere aos aposentos que constituem uma casa, ou seja, a família Batista passou a ocupar um aposento da casa de Santos e, por isso, ficou "aposentada" ali. Descubro que a acepção atual é que é metafórica e decorrente daquela. E aí minhas convicções de patrulheiro vernacular começam a esvair-se. Continuo a folhear o livro: "o amor da glória", em vez de "o amor à glória", e pior: "a dona não adia da intenção de tomar o que era seu". Não paro de me surpreender: "cabava de nascer", por "acabava", e este uso de "esquecer": "Também não me esqueceu o que ele me fez uma tarde".

Diante disso, meto a língua no saco, se se pode dizer assim.

15.6.2008

De volta a Moscou

Numa manhã de 1973, em maio, deixei Moscou rumo a Santiago do Chile, com paradas em Roma e Buenos Aires. Na véspera, à noite, sob a neve, chorando, despedi-me de Helena para sempre. "Já começo a te esperar", gritou-me ela da janela, antes de descer para alcançar-me. Abraçou-me e beijou-me sem nada dizer e voltou soluçando para casa. Dentro daquele avião, eu estava morto, indiferente ao que fosse acontecer comigo. Essas lembranças me passavam pela mente, durante o voo que 28 anos depois eu fazia, de volta à cidade.

Havia mais de dez anos já não existia a União Soviética e eu não fazia ideia de que Moscou iria encontrar, depois de tudo o que acontecera com ela e comigo. Tomei o avião da Aeroflot em Madri, em companhia de Roberto Viana, que pretendia filmar-me nos lugares onde com mais frequência estive durante o tempo que vivi na cidade. Ao nos aproximarmos do destino, como costuma ocorrer nas viagens aéreas, começou a passar um filme, mas sobre a Revolução de 1917, um documentário em que aparecia Lênin discursando para a multidão rebelada. Mal acreditei no que via: afinal de contas, o socialismo soviético não se extinguira para dar lugar ao capitalismo? Essa foi a primeira das minhas surpresas naquela viagem de volta ao passado.

Minutos depois, estava eu de novo no aeroporto Sheremetievo. A permanência das coisas sempre me surpreende. Todos esses anos e o aeroporto permanecia lá! Mas a minha perplexidade foi quebrada pela realidade burocrática: não queriam deixar que entrássemos com o equipamento de filmagem. Roberto explicava-se em inglês, alegando que a embaixada russa no Brasil dera a autorização. De nada adiantou e uma hora depois deixávamos o aeroporto sem o equipamento. Tomamos um táxi que nos levou para um hotel próximo ao centro da cidade. No alto dos prédios e nas paredes, os anúncios de Coca-Cola e McDonald's, onde outrora havia retratos de Lênin.

Na manhã seguinte, a temperatura caiu e começou a nevar. Roberto alugara um equipamento de filmagem de uma empresa, juntamente com um câmera russo. Tinham que me filmar na antiga Escola do Partido, onde eu havia estudado e que era clandestina até para os soviéticos. Ali bacharelei-me em subversão.

Lembrava-me de que a escola ficava entre duas estações de metrô: Socol e Aeroport, mas essa indicação se tornou desnecessária porque o câmera sabia onde ela ficava e que era agora um instituto de estudos econômicos com o nome de Gorbatchov.

Ao descermos do táxi, logo reconheci a entrada do prédio, com alguns degraus de pedra e duas grossas colunas de um lado e do outro da porta. Mas era proibido entrar lá. Num guichê, à entrada, um policial fardado pedia o documento de quem pretendesse entrar. De nada adiantou insistir. Enquanto o câmera falava com o guarda, eu espiava pelo vidro, tentando rever o hall do edifício onde deixávamos nossos capotes e *chapcas*. Estava irreconhecível. Deu para ver que o pátio interno fora ocupado por uma edificação. Se a permanência das coisas me surpreende, a mudança delas me surpreende muito mais. A filmagem foi feita na escadaria, eu fingindo que entrava no prédio.

De lá, rumamos para a Praça Vermelha, onde fica o mausoléu de Lênin, que nunca me interessei por ver. A neve parara de cair, um sol tímido se abria sobre o Kremlin e as torres coloridas da catedral *kitsch* de São Basílio. Ao chegarmos, a primeira coisa que me chamou a atenção foi a estátua equestre do general Jukov, ainda no mesmo lugar.

À direita da estátua, um grupo de idosos exibia cartazes onde se lia, em russo, "Viva o comunismo". Roberto teve a ideia de me filmar junto com eles, o que os alegrou bastante. Um velhinho me perguntou:

— *Otkuda vi, tavarich?*

— Brasília — respondi.

— Brasília?! Pelé! Carnival!

Em seguida, afastei-me e fui rever a praça dita Vermelha. (A palavra "vermelho" em russo é quase a mesma que belo.) E veio-me à lembrança a primeira visita que fiz a ela, quando me perguntei: "Que faz aqui, na Praça Vermelha, tão longe de casa, o filho de dona Zizi?". Não sabia se era sonho ou realidade.

Minha perplexidade agora era outra. Caminhei até a borda da praça, onde camelôs vendiam bugigangas. Eram na verdade miniaturas de Stálin e Lênin. Entendi tudo: o cadáver de Lênin não continuava lá como atração turística? E no avião, não passara, como atração turística, a Revolução de 1917? Minha surpresa não tinha cabimento: o socialismo, com erros e conquistas, tornara-se parte da história da Rússia, que pretendera extinguir. Simples assim.

22.6.2008

De vivos e de mortos

Em meio à crise que a Argentina atravessa, alguém teria ouvido a presidente Cristina Kirchner gritar para o marido Néstor: "*Aquí, quién es la presidenta soy yo, carajo!*".

A Argentina é um país com características muito próprias, que a tornam inconfundível na comunidade sul-americana. Inconfundível e, sob certos aspectos, contraditória. Por exemplo, se o nível cultural de seu povo é bem mais alto que o de seus vizinhos, por outro lado, no plano político, paga o preço de um atraso – o populismo peronista – que já dura mais de meio século. Nós e os demais países latino-americanos (para ficarmos em família) temos também nossos atrasos mas, talvez, menos arraigados e mais disseminados. Na Argentina, por certo devido a seu caráter marcadamente original, que não se limita à tradição peronista, há coisas que só acontecem lá, como é o caso do casal Kirchner, uma espécie de reedição da dupla Perón e Evita, ainda que em versão moderna. Mas que Néstor e Cristina formam um casal inusitado, não há dúvida. Se cabe, com referência a eles, a tese de que a história, quando se repete, é em tom de farsa, não sei, mas não me arriscaria a eliminar de todo essa hipótese. É impossível, quando penso neles mas, sobretudo, quando os vejo juntos, não lembrar de Perón e Evita, não como uma repetição da história argentina e, sim, como uma imitação suspeita, em que não confio inteiramente.

Veja bem, não é que Perón e Evita tenham sido exemplos louváveis de líderes políticos. Muito pelo contrário, eles foram a expressão de um populismo sindicalista que pretendia eternizar-se no poder. A morte precoce de Evita – que se havia tornado a mãe dos descamisados – retirou do general-presidente seu principal instrumento de mistificação do poder. De pouco lhe valeu embalsamar o corpo dela e deixá-lo exposto à visitação na sede da CGT (Confederación General del Trabajo). Talvez até tenha sido esse um dos motivos do golpe que o derrubou. Mas isso não foi suficiente, pois o cadáver continuava ali, como uma ameaça, uma espécie de réplica do de Lênin, também líder dos trabalhadores (é que certos líderes não devem morrer e, quando morrem, não podendo ressuscitar como os santos, são embalsamados). Temerosos, militares roubaram o cadáver de Evita e o sepultaram num distante cemitério de Milão, na Itália, dando início a uma espécie de *vaudeville* macabro.

Não se tem notícia de nada parecido na história política nem se imagina que Néstor e Cristina venham a passar por lances semelhantes. No entanto, foi Perón mesmo que tentou copiar sua própria história, casando-se, após ter sido deposto, com Isabelita, dançarina, mulher da noite como Evita, que era cantora. E, assim que pôde, eleito de novo presidente da Argentina, trouxe a tiracolo, como vice, a nova esposa.

Mas, bem antes disso, exilado em Madri, recebeu de volta o cadáver de Evita, que havia sido exumado do túmulo em Milão. Pateticamente, manteve-o em sua casa, sob os cuidados de Isabelita, que, regularmente, a penteava e maquiava, com espantosa dedicação.

Eu estava em Buenos Aires, a caminho de Santiago do Chile, em 1973, quando Perón disputava a presidência. Ouvi um de seus discursos no rádio do hotel. Um ano depois, morto Allende, ao descer no aeroporto de Ezeiza, o carregador de bagagem, comovido, me comunicou:

— Estamos de luto, morreu Perón.

Se o velório de Evita durara quinze dias, o de Perón durou quatro, e Isabelita assumiu o governo para ser deposta, dois anos depois, pelos milicos de sempre. A iminência parda de seu governo chamava-se López Rega e tinha fama de bruxo. Um de seus primeiros atos foi trazer de volta o corpo de Eva Perón para a exibição pública em Buenos Aires, certamente visando manter vivo o culto à mãe dos pobres. Os milicos rosnaram e ela mandou finalmente sepultá-la ao lado do marido (das duas). Uma história que seria inconcebível no Brasil, em que pese a nossa fama de país surrealista, talvez porque sejamos mais chegados a um samba que a um tango.

E tanto assim é que, ao ler aquela frase de Cristina Kirchner, o que me veio à mente nada tinha de macabro: lembrei-me de um fato, que, embora ocorrido na época de Perón e Evita, me fez rir de novo. O embaixador brasileiro, em Buenos Aires, foi visitar o ministro argentino das Relações Exteriores, acompanhado de sua esposa, quando a senhora do ministro, para mostrar-se familiarizada com o Brasil, falou:

— *Son muy semejantes nuestros idiomas, verdad? Nosotros decimos carajo y ustedes dicen* "caralho", *no?*

Sim, digo eu agora, mas não na presença de senhoras.

20.7.2008

A revolução bem-humorada

Foi no *Diário Carioca* que aprendi a fazer jornalismo bem-humorado. O jornal ficava na avenida Rio Branco, quase na praça Mauá, perto do edifício de *A Noite*, onde funcionava (e ainda funciona) a Rádio Nacional. Quando as fãs da Emilinha Borba saíam do *Programa César de Alencar*, cantando pela rua, Tinhorão, da janela da Redação – que ficava na sobreloja –, gritava: "Macacas!". E as "macacas de auditório", como eram apelidadas, respondiam com palavrões. Prudente de Moraes, neto, o inesquecível Prudente, que chefiava a Redação, ria de sacudir a barriga.

Esse era o clima do *Diário Carioca*, cujo diretor, Pompeu de Sousa, também vivia rindo, e assim implantara no noticiário da imprensa brasileira o lide e o sublide, mas sobretudo o bom humor. Nessa escola completei meu aprendizado de redator, que havia iniciado na revista *Manchete*, onde conheci Janio de Freitas, já então empenhado em mudar o aspecto gráfico de nossa imprensa.

Sucede que o *Diário Carioca* atrasava o pagamento, obrigando-nos a tirar vales durante o mês. Carlos Castello Branco, preocupado comigo, sugeriu ao Odylo Costa Filho que me levasse para o *Jornal do Brasil*, onde iniciava uma reforma radical. Ali, pouco depois, assumi a direção do copidesque, a que vieram integrar-se Janio e Tinhorão, ambos do DC, além de Edison Carneiro e Luiz Lobo.

Odylo, que era sobretudo repórter político, não entendia de cozinha de jornal e, por isso, tinha dificuldade em fazer avançar a reforma do jornal. Por sugestão de Janio, chamou Amilcar de Castro para paginar o jornal e com isso viabilizou-se uma série de mudanças. No plano gráfico, eliminou-se o fio preto que separava as colunas, arejando as páginas do jornal. Outra mudança importante foi a adoção de uma mesma família de tipos para todo o jornal, pondo fim ao aspecto sujo, confuso, das páginas, o que era comum a todos os jornais brasileiros. Noutro plano, uma inovação importante foi acabar com uso tradicional de iniciar as notícias na primeira página e remeter o leitor para as páginas de dentro. Agora, a primeira página trazia sínteses (lide e sublide) das matérias importantes, que se leriam inteiras nas páginas correspondentes. Para isso, era preciso que nenhuma matéria transbordasse de uma página para outra, o que levou à adoção do papel diagramado, que permitia escrevê-la no tamanho determinado pela diagramação. Uma verdadeira revolução que iria mudar, com os anos, todos os jornais brasileiros. Em tudo isso, minha contribuição foi mínima, quase nenhuma.

Fui responsável, sim, por algumas gaiatices, como a de uma notícia que redigi sobre o vírus da icterícia, que um telegrama da United Press descrevia como sendo redondo, mutável etc. Pus o seguinte título: "Descoberto o vírus da icterícia: é redondo". No dia seguinte, ouvi uma bronca do Odylo, que me acusava de brincar com a notícia. Expliquei-me que com aquele título buscava despertar o interesse do leitor e não me emendei. Pouco depois, faltou água na cidade devido a um acidente ocorrido na subadutora de Macacos, parte do sistema do Guandu. Dei à notícia este título: "Causa da falta d'água no Rio: Macacos". Nova bronca do diretor do jornal. Mal ele virava as costas e eu sorria para meus colegas do copidesque, solidários comigo.

Antes da reforma, o JB era um jornal de anúncios classificados, que ocupavam até mesmo a primeira página. Agora, ela era ocupada por manchetes e notícias, mas uma coluna de classificados fora mantida, como alusão ao passado. Fotografia, ali, nem pensar. E isso nos deixava inconformados.

Certa noite, porém, Odylo teve que sair cedo e me deixou à frente da Redação. Deu-se mal porque caiu-me nas mãos uma fotografia que, se não me engano, era do casamento de Ibrahim Sued, um acontecimento na *high society*. Decidimos pô-la, grande, na primeira página, desse no que desse.

Na tarde seguinte, mal entrei na Redação, Odylo me chamou: "Quem o autorizou a pôr uma foto na primeira página do jornal?".

Estava sem saber o que dizer, quando o telefone tocou e a telefonista chamou Odylo: era a condessa Pereira Carneiro, dona do jornal. Ele atendeu:

"A senhora gostou? Ótimo... Muito obrigado, senhora condessa..."

Virou-se para mim, sorrindo: "Vocês ganharam!".

Muitos anos depois, já trabalhando noutro jornal, leio no JB a notícia de que Mao Tse-tung indicara Lin Piao como seu futuro sucessor no governo da China comunista. O título era o seguinte: "De Mao a Piao". Gostei. O bom humor que nosso grupo implantara no jornal continuava vivo.

3.8.2008

Os fora da lei

Todo mundo sabe que não sou jurista, nem mesmo advogado, que não entendo de leis, mas isso não me impede de perceber que alguma coisa de estranho se passa com a Justiça no Brasil. Tenho dificuldade para definir precisamente o que é e, menos ainda, o que provoca essa estranheza. Não obstante, ela existe e se traduz na opinião mais ou menos generalizada de que a nossa Justiça não funciona.

Um fator que, sem dúvida, gera a impressão de que não há Justiça é a demora com que os casos são julgados. Alguns membros do Judiciário dizem que a causa disso é o grande número de processos que chegam aos tribunais e o número reduzido de juízes para julgá-los, o que deve ser verdade, pelo menos em parte. Outros entendidos na matéria, no entanto, apontam também, como causa da inoperância do Judiciário, a possibilidade quase ilimitada de recursos de que os advogados de defesa podem lançar mão, tentando impedir que os julgamentos cheguem ao fim. Mas não é só: em determinados casos, esses recursos, valendo-se do decurso de prazo, devolvem à liberdade criminosos perigosos que, presos, esperavam julgamento. Aí, então, eles desaparecem e, ainda que se chegue a sua condenação, à revelia, de nada adianta, já que ninguém sabe onde eles se meteram. Lembram o caso do famigerado Elias Maluco que, solto por decurso de prazo, pouco depois assassinava de modo brutal o jornalista Tim Lopes? Esse é apenas um entre dezenas, centenas de casos semelhantes. E quando o cidadão comum toma conhecimento disso, a conclusão a que chega é de que não há Justiça neste país. Somos tentados a concordar com ele.

Não é que não haja Justiça propriamente, mas a Justiça penal está longe de cumprir o que se espera dela. E volto à indagação de sempre: qual é a causa disso? Se há algo errado por que não se corrige? Absurdo seria admitir que a Justiça esteja mancomunada com os criminosos ou que perdeu a noção de sua finalidade social.

Vou ver se me explico. Por exemplo, na maioria dos países, quem for condenado por crime hediondo não tem direito ao benefício de progressão da pena, terá que cumpri-la integralmente. No Brasil, não; para surpresa geral, recentemente, o Supremo Tribunal Federal decidiu que esse benefício deve ser estendido a todos os condenados indistintamente. Que significa essa decisão? É que, para o STF, não se deve fazer distinção entre condenados? Mas é a própria lei que os distingue, são os próprios juízes, quando os punem com penas diferentes. É impossível convencer a opinião pública de que um sujeito que assaltou um banco represente, para os cidadãos, a mesma ameaça que alguém que tirou a vida de várias pessoas e, às vezes, com requintes de crueldade. Nem creio que os juízes do STF pensem assim. Então, o que os leva a tomar decisões como essa?

E aí surge o caso das algemas, que levou aquela Corte de Justiça a quase proibir o uso delas. É estranho, uma vez que todas as polícias do mundo algemam presos, desde que ofereçam algum perigo. Exigir, como fez o STF, que o policial peça autorização por escrito para algemar alguém, sob pena de ser punido e o preso, libertado, parece demais. Como antever a reação de um marginal ou uma pessoa qualquer? Outro dia, um preso livrou-se das algemas de plástico, tomou o revólver do policial e o matou. Há quem associe a decisão do STF à "democratização" das algemas, que passaram a ser usadas em banqueiros e empresários. Para não discriminar, quase aboliu o uso delas, mesmo sabendo que punha em risco a vida de outras pessoas. O argumento é que as algemas humilham o preso.

Concordo, todo cidadão deve ser respeitado em sua dignidade e também – atrevo-me a acrescentar – na preservação de sua vida. Pergunto: está certo, em nome da dignidade do preso, pôr em risco a vida dos demais? E alguém perguntará: está certo em nome da vida dos demais, humilhar o preso, algemando-o?

São respostas difíceis, num país que quer tanto ser justo, como o nosso. De uma coisa me convenci, porém: a recente decisão do STF oferecerá ao advogado de defesa novas possibilidades de recursos para soltar criminosos e adiar ou até anular as decisões judiciais. Ele deve estar certo, já que sua tarefa é impedir a punição, coisa antiga. Afinal de contas, por que punir, se, mais que as algemas, a cadeia humilha o condenado? Uma nova era se abre diante de nós, quando, enfim, chegaremos à penitenciária virtual.

Enquanto não chegamos lá, vejo que o esforço que fiz para entender nossa Justiça não foi em vão: a lei está certa, e os juízes, também. Nós é que nos sentimos fora da lei.

31.8.2008

Onde andarás?

Começo a te esperar, gritou ela da janela do apartamento, quando ele saiu do prédio e iniciou o caminho sem volta para o outro lado do mundo. Seu tempo em Moscou havia se esgotado, mas deixar Helena, separar-se dela para sempre, era como morrer e, ainda assim, seguia em frente pisando um chão coberto de neve naquela noite gelada. Foi quando ouviu o ruído de passos atrás de si e voltou-se. Ela se jogou sobre ele, abraçou-o e beijou-o chorando. Em seguida, sem que ele tivesse tempo de dizer qualquer palavra, deixou-o e voltou correndo para a entrada do edifício, onde sumiu. Ele rebentou em soluços e retomou seu caminho.

Até chegar à *abchejite*, ainda no metrô, a frase de Helena não lhe saía da cabeça: "Começo a te esperar". Por que dissera aquilo, se sabia que nunca mais se veriam? Talvez o disse para tornar possível uma última esperança, já que ninguém suporta o fim arbitrário de um amor feliz.

Ao chegar a seu quarto, lá encontrou um grupo de amigos, que o esperavam com cerveja e vodca para se despedirem dele festivamente. Queriam saber onde estivera até aquela hora da noite, mas ele apenas sorriu e nada revelou. Puseram na vitrola um disco de samba, ele tomou um porre-mãe e só acordou de manhã, quando bateram à porta do quarto. Era um funcionário do PCUS (Partido Comunista da União Soviética), que o levaria para o aeroporto. Como um zumbi, trocou de roupa, pegou a maleta que já estava feita, desceu pelo elevador e entrou no carro que o esperava à porta da casa de estudantes. Como um zumbi, entrou no avião e adormeceu. Só acordou quando aterrizava em Roma, era como se acordasse de um sonho, que durara dois anos, e era agora devolvido à realidade. Chegou ao hotel, trancou-se no quarto e, deitado na cama, abandonou-se à derrota: chorou sem aflição, sem desespero, as lágrimas descendo-lhe dos olhos e ensopando-lhe a camisa. Nada fez para parar o choro, disposto que estava a chorar tudo o que devia chorar, até não mais ter lágrimas nem necessidade. Quando terminou, sentiu-se aliviado e vazio, um morto-vivo, que se ergueu, lavou o rosto e voltou a sentar-se na cama. Ainda bem que, na manhã seguinte, voaria para Santiago do Chile.

Na verdade, o voo era Roma-Buenos Aires e pareceu não terminar. Nunca. Sentiu um misto de melancolia e consolo quando o comandante informou que o avião bordejava a costa brasileira. Consolou-se com o fato de que sobrevoava o Brasil e que, lá embaixo, estavam seus filhos, sua mulher, seus amigos, sua gente. Mas doía-lhe saber que não poderia descer em nenhuma daquelas cidades, muito menos no Rio, e voltar para casa. Por quanto tempo ainda teria que suportar o exílio?

De qualquer modo, chegar a Buenos Aires já foi uma alegria, sentiu-se quase em casa. Calle Florida, Corrientes já lhe eram familiares. Estar na América Latina, mesmo sem Helena, fazia sentir-se menos infeliz.

Em Santiago, a situação era ameaçadora, pois os inimigos do governo Allende o boicotavam, comprando tudo nos supermercados e deixando a população sem alimentos suficientes. Uma greve de transportes parara o país, ao mesmo tempo que a ameaça de golpe militar pairava no ar. Em meio a esses problemas, ainda sentia a falta de Helena a tal ponto, que, certa tarde, ao cruzar uma avenida do centro da cidade, ele a viu entrar numa loja. Seu coração quase explode. Entrou na loja, mas não a encontrou; ao sair, viu que ela seguia pela calçada, em meio aos transeuntes. Foi atrás dela, empurrando as pessoas que lhe dificultavam a passagem, mas de nada adiantou: uma esquina adiante, ela tomou um táxi e seguiu nele. Desapontado, voltou para o apartamento onde morava, em Providencia. Só então se deu conta de que não podia ser ela, tudo aquilo não era mais que um delírio.

Passaram-se os meses, a situação política se agravou e um golpe derrubou Allende e o levou ao suicídio. Conseguiu sair do Chile para a Argentina, depois para o Peru e Buenos Aires, de novo. A vida seguiu adiante, envolta em sustos e desespero, até que, finalmente, voltou para o Brasil. Recompôs sua vida, retomou suas ocupações e esqueceu Helena.

Anos mais tarde, porém, ao ver um filme sobre a vida de Luís Carlos Prestes, depara-se, surpreso, com ela, a mesma daqueles anos, linda, falando e rindo na casa dele, em Moscou.

Onde andará ela, hoje?, perguntou a si mesmo. Àquela altura, já a URSS se acabara e, certamente, ela, que sonhava conhecer o mundo, deveria ter saído de lá. Telefonou para um amigo, que também estivera em Moscou, e soube que ela fora para Cuba, donde seguira para Madri. Depois disso ninguém teve mais notícia dela.

21.9.2008

Das inumeráveis atualidades

Como se sabe, a história não caminha em linha reta e tampouco os processos econômico, tecnológico e ideológico gozam da mesma atualidade em todos os pontos do planeta. Daí por que García Márquez, em *Cem anos de solidão*, inventou a cidade de Macondo, onde tudo acontecia com enorme atraso, se comparado com os centros mais desenvolvidos. Não por acaso, Macondo se situa precisamente na América Latina.

Eu mesmo nasci em Macondo, ou seja, na São Luís do Maranhão dos anos 1930, e lá vivi até 1951, quando decidi também participar da história contemporânea, no Rio de Janeiro, que, se não era o centro do mundo, ficava mais perto. Hoje São Luís é outra, bem mais moderna e atual.

A verdade é que essa noção de atualidade é relativa, de modo que quem vive na África profunda, seguindo rituais e adorando elefantes, vive sua própria atualidade. Por isso mesmo, quando passa por lá um avião, voando baixo, tenta atingi-lo com flechadas, certo de que é, em sua atualidade própria, um espírito do mal.

Não obstante, graças aos novos meios de transporte e comunicação, uma boa parte da humanidade vive numa atualidade maior, mais ampla, que abrange o que chamamos de mundo civilizado. De certo modo, a partir de determinado momento da história humana, esses povos, em maior ou menor grau, participam de um mesmo processo econômico e cultural, em níveis diferentes, claro, mas, de uma maneira ou de outra, de uma mesma história. Por essa razão, costumo dizer que não há "exclusão", já que estamos todos incluídos, ainda que em condições de desigualdade, tanto cultural quanto econômica.

Esta região, hoje chamada América Latina, foi cooptada pelos europeus, que a anexaram a seu processo civilizatório. De uma maneira ou de outra, o fator determinante de nosso processo histórico foi europeu; defasado, é claro, mas europeu. E, a cada dia, pelo avanço mesmo das tecnologias e do conhecimento, o mundo se globaliza, a economia é uma só e, gostemos ou não, estamos no mesmo barco: se a Bolsa cai ou sobe, em Nova York, cai ou sobe aqui também; se uma epidemia surge na Tailândia, temos que nos precaver porque ela pode desembarcar de um avião no aeroporto Tom Jobim e nos infectar.

Essa contemporaneidade de povos, que vivem em diferentes estágios culturais e econômicos, gera uma atualidade complexa, rica e contraditória, que faz com que o índio do Xingu, que ainda acredita em Tupã, assista pela televisão a uma partida de futebol que acontece em Barcelona, ou a um show dos Rolling Stones, na praia de Copacabana.

Não obstante, não há que se iludir: o índio não vive na mesma realidade que um morador do Harlem ou de Hong Kong, uma vez que as relações dessas diferentes pessoas com a realidade do mundo moderno são distintas, isso porque o homem é um ser cultural, que se apoia nos valores de sua comunidade e que são os seus. Por isso mesmo, aquele nativo africano, que vive num mundo tribal, não vê o avião como uma máquina que voa, e, sim, como uma aparição maligna.

A coisa não é muito diferente, embora seja mais complexa, se se passa no plano das ideias e das utopias. Quando Marx escreveu [com Engels], em 1848, o *Manifesto comunista*, clamando pela libertação da classe operária, no Brasil ainda imperava o trabalho escravo e o sonho dos países latino-americanos era se tornarem impérios. A revolução que, segundo Marx, aconteceria nos países capitalistas avançados aconteceu na Rússia, de capitalismo atrasado. Esse fato, mesmo contrariando a teoria, não deixou de mudar o curso da história que, como se sabe, não está escrita, mas é fruto de fatores objetivos, de opções humanas e do acaso. Donde poder dizer-se que a vida é, em certa medida, quântica, já que se rege pelo princípio da incerteza e da indeterminação. Todo o esforço humano é para impedir que seja assim.

Contra o poder dos países capitalistas, a Revolução Soviética sobreviveu e a URSS tornou-se, em meados do século XX, a segunda potência econômica e militar do planeta. Pois bem, o socialismo real desmoronou. Não obstante, enquanto a própria China, governada pelo Partido Comunista, troca o socialismo pelo capitalismo de Estado, na América Latina de García Márquez reacende-se o sonho socialista, como em Macondo, onde o passado chega como se ainda fosse o futuro. E pode ser que o seja, porque a atualidade é relativa e há muitas e diversas atualidades. Por isso, nada impede que, num povoado qualquer de nosso continente, renasça o sonho da sociedade sem classes. Só não se sabe quanto tempo duraria.

19.10.2008

Um lance de dados

Quando digo que a vida não é newtoniana e, sim, quântica, sei que não estou fazendo uma afirmação científica, mas, como poeta que às vezes sou, valho-me de uma metáfora para baratinar a cabecinha do próximo e fazê-lo se dar conta de que, muitas vezes, dois mais dois são cinco.

Por exemplo, a eleição de Barack Obama para a Presidência dos Estados Unidos. Isso tem lógica? Está dentro do previsível? Agora, depois que aconteceu, parece ter lógica e deve ter, já que aconteceu, mas não a lógica do dois-mais-dois-quatro.

Assim que ele se lançou candidato e lhe vi o rosto, achei que não ia dar. Não apenas porque ele fosse mulato, mas porque me parecia frágil, sem aquele maxilar de macho: uma aparência de intelectual recém-saído da adolescência. E disse a mim mesmo: "Os americanos não vão entregar o país a esse rapaz".

Isso sem contar que ele se chamava Barack Hussein Obama II. No entanto, ele derrotou Hillary Clinton e, finalmente, John McCain. Vai governar a maior potência econômica e política do planeta.

A impressão que se tem é de que o mundo está contente com a vitória dele. E otimista. Todos esperamos que algum milagre aconteça, que esse jovem mulato, inteligente, informado, brilhante e objetivo faça o mundo mudar para melhor. É esperar muito? Certamente, mas sem esperança não se suporta viver.

Tudo bem, aconteceu, o improvável aconteceu. Mas, se aconteceu, foi porque era possível acontecer, e quem, como eu, temia não ser possível equivocou-se. É que a vida é quântica: a simples lógica não dá conta dela.

Será possível, agora, saber quando tudo começou? Foi com os discursos de Martin Luther King Jr., a afirmar que tinha um sonho e que esse sonho era de uma pátria fraterna, sem discriminação racial? Foi durante a luta dos anos 1960 pelo Poder Negro? Esses fatos, certamente, influíram, mas é impossível determinar, na natureza e na história, quando exatamente as coisas começam, mesmo porque o curso da existência, por serem tantos os fatores que sobre ele atuam, resulta produto tanto da necessidade quanto do acaso.

A verdade, porém, é que, se Obama não tivesse nascido, isso não teria acontecido. Surgiria um outro mulato inteligente, orador brilhante, carismático para vencer as eleições americanas de 2008? Dificilmente. E o próprio Obama teria ganhado esse pleito, se ele não tivesse ocorrido depois dos dois desastrosos governos de George W. Bush?

Há quem diga que não, não teria, e, se isso for verdade, devemos concluir que Bush, com suas guerras e mentiras, também concorreu para a vitória de Obama. E a crise financeira que se deflagrou no planeta em plena campanha eleitoral não contribui para a vitória do democrata?

Como se vê, a história não está predeterminada. A não ser para aqueles que acreditam no destino – como os gregos acreditavam –, o fortuito também influi nos acontecimentos mais relevantes. Por isso, vale a hipótese de que, se Obama não tivesse nascido, a história que o mundo iria viver daqui para a frente seria outra. Isso não significa que ele seja um predestinado, que nasceu para salvar o mundo.

Nem sei se o governo dele vai ser tão bom quanto todos nós desejamos. Pode ser, pode não ser, mas se ele não tivesse nascido de um negro queniano e uma branca norte-americana do Kansas, e com esse charme todo, não teríamos agora um presidente mulato na Casa Branca. Isso significa que nenhum outro negro chegaria a governar os Estados Unidos? Não, mas talvez não acontecesse tão cedo.

Porque assim é a história humana: o que acontece poderia não acontecer. Não pretendo dizer que tudo seja mero produto do acaso, e, sim, que a necessidade tem incontáveis modos de realizar-se.

E que, por isso mesmo, as pessoas, por sua capacidade de ação e inteligência, podem influir decisivamente no destino da humanidade.

O certo é que, durante décadas e décadas, naquele fervilhar de gente que é seu país – pessoas que se amam e se odeiam, ambições e traições, filhos que nascem e viram bandidos ou artistas de cinema, poetas ou campeões de golfe –, essa vitória surpreendente era gestada, sem que ninguém se desse conta.

E assim como numa mesa de sinuca, onde se movessem milhões de bolas (desde a queda das Torres Gêmeas, o escândalo Clinton, as mentiras de Bush e a guerra no Iraque), preparava-se a ascensão de um jovem mulato ao mais alto posto a que um norte-americano pode chegar. E chegou. Agora, *les jeux sont faits*, os dados foram lançados.

16.11.2008

Por falar em 1968

Sem pretender passar por dono da verdade, aproveito para contar coisas de que fui testemunha e até mesmo coadjuvante nos idos de 1968, de que tanto se fala agora.

Quando ocorreu o golpe militar de 1964, eu, em matéria de política, era um energúmeno, embora fosse presidente do CPC da UNE. Antes disso, integrara o Conselho Nacional das Ligas Camponesas, que não aconselhava nada e, quando tentou fazê-lo, foi desautorizado e dissolveu-se. Desapontado, fui procurado por Giocondo Dias, então secretário-geral do PCB, para uma conversa que me fez ver as coisas políticas de uma nova maneira. Não entrei para o partido, mas entendi que, na revolução como na vida, apressado come cru.

O CPC contava com a assistência política do PCB, mas nem por isso deixou de cometer erros, como o de baixar a qualidade artística do que fazia, achando que assim atingiria o povão para "conscientizá-lo". Ao fazer arte ruim para poucos, errava duas vezes, na estética e na política. Quando nos demos conta disso, já era tarde: o golpe militar desabou sobre nossa cabeça.

O CPC virou Grupo Opinião e esse tipo de erro não se cometeu mais. Num contexto adverso, procuramos fazer o melhor teatro político que podíamos e, ao mesmo tempo, mobilizar a intelectualidade na luta contra a ditadura.

Ao contrário dos mais sôfregos, que escolheram o caminho da luta armada, nós acreditávamos que só o povo unido derrotaria o regime totalitário. E isso explica nossa participação em alguns episódios que marcaram aqueles anos difíceis.

Um exemplo: quando surgiu a ideia de protestar contra o regime militar em frente ao hotel Glória, onde se realizava um encontro de governantes latino-americanos, preferimos não participar. Não obstante, colaboramos na manifestação, fornecendo as faixas que foram exibidas na ocasião. Como organizadores da resistência intelectual, evitávamos aparecer.

Essa mesma cautela adotamos por ocasião da morte do estudante Edson Luís. Seu corpo foi levado para a Câmara de Vereadores e, enquanto as pessoas compareciam ali para solidarizar-se, líderes estudantis e intelectuais discutiam que vantagem política tirar daquela tragédia. Os líderes estudantis propunham irmos para a rua denunciar a polícia e a ditadura. Discordamos.

O certo seria convocar o povo do Rio para o enterro do estudante, já que ninguém pode proibir um enterro. Argumentamos que, assim, muita gente teria coragem de aderir, já que a maioria não estava disposta a enfrentar cassetete e gás lacrimogênio. Foi a opinião que prevaleceu e o enterro se transformou numa denúncia massiva contra o regime militar.

Não foi outra nossa atitude, quando se discutia de que modo reagir aos abusos policiais, quando o comando da PM lançara uma nota ameaçando a população. Disso resultaria a Passeata dos Cem Mil.

As lideranças antiditadura estavam reunidas no apartamento do advogado Sinval Palmeira e as propostas eram as mesmas de sempre: desafiar a polícia nas ruas. Mais uma vez, nosso grupo ponderou que o caminho certo era tentar arregimentar as pessoas e organizações sociais que se opunham ao governo militar. Propusemos convocar a intelectualidade para cobrar do governador Negrão de Lima os compromissos que assumira quando candidato. Em seguida, deveríamos nos reunir em um teatro e armar ali "uma barraca de protesto". A proposta foi aceita pela maioria e, no dia seguinte, o salão do Palácio Guanabara estava ocupado por intelectuais e artistas de grande prestígio, que até então não haviam se manifestado contra o regime. O governador teve de prometer que conteria a violência policial. De lá fomos para o Teatro Gláucio Gill, em Copacabana, para mobilizar a opinião pública e ganhar o apoio dos setores organizados da sociedade.

Enquanto discutíamos ali, o partido articulava o apoio da Associação de Mães, de sindicatos e da Igreja Católica. Conseguido isso, foi-se ao governador, que concordou em não reprimir a passeata que se pretendia realizar. Quando o resultado dessas articulações foi anunciado aos que ocupavam o teatro, a liderança estudantil negou-se a obedecer ao acordo feito com o governador.

Mas conseguimos dobrá-la e a passeata se realizou com o êxito que se conhece. Não obstante, durante a manifestação, eles insistiam gritando que "só o povo armado derruba a ditadura" e nós respondíamos afirmando: "O povo unido jamais será vencido". E, assim, depois que a luta armada foi derrotada e o povo deixou de votar nulo, a ditadura começou a fazer água e afundou.

28.12.2008

A ganância do bem

Hoje em dia, quando os apressados falam do fim do capitalismo, eu, na minha condição de "especialista em ideias gerais" (Otto Lara Resende), lembro que isso dificilmente acontecerá pelo simples fato de que o capitalismo, ao contrário do socialismo, não foi inventado por ninguém.

Não praticaria a blasfêmia de afirmar que foi criado por Deus, conquanto há quem garanta que o foi pelo diabo. Como sou pouco afeito a questões teológicas, prefiro acreditar que ele nasceu espontaneamente do processo econômico, ao longo do tempo.

Costumo dizer que o capitalismo é quase como um fenômeno natural e, de fato, parece-me ter da natureza a vitalidade, a amoralidade e o esbanjamento perdulário, dizendo melhor: cria sem cessar e, com a mesma naturalidade, destrói o que criou.

Por exemplo, a natureza faz nascer milhões de seres e, de repente, inunda tudo e mata quase todos. Mas, ao fazê-lo, gera outras vidas. E parece dizer: "Que se danem", como faz e diz o capitalismo, mantidas as devidas proporções.

Já o socialismo foi inventado pelos homens, para corrigir o capitalismo, para introduzir nele a justiça. Os inventores do socialismo, em face da ferocidade do capitalismo nascente, em meados do século XIX, sonharam com uma sociedade em que todos teriam os mesmos direitos e as mesmas oportunidades. Entendiam que a chamada democracia burguesa era, na verdade, uma ditadura da burguesia e que deveria ser substituída pela ditadura do proletariado.

Seria esta uma ditadura justa porque exercida não pelos que usufruem do trabalho alheio e, sim, pelos que trabalham e produzem a riqueza da sociedade. O resultado final dessa revolução seria a criação da sociedade sem classes. É verdade que ninguém nunca soube o que seria essa sociedade e nem Karl Marx, o seu inventor, chegou a defini-la.

Como se sabe, na segunda década do século XX, a revolução socialista deixou de ser mero sonho para se tornar realidade, assustando os capitalistas e levando-os a atender muitas das reivindicações dos trabalhadores. Quatro décadas depois, boa parte da Europa e da Ásia vivia sob regime socialista. No entanto, antes que o século terminasse, o socialismo real desmoronou, para o espanto, sobretudo, das pessoas que nele viam o futuro da humanidade.

Ao contrário do que muitos temiam, não foram os exércitos capitalistas que o derrotaram, não foram foguetes norte-americanos com bombas nucleares que deram fim ao poder do Kremlin. Não, na verdade, ele foi liquidado por uma espécie de colapso interno fulminante, que não foi militar, mas econômico. O socialismo perdeu a disputa econômica com o capitalismo.

Em visita à Ucrânia, em 1972, ouvi um dirigente do partido comunista ucraniano dizer que tudo o que aquela república soviética produzia se devia à ação do partido, o verdadeiro motor de sua economia. Pois essa afirmação talvez explique o fracasso do socialismo: como poderia meia dúzia de burocratas fazer funcionar a economia de um país?

E explica também por que o capitalismo não morre e por que não foi preciso inventá-lo: vive da ambição de cada um, da iniciativa de cada pessoa que quer melhorar de vida, produzir, vender, comprar, revender, lucrar, enriquecer, sem que ninguém a obrigue a isso, muito pelo contrário.

Em lugar de um comitê dirigente que determine o que deve ser feito, no capitalismo milhões fazem o que conseguem fazer, atendendo às necessidades do possível comprador, no afã de ganhar dinheiro. Isso explica a vitalidade do regime e, ao mesmo tempo, muitas vezes, o vale-tudo para alcançar o lucro máximo.

O planejamento socialista, se evitava o desperdício, inibia a produção, o que resultava em outro tipo de desperdício, sendo o maior de todos, o dos talentos empreendedores que não encontravam campo para se realizar. Uma visão equivocada do capitalismo ignorava o papel fundamental do empresário, cujo investimento em ideias e dinheiro gera empregos e riqueza.

Se o socialismo nasceu do que há de melhor no ser humano – o senso de justiça e a fraternidade –, o capitalismo, se não surgiu do que há de pior em nós, é, não obstante, a cada momento, movido por ele, ou seja, pela ganância sem limites e sem escrúpulos. No entanto, essa ganância é que o faz gerador de riqueza.

Admitindo-se como verdade que o capitalismo não morrerá – mesmo porque as crises, em vez de matá-lo, o renovam –, a solução é encontrar um meio de torná-lo bom, incutindo-lhe a "ganância do bem". Isso, bem entendido, se o diabo deixar.

11.1.2009

A novela é mesmo uma novela

A novela de televisão – com raras exceções – pode ser definida como uma história implausível que se desdobra em episódios cada vez mais implausíveis.

De uns tempos para cá, toda novela tem, pelo menos, uma vilã (prefere-se a vilã ao vilão, já que mulher deve ser boazinha), tão ou mais implausível que a história contada. A vilã parece ter sangue nos olhos vidrados de ódio e odeia a tudo e a todos, gratuitamente, não porque lhe tenham feito algo, não porque a tenham ofendido ou prejudicado: odeia porque odiar é a sua função na novela, razão por que odeia gato e sapato, cachorro, papagaio, sem contar o filho, a filha, o pai, a mãe, o irmão e o mamão, isso se algum mamão surgir em seu caminho.

Esse é um novo tipo de ser humano que, até que a televisão o revelasse, nunca se suspeitara existir. Mas, pelo que se vê, tem proliferado de maneira incontrolável, uma vez que não há novela global que não nos mostre algum exemplar dessa nova espécie de gente. Deve ser criada em alguma reserva ecológica para a preservação de animais ferozes.

Outra característica da vilã é a capacidade que tem de consumar suas maldades sem que nada o dificulte ou impeça. Pelo contrário, se a vilã decide liquidar com alguém, logo, como por milagre, a futura vítima começa a agir do modo exatamente previsto por ela, até cair na arapuca. E o mais impressionante é que, se a vítima escapa com vida, e tenta denunciá-la, ninguém dá crédito à denúncia, apesar de todas as evidências. Sim, porque senão a história acaba. O telespectador fica indignado com a lerdeza ou burrice dos personagens bonzinhos, que tomam sempre a defesa da malvada. Por isso, já se diz que a novela é uma história idiota, vivida por idiotas e vista por idiotas. Dizem, mas não conseguem deixar de vê-la até o último capítulo.

A novela tornou-se uma mania nacional, programa de milhões de famílias para depois do jantar. E o curioso é que, embora seus temas sejam atuais e os personagens se comportem como gente de hoje – vestem roupas da moda, usam celulares e computadores –, parecem pertencer ao século passado, ou melhor, ao retrasado. É que são antigos os valores contra os quais se voltam, ou seja, combatem bravamente costumes e sentimentos que só existem na subliteratura do velho folhetim. Na vida real, ninguém vive tais problemas nem adota tais atitudes.

Um chavão do gênero são os olhos sempre lacrimejantes dos personagens, particularmente os femininos. Se é um personagem sofredor, tem os olhos sempre molhados de lágrimas, peito arfante, expressão comovida, prestes a explodir em soluços. São, de fato, seres especiais, uma vez que, com tantos anos de vida que tenho, muito raramente vi alguém chorando, a não ser criança manhosa, mas era choro para chantagear a mãe, coisa saudável, sem nenhum sentimentalismo. Na novela, se o espectador se distrai, tem a impressão de que aqueles olhos molhados e o nariz vermelho são sinais de resfriado. Ideia absurda, pois se há uma coisa impossível é algum personagem de novela se gripar. Não me lembro de nenhum caso.

Esse clima sentimentaloide, que nada justifica, parece ser essencial à novela, cujo objetivo principal é comover o telespectador e, para consegui-lo, força a mão e passa do sentimento verdadeiro ao sentimentalismo exagerado que, na verdade, falsifica a emoção. E isso não é tido como subliteratura, mas como um gênero que leva o nome de melodrama.

Outro traço típico da novela é a antidramaturgia. Como se sabe, o que caracteriza a boa dramaturgia é a economia de cenas e diálogos: toda fala e toda cena deve fazer avançar a ação dramática. Não há por que botar os personagens para agir à toa ou falar coisas que não interessam ao telespectador, já que não fazem andar a história. No teatro, no cinema, isso não ocorre e, se ocorre na novela, é porque ela tem que durar meses e meses, enquanto uma peça ou um filme duram entre uma hora e meia e duas horas. Não existe dramaturgia para 180 ou 200 capítulos. Daí por que os teledramaturgos são obrigados a criar núcleos e enredos paralelos à história central, a única que de fato interessa ao telespectador. É por essa razão que, quando entra em cena um desses núcleos secundários, o pessoal aproveita para ir ao banheiro ou à cozinha tomar um cafezinho.

Diga-se, a bem da verdade, que se a novela é como é, a culpa não cabe ao autor ou diretor, nem muito menos aos atores, cujos talentos a fizeram ganhar tanta popularidade. A culpa é do gênero mesmo, que se tornou mais e mais um produto comercial, apoiado em estereótipos.

18.1.2009

Caras e bocas

Sempre fui e sou a favor da operação plástica, seja para consertar alguma deformidade, corrigir um nariz, como para eliminar rugas e papadas, que surgem com a idade. Num mundo como este, cheio de conflitos, a pessoa deve estar em paz ao menos com a própria cara.

Toda cara é, para mim, indecifrável como uma esfinge. Por isso mesmo, já escrevi aqui sobre o tema e volto a escrever agora, depois de saber da operação plástica a que se submeteu a ministra Dilma Rousseff, o que tem sido motivo de notas e comentários em jornais e revistas. Houve quem a criticasse, o que não farei, mesmo porque estaria sendo incoerente com meus princípios pró-plástica. Mas devo esclarecer: sou a favor de que se faça plástica, mas reservo-me o direito de opinar sobre o resultado da operação.

Como já observei em crônica anterior, a pessoa é a sua cara. Há quem acredite que, se a forma expressa o conteúdo, a cara expressaria a personalidade, donde conclui-se que o que somos está na cara, isto é, em nossa cara.

Dado isso como verdade, coloca-se uma questão importante: se a cara expressa o que a pessoa de fato é, mudar-lhe a cara é fazê-la passar por quem não é, um disfarce, que consistiria em substituir a feição verdadeira por uma máscara, ainda que bela, ainda que mais simpática. Enfim, uma fraude.

Não concordo. Como diz o ditado, quem vê cara não vê coração. Há muita gente que tem cara feia e alma doce. Noutras palavras, muitas vezes a natureza é injusta, pois dá à pessoa uma cara que ela não merece. Isso sem falar em outras que nascem com olhos tortos, nariz de bola ou boca beiçola, enfim, feições assustadoras ou caricatas.

E o que pode fazer o dono de uma cara como essas? Suportá-la pelo resto da vida? Já imaginou ter que viver com uma cara que, embora sendo a sua, não é você? Não dá, todo mundo tem o direito a melhorar de vida e de cara. Na ânsia de se inventar outro e melhor, há quem mude também a bunda (o bumbum como querem alguns) para ajustá-la às exigências da moda. Mas a bunda não identifica a pessoa como a cara, pode ser de qualquer um (ou uma), por isso se diz que "não tem dono" e, além do mais, fica nas costas.

Por tudo isso, sou tolerante com moças e rapazes que, nos Estados Unidos, substituem o rosto de nascença pelo de seus ídolos e andam pela cidade como se fossem eles, a gozar assim de uma celebridade postiça, divertindo-se graças aos fãs desavisados. Divertimentos que podem ir longe e pular da rua para a cama, onde conseguem realizar suas fantasias. Há casos, também, de pessoas que, em vez de copiar a cara alheia, inventam uma só sua, ainda que extravagante de tão original, como o fez Michael Jackson, cuja cara que usa não se sabe se é de anjo caído ou de vampiro.

Todas essas razões me levam a acolher a iniciativa da ministra Dilma de melhorar a fachada, como se costuma dizer. Aliás, em princípio, ninguém tem nada que dar palpite nisso. Ou melhor, não teria, não fosse o fato de que, segundo todos acreditam, ela mudou de cara com o propósito de disputar as eleições presidenciais de 2010. Aí, o assunto também muda de feição, isto é, passa a ser de interesse público. E, de qualquer modo, fazer plástica para se tornar mais contente consigo mesma é uma coisa, enquanto, para ganhar votos, é outra. Ainda que não seja errado fazê-lo, a intenção eleitoral parece sempre implicar algum embuste.

Isso, no entanto, é inerente à política, em que a virtude mais rara entre todas é a inocência. Dilma, ao que tudo indica, segue o exemplo de Lula que, após sucessivas derrotas eleitorais, decidiu, antes da disputa pela Presidência da República, em 2002, mudar sua imagem: se não raspou a barba cubana, aparou-a, e substituiu por um doce sorriso aquele ar belicista de quem acabara de descer de Sierra Maestra, ainda que, ao contrário de Dilma, nunca tenha pegado em armas.

Mas a pergunta a se fazer é se o resultado foi bom, se atingiu o objetivo. Ela ganhará mais votos com a nova cara do que com a anterior? A maioria dos que opinaram – todos eles, homens e políticos – garante que sim.

A notícia que li veio acompanhada de duas fotos da ministra: uma de antes da operação, outra de depois. Na primeira, ela está com os óculos que sempre usara e a boca amarga, que às vezes usa; na segunda, está sem óculos, quase sem boca e cabelos que, de escuros, passaram a alourados, tornando-a mais feminina, mais jovem e, ao mesmo tempo, mais comum: não se parece com a ministra Dilma Rousseff que o país conhece. Agora, está mais para tia que para a mãe do PAC (Programa de Aceleração do Crescimento).

Eu, se fosse o caso, votaria na outra, melhorada a boca.

1.2.2009

Uma lei errada

A campanha contra a internação de doentes mentais foi inspirada por um médico italiano de Bolonha. Lá resultou num desastre e, mesmo assim, insistiu-se em repeti-la aqui e o resultado foi exatamente o mesmo.

Isso começou por causa do uso intensivo de drogas a partir dos anos 1970. Veio no bojo de uma rebelião contra a ordem social, que era definida como sinônimo de cerceamento da liberdade individual, repressão "burguesa" para defender os valores do capitalismo.

A classe média, em geral, sempre aberta a ideias "avançadas" ou "libertárias", quase nunca se detém para examinar as questões, pesar os argumentos, confrontá-los com a realidade. Não, adere sem refletir.

Havia, naquela época, um deputado petista que aderiu à proposta, passou a defendê-la e apresentou um projeto de lei no Congresso. Certa vez, declarou a um jornal que "as famílias dos doentes mentais os internavam para se livrarem deles". E eu, que lidava com o problema de dois filhos nesse estado, disse a mim mesmo: "Esse sujeito é um cretino. Não sabe o que é conviver com pessoas esquizofrênicas, que muitas vezes ameaçam se matar ou matar alguém. Não imagina o quanto dói a um pai ter que internar um filho, para salvá-lo e salvar a família. Esse idiota tem a audácia de fingir que ama mais a meus filhos do que eu".

Esse tipo de campanha é uma forma de demagogia, como outra qualquer: funda-se em dados falsos ou falsificados e muitas vezes no desconhecimento do problema que dizem tentar resolver. No caso das internações, lançavam mão da palavra "manicômio", já então fora de uso e que por si só carrega conotações negativas, numa época em que aquele tipo de hospital não existia mais. Digo isso porque estive em muitos hospitais psiquiátricos, públicos e particulares, mas em nenhum deles havia cárceres ou "solitárias" para segregar o "doente furioso". Para o êxito da campanha, porém, era necessário levar a opinião pública a crer que a internação equivalia a jogar o doente num inferno.

Até descobrirem os remédios psiquiátricos, que controlam a ansiedade e evitam o delírio, médicos e enfermeiros, de fato, não sabiam como lidar com um doente mental em surto, fora de controle. Por isso o metiam em camisas de força ou o punham numa cela com grades até que se acalmasse. Outro procedimento era o choque elétrico, que surtia o efeito imediato de interromper o surto esquizofrênico, mas com consequências imprevisíveis para sua integridade mental. Com o tempo, porém, descobriu-se um modo de limitar a intensidade do choque elétrico e apenas usá-lo em casos extremos. Já os remédios neurolépticos não apresentam qualquer inconveniente e, aplicados na dosagem certa, possibilitam ao doente manter-se em estado normal. Graças a essa medicação, as clínicas psiquiátricas perderam o caráter carcerário para se tornarem semelhantes a clínicas de repouso. A maioria das clínicas psiquiátricas particulares de hoje tem salas de jogos, de cinema, teatro, piscina e campo de esportes. Já os hospitais públicos, até bem pouco, se não dispunham do mesmo conforto, também ofereciam ao internado divertimento e lazer, além de ateliês para pintar, desenhar ou ocupar-se com trabalhos manuais.

Com os remédios à base de amplictil, como Haldol, o paciente não necessita de internações prolongadas. Em geral, a internação se torna necessária porque, em casa, por diversos motivos, o doente às vezes se nega a medicar-se, entra em surto e se torna uma ameaça ou um tormento para a família. Levado para a clínica e medicado, vai aos poucos recuperando o equilíbrio até estar em condições que lhe permitem voltar para o convívio familiar. No caso das famílias mais pobres, isso não é tão simples, já que saem todos para trabalhar e o doente fica sozinho em casa. Em alguns casos, deixa de tomar o remédio e volta ao estado delirante. Não há alternativa senão interná-lo.

Pois bem, aquela campanha, que visava salvar os doentes de "repressão burguesa", resultou numa lei que praticamente acabou com os hospitais psiquiátricos, mantidos pelo governo. Em seu lugar, instituiu-se o tratamento ambulatorial (hospital-dia), que só resulta para os casos menos graves, enquanto os mais graves, que necessitam de internação, não têm quem os atenda. As famílias de posses continuam a pôr seus doentes em clínicas particulares, enquanto as pobres não têm onde interná-los. Os doentes terminam nas ruas como mendigos, dormindo sob viadutos.

É hora de revogar essa lei idiota que provocou tamanho desastre.

12.4.2009

A sociedade sem traumas

Minha crônica "Uma lei errada" deu oportunidade a que muitos leitores, ora concordando, ora discordando, manifestassem sua opinião sobre o tema da internação psiquiátrica. Quem leu essas cartas percebeu certamente que a maioria dos que comigo concordam são pessoas que têm experimentado na carne as consequências de uma lei que, embora bem-intencionada, em vez de ajudá-las, agrava-lhes o sofrimento.

Dentre as cartas dos leitores, algumas assinalaram a qualidade do atendimento médico nos serviços comunitários de saúde mental, fato que registro com prazer. Minha crítica à Lei nº 10.216/2001, que estabeleceu a nova política psiquiátrica, limitou-se a seu objetivo fundamental, que resulta em condenar e inviabilizar a internação dos pacientes.

Tampouco acredito que a internação por si só resolva os problemas, mas é inegável que, em casos de surto psicótico agudo, essa providência é imprescindível. Ninguém, em sã consciência, acredita que, nesse estado, o paciente possa ser atendido no hospital-dia. Não é difícil prever o que ocorre, em tais circunstâncias, quando a família do paciente não consegue interná-lo. Manter em casa uma pessoa em estado delirante é praticamente impossível. Por isso, as famílias que têm recursos recorrem às caríssimas clínicas particulares. E as que não têm?

Não obstante, a nova psiquiatria intitula-se "psiquiatria democrática". Por acaso alguém ouviu falar em cardiologia democrática ou urologia democrática? Por que, então, essa adjetivação ideológica dada à psiquiatria? É que, com isso, se pretende afirmar que o procedimento médico que admite internação é antidemocrático e, para acentuar isso, os defensores dessa tese dizem integrar um tal "movimento antimanicomial", ou seja, contra o manicômio, que não existe há muitas décadas já. Mas é preciso satanizar o hospital psiquiátrico – que existe – para mais facilmente extingui-lo.

Cabe, no entanto, indagar por que esse horror à hospitalização do doente mental, quando isso sucede naturalmente com qualquer outro tipo de enfermo, se se faz necessário. A quem ocorreria chamar de antidemocrática a internação de um paciente que contraiu malária ou pneumonia? Se a doença, porém, for esquizofrenia, a coisa muda de figura: para a "psiquiatria democrática", interná-lo é atentar contra a sua liberdade. É que, na verdade, para os antimanicomiais, a esquizofrenia não é uma doença, como o é, por exemplo, a tuberculose ou a diabetes. Para eles, trata-se apenas de um "transtorno" psicológico, cujas causas estão fora do indivíduo: estão na família e na sociedade. Família e sociedade que, para ocultar sua culpa, o internam.

Tanto é assim que a referida lei estabelece o prazo de 72 horas para que a internação seja comunicada ao Ministério Público pela direção do hospital, bem como sua alta. É como se o paciente tivesse sido detido pela polícia. Alguém pensaria em adotar tais providências ao internar uma pessoa num hospital por outra qualquer doença? Em outro artigo, essa mesma lei exige que "a internação, em qualquer de suas modalidades, só será indicada quando os recursos extra-hospitalares se mostrarem insuficientes". Sim, porque os familiares do doente mental, como afirmou o autor dessa lei, só pensam em se livrar dele.

Enfim, a tese é essa: o que se chama de doença mental não passa de "transtornos", que serão superados na medida em que ao paciente seja dado conviver com pessoas que o tratem como igual e respeitem sua individualidade. A lei não fala em doença mental. Superados os traumas do desajuste que lhe foi imposto pela família e pela sociedade, será reintegrado na vida normal. Mas em qual família e em qual sociedade? Aí está o problema, já que o tratamento teria que se estender à família e à sociedade. Como se vê, por teimarem em ignorar as verdadeiras causas da doença mental, os antimanicomiais defrontam-se com uma tarefa descomunal: criar a sociedade sem traumas!

Não tenho nada contra, mas sou obrigado a admitir que demorará muito e talvez nem seja possível. Enquanto isso, o que faremos com os doentes em estado delirante que, se internados, seriam tratados e protegidos? Hoje, as clínicas psiquiátricas particulares são lugares tranquilos, onde o paciente, ao mesmo tempo que se trata, dispõe de vários tipos de lazer e ocupação terapêutica. Certo seria que o Estado brasileiro oferecesse o mesmo aos doentes sem recursos e sem atendimento hospitalar.

26.4.2009

Uma experiência radical

Naquela noite de abril de 1959, no apartamento de Lygia Clark, ali, na rua Prado Júnior esquina com avenida Atlântica, quando li o "Manifesto Neoconcreto" para os companheiros que deveriam assiná-lo, nem eu nem nenhum deles imaginaria o que de fato começava naquele momento.

Na verdade, começava um movimento que marcaria a história da arte brasileira e seria reconhecido como efetiva contribuição à vanguarda artística internacional.

Até algumas semanas antes, não me passava pela cabeça escrever um manifesto que assinalasse um rumo novo para a arte construtiva no Brasil. A proposta inicial, de Lygia Clark, era fazermos uma exposição coletiva para mostrar os trabalhos que os integrantes do grupo haviam realizado nos dois últimos anos.

Fiquei encarregado de escrever o texto de apresentação dessa mostra, mas, ao começar a tomar notas para escrevê-lo, dei-me conta de que os nossos trabalhos – tanto dos artistas plásticos como dos poetas – difeririam muito do que se entendia por arte concreta.

Por que, então, me perguntei, continuar a nos chamar de "grupo concreto do Rio", em contraposição ao grupo concreto de São Paulo? Ocorreu-me o nome "neoconcreto" porque, ao mesmo tempo que indicava a nossa origem (o concretismo), afirmava que já não seguíamos a mesma trilha. Algo novo nascera.

Essa é a razão por que, diferentemente dos demais manifestos, o nosso não anunciava a arte do futuro: apenas mostrava que os trabalhos mais recentes do grupo difeririam do concretismo de Max Bill, dos concretos argentinos, dos paulistas e, mais que isso, que nossa visão teórica da arte era radicalmente outra.

Em que consistia a diferença? Vou tentar explicá-lo sucintamente: a arte concreta, herdeira que era das vanguardas construtivas do começo do século XX, transformara a pintura numa espécie de exploração das energias do campo visual, o que a tornara uma experiência estritamente retiniana, óptica, destituída de qualquer subjetividade.

Essa concepção estética era o reflexo, no plano da arte, da visão racionalista e cientificista, que pretendia eliminar da expressão artística toda e qualquer emoção e fantasia. Dentro dessa concepção, o que não fosse objetivo e "científico" não passava de resíduo romântico, que a modernidade superara.

Contrapondo-se a isso, nosso manifesto, apoiado na fenomenologia de Merleau-Ponty, afirmava que a experiência afetiva do homem no mundo era um modo de conhecimento tão verdadeiro quanto o conhecimento científico. E, do ponto de vista da criação artística, mais rico. Isso implicava um retorno à subjetividade e a substituição da expressão óptica instantânea pela duração e pela participação manual, tátil do espectador na obra de arte.

Essa nova relação obra-espectador – que começou com os "livros-poema", os "poemas espaciais" e desenvolveu-se com os "bichos" de Lygia Clark – teria desdobramentos inesperados nas obras futuras da própria Lygia e de Hélio Oiticica.

A visão neoconcreta, ampliada na Teoria do Não-Objeto, pôs em questão a natureza contemplativa da experiência estética e abriu caminho para que a ação substituísse a contemplação. Daí os "objetos relacionais" de Lygia e os "parangolés" de Hélio, antecipadores do que hoje se chama de arte contemporânea, mas que não devem nada a Duchamp.

Encerrei minha participação no movimento neoconcreto depois de inventar o "Poema enterrado", construído na casa de Oiticica, mas que, no dia de sua inauguração, estava inundado pela chuva da noite anterior. Fui então trabalhar em Brasília, donde voltei para atuar no CPC da UNE, desligando-me das experiências de vanguarda para escrever poemas políticos e trabalhar pela reforma agrária. O resto se sabe: golpe militar de 1964, intimação para responder a inquérito policial-militar. O CPC virou o Grupo Opinião, um dos centros de resistência à ditadura militar. As consequências foram prisão, clandestinidade e exílio.

Não obstante, meu afastamento não significou o fim do neoconcretismo. Pelo contrário. Especialmente Lygia e Hélio, com sua audácia, estenderam a desdobramentos extremos as propostas implícitas na teoria neoconcreta, hoje considerada uma contribuição brasileira ao pensamento estético contemporâneo.

Esses dois artistas ganharam reconhecimento internacional, tendo levado para além dos limites do que se chama arte as inquietações nascidas daquele convívio e intercâmbio que nos uniam e incendiavam. Isso foi há cinquenta anos.

7.6.2009

Um modo novo de encher a barriga

Carisma, capacidade de conquistar a confiança e o voto do eleitor é uma coisa; capacidade de governar, administrar, é outra. Esse é um dos percalços do regime democrático: a possibilidade de eleger-se um candidato carismático, que ganha a simpatia do eleitor, mas que não é um administrador competente ou não é honesto ou não tem gosto pela tarefa administrativa. Dependendo de alguns fatores conjunturais ou da habilidade desse personagem, pode ele se manter no poder por anos a fio, fazendo da preservação de sua imagem e da confiança do eleitor sua tarefa precípua. Caso as circunstâncias o favoreçam, essa capacidade inescrupulosa de manipular a boa-fé do povão pode gerar consequências altamente negativas para a sociedade, que terá sérias dificuldades para evitá-lo.

Esse tipo de líder surge, com maior frequência, em países onde a desigualdade social é mais acentuada, o que propicia o uso de medidas assistencialistas e demagógicas, que lhe garantem a popularidade e os votos. Certamente, atender a necessidades vitais da população carente tem seu lado positivo, desde que seja feito em caráter emergencial, seguido de medidas visando inserir o cidadão no mercado de trabalho, em vez de mantê-lo como um indigente que vive às custas do governo.

Como essa reconquista da autonomia do desempregado não interessa ao líder populista, a tendência é ampliar e manter os programas assistencialistas como investimento a fundo perdido, em prejuízo do crescimento econômico, da ampliação do mercado de trabalho e do progresso social.

O programa assistencialista, como toda intervenção no processo social, pode ter aspectos positivos e negativos. Os positivos, sabemos quais são; os negativos, às vezes, nos surpreendem, ainda que, se nos detemos a refletir, veremos que são quase inevitáveis. Tomemos como exemplo o programa Bolsa Família, que nasceu para servir politicamente ao presidente Lula. Isso ficou evidente, desde o início, quando ele mandou fundir os programas Bolsa Alimentação e Bolsa Escola, para fazer de conta que um programa novo estava sendo criado pelo seu governo.

Pouco lhe importou o fato de que a fusão dos dois programas, com objetivos essencialmente diferentes, prejudicaria a execução de ambos e dificultaria sua fiscalização. O resultado previsível não se fez esperar: parentes de prefeitos, de vereadores e deputados passaram a receber os benefícios a que não tinham direito nem deles necessitavam. Mas a coisa não parou aí: a engenhosidade popular pôs-se logo a serviço dos oportunistas. Hoje, à exceção talvez do governo, todo mundo sabe o que ocorre com o Bolsa Família, que abrange nada menos que 40 milhões de pessoas.

Inventaram-se os mais diversos modos de burlar as normas que o regem, chegando-se ao ponto de, quando o beneficiado pelo programa consegue um emprego, pede ao patrão que não lhe assine a carteira de trabalho, para que possa, assim, fazer de conta que continua desempregado. Vejam vocês a que leva esse tipo de ajuda demagógica, quando sabemos que ter a sua carteira de trabalho assinada pelo patrão sempre foi uma aspiração de todo trabalhador. A carteira assinada é imprescindível para comprovar o tempo de serviço e garantir a aposentadoria.

Aqueles, porém, que abrem mão disso, estão certos de que o Bolsa Família os sustentará pelo resto da vida, sendo, portanto, desnecessário aposentar-se. É como se já estivessem aposentados, uma vez que ganham sem trabalhar.

Um conhecido meu, que cria algumas cabeças de gado, contou-me que o vaqueiro de sua fazenda separou-se aparentemente da mulher (com quem tinha três filhos) para que ela pudesse receber a ajuda do Bolsa Família, como mãe solteira e sem emprego.

Ao mesmo tempo, embora já tivesse decidido não ter mais filhos, além dos que já tinham, mudaram de ideia e passaram a ter um filho por ano, de modo que a filharada, de três já passou para sete, sem contar o novo que já está na barriga.

Esse procedimento se generaliza. Um médico, que atende num hospital público aqui do Rio, declarou na televisão que uma jovem senhora, depois de sucessivos partos, teve que amarrar as trompas. Com medo de morrer, aceitou a sugestão do médico, mas lamentou: "É pena, porque vou perder os 150 reais do Bolsa Família". Pois é, ter filhos se tornou, no Brasil do Lula, um modo fácil de aumentar a renda familiar.

Em breve, o número de carentes duplicará e o dispêndio com o programa, também.

O Brasil precisa urgentemente de um estadista.

5.7.2009

E por falar em golpe militar...

Em debate recente, na televisão, ouvi de historiadores e estudiosos de nossa vida política afirmações acerca do Golpe de 1964 que me deixaram surpreso. Embora não tenha a autoridade daqueles debatedores, eu, por ter vivido e acompanhado de perto aqueles acontecimentos, tenho visão diferente da deles em alguns pontos da interpretação que preponderou durante aquela discussão.

Um dos debatedores afirmou que o presidente João Goulart, antes de ser deposto, estava de fato preparando um golpe nas instituições democráticas para manter-se no poder. Tal afirmação, em última instância, justificaria o golpe militar, pois seria na verdade um contragolpe. O autor dessa tese deve ter se baseado em algum documento ou informação que desconheço.

De qualquer modo, incorre num grave equívoco, desconsiderando, assim, fatos notórios que determinaram a derrubada do presidente da República pelos militares. O testemunho do coronel Jarbas Passarinho, que integrou o ministério da ditadura, não deixa dúvida quanto à motivação do golpe, que teria sido dado para impedir a instauração, no Brasil, de um regime comunista, coisa que Jango nunca foi.

Como os supostos indícios dessa nova "intentona" não tinham apoio na realidade, fica evidente que, da parte dos militares, o propósito de depor João Goulart foi decisão tomada desde que ele assumiu o governo. Aliás, aqueles mesmos generais tudo fizeram para impedir que ele o assumisse, após a renúncia de Jânio Quadros.

Se o conseguiu, foi graças à reação de Leonel Brizola, então governador do Rio Grande do Sul, que conquistou o apoio do comandante do Terceiro Exército, ali sediado. A solução conciliatória foi a adoção de um parlamentarismo fajuto, mais tarde revogado pela vontade popular, num plebiscito. Com isso, Jango retomou os plenos poderes de presidente da República, o que os generais engoliram com dificuldade e se prepararam para derrubá-lo.

Foi o que aconteceu de fato, como é verdade também que o fortalecimento de Jango estimulou as forças de esquerda a intensificarem suas ações em favor das chamadas "reformas de base", como a reforma agrária e teses anti-imperialistas, que assustavam setores conservadores.

Em função disso, Jango se tornou uma espécie de refém das forças que o apoiavam, particularmente o sindicalismo reformista, que promovia greves sucessivas em todo o país. O centro do Rio de Janeiro se tornou uma praça de guerra, impedindo o funcionamento do comércio e das repartições públicas. Naturalmente, esses fatos contribuíram para o fortalecimento das forças anti-Jango e a ampliação da conspiração que veio a derrubá-lo.

Considerando as necessárias diferenças e proporções, a situação de Goulart antecipou o que ocorreria, mais tarde, com Salvador Allende, no Chile, também vítima da ação impensada daqueles que deveriam apoiá-lo. Se é verdade que a situação brasileira, em 1964, não era idêntica à do Chile em 1973, é certo também que, aqui como lá, a radicalização insensata de setores que se diziam "revolucionários" minou a autoridade do governo constitucional e abriu caminho para o golpe militar.

No caso brasileiro, um desses involuntários aliados dos golpistas foi aquele mesmo Leonel Brizola, que o salvara em 1962. A pretensão de se tornar o sucessor do seu cunhado ("Cunhado não é parente, Brizola para presidente") levou-o a uma insensata campanha para retirar do Ministério da Fazenda o paulista Carvalho Pinto, que funcionava como uma espécie de avalista do governo junto à classe empresarial.

A sua demissão abriu caminho para a derrubada de João Goulart, desgastado pelas greves e por um início de rebelião dos Fuzileiros Navais, comandados pelo almirante Aragão, que manifestava claramente apoio às reformas exigidas pelas forças de esquerda. A um de seus ministros, Jango confidenciou: "Esses Fuzileiros Navais vão terminar me tirando do governo".

Desse modo, Jango terminou numa situação crítica: vendo avançar a conspiração que visava derrubá-lo, teria que reprimir as greves e as manifestações de setores militares que o apoiavam, mas sabia que, se o fizesse, não evitaria o golpe já em curso. Daí o comício na Central do Brasil e o encontro com os sargentos no Automóvel Clube, que só serviram para precipitar sua queda.

Dizer que o presidente João Goulart é que pretendia golpear as instituições é não entender o que de fato ocorreu e dar crédito à versão dos golpistas.

2.8.2009

Mataram o Velhinho!

Duas semanas atrás, fez 55 anos que o presidente Getúlio Vargas deu um tiro no peito. Eu morava perto do Palácio do Catete, ali na rua Buarque de Macedo, 56, na pensão de dona Hortência.

Na verdade, morava numa vaga de um quarto da pensão, em companhia de dois amigos: Oliveira Bastos e José Carlos Oliveira. Dos três, o único que tinha emprego fixo era eu, na revista do Instituto de Aposentadoria dos Comerciários (IAPC). Bastos e Carlinhos viviam de biscates, escrevendo uma matéria aqui, outra ali, para algum jornal ou revista, de modo que, com frequência, quem arcava com o aluguel era eu.

A política não ocupava o centro de nossas preocupações, voltadas para a literatura e a arte. Eu andava para cima e para baixo com a *Histoire du surréalisme*, de Maurice Nadeau, que lia e anotava, fosse num banco da Cinelândia ou num bonde que me levava a passeio pela praia do Flamengo. Às vezes íamos à casa de Mário Pedrosa, em Ipanema, filar o almoço ou o jantar e jogar conversa fora.

Mário, sim, preocupava-se com questões políticas, especialmente naquele momento em que a crise institucional parecia caminhar para o desfecho. A tensão crescera definitivamente, quando, num atentado contra Carlos Lacerda, em frente a seu edifício, na rua Toneleros, morreu um oficial da Aeronáutica, que lhe servia de guarda-costas.

Esse atentado justificou a reação de oficiais da Aeronáutica que, por conta própria, instalaram, na base aérea do Galeão, um órgão investigatório e policial para apurar e prender os responsáveis. Esse órgão ficaria conhecido como a República do Galeão, já que, de fato, tornara-se um poder paralelo ao poder legal do governo Vargas.

A campanha contra ele começara no dia mesmo em que se apresentou candidato à Presidência da República, nas eleições de 1950, depois dos anos que passara em sua fazenda Itu, no Rio Grande do Sul, após ser deposto em 1945. Lacerda, na *Tribuna da Imprensa*, jornal que havia sido criado para combater o getulismo, chegou a escrever: "O senhor Getúlio Vargas não pode ser candidato; se candidato, não pode ser eleito; se eleito, faremos uma revolução para derrubá-lo".

De fato, Getúlio candidatou-se, elegeu-se e tomou posse na presidência do país. Lacerda, por sua vez, não desistiu das ameaças que fizera e desencadeou contra ele uma guerra sem tréguas, com acusações de toda ordem. Foi essa campanha difamatória que levou o chefe da guarda pessoal de Vargas, Gregório Fortunato, a aliciar, por conta própria, alguns pistoleiros para dar cabo do jornalista. Essa iniciativa desastrada, tendo partido de dentro do palácio presidencial, pôs Getúlio em situação indefensável.

Na noite do dia 24 de agosto de 1954, no auge da crise, ele se reuniu com seu ministério, na tentativa de buscar uma saída, mas percebeu, pela atitude da quase totalidade dos ministros, que a sua queda era então inevitável.

Nosso quarto na Buarque de Macedo dava para a rua. Lá pelas quatro da madrugada, acordei com uns barulhos inusitados e, chegando à janela, vi que a calçada estava ocupada por soldados do Exército, com fuzis e fardas de campanha. Só então me dei conta de que algo de muito grave estava para acontecer. Vesti-me às pressas e me dirigi para o Palácio do Catete, a umas poucas quadras dali. À frente do palácio, havia soldados armados, que impediam a aproximação de pessoas. Carros oficiais chegavam, trazendo políticos e altas patentes militares. Ninguém sabia de fato o que se passava dentro do palácio, mas que a situação era grave não havia dúvida.

Eu, como muitas outras pessoas, amanheci em frente ao palácio. Logo cedo um bar, que ficava quase em frente, abriu as portas e, assim, pude matar a fome, com uma média e pão com manteiga. O assunto era naturalmente a crise política e todos que ali estavam mostravam-se a favor da deposição do presidente. Eu também, o que era natural, uma vez que a campanha de Lacerda surtira efeito: de minha sogra, que era católica, gaúcha e getulista, ao Partido Comunista, todos estavam contra Vargas.

Às 8h20 da manhã, pelo rádio do bar, o programa *Repórter Esso*, que se dizia testemunha ocular da história, noticiou: "O presidente Getúlio Vargas acaba de suicidar-se com um tiro no coração". Fez-se silêncio até que um sujeito gritou: "Mataram o Velhinho!". Subitamente revoltados, todos passaram a bradar contra o golpista Lacerda.

Essa virada parece ter ocorrido por todo o país, pois logo a multidão tomou as ruas, indignada com a morte de um presidente que, de fato, não roubara nem enriquecera.

6.9.2009

Quadrado negro

Kazimir Malevich, juntamente com Wassily Kandinsky e Marc Chagall, é um dos mais representativos nomes da vanguarda russa do começo do século xx. Mas o que o distingue daqueles dois outros pintores é o caráter radical de sua experiência artística, que o levou ao limite da expressão pictórica.

Nos anos iniciais do século passado, era intenso o intercâmbio cultural entre as capitais europeias – especialmente Paris – e a Rússia ocidental, cujos principais centros de cultura eram São Petersburgo e Moscou.

Na verdade, a elite econômica e intelectual russa vinha beber na Europa ocidental as novidades artísticas, as expressões inovadoras que sacudiam a vida cultural europeia.

Assim como, para a surpresa de Karl Marx, as ideias comunistas encontraram na Rússia terreno fértil para se implantarem e se desenvolverem, mais do que nos países europeus desenvolvidos, também o cubismo e o futurismo ali se implantaram e floresceram, dando origem a movimentos inovadores, em espantosa quantidade, que surpreenderiam os parisienses ou os berlinenses.

A exposição *Virada russa*, que esteve no Rio e agora pode ser vista no Centro Cultural Banco do Brasil, em São Paulo, permite ao visitante constatar isso: as obras expostas surpreendem pela vitalidade e pela audácia criativa de seus autores, que, influenciados pelas vanguardas europeias, ultrapassaram o que elas propunham, ou inovando ou levando às últimas consequências o que, em Paris, Berlim ou Milão, ainda eram simples possibilidades ou potencialidades irrealizadas.

Deve-se observar, também, que essa ebulição estética, na Rússia, coincidia com a efervescência revolucionária, no plano social, que culminaria com a Revolução de 1917.

Kandinsky e Chagall tomaram rumo próprio, inovadores que eram, mas voltados mais para uma poética do sonho (Chagall) ou da espiritualidade (Kandinsky). O rumo tomado por Malevich, Tatlin, Lissitzky e Rodchenko, entre outros, parte das possibilidades implícitas tanto no cubismo quanto no futurismo e as levam à ruptura com a linguagem da pintura e da escultura.

A obra *Quadrado negro sobre fundo branco*, de Malevich, exposta na referida mostra, é um dos momentos extremos dessa radicalidade. Outro momento é o *Contrarrelevo*, de Tatlin – que também integra a exposição –, e cuja denominação e concepção inspiraram uma série de obras de Hélio Oiticica. O "contrarrelevo" é uma invenção do artista russo, que dá consequência a uma questão posta aos escultores modernos, ou seja, a concepção de uma forma abstrata sem a base que a sustenta e, ao mesmo tempo, separa do mundo real. Dentro dessa problemática, mais tarde, Moholy-Nagy conceberia a escultura que se mantinha no ar graças ao impulso do ar comprimido.

Mas voltemos ao *Quadrado negro*. Malevich – que inicialmente pintou quadros por ele intitulados de cubofuturistas – rompeu radicalmente com a figura ao criar o movimento suprematista, em que pretendia expressar "a sensibilidade da ausência do objeto".

Assim que, no referido *Quadrado negro*, pretendia nos dar o objeto ausente. Não obstante, aquele quadrado, se não era a figura de um objeto, era ainda uma figura – uma figura geométrica. Por isso, a pretensão malevichiana de chegar a uma linguagem essencial, totalmente não figurativa, mostrou-se inviável.

Já antes, em 1918, havia levado essa tentativa a seu extremo limite, quando pintou o *Quadrado branco sobre fundo branco*, pois o passo adiante seria a tela em branco, o fim da pintura ou seu recomeço. Foi quando abandonou a tela e passou a construir, no espaço real, as "arquiteturas suprematistas", de que há alguns exemplares na referida mostra.

A mesma radicalidade levou Lygia Clark ao quadro todo negro e, depois, ao quadro todo branco, que significava, como o foi para Malevitch, o impasse. Também ela abandonou a tela para construir os seus "bichos", no espaço real. Isso sem saber do que fizera o artista russo, décadas atrás. É que ela, como Malevich, havia enveredado pelo mesmo caminho: a utopia de uma arte autônoma, desligada da representação da realidade exterior.

Até a década de 1950, o mundo conhecia mal as vanguardas russas, que haviam sido subitamente tiradas de cena depois de 1924, quando morreu Lênin e assumiu Stálin. A arte russa retrocedeu para o figurativismo retórico do realismo socialista. Foi o livro *L'art abstrait*, de Michel Seuphor, publicado em 1950, que me revelou o que hoje nos mostra a exposição aberta agora no CCBB-SP.

13.9.2009

Uma experiência-limite

Entre 1959 e 1961, quando nasceu e eclodiu o movimento neoconcreto, tornei-me amigo de Hélio Oiticica, que eu tinha como uma espécie de irmão mais novo. Ele, aliás, era o mais moço do grupo e o último a se juntar a ele, tanto que não participou da primeira exposição neoconcreta, inaugurada em março de 1959, no MAM do Rio, nem assinou o manifesto, publicado naquela ocasião.

Mas Hélio, de todos, era o mais determinado a buscar novos caminhos de expressão, a levar adiante as propostas que surgiam do trabalho e da troca de ideias e de experiências. Ele estava convencido de que a arte neoconcreta abrira um território novo à criação artística. Esse era um tema frequente em nossas conversas, que, na verdade, se limitavam a algumas hipóteses sem resposta. A resposta não estava no discurso, mas no trabalho criador.

O incêndio que recentemente destruiu grande parte de suas obras chegou-me como uma notícia inverossímil pelo telefone, quando a repórter me falou da perda de mil obras, o que me pareceu exagero, uma vez que, pela própria natureza de suas criações, dificilmente teria feito tantas. De qualquer modo, as perdas seriam muitas. Pois incluiriam telas, desenhos, relevos espaciais, instalações e todos os "bólides" e "parangolés" que estavam na sala onde ocorreu o incêndio.

Uma perda irreparável, no plano artístico, impossível de calcular, uma vez que ali se teria perdido grande parte da própria história do artista. Agora se sabe que boa parte das obras se salvou e outras serão recuperadas ou refeitas.

Ainda assim, foi um desastre lamentável, que atinge todas as pessoas amantes da arte; atinge-me particularmente pela ligação que mantive com ele, no momento mesmo em que inventava o seu próprio caminho. E, mais ainda, porque o incêndio ocorreu onde ocorreu, na casa da Gávea Pequena onde foi construído, em 1960, o "Poema enterrado".

Cabe dizer ao leitor, que talvez não o saiba, o que era esse poema. A coisa começou quando publiquei no "Suplemento Dominical" do *Jornal do Brasil* um poema concreto que, para se realizar de fato, obrigava o leitor a ler, seguidamente, a palavra "verde", que se repetia até explodir na palavra "erva". Só que o leitor, ao perceber a repetição, não fazia a leitura prevista, por desnecessária.

Esse fracasso me levou a inventar um poema escrito, palavra a palavra, no verso das páginas e a cortá-las, conforme a necessidade do poema. Nasceu, assim, o livro-poema, que me levou aos poemas espaciais (placa de madeira com um cubo colorido que ocultava uma palavra), que obrigavam o leitor a mover as peças do poema.

Pois bem, depois de levá-lo a participar do poema, manuseando-o, usando a mão, decidi levá-lo a usar o corpo – e bolei o "Poema enterrado": uma sala no subsolo, a que o leitor descia por uma escada e entrava no poema. Sua invenção foi no final de 1959, quando publiquei, no SDJB, a planta do poema e sua descrição.

Hélio ligou-me empolgado e dizendo que ia obrigar o pai a construir o poema no quintal da nova casa da família, essa mesma casa onde houve agora o incêndio. Pronto o poema, marcou-se a inauguração num domingo, mas, como chovera muito na véspera, ao abrirmos-lhe a porta, vimos que estava inundado, para desapontamento de todos nós. Soube, muitos anos depois da morte do Hélio, que o poema havia sido reconstruído, mas não fui informado. Esse poema nasceu azarado: o MAM de São Paulo tentou construí-lo, no Ibirapuera, mas a Comissão Estadual de Cultura o proibiu.

De qualquer modo, o incêndio de agora junta-se em minha mente à inundação do poema, numa relação estranha que sinto sem saber explicar. Tenho diante dos olhos, agora, o rosto tenso de Oiticica, sentado comigo a uma mesa do Zeppelin, pouco depois de seu retorno de Nova York. Daí a poucos meses, ele é encontrado agonizando no pequeno apartamento em que passara a morar, em Ipanema.

Hélio e Lygia Clark levaram às últimas consequências a proposta básica do neoconcretismo, de acrescentar à experiência visual – que define a pintura, a gravura e a escultura – o relacionamento corporal com a obra. Essa participação do espectador conduz, no caso do Hélio Oiticica, à série de bólides, que são, a meu ver, o momento-limite de sua busca, antes dos parangolés e de outras obras de difícil definição estética. Algumas das experiências dele e de Lygia Clark anteciparam certos caminhos que a arte tomaria, a partir dos anos 1960 e 1970. Daí o reconhecimento internacional de que gozam. Isso nos dá a medida do que se poderia ter perdido com o incêndio de outubro passado.

8.11.2009

Louco amor

Era dado a paixões, desde menino. Na escola, aos oito anos, sentava-se ao lado de Nevinha, que tinha a mesma idade que ele e uns olhos que pareciam fechados: dois traços no rosto redondo e sorridente. Quando se vestia, de manhã cedo, para ir à escola, pensava nela e queria ir correndo encontrá-la. Puxava conversa a ponto da professora ralhar. Mas, chegaram as férias de dezembro, perguntou onde ela ia passá-las. "No inferno", respondeu. Ele se espantou, ela riu. "É como minha mãe chama o sítio de meus avós em Codó." No ano seguinte, sua mãe o matriculou numa escola mais perto de sua casa e ele nunca mais viu Nevinha.

Na nova escola, enamorou-se de Teca, que tinha duas tranças compridas caídas nos ombros. Era engraçada e sapeca, brincava com todo mundo e não dava atenção a ele. Já no ginásio, foi a Lúcia, de olhos fundos, silenciosa, quase não ria. Amor à distância. Uma vez ela deixa cair o estojo de lápis e ele, prestimoso, o juntou do chão e lhe entregou. Ela apenas sorriu, agradecida.

Enlouqueceu mesmo foi pela Paula, de 15 anos, quando ele já tinha 22 e se tornara pintor. Era filha de Bonetti, seu professor na Escola de Belas Artes e cuja casa passou a frequentar, bem como outros colegas de turma. A coisa nasceu sem que ele se desse conta, já que a via como uma menina. Mas, certo dia, acordou com a lembrança dela na mente, o perfil bem desenhado, o nariz, os lábios, os olhos inteligentes. Ela era muito inteligente, falava francês, já que vivera com os pais em Paris e lá estudara. A partir daquela manhã, quando visitava o professor era, na verdade, para revê-la. De volta a seu quarto, no Catete, sentia sua falta e inventava pretextos para visitas. Ficava a olhá-la, o coração batendo forte, louco para tomar-lhe as mãos e dizer-lhe: "Eu te amo, Paula".

Mas não se atrevia, embora já não conseguisse pintar nem sair com os amigos sem pensar no momento em que declararia a ela o seu amor. Mas não o fazia e já agora custava a dormir e, quando dormia, sonhava com ela. Mas eis que, numa das visitas à casa do professor, não a encontrou. Puxou conversa com a mãe dela e soube que havia ido ao cinema com um primo. Quando chegou, foi em companhia dele, de mãos dadas. Era o Eduardo, que chegara dos Estados Unidos, onde se formara.

Sentiu que o mundo ia desabar sobre sua cabeça, mal conseguia ver os dois, sentados no divã da sala, cochichando e rindo, encantados um com o outro.

Agora, acordar de manhã era um suplício, já que a lembrança dela não lhe saía da cabeça. Evitava agora ir à casa de Bonetti, que, estranhando-lhe a ausência, telefonava para convidá-lo. Temia ir lá, mas terminava indo, porque pelo menos poderia revê-la, mas voltava para casa arrasado. Muitas vezes nem entrava em casa, com medo de se defrontar com a insuportável realidade. Ficava pela rua, andando à toa, até altas horas da noite. Decidiu entregar-se totalmente a sua pintura, comprou telas novas, tintas novas, mas postado em frente ao cavalete, tudo o que conseguia era pensar nela. "Então, vou fazer dela o tema de meus quadros", decidiu-se e iniciou uma série de retratos dela, que eram antes alegorias patéticas e dolorosas. Os colegas gostaram e contaram ao Bonetti, que pediu para vê-los. Levou-lhe alguns dos quadros, que mereceram dele entusiasmados elogios. Paula, depois de elogiá-los, observou: "Ela parece comigo!". Ele a fitou nos olhos: "Ela é você". Sem entender, ela sorriu lisonjeada.

Paula e o primo se casaram e foram morar nos Estados Unidos. Júlio ganhou um prêmio de viagem ao exterior e foi conhecer os museus da Europa, fixando-se em Paris, que era na época o centro irradiador de arte e literatura. De volta ao Brasil, conheceu Camila, com quem se casou e teve dois filhos, uma menina e um menino, que hoje estão casados e lhe deram netos. Quanto a Paula, de que nunca mais tivera notícia, soube que se separara do marido e voltara para o Brasil, indo morar em São Paulo.

Júlio e Bonetti continuaram amigos. Já sem a mesma frequência, ia visitá-lo naquele mesmo apartamento de Botafogo, onde viveu com a mesma mulher, mãe de Paula. Morreu dormindo, como queria. Júlio foi ao velório, no Cemitério de São João Batista, onde voltou a encontrar Paula, quarenta anos depois.

Ela estava sentada junto ao caixão, ao lado de uma moça. "Esta é Lurdes, minha filha", disse ela, apresentando-a. "Júlio foi amigo de meu pai a vida toda... Me conheceu menina."

Falou aquilo com toda a naturalidade. "Que estranha é a vida", pensou ele, fitando o rosto da mocinha que jamais poderia ter sido filha sua.

22.11.2009

Trenzinho do caipira

Durante os anos que vivi em São Luís não me lembro de ter ouvido alguma música de Villa-Lobos. Dos dezoito aos vinte anos, fui locutor da Rádio Timbira que, se não me equivoco, raramente transmitia programas de música erudita. Lembro-me de programas de música popular brasileira, de música latino-americana (especialmente boleros) e de música norte-americana, que nos chegava sobretudo através dos musicais da Broadway.

Foi Thereza, minha falecida companheira, quem me revelou a música de Villa-Lobos, depois que nos casamos e passei a ouvir os discos que vieram com ela para nossa casa. Ela era apaixonada pela música dele, que cantava no coro da escola pública onde estudara. Carioca da Tijuca, pertenceu à geração que aprendera a cantar *O canto do pajé*, em grandes comemorações oficiais no campo do Vasco da Gama: "Ó manhã de sol, Anhangá fugiu".

Sei é que, certa tarde, sozinho no apartamento (na antiga rua Montenegro, hoje Vinicius de Moraes, em Ipanema), pus na vitrola um disco com as *Bachianas* e ouvi, pela primeira vez, a do trenzinho do caipira.

Entrei em transe. É que, quando menino, meu pai, que fazia comércio ambulante, me levava nas viagens de trem entre São Luís e Teresina. O trem saía de madrugada e, ao amanhecer, cortava o Campo de Perizes, um vasto pantanal, povoado de garças, marrecos, nhambus, pássaros de todo tamanho e cor. Eu ficava deslumbrado, a cada viagem. Deslumbramento esse que voltou quando ouvi a "Tocata" da *Bachiana nº 2*. Tive o ímpeto, naquele instante, de pôr letra na música, mas não consegui. E não tentei uma vez só, não, mas várias, ao longo dos anos, sem resultado.

Pois bem, em 1975, ao escrever o "Poema sujo", em Buenos Aires, evoco aquelas viagens que fazia com meu pai e, então, enquanto, antes, era a música de Villa-Lobos que me fazia lembrar das viagens, agora elas é que me fizeram lembrar da *Bachiana nº 2* e, assim, a letra que não conseguira escrever em vinte anos, escrevi em vinte minutos:

> Lá vai o trem com o menino
> lá vai a vida a rodar
> lá vai ciranda e destino
> cidade e noite a girar...

Não escrevi essa letra pensando que ela um dia seria gravada; escrevia-a porque aquela reversão da lembrança foi um fator a mais de emoção, um choque mágico, que se incorporava ao poema. Por isso, pus ali uma indicação meio irônica: "Para ser cantada com a *Bachiana nº 2*, 'Tocata'". Mas surgiu alguém que levou a sério a indicação.

O poema foi publicado em 1976, pela editora Civilização Brasileira, de Ênio Silveira, e lançado numa noite de autógrafos sem o autor. Um ano depois, volto para o Brasil e sou procurado por Edu Lobo, que queria gravar o *Trenzinho do caipira*, com minha letra. Encontramo-nos na Leiteria Mineira, que era ali na rua São José, no centro do Rio, perto da sucursal do *Estadão*, onde eu trabalhava. Ele fez o arranjo e gravou o *Trenzinho*, que passou a tocar muito no rádio e, verdade seja dita, contribuiu para popularizar a *Bachiana nº 2*, talvez a que mais se ouve atualmente. É que a letra facilita a comunicação com as pessoas pouco habituadas a ouvir música instrumental. O mérito não é meu, claro, mas dessa obra-prima que ele compôs, acrescida, então, da interpretação de Edu.

Mas, na hora de obter a autorização para gravar a música com minha letra, Edu se deparou com um problema: a viúva do maestro alegou que adotara como norma não dividir o direito autoral com quem pusesse letra em música de Villa-Lobos. O que me pareceu razoável, já que muita gente poderia valer-se da fama do compositor para pôr qualquer letra em suas músicas e ganhar dinheiro com isso. Não foi o meu caso, como narrei aqui. De qualquer modo, isso não impediu que Edu gravasse a música. Aliás, para que eu não ficasse sem nada ganhar, ele generosamente me fez parceiro de uma das músicas, que era de sua exclusiva autoria. Aquela restrição valeu para o disco apenas, porque toda vez que o *Trenzinho* toca no rádio ou é cantado num show, recebo direito autoral. E, por ironia do destino, já aconteceu me pagarem quando tocaram a *Bachiana*, sem a letra. Como se vê, a confusão é geral.

Por falar em confusão, aproveito a oportunidade para desfazer um equívoco, que se tornou frequente, com respeito a essa letra. Em vez de "correndo pelas serras do luar", como escrevi, põem "correndo pelas serras ao luar". É o lugar-comum desbancando a poesia. Num site do Villa-Lobos insistem no erro. Isso lembra um poema meu em que escrevi: "Cantando, o galo é sem morte". Um tradutor pôs: *"Cantando el gallo es imortal"*. Pensei: é que deve ter entrado para a Academia.

6.12.2009

Cabra safado não se ama

Os graves escândalos que têm abalado a vida política nacional não podem ser explicados como resultado apenas de desvios de conduta de alguns políticos, mas, sim, como resultado de causas mais complexas, de um processo de deterioração dos valores políticos e éticos que vem de longe.

Na verdade, a conjunção de diversos fatores, somados ao baixo nível moral dos atores da cena política, levou ao afrouxamento de certos princípios fundamentais que devem nortear a ação daqueles que se pretendem representantes do povo. As causas desse afrouxamento serão muitas, tantas que não me acho capaz de identificá-las, mas é inegável que elas atuaram e atuam não apenas no Congresso mas igualmente em todas as áreas em que se desenvolve a ação política. A sensação é de que os políticos, na sua maioria, em vez de servirem à sociedade, optaram por dela se servirem para granjear poder e riqueza.

A perda de valores e princípios, que devem reger a atividade dos políticos, levou-os a apagar os limites entre o interesse público e o privado, tornando-se uma espécie de casta que se apossou da máquina do Estado e a pôs a funcionar em seu próprio benefício. Essa perda da consciência ética, do compromisso com o povo – que deve nortear toda a atividade política –, contaminou em maior ou menor grau todos os partidos, como o demonstram as denúncias feitas, comprovadas e até mesmo admitidas por quem tergiversou. Das altas falcatruas aos pequenos deslizes, tudo indica que a perda dos valores é mais ampla e grave do que poderia parecer inicialmente.

Como disse, diagnosticar todas as causas desse fenômeno é praticamente impossível, mas uma delas, certamente, é o financiamento das campanhas eleitorais por empresas ou empresários, que passam a influir diretamente nas decisões do legislador e do governante, em detrimento do interesse público. Em lugar de voltar-se para a solução dos problemas, o que determinaria a melhora nas condições de vida da população, o político atua para atender aos interesses da empresa que lhe financiou a campanha. Isso quando não transforma o próprio empresário em seu vice – quando se trata de um governador ou senador –, que, depois, lhe ocupa o lugar, sem ter recebido nem um voto sequer, sem que ninguém o conheça.

Mas há exemplos mais graves, como a aprovação de leis que beneficiam grupos econômicos em prejuízo do interesse da grande maioria do povo. Isso é coisa sabida e já houve mesmo quem tentasse mudar essas leis, o que é praticamente impossível, já que quem poderia fazê-lo são exatamente aqueles que se beneficiam dessa situação. Esses problemas, como muitos outros que exigem a reforma da legislação, não serão resolvidos se a cidadania não obrigar os políticos a resolvê-los.

A coisa, como se vê, não é simples, porque, como disse aquele deputado pilantra que estava se lixando para a opinião pública, pode a imprensa dizer dele o que disser e seu eleitorado continuará a elegê-lo. Sim, porque, no Brasil, o nível de consciência política ainda é muito baixo, e isso facilita a ação dos demagogos.

De qualquer modo, é preciso fazer alguma coisa, e este é o momento certo para fazê-lo. Se há políticos safados, há também os honestos, conscientes de seu compromisso com a cidadania. E há de havê-los em todos os partidos. E, se isso é verdade, por que não se unem, por cima dos partidos, se for o caso, para mudar a situação e reorientar a vida política?

Estou certo de que a própria crise que vivemos torna possível a mudança. E os políticos, com raras exceções, desejam e necessitam do respeito e da confiança do eleitor. Dialeticamente, a crise moral que atingiu os partidos e o próprio Congresso Nacional criou, ao mesmo tempo, as condições propícias a mudanças radicais. Paremos para refletir: se nada for feito, continuaremos todos nas mãos dos pilantras, já que a democracia não pode existir sem a atividade política, nem a própria sociedade sem legisladores e governantes que a ela se dediquem.

É hora de os políticos honestos e idealistas despertarem para esta verdade: uma grande causa nos ajuda a viver porque dá sentido a nossa vida. Ninguém perde nada em lutar por um país melhor, e o sacrifício que faça pouco significará diante da felicidade de respeitar-se a si mesmo e de ter o respeito dos demais. Só os calhordas não entendem isso.

Ih, desconfio que escrevi um manifesto!

20.12.2009

Carta tardia a um poeta arredio

Poeta Carlos Drummond de Andrade, desculpe-me se venho lhe perturbar o sossego, dizendo-lhe coisas que, para você, a esta altura, não têm qualquer importância. Estarei sendo mesmo impertinente ao manifestar-lhe, deste modo, minha solidariedade em face do vandalismo com que têm agredido sua estátua, ali, no calçadão da avenida Atlântica. Saquear a estátua de um poeta é coisa de gente demasiado ignorante.

Falo de impertinência minha porque, pelo que sei de você, estou certo de que não aprovaria essa ideia de materializá-lo em bronze como se estivesse sentado num dos bancos da praia a observar os banhistas e as banhistas sob o sol escaldante. Não que fosse indiferente à beleza das moças exibindo-se nos maiôs sumários que usam. Mas uma coisa é um poeta de carne e osso e outra, muito diferente, um poeta de bronze.

Tenho certeza de que jamais imaginou, ao passear por esse mesmo calçadão, que um dia estaria ali, metalicamente moldado, exposto ao sol e à chuva, à contemplação dos turistas como à solidão das noites intermináveis, quando o bairro inteiro dorme e mal se ouve, distante, o quebrar das ondas na areia.

Já que você, agora, é de bronze, e não me ouve, aproveito para dizer-lhe o que não disse nas raríssimas vezes em que nos encontramos e nas poucas, também, em que falamos, porque a verdade é que, se não sou tão arredio quanto você, sempre me foi difícil procurar as pessoas, muito mais ainda poetas célebres, como é o seu caso. Já bastava ser célebre para me assustar; pior ainda se, além de célebre, era esquivo como você.

Vi-o, pela primeira vez, ao sair do elevador do *Correio da Manhã*, na avenida Gomes Freire, aonde fui com Oliveira Bastos e Décio Victorio, certa tarde em que decidimos escandalizar as pessoas. Meus dois companheiros tinham as respectivas gravatas presas à cintura, enquanto eu trajava calças, paletó e gravata mas, em lugar de sapatos, calçava tamancos. Você não deve ter se dado conta da provocação, pois mal nos olhou, ao sair do elevador. Subimos até o andar da Redação e, numa saleta, nos deparamos com Otto Maria Carpeaux que, míope como era, escrevia à mão com a cara grudada no tampo da escrivaninha. Entramos os três e nos pusemos, ali, imitando-o, também com a cara colada na mesa. Ele se assustou e nos lançou um olhar indignado que nos fez deixar a saleta às gargalhadas.

Isso foi em 1955, quando alguns poucos que me conheciam tinham-me por maldito. Eu vagabundava, naquela época, pelas ruas do centro da cidade e às vezes me sentava à porta de um restaurante, ali na esquina de Graça Aranha com Araújo Porto Alegre, para contemplar o edifício do hoje Palácio Gustavo Capanema, que parecia flutuar, onde você trabalhava. E o vi, certa vez, deixar o trabalho, de mãos dadas com uma mocinha, que, soube depois, era sua namorada. A sua cara, porém, nada dizia.

Muitos anos se passaram até que você chegasse aos setenta anos e me convidassem para participar de um programa de televisão em sua homenagem. Escolhi, para dizer, aquele seu poema "Memória", por ser curto e por ser belo:

> As coisas tangíveis
> tornam-se insensíveis
> à palma da mão.
> Mas as coisas findas,
> muito mais que lindas,
> essas ficarão.

Fiquei todo bobo quando, dias depois, recebi um bilhete seu, agradecendo minha participação na homenagem e elogiando o modo como havia dito o poema. Tenho esse bilhete comigo, até hoje, guardado em alguma gaveta.

A última vez que o vi foi no velório de Vinicius de Moraes, no Cemitério de São João Batista. A morte, neste caso, serviu para nos aproximar: fui falar com você e, para minha surpresa, em vez do homem tímido e reservado, deparei-me com um sujeito irritado, reclamando da doença que lhe tinha aberto uma ferida no rosto, como me mostrou. Havia, de fato, uma cicatriz que lhe marcava a face direita.

Depois disso, só voltaria a vê-lo naquele mesmo cemitério, desta vez em seu próprio velório. Eu tinha, naquele dia, um compromisso de trabalho em Brasília, mas, a caminho do aeroporto, fui, por assim dizer, despedir-me de você. E, desta vez, quem estava revoltado era eu, revoltado com sua morte, com esse fato inevitável e inaceitável que é a morte das pessoas que amamos ou admiramos. As declarações que dei aos jornalistas, naquela ocasião, estavam mais perto do insulto que de outra coisa. A quem eu insultava, na verdade, não sei.

7.2.2010

Os habitantes da casa

Uma casa tem diferentes dimensões. Não estou me referindo à pluridimensionalidade do espaço, à relação espaço-tempo ou coisas de que só físico-matemático entende. Estou falando do tamanho dos diversos tipos de seres vivos que a habitam. Eu, por exemplo, ao que tudo indica, sou o maior habitante da casa, onde já houve gente de maior porte, como meus dois filhos homens, com dois palmos a mais de altura que eu e mais carne e músculos, mas que já se foram. Agora, sou o bicho maior da casa; 1,70 metro, 56 quilos. Maria, a empregada, tem um pouco menos de altura, mas pesa muito mais. Só que não mora aqui. Moro sozinho, logo sou o maior habitante da casa.

Fora os filhos – que eram maiores, e a filha e a Thereza, que eram menores e que também se foram –, havia o gato, bem menor que todos nós e mais silencioso também. Fora um ou outro miado, reclamando de alguma coisa, ele era só silêncio, especialmente ao caminhar sobre suas patinhas macias.

Houve presenças eventuais, de visitantes, diria, como a de um pequenino rato que foi abocanhado pelo Gatinho, na área de serviço. A empregada gritou, eu corri até lá e tentei forçá-lo a soltar o rato, mas ele não concordou. Teve que fazê-lo quando o peguei pelo cangote e Maria lhe apertou as mandíbulas. Não tenho simpatia por ratos; meu temor era que ele o comesse; temor bobo, porque, como vim a saber depois, o gato, nesses casos, quer apenas se divertir.

Outros desses visitantes foi um passarinho, pelo qual nada pude fazer, além de recolher os restos de asas e plumas que dele restaram junto ao janelão da sala. Bem menores que os passarinhos são os insetos, que eventualmente invadem a casa e depois ficam se esbatendo contra o vidro das janelas, sem conseguir sair. Com algum cuidado os ajudo a escapar, menos por solidariedade do que por não me agradar semelhante convívio.

Já as baratas miúdas, essas, para azar meu, nada tinham de visitantes esporádicas: ocupavam os armários da cozinha e do banheiro. Até que surgiu um inseticida que deu fim a elas. Verdadeiro milagre, de que me lembro com alívio, já que nunca mais nenhuma daquelas baratinhas voltou a aparecer por aqui. Em caráter eventual, aparecem às vezes baratas cascudas, que surgem inesperadamente no banheiro ou na área de serviço, como uma má notícia. Corro a pegar o *spray* e dou cabo delas, cheio de remorso. Sou, confesso, um baraticida.

Mas não é propriamente disso que desejo falar, e, sim, de outros bichinhos, pelos quais tenho simpatia e ternura, como as lagartixas, por exemplo. Não sei onde moram, mas, de repente, me deparo com uma delas colada no alto de uma parede. São branquinhas, quase transparentes. Saem para caçar insetos, creio eu, e, do mesmo modo que surgem, desaparecem.

Atualmente, não me preocupo com elas, uma vez que meu gato, chamado Gatinho, morreu. Porque não distinguia entre ratos e lagartixas, atacava-os com a mesma maldade. Certa vez, obriguei-o a soltar da boca uma delas, que, desavisada, surgira na sala. Ao fim do embate, perdeu o rabo mas consegui levá-la, ainda que machucada, para a área de serviço, onde a coloquei com todo o cuidado, após trancar o gato na sala. Sobreviveu, porque, no dia seguinte, não estava mais lá.

Porém o ser mais fascinante que habita minha casa é uma aranha (ou uma família delas) que, vez por outra, surge no meu banheiro. Lá, também, frequentemente, aparecem formigas minúsculas, que estão dentre os seres visíveis, os menores de meu convívio. Não sei onde se escondem, mas, quando surgem, é numa quantidade surpreendente, como na semana passada: ao acender a luz, deparei-me com uma pequena mancha fervilhante sobre o mármore da pia; é que deixara cair um fragmento de comida, que elas decidiram transportar para seu formigueiro. Com surpresa, constatei que dezenas delas subiam e desciam, como um fio vivo que se deslocava, formando uma trilha, entre os azulejos. Miúdas, ativas, diligentes, conduziam migalhas de alimento para algum lugar secreto no alto da parede ou no teto.

Mas, como disse, minha hóspede mais fascinante é uma minúscula aranha, que costuma estender sua teia mínima entre uma das torneiras – a que quase não uso – e a borda do espelho. Suas pernas, incrivelmente finas e ágeis, são pouco mais espessas que os fios de sua teia, quase invisíveis. Não faço ideia do que ela pretende capturar num banheiro onde nunca vi voar qualquer mosquito. Mas quem sou eu para lhe dar conselhos! Tomo todo o cuidado para não incomodá-la e recomendo à faxineira que a deixe em paz.

14.3.2010

Evocações fortuitas

Foi ali na rua México, no centro do Rio, por volta das quatro horas da tarde – numa tarde de 1993 –, quando me dirigia para o Palácio Gustavo Capanema, que, ao cruzar a rua, ouvi alguém gritar:

— Meu poeta!

A voz vinha da outra calçada, de um homem de paletó desabotoado, largo no corpo, e uma pasta na mão. Era Tom Jobim, que me acenou, sorrindo, no meio de outros transeuntes. Foi uma alegria ouvi-lo, vê-lo, e tive vontade de mudar de rumo e, em vez de seguir para a Funarte, ir abraçá-lo, mas ele se foi. Teria sido nosso último abraço, que não houve.

o

Foi na casa de Joaquim Pedro de Andrade que, certa manhã de junho de 1968, ele, eu e Janio de Freitas acertamos com Hélio Pellegrino o que deveria dizer, no dia seguinte, no Palácio Guanabara, em nome dos intelectuais, que ali estariam para exigir do governador Negrão de Lima que contivesse a violência de sua Polícia Militar. É que os protestos contra a ditadura estavam sendo ferozmente reprimidos pela PM, que, aliás, divulgara uma nota ameaçadora, afirmando que, a partir daquele dia, seria "olho por olho, dente por dente". O palácio foi tomado por dezenas de intelectuais – de Clarice Lispector a Oscar Niemeyer –, dando início à mobilização que desembocaria na Passeata dos Cem Mil.

Outras vezes estive na casa de Joaquim Pedro, ali, na rua Nascimento Silva, em Ipanema. Lá foram tomadas as decisões que resultaram na primeira manifestação, no Teatro Casa Grande, que deflagrou a frente ampla contra a ditadura. Do ato público, que deu início àquela etapa decisiva, participaram Tancredo Neves e Ulysses Guimarães. Ao final, todos os integrantes da mesa levantaram os braços de mãos dadas, num gesto que se tornaria simbólico e que tem sido repetido ao longo dos anos, nas mais diversas ocasiões.

A última vez que estive com Joaquim Pedro foi num jantar com outros amigos. Logo depois, ele adoeceu gravemente e se foi. Fumava muito.

○

Mantinha uma relação especial com Glauber Rocha: afetuosa e conflitante. Variava. Certa noite, juntamente com ele, Mário Pedrosa e Darcy Ribeiro, participei de uma entrevista sobre o exílio. Em meio à entrevista, Glauber começou a atacar o Partido Comunista, acusando-o injustamente, a ponto de Mário Pedrosa – que estava longe de simpatizar com o PCB – tomar a defesa do partido. É que Glauber, de quando em vez, se levantava, ia ao banheiro e voltava pilhado.

Noutra ocasião, telefonou convocando-me para tomarmos de assalto a redação de O Jornal, órgão dos Diários Associados, que era motivo de disputa entre os herdeiros de Assis Chateaubriand. Tentei dissuadi-lo daquela maluquice, mas não consegui. De qualquer modo, ficou tudo em conversa mesmo.

Noutras ocasiões, conversamos e rimos, como amigos que éramos e de uma amizade que superava qualquer eventual discordância. Quando, de volta do exílio, desembarquei no Galeão, sem saber o que me esperava, ele estava lá entre os muitos artistas e intelectuais que foram ali me dar respaldo. Graças a eles, saí livre do aeroporto e pude dormir, de novo, depois de muitos anos, em minha cama brasileira, na rua Visconde de Pirajá, 630.

Anos mais tarde, quando fui vê-lo, morto, na Escola de Artes Visuais, os pés descalços, os tornozelos presos por uma corda, metido numa calça amarfanhada e numa camisa de mangas curtas, desabotoada, engoli em seco. A vontade que tive foi de me jogar sobre ele, abraçá-lo e chorar nosso desamparo e nosso afeto. Enxuguei os olhos e fui embora. Depois de seu sepultamento no Cemitério de São João Batista, ao voltar para casa, perdido no mundo, comecei a escrever um poema que terminava assim: "O morto está morto: só falta embrulhá-lo e jogá-lo fora".

○

Eu estava em Paris e soube que Leon Hirszman encontrava-se lá para tratar de um câncer. Telefonei-lhe com a intenção de visitá-lo, mas ele se esquivou. "A gente se vê no Rio, tá?" De fato nos vimos, em sua casa, aqui, em Copacabana. Ele estava devastado pela doença, seu rosto diminuíra estranhamente. Pareceu-me hostil, não queria ser visto naquele estado. Saí de lá desvairado.

Depois foi Mário Pedrosa, que encontrei na praia de Ipanema, acompanhado de uma enfermeira. Fui falar-lhe, mas não me reconheceu. No entanto, aqueles olhos cinza-azulados, eu os conhecia; eram os olhos do amigo carinhoso, com quem tanto aprendi. São coisas doídas estas, não? Mas as lembro com doçura, porque as trago comigo e, em mim, esses amigos continuam vivos, olhando o mundo por meus olhos. E, às vezes, até rindo juntos, quando achamos em algo a mesma graça.

4.4.2010

Primeiro aninho

Brasília completa cinquenta anos de existência, mas pouca gente sabe que fui um dos organizadores da festa de seu primeiro aniversário. É que tinha sido convidado por Paulo de Tarso Santos, o primeiro prefeito da cidade, a presidir a Fundação Cultural.

Aceitei o convite porque Brasília era uma coisa nova e instigante e também por ajudar-me a sair do impasse em que me encontrava: perdera o entusiasmo pelas experiências neoconcretas e não sabia que rumo tomar.

Tomei o avião que me levaria à nova capital e nele, por coincidência, ia o jornalista Raimundo Sousa Dantas, convidado para ser oficial de gabinete do presidente Jânio Quadros. Soube, depois, como surgiu o convite. Jânio perguntara a José Aparecido de Oliveira, seu secretário particular, se conhecia um negro que pudesse trabalhar no gabinete presidencial. "Conheço", respondeu Aparecido. "Mas negro retinto?" "Sim, presidente, retinto." E Jânio: "Chame-o, quero-o ao meu lado".

Raimundo Sousa Dantas não só era negro retinto como também distinto e terminaria embaixador em Gana. A notícia despertou tal entusiasmo que, quando ele voltou ao Rio de Janeiro, foi recebido no Galeão pela batucada de ritmistas das escolas de samba. Temendo que sua nomeação fosse rejeitada pelo Senado, pôs um revólver na sua mesa de cabeceira para fazer uso dele e livrar-se de um possível vexame. Não foi preciso.

Viver em Brasília, naquela época, não era mole não. O vento erguia nuvens de poeira – um talco vermelho que tisnava nosso rosto e nossas roupas. Não havia transporte coletivo. Eu me valia do carro da fundação. Nosso único divertimento era ir ao aeroporto ver subir e descer os aviões. Por isso, quando um grupo de teatro rebolado, do Rio, me telefonou propondo apresentar-se na cidade, topei sem hesitar.

O Teatro Nacional era, então, apenas uma casca de concreto, sem nada dentro. Como esperávamos apresentar, ali, em breve, um espetáculo de Jean-Louis Barrault, improvisáramos um palco e uma plateia para viabilizar a temporada. Antes de Barrault, chegou o grupo carioca, cujo espetáculo se chamava *O cão chupando manga*. Ao assistir a um de seus ensaios, assustei-me com a licenciosidade das falas e das cenas e mais ainda quando passei a receber pedidos de altas autoridades para reservar-lhes ingressos, a elas e suas famílias.

No dia seguinte à estreia, tal foi a indignação dos convidados que o presidente Jânio Quadros enviou um bilhete ao prefeito mandando tirar o espetáculo de cartaz. Quando os jornalistas me procuraram, declarei que não o faria, já que não era censor. Isso gerou uma crise que foi superada por um fato inesperado: o grupo fugira da cidade sem pagar-nos o aluguel do teatro.

Dias depois, o prefeito me chamava ao seu gabinete para tratar da comemoração do primeiro aniversário de Brasília. Na parte cultural, que a mim cabia, programei uma exposição do acervo do Museu de Arte de São Paulo, uma temporada do Teatro de Arena e um desfile da escola de samba Estação Primeira de Mangueira.

Os dois primeiros eventos não implicavam maiores problemas, mas o desfile da Mangueira, sim, a começar pelo número de sambistas que teríamos que transportar até Brasília. Felizmente, a Aeronáutica se dispôs a colaborar, pondo à nossa disposição um avião onde caberiam umas cem pessoas. Não era o ideal, mas dava para animar a festa, sobretudo porque, ao contrário dos outros eventos, este seria na rua, com participação dos funcionários todos e dos candangos que trabalhavam na construção da cidade.

Mal saiu na imprensa a notícia do desfile, meu gabinete se encheu de funcionários dos mais diversos órgãos públicos: eram mangueirenses que haviam sido transferidos para lá e queriam desfilar na sua escola. Desfilaram. Foi o grande acontecimento do aniversário da cidade. Era tanta gente que o prefeito quase não conseguiu chegar ao palanque.

Mas preparar as comemorações não foi fácil porque, naquela época, para conseguir um prego era preciso atravessar a cidade inteira. Um major do Exército, para nos ajudar, definiu a situação: "O problema, doutor Gullar, é viatura e gasolina".

Passado o sufoco, fiz uma "embolada" que cantei numa festa na casa do prefeito:

Não adianta, seu prefeito, abrir estrada,
Não adianta Carnaval na Esplanada,
Não adianta superquadra sem esquina,

Catedral de perna fina, rebolado de menina,
Que o problema é viatura e gasolina.

Meses depois, Jânio Quadros renunciava e eu voltava ao Rio já com outra cabeça: trocara a vanguarda artística pelo engajamento político.

25.4.2010

Surto filosófico

Eu, hoje, estou invocado e quando fico assim dano-me a pensar qualquer coisa. O que me leva a isso, não sei, mas quase sempre é alguma ideia ou indagação que surge inesperadamente, e aí me ponho a futricá-la.

É o que ocorre agora, quando me dou conta de que a memória não é o que sempre pensei que fosse e que as pessoas, em geral, pensam que é.

Pensa-se que memória é a faculdade que nos permite lembrar de fatos e coisas do passado; ter memória é ser capaz de evocar o que já ocorreu e se foi. Mas acabo de perceber que não é só isso: a memória é constitutiva do presente, é parte dele. Veja bem, não estou dizendo que você, de certo modo, é também seu passado, que o agora é feito também do que houve antes. Pode ser e pode não ser, mas, de qualquer modo, não é isso que pretendo dizer, não é isso que acabo de intuir.

Estou dizendo que só consigo acender o fogão porque me lembro como se faz para acendê-lo, me lembro qual botão se deve apertar depois de abrir o gás; estou dizendo que só escrevo aqui e agora o que escrevo porque me lembro o que significa a palavra "lembro", a palavra "me", as letras "a", "b", "c", enfim, a gente faz e raciocina porque lembra. Certamente, cientistas e filósofos já sabem disso, já falaram disso. Não pretendo, assim, ter descoberto a pólvora, mas, diga-se, que é próprio dos poetas descobrirem o que já sabemos, mas esquecemos ou não lhe demos a devida importância.

O poeta é aquele cara que se surpreende com o óbvio e, ao fazê-lo, torna-o surpreendente, pelo menos para si mesmo. Assim é que estou aqui maravilhado com a minha descoberta de que a memória é parte do presente que vivo e não apenas do passado que vivi. E, aí, meu caro, abre-se campo para uma série de indagações, como que diferença há entre a memória que nos traz o passado distante e a que, sem nos darmos conta, nos permite falar e acender o fogão.

Temos, em nós, um depósito de memórias afetivas, sepultadas em nosso esquecimento, porque não queremos reviver a dor que nos provocaram ou o que é uma placa sensível que tudo registra e exibe quando circunstâncias determinam?

Seria o caso da *madeleine* que Proust mastigou após molhá-la no chá, apenas uma modalidade de lembrança que não se diferencia essencialmente desta lembrança banal que nos faz saber que a palavra memória começa com "m"?

Nesta descoberta da memória como sendo outra coisa que a preservação do passado, teríamos o que então?

Veja bem, no instante mesmo em que corto o bife no prato, faço-o porque estou municiado da lembrança de como se corta bife, usando garfo e faca, coisa que, aos dois anos de idade, não conseguia fazer, porque ainda não aprendera a usar o talher. E o que é o aprendizado, senão memória? E essa memória está de tal modo inserida no presente, que é parte constitutiva dele: fazer é lembrar como fazer sem se dar conta de que lembra. E ainda: a memória não apenas nos permite fazer por já sabermos como nos ajuda a descobrir novos modos de fazer, corrigindo o sabido, e assim engendra o futuro.

Suponhamos que vou escrever um poema que, porque ainda não o escrevi, não sei como será: estou entregue ao jogo do acaso e da necessidade. O tema é o sorriso da moça que vi na rua, há pouco, e de que me lembro ainda; é, portanto, memória, passado, mas o poema por fazer é o futuro – futuro que, sem o sorriso lembrado, jamais seria inventado.

E então me espanto ao constatar que a memória nos ajuda a inventar a vida, a sepultar o passado, que, não obstante, aumenta a cada segundo.

A vida é também lembrar sem se dar conta disso.

E daí que há mais de um tipo de memória: aquela do biscoito proustiano, em que lembro consciente de que lembro e que, ao contrário daquela outra memória, ocupa o presente e o torna apenas lembrança e outro – ou outros – que, em lugar de negá-lo, o constitui: ao cortar o bife estou inteiro neste ato presente, sou inteiramente atual, como a memória que está a serviço dele e é ele.

Se é impossível pensar sem nada saber, é que só é possível pensar graças à memória. Mas pensar é quase sempre inventar o que se pensa.

Por exemplo, foi por saber o que era a memória que percebi que ela era mais do que eu sabia dela. Assim, a descobri como constitutiva do presente, donde se conclui que eu só posso superar o que já sei e não o que ainda não sei, que, por sabê-lo, não é memória, mas se tornará assim que o conheça.

A memória me permite inventar o futuro de que me lembrarei, como passado, futuramente.

Entendeu? Se não, releia a crônica pacientemente, pois é possível que o consiga... É o que eu vou fazer agora.

16.5.2010

Quem mantém o tráfico é o usuário

Sei que o combate às drogas é um assunto polêmico e realmente de difícil solução. Sei também que as pessoas que se empenham nesse combate estão de boa-fé e convencidas das posições que defendem.

Um dos pontos mais difíceis de abordar é a repressão ao usuário de drogas, que é visto não como um contraventor, mas como uma vítima da dependência química.

De fato, não teria sentido tratar o viciado, que não consegue livrar-se da droga, do mesmo modo que o traficante, que se vale disso para ganhar dinheiro. Não obstante, me pergunto se todos os que consomem drogas são efetivamente dependentes, sem condição de livrar-se delas.

Já abordei aqui este assunto, quando usei do seguinte argumento: assim como a maioria dos consumidores de bebidas alcoólicas não é constituída de alcoólatras, também a maioria dos consumidores de drogas as consome socialmente.

Em grande parte, é gente de classe média alta e até mesmo executivos. Não podem ser vistos pelas autoridades do mesmo modo que os consumidores patológicos.

Este é um aspecto importante a ser considerado no combate às drogas, uma vez que o consumidor é o fator decisivo para a manutenção ou extinção do tráfico: não haverá comércio de drogas se não houver quem as compre. Sem consumidor, não há produção nem mercado.

Insisto neste ponto porque, como disse acima – e todos o sabem –, será impossível extinguir o tráfico (e mesmo reduzi-lo drasticamente) se o número de consumidores se mantiver alto. E o fato é que o consumo de drogas cresce de ano para ano.

Se se admite, portanto, que é o consumidor quem garante a existência e expansão do tráfico, não resta dúvida de que é nele – no consumidor – que reside a chave do problema.

Atualmente, prepondera o combate direto ao tráfico, de que resulta uma verdadeira guerra, travada, quase sempre, nos subúrbios e nas comunidades pobres, que enfrentam grandes dificuldades para se manter e a suas famílias, e pagam alto preço pelas consequências dessa guerra.

E ao que tudo indica, com poucos resultados positivos. O tráfico continua a se expandir, envolvendo, em suas malhas, jovens cada vez mais jovens e até mesmo crianças cooptadas em suas escolas.

Paremos para refletir: se é o consumidor que mantém o comércio de drogas, não é evidente que o modo efetivo de combatê-lo é reduzir progressivamente o número de consumidores?

O erro cometido até aqui – se não me equivoco – terá sido reprimir tanto o traficante quanto o usuário de drogas, sem distinguir entre estes os que se drogam por necessidade patológica e os que o fazem socialmente. Mas, de qualquer maneira, a simples repressão, tanto ao usuário quanto ao traficante, não resolverá o problema.

Por estar convencido disso, proponho que se encare essa questão a partir do consumidor, ou seja, impedindo que o número destes continue a crescer e, mais que isso, tentar reduzi-lo progressivamente.

Talvez as pessoas que ainda não refletiram seriamente sobre o problema tenham dificuldade de considerá-lo em sua verdadeira dimensão.

Sem exagero, a droga, como fenômeno mundial, pode ameaçar a própria civilização, já que se vale da juventude, isto é, daqueles que amanhã terão a sociedade em suas mãos.

Afora isso, a simples destruição de uma vida ou de uma família já justificaria todo o esforço possível para resolver tal problema. Por essa razão mesmo, acredito que o objetivo principal da luta a ser travada é manter os jovens e as crianças fora do alcance do traficante.

Estou convencido de que só uma operação em larga escala, que envolva não apenas as famílias, mas também a escola e os órgãos do Estado, poderá deter o avanço da droga. Não se trata de simplesmente promover uma campanha de esclarecimento, acreditando que isso seria suficiente. Não o seria.

Trata-se, a meu ver, de um trabalho permanente a ser desenvolvido por todos os setores da sociedade, devidamente organizado e mantido, evidentemente, pelo governo, com a participação da sociedade.

Um trabalho de reeducação e esclarecimento em caráter permanente, visando ao futuro, mas implantado depois de muita reflexão e cuidadosamente elaborado. Tarefa para os novos governantes.

30.5.2010

Made in China

Entrei numa loja para comprar um par de sapatos e me encaminhei à prateleira onde havia sapatos de sola e couro, do tipo tradicional. Os preços variavam de 80 a 120 reais, mas, na prateleira ao lado, havia outros, também de sola e couro, que custavam menos da metade, entre 30 e 40 reais. Chegou um freguês e começou a examiná-los, quando um homem se aproximou dele e falou: "Não compre isso, é sapato chinês, não presta. Comprei um par desses que durou exatamente dois meses".

Ouvi aquilo e concordei, mercadoria feita na China não presta. No meu caso não foi sapato, foi guarda-chuva. Como não tenho paciência de ir de loja em loja à procura do que necessito comprar, sou presa fácil dos camelôs. Assim foi que, como perdera meu décimo guarda-chuva, adquiri o primeiro que me foi oferecido na esquina. Custava 5 reais, uma pechincha, mas, em compensação, não durou três meses. Era chinês e eu não sabia e, por isso, comprei outro, de outro camelô, que durou menos ainda. Decidi, então, comprar numa loja e foi isso o que fiz. Esse custou 20 reais e não durou mais que os outros. Fui verificar a origem dele e lá estava o *"made in China"*.

Não resta dúvida, tudo o que se fabrica na China não dura. O difícil, porém, é escapar da armadilha, já que mesmo os produtos com marca conhecida – que você identifica como sendo alemã, ou inglesa, ou norte-americana – são feitos na China, porque lá se pagam os mais baixos salários do mundo, suas mercadorias invadiram todos os países e desbancaram os fabricantes nacionais.

Esses fabricantes, para não falirem, transferiram suas fábricas para a China, onde produzem artigos de preços competitivos e de baixa qualidade.

Este é um fenômeno surpreendente com que se defronta o mundo atual: surgiu no planeta um país onde a classe operária é cativa do Estado e, por isso, ganha o baixo salário que o governo determina. E esse governo é comunista! Como pode um regime marxista entregar a classe operária à exploração capitalista, quando o sonho de Marx era libertá-la? Pois é, em vez da ditadura do proletariado, a ditadura contra o proletariado.

Quando o meu quarto guarda-chuva quebrou, dei-me o trabalho de verificar por que quebrara: as hastes de alumínio eram tão delgadas que foi até um milagre terem durado tanto. Nunca mais comprei nada que suspeitasse ter sido feito na China e só compro em loja, onde o risco é menor.

Foi, portanto, numa sucursal das Lojas Americanas que adquiri um aquecedor Britânia para enfrentar o frio que cedo começou aqui no Rio. Frio pode ser exagero da minha parte, porque, para outros, a temperatura estava amena. É que eles não são, como eu, só pele e osso.

O aquecedor era bonito, leve, fácil de transportar de um cômodo a outro. Depois, como o tempo melhorou, deixei o aquecedor de lado, até recentemente, quando esfriou para valer. Liguei duas, três vezes; na quarta, ele pifou. Otimista que sou, não quis acreditar, dei um tempo, quem sabe ele voltaria a acender. Não voltou.

Como ainda estava na garantia, fui à procura da nota de compra e achei-a, mas – coisa curiosa – tudo o que nela estava escrito se apagara. Agora é assim: as notas que saem daquela maquininha, apagam com poucos meses – e como vou eu agora provar que comprei o aquecedor nas Lojas Americanas? Não posso, é claro. Em matéria de safadeza, o comércio capitalista é mesmo invencível!

O jeito foi levar o aquecedor ao Lucas, que conserta esses aparelhos, aqui perto de casa. Ele o abriu, examinou e verificou que três resistências haviam queimado. Telefonou, então, para lojas autorizadas, mas nenhuma delas tinha as tais resistências, que são importadas e não se sabe quando voltarão a recebê-las.

Diante disso, sem poder trocar o aquecedor nem consertá-lo, saí em campo atrás de outro para comprá-lo, desde que não fosse Britânia. Andei por Copacabana inteira, fui de loja em loja e a resposta era a mesma: aquecedor, não temos mais, acabou o estoque. Sem alternativa, voltei à loja onde fizera a compra malograda e somente lá havia aquecedores, mas iguais ao que pifara. Pelo sim, pelo não, decidi verificar a procedência deles: *"made in China"*.

4.7.2010

Do fazer ao exibir-se

Por que o radicalismo de vanguarda, que surgiu com o movimento *dada*, por volta de 1915, atravessou o século XX e até hoje se mantém como tendência predominante nas artes plásticas?

Formulei essa pergunta há alguns anos sem conseguir respondê-la satisfatoriamente. Como se sabe, o movimento *dada*, que teve como figuras principais Marcel Duchamp e Tristan Tzara – sem falar em Kurt Schwitters, Hans Arp e muitos outros –, caracterizou-se por um radicalismo que se voltava contra toda e qualquer busca de coerência ou princípios no processo de criação artística.

Se é verdade que o cubismo pôs fim à linguagem pictórica que nascera no Renascimento, o dadaísmo, ao contrário dos movimentos derivados daquele, tinha por lema a liberdade sem limites e a negação de tudo o que se considerasse arte. Era a antiarte, cujo ícone maior foi o urinol que Duchamp expôs em 1917. Se, paralelamente, surgiram outros movimentos artísticos, alguns, aliás, de caráter construtivo, foi o dadaísmo, em sua expressão mais irreverente, que se impôs no curso do século XX.

Minha pergunta implicava outra questão: se os movimentos de vanguarda se manifestaram não apenas nas artes plásticas, mas também na poesia, no romance, na música, no teatro, por que só naquelas se manteve dominante até hoje, enquanto as outras artes, depois de absorverem inovações vanguardistas, retornaram, enriquecidas, a seu leito natural?

Por exemplo, a poesia dadaísta chegou, após a "Ursonate", de Schwitters, a poemas que, em lugar de palavras, usavam traços, sinais abstratos. O caso extremo do experimentalismo na literatura foi o *Finnegans Wake*, de James Joyce.

Felizmente, a literatura de ficção não o tomou como exemplo a seguir, como as artes plásticas o fizeram com o urinol de Marcel Duchamp. Se isso houvesse ocorrido, não teríamos hoje as obras de Borges, Faulkner, Clarice Lispector etc. Sem exagero, a literatura ter-se-ia tornado indecifrável e ilegível.

Diante disso, questionei o fundamento desse vanguardismo que só se manteve nas artes plásticas. Qual fator o fez manter-se apenas neste campo, e não nos outros? Deduzi eu que, se fosse uma necessidade da época, teria se mantido em todas as outras artes. Esse me parecia um argumento lógico, mas não me satisfazia, mesmo porque a vanguarda, em qualquer campo que se manifestou, nascera de fatores históricos identificáveis. A pergunta permaneceu, portanto, sem resposta, até que, quase por acaso, julgo tê-la encontrado.

Não pensava nesse problema quando observei que, no passado, não havia exposições de arte, mesmo porque ainda não se inventara o quadro de cavalete: o artista pintava afrescos nos muros dos mosteiros e igrejas e, depois, nas paredes dos palácios dos nobres e das mansões dos burgueses.

Como o número de paredes era limitado, foi preciso surgir o quadro de cavalete para nascer o colecionador de arte, que passou a ir ao ateliê do artista e ali comprava a tela que lhe agradasse. O artista não expunha suas obras. Só no século XIX criaram-se os salões de arte, onde passou a expor. Distribuíam-se prêmios que, por consequência, determinavam o valor das obras no incipiente mercado de arte. E aí surgiram as galerias e os *marchands*.

Expor obras é um fenômeno relativamente recente na história da arte. Da Vinci, Rafael, Ticiano não expunham suas obras e isso influía no resultado do que criavam. No século XX, surgiram as grandes mostras internacionais, como a Bienal de Veneza, a de São Paulo e outros certames que se tornaram o espaço onde a arte acontece: um depende do outro. Essas exposições internacionais é que garantiram a sobrevida da vanguarda, estimulando o artista a produzir obras que "aconteceriam" ali. Ele trabalha para grandes mostras e necessita impactar o espectador, ao contrário do pintor do passado, preocupado em criar obras permanentes, que dele exigiam dedicação e apuro técnico.

Creio ser essa uma das razões por que a chamada arte contemporânea não elabora uma linguagem, não requer domínio técnico, já que o artista não busca a permanência e, sim, antes de tudo, expor e expor-se. Daí o improviso: as instalações, os *happenings*, as *performances*.

18.7.2010

Eu fui às touradas em Barcelona

O Parlamento da Catalunha aprovou lei proibindo as touradas na região, mais precisamente em La Monumental, a praça de touros de Barcelona, onde, pela primeira e única vez, assisti a uma tourada.

Até então, de touradas, só sabia o que vi no filme *Sangue e areia* (1941), com Tyrone Power, que assistira, ainda menino, com meu pai, no cinema Olímpia, em São Luís.

Nele, as touradas eram apenas parte de uma história romântica. Mais tarde conheceria algumas gravuras de Picasso que, em vez do romantismo do filme, mostrava o que há de brutal nas corridas de touros.

Assim que, tourada de verdade, só vi mesmo em Barcelona, em companhia do poeta João Cabral, que era então cônsul do Brasil na Espanha. Convidou-me para almoçar naquele domingo e, em seguida, irmos assistir a uma tourada.

Aceitei o convite com muito interesse, na expectativa de viver uma experiência única, já que, por iniciativa própria, eu jamais entraria em uma *plaza de toros*.

Fomos. Mal me sentei na arquibancada, fui tomado por uma espécie de euforia diante daquela arena ainda vazia onde haveria de desenrolar-se um espetáculo de vida e morte.

Enquanto isso, João Cabral me informava acerca das touradas, contando-me que o touro era mantido por dois dias num cubículo escuro sob as arquibancadas, donde seria trazido, ao começar a tourada, para a arena.

Foi então que homens montados a cavalo entraram, sob o soar de clarins, um *frisson* percorreu aquela massa de espectadores e eis que de um dos portões sai um touro negro aos galopes.

Invade a arena mas logo se detém, como que surpreso diante daquela situação inusitada. Não estava entendendo nada: "Que faço aqui, diante de tanta gente?" – terá ele se perguntado, sem imaginar que, de fato, havia sido posto ali para morrer.

Como hipnotizado, eu o seguia com os olhos, temendo pelo que haveria de ocorrer. Os homens montados nos cavalos correm agora em direção ao touro, que se mantém parado, indeciso, perplexo talvez.

Tenta afastar-se, mas é cercado e decide reagir: acomete sobre um dos cavaleiros, que o atinge com uma bandarilha, no dorso, à altura do cangote. Ele, enfurecido, volta-se contra o agressor mas é atingido por outra bandarilha, lançada pelo outro cavaleiro. O sangue desce-lhe das feridas. Assisto àquilo, chocado, com pena do animal.

Não me lembro se, àquela altura, o toureiro já estava presente na arena. De qualquer modo, vejo-o agora aproximar-se do touro e desafiá-lo.

Provoca-o, agitando a capa vermelha, onde traz escondida uma espada. O animal, sangrando muito, encara-o e parece hesitar, se avança sobre ele ou não. Talvez não saiba direito quem o feriu, bem pode ter sido aquele sujeito que parece bailar a sua frente.

Está furioso, atordoado e certamente não entende por que o agridem daquela maneira, se nenhum mal lhes fez.

Detém-se e o encara. Menos cauteloso, agora, ataca-o, tentando atingi-lo com os chifres, mas vê que se enganou, investiu contra a capa com que se protege e o engana. "Hijo de puta!", deveria balbuciar, se falasse espanhol e touro não fosse, mas gente. Igual àquela gente que se diverte com seu desespero.

Recua estrategicamente e tenta atingir o toureiro, numa investida fulminante e vã: sente uma dor funda, a vista se lhe turva, perde forças e cai sobre as patas dianteiras, soltando golfadas de sangue.

O último golpe de espada atingiu-lhe o coração. Estrebucha, estica as pernas e morre, diante da multidão que aplaude entusiasticamente o toureiro. Este, sorridente, saca de uma faca, aproxima-se do touro morto, corta-lhe uma das orelhas e a exibe, vitorioso, para o público, que então delira. Indignado, resmungo: "Coisa bárbara!".

João Cabral, surpreso com minha reação, defende a tourada, que seria a vitória da inteligência sobre a força bruta. "Nada disso", respondo. "É a vitória da covardia e do sadismo sobre um animal indefeso."

A esta altura, estamos de novo em sua sala. João me acha demasiado ingênuo para compreender a significação das touradas.

Sirvo-me de vinho, e ele, usando a toalha da mesa como uma capa de toureiro, movimenta-se na sala, a desafiar a fúria de um touro imaginário. Era o poeta acostumado a tourear palavras.

22.8.2010

Revolução na favela

A expulsão dos traficantes das favelas do Rio está causando mudanças inesperadas na vida daquelas comunidades. Era uma velha tese minha que a única maneira de acabar com o domínio dos traficantes nas favelas cariocas seria a polícia ocupá-las. Fazer incursões esporádicas não adiantava nada: a polícia chegava, eles fugiam; ela ia embora, eles voltavam.

Com a ocupação permanente pelas Unidades de Polícia Pacificadora (UPP), a coisa mudou. O traficante não é um guerrilheiro e, sim, um comerciante de drogas.

Se vive em guerra com seus concorrentes é porque, atuando à margem da lei, resolve suas pendengas, recorre ao tiro. A guerra entre traficantes e contra a polícia aterrorizava os moradores. Agora, com a expulsão deles, reina a paz.

A dominação das favelas pelo tráfico resultou na formação de verdadeiras empresas clandestinas que trocavam de gerente de acordo com seus interesses comerciais. Disso resultou que, no morro do Chapéu Mangueira, no Leme, o gerente nascido ali foi substituído por outro, vindo de um morro da Zona Norte.

Ao chegar, escandalizou-se com os trajes da rapaziada, que andava de sunga e sem camisa. Investido da autoridade de chefe do tráfico, proibiu o traje sumário, chegando ao ponto de mandar surrar uma moça que lhe desobedeceu.

Só que ela era namorada de um assaltante, profissionalmente distinto dos traficantes. Ele tomou as dores da namorada, mobilizou o pessoal do morro e pôs para correr o gerente moralista. Coisa do passado, já que agora o Chapéu Mangueira está pacificado.

E a paz, como a guerra, tem consequências. Por exemplo, conheço um pequeno comerciante que vendia roupas na favela do Pavão-Pavãozinho e cujos principais compradores eram os traficantes, que não podiam descer do morro para fazer compras nos shoppings. Com a expulsão deles, o comércio desse cara perdeu a freguesia e faliu.

Outra mudança advinda da pacificação foi o aumento dos aluguéis. No morro Santa Marta, em Botafogo, uma senhora mantinha um pequeno restaurante, que lhe dava bons lucros porque o aluguel era barato. Agora, a dona do imóvel dobrou o preço, tornando quase inviável a manutenção do negócio.

E por aí vai. Como se sabe, as favelas, por seu exotismo, sempre exerceram verdadeiro fascínio sobre certo tipo de turista estrangeiro. Muitos deles, especialmente os europeus, faziam questão de se hospedar em casas de favelas, preferindo-as aos hotéis de Copacabana ou Ipanema. Agora, esse interesse aumentou, abrangendo aqueles que temiam os tiroteios de antes. Sem os tiroteios, fica só o folclore.

O resultado disso, no plano econômico, é que tem gente oferecendo grana alta pelos casebres dos favelados, que já estão sendo transformados em pousadas para turistas. Com isso, sobe ainda mais o preço dos aluguéis das casas nessas comunidades, que passam por rápida transformação.

Não duvidem se, dentro de uns poucos anos, os morros do Rio, que hoje são favelas, forem ocupados pela burguesia rica. Como dali se tem uma vista privilegiada da paisagem carioca, os casebres de hoje serão substituídos por mansões confortáveis e luxuosas. Os favelados virão morar conosco, aqui embaixo.

Mas isso não será para já, mesmo porque, além das mencionadas, há outras consequências resultantes da ação das UPPs. É que os traficantes, já expulsos das favelas da Zona Sul do Rio, estão invadindo outras favelas na Zona Norte ou do outro lado da baía.

Nem todos, porém; alguns empregados do tráfico, agora sem o ganho que a droga lhes provia, tornaram-se assaltantes, o que dá para perceber no recente aumento de casos registrados em vários bairros do Rio.

O número de assaltos, conforme a polícia, tende a crescer, na medida em que novas favelas forem ocupadas pelas unidades pacificadoras. Nas últimas semanas, a ocupação já se deslocou para morros da Zona Norte, como o do Salgueiro. O número de crimes dessa natureza tende a aumentar, agravando o problema da segurança na cidade.

Mas pode ser que alguns deles, em vez de se voltarem para um novo tipo de crime, optem pela volta à legalidade, como ocorreu com um antigo gerente do tráfico no Pavão-Pavãozinho, que preferiu tornar-se guardador de carros numa rua de Copacabana.

29.8.2010

Às vésperas do pleito

A proximidade do dia das eleições, quando iremos às seções eleitorais exercer nossa cidadania, votando nos candidatos de nossa preferência, tem inevitavelmente acirrado os ânimos, não só dos candidatos, como os nossos, de eleitores.

Isso pode ser bom ou mau. É bom quando indica empenho em escolher os melhores para legislarem e governarem – e é mau quando nos leva a perder a capacidade de discernir o certo do errado, a mudar a convicção política ou ideológica em fanatismo.

Sem pretender me dar como exemplo de isenção, verifico, não obstante, como algumas pessoas passam dos argumentos objetivos – ainda que impregnados de paixão – a afirmações que mitificam a personalidade deste ou daquele candidato.

Como já escrevi aqui, repito agora que não pertenço a partido político nem tampouco estou engajado na campanha de nenhum candidato. Ao opinar sobre qualquer deles, faço-o na condição de articulista que, assim como discute questões culturais e sociais (arte, política psiquiátrica, inoperância da Justiça, ficha suja etc.), discute também a conjuntura política que, neste momento, interessa à maioria dos leitores.

Podem meus comentários, eventualmente, influir na decisão de um ou outro leitor, mas não é essa minha intenção prioritária e, sim, contribuir para que sua escolha se faça da maneira mais lúcida e autônoma possível. Acresce o fato de que outros comentaristas opinarão em sentido diverso, trazendo à baila outros argumentos e, com isso, contribuindo para que o debate se amplie e se aprofunde. Situo-me no polo oposto àqueles que aspiram chegar a uma sociedade de uma opinião só.

É com esse propósito que tenho abordado aqui alguns aspectos polêmicos da conjuntura eleitoral e política. Procuro, igualmente, refletir a preocupação de outras pessoas que, mantendo-se à margem da disputa eleitoral, manifestam preocupação com o rumo que as coisas estão tomando, sendo que alguns deles temem pelo futuro da própria democracia brasileira.

Para estes, a vitória de Dilma Rousseff, por implicar o prosseguimento no poder do mesmo partido, poderia ter consequências imprevisíveis, dado o crescente aparelhamento da máquina do Estado por petistas e sindicalistas, que a utilizam partidariamente.

Isso poderia levar à crescente privatização do Estado, em benefício de um mesmo grupo político e, em última instância, ao cerceamento da ação política divergente.

Faz parte deste processo a mitificação da figura de Lula, que, no curso de sua história pessoal, passou de líder raivoso a Lulinha paz e amor e agora – para meu espanto – à categoria de grande estadista, que teria mudado a face do Brasil.

Nessa linha de raciocínio, vem se formando a teoria segundo a qual quem se opõe a Lula opõe-se na verdade ao povo brasileiro, uma vez que ele é o primeiro presidente "que veio do seio do povo".

Trata-se de um argumento curioso, que busca qualificar o indivíduo – no caso, um líder político – por sua origem social de classe. Digo curioso porque os que assim argumentam consideram-se obviamente de esquerda, mas não se dão conta de que, com esta postura, repetem as elites do passado, que também qualificavam os indivíduos por sua classe social de origem.

Naquela visão – que a esquerda definia como reacionária –, quem tivesse origem nobre era tacitamente superior a quem não o tivesse. Agora, na sua inusitada avaliação, superior é quem nasce do "seio do povo" e, por isso, quem critica Lula coloca-se, na verdade, contra o povo. E povo – entenda-se – é só quem for pobre. Mas atrevo-me a pergunta: e quem não recebe Bolsa Família é o quê?

Não resta dúvida de que a ascensão de um operário à Presidência da República brasileira é uma importante conquista de nossa democracia, mas não porque quem nasce no seio do povo venha impregnado de virtudes próprias aos salvadores da pátria. Do seio do povo também veio Fernandinho Beira-Mar.

Lula chegou onde chegou não por sua origem e, sim, por sua capacidade de liderança e sua sagacidade política; a origem social e a condição de operário, que certamente influíram na decisão do eleitor, não devem servir de pretexto para transformá-lo num líder a quem tudo é permitido, acima de qualquer juízo crítico.

26.9.2010

Morte com data certa

Ele a viu, pela primeira vez, numa fotografia. No mezanino da escola, na parede oposta à dos janelões, havia uma série de fotos que documentavam alguns momentos memoráveis daquele estabelecimento formador de quadros políticos que, teoricamente, iriam mudar a face do mundo.

Não obstante, ali se realizavam reuniões festivas de que participavam diretores, professores, alunos e tradutores. Lina era uma tradutora e, sem sombra de dúvida, a mais linda de todas.

Ela ocupava, em primeiro plano, o canto esquerdo da foto, os cabelos presos na nuca e um sorriso que lhe iluminava o rosto redondo de menina. Calçava botas de cano alto e uma saia justa que lhe deixava à mostra os joelhos.

Era como uma fada jovem, numa aparição de encanto, naquele universo político-ideológico. Suspirou, certo de que aquela mulher estava fora de seu alcance, fora do alcance mesmo de seus olhos. Seria, talvez, uma visitante, que ali aparecera como convidada em alguma das festas.

Viu a tal foto na primeira semana de sua chegada ao instituto, quando os cursos mal se iniciavam e as turmas ainda estavam incompletas. Poucos dias depois, as aulas começavam e foi aí que a viu em pessoa, lanchando na *stalovaia* da escola. Ela estava numa mesa próxima, tomando café e conversando com um grupo que falava espanhol.

Em determinado momento, seus olhos se cruzaram, mas ela logo se voltou para alguém, disse-lhe alguma coisa ao ouvido e riu discretamente. De noite, na cama, antes de dormir, lembrava-se dela, daquele sorriso, daqueles cabelos ruivos presos na nuca.

Soube depois que era tradutora encarregada dos coletivos de alunos de língua espanhola, todos latino-americanos. Como os brasileiros se enturmavam com estes, também se davam com ela, e foi assim que, certa tarde, na mesma lanchonete, ela sentou-se na mesa em que ele estava com um casal carioca.

Foram apresentados e ela não pareceu dar maior importância ao fato, embora ele tivesse a impressão de que o seu olhar de algum modo a perturbava.

Por sorte, algumas semanas depois, houve uma festa promovida pelo coletivo argentino, com tangos e tudo o mais, e nessa noite ele a tirou para dançar. Disse-lhe ao ouvido que a achava linda (*ótin craciva*) e ela empalideceu. Quando a festa acabou, ela, nervosa, sussurrou-lhe que a esperasse na estação do metrô. Pouco depois, tomavam o trem, desciam na estação perto da casa dela e, já de mãos dadas, penetravam num parque escuro e deserto àquela hora da noite.

Puxou-o pela mão, sentaram-se num banco e ela, sorrindo, soltou os cabelos ruivos que lhe caíram encantadoramente sobre o rosto. Tentou beijá-la, mas ela se esquivou, ergueu-se do banco e o levou pela mão até à porta do edifício onde morava. Ali, beijou-o na testa e, com um adeusinho, sumiu no portão. Ele, de volta a seu quarto na *abchejite*, mal acreditava no que acabara de viver.

Ela era casada, vivia com o marido, mas já não eram marido e mulher; é que, no socialismo, se o casal ganhara um apartamento, não tinha direito a outro, pouco importando se o casamento acabara ou não. Na primeira noite em que ela o levou à sua casa, o marido ainda não havia chegado. Serviu-lhe um jantar, na cozinha, e ele, não podendo conter-se, declarou-se apaixonado por ela. Foi então que Lina lhe ofereceu a boca para um beijo que jamais esqueceria.

O marido, Andrei, chegou lá pelas nove horas. Beberam vodca juntos e, como nevasse muito, aproveitou para dormir lá mesmo, no sofá da sala. De manhã, quando o marido se preparava para ir trabalhar, fingiu que ainda dormia e só se levantou depois que ele se foi. Aí entrou no quarto, jogou-se sobre Lina na cama e se amaram loucamente.

Mas aquele amor tinha data certa para acabar: terminaria o curso e ele teria de deixar o país. Na véspera da partida, foi para a casa dela e lá ficaram, os dois, de mãos dadas, beijando-se e chorando. Nem ele podia ficar nem ela podia mudar de país. Sem alternativa e para não perder o metrô, decidiu ir embora, sabendo que nunca mais a veria na vida. Mesmo assim, saiu e atravessou o parque, como um autômato.

Na manhã seguinte, como um autômato, foi para o aeroporto, entrou no avião e partiu. Faz 37 anos e seis meses. Nunca mais se viram.

28.11.2010

Reencontro com Antonin Artaud

Nos meus primeiros anos no Rio de Janeiro, tornei-me rato de livraria, não apenas porque gostava de livros, mas também porque, muitas vezes, necessitava encher o dia.

Meu emprego era na *Revista do IAPC*, que ficava na rua Alcindo Guanabara, quase em frente ao bar Amarelinho. Se nenhum amigo passava em minha sala para bater papo nem me ocorria nenhuma ideia para um poema, começava a me sentir ansioso e saía a andar pelas ruas.

Ia parar em alguma livraria ou numa loja de aves, na rua Sete de Setembro, quase esquina com a rua Primeiro de Março.

Essa loja fedia muito, tantas eram as aves que havia ali, presas em grandes gaiolas. Havia de tudo, de canários-da-terra e araras coloridas até aves estranhas, como um nhambu, pernalta e meditativo. Voltei várias vezes só para vê-lo e tomar um caldo de cana gelado num boteco que havia perto.

Mas, afinal, o que me atraía àquela loja de aves? É que algo ali me lembrava *Les chants de Maldoror* (*Os cantos de Maldoror*), de Lautréamont, que lera recentemente na Biblioteca Nacional e, por mais que fuçasse, não o achava em nenhuma livraria.

Mas achei uma coisa inesperada: um exemplar da revista *Les Cahiers de la Pléiade* (primavera de 1949), que me deixou maravilhado: é que uma parte dela era dedicada a Antonin Artaud, incluindo um poema inédito e um testemunho de Claude Nerguy, contando a visita que lhe fizera, poucos dias antes de sua morte, numa casa de repouso, em Ivry, para onde tinham-no transferido depois de várias internações em manicômios. Nerguy e sua companheira ficaram chocados ao encontrá-lo tão magro, de camisa suja e olhar alucinado.

Durante aquela visita, Artaud tomou de um martelo e começou a bater violentamente num bloco de madeira, enquanto declamava exasperado um poema incompreensível: "É assim que marco o ritmo de meus versos", berrava.

No final da visita, quando Nerguy lhe pediu que autografasse um livro, escreveu: "Para Claude, sob a condição de manter-se só, uma vez que sou inimigo da sexualidade". Quando deixam aquele quarto opressivo, a moça diz: "Em lugar de olhos, ele tem relâmpagos".

Na revista, havia um poema inédito de Artaud em que ele se dizia "um puro espírito" e insultava Deus. Era um poema estranho, impactante e belo. Foi então que decidi datilografá-lo em várias cópias e distribuí-las entre meus amigos.

Certo dia, um deles pediu-me a revista emprestada, alegando estar escrevendo um artigo sobre Artaud para um suplemento literário. Hesitei em emprestá-la, mas ele jurou que a devolveria em quatro dias, no máximo. Terminei cedendo. Ele pegou a revista e sumiu.

Passados os quatro dias, tentei localizá-lo em vão. Meses depois, deparo-me com ele na rua. Desculpa-se, alegando que viajara inesperadamente porque sua mãe adoecera, acabava de voltar e ia me procurar para devolver a revista. "Vou buscá-la agora", disse, e sumiu de novo.

"Livro não se empresta", advertiu minha amiga Lucy Teixeira, "ainda mais uma preciosidade como essa." Tinha razão. Mesmo assim, ao longo dos anos, não me emendei, continuei a emprestar livros preciosos ou raros, que nunca me devolveram.

E, ao longo desses anos – mais de cinquenta –, de vez em quando, se lia ou ouvia algo sobre Artaud, sofria de novo a perda da revista e maldizia o caráter daquele sujeito que descarada e insensivelmente se apropriara de uma coisa que, para mim, tinha valor inestimável.

Faz pouco, falei disso com Kaira Cabañas – crítica de arte e curadora de importantes mostras internacionais –, que prepara uma exposição sobre Antonin Artaud, a se realizar no Museu Reina Sofía, de Madri.

Ela deseja expor ali alguns exemplares daquela edição pirata que fiz do poema de Artaud, em 1954. Só que aqueles a quem dei os exemplares já se foram e nem mesmo a que guardei comigo existe mais. Nem poderia imaginar que teriam importância no futuro. Em compensação – pasmem vocês –, Kaira Cabañas acaba de me enviar um exemplar daquela revista, de cuja perda jamais me refizera.

Ao abrir o pacote e me deparar com ela, de capa amarelo-ocre, pensei estar vivendo um sonho. E, como se sonhasse, procurei nela o texto sobre Artaud, o poema que copiara... estava tudo lá. Maravilha! É, de uns tempos para cá, deu para chover na minha horta.

19.12.2010

Aqui: um outrora agora

É sábado à tarde, cerca de quatro da tarde. Estou parado na esquina da avenida Rio Branco com a rua Araújo Porto Alegre. Às minhas costas, o Museu Nacional de Belas Artes; à frente, à esquerda, a Biblioteca Nacional e, à direita, do outro lado da avenida, o Theatro Municipal.

Diante do teatro está a praça Deodoro, ladeada pelo prédio da Câmara Municipal e pelo bar Amarelinho e os edifícios da antiga Cinelândia. Fora o cine Odeon, os demais fecharam, como o Astória e um outro, o Vitória, que ficava lá atrás, na rua Senador Dantas.

Mas importa é que estou, ali, de pé, às quatro da tarde deste mês de fevereiro de 2011. E o que vejo diante de mim é exatamente igual ao que via em 1954. Passaram-se 57 anos e estou ainda aqui vendo os mesmos prédios, a mesma praça. E o passado inevitavelmente invade o presente e me arrasta com ele.

Estou, agora, num sábado de 1953 e cruzo a praça em direção à Biblioteca Nacional. Vim a pé da rua Carlos Sampaio, onde morava, próximo à praça da Cruz Vermelha. Sábado era um dia vazio. Nos dias comuns da semana, estava na Redação da *Revista do* IAPC, ali perto, na rua Alcindo Guanabara, onde passavam amigos que iam ali assinar o ponto, como Lúcio Cardoso ou Breno Accioly. Lúcio era bom de papo e gostava de um chope; Breno, pirado, mastigava a ponta de um charuto no canto da boca. Além deles, apareciam ali Oliveira Bastos, Décio Victorio e Carlinhos Oliveira, todos entregues à aventura literária.

Mas, no sábado, ninguém aparecia e tampouco vinham, no final da tarde, para o encontro no Vermelhinho, que ficava em frente à ABI. Pior que o sábado só o domingo e dia feriado, quando nem a Biblioteca Nacional abria.

A BN era meu refúgio, meu amparo, minha salvação. Metia-me nela, buscava um livro, uma revista literária e entregava-me aos mais inesperados delírios. Nas revistas francesas, descobri Lautréamont, Antonin Artaud, André Breton, Paul Éluard, René Char. Ou eram seus poemas ou os ensaios sobre eles.

Mas, ao fim da tarde, quando saía de lá e daquele mundo feérico, encontrava-me de novo sozinho e desamparado em plena Cinelândia. Pessoas cruzavam a praça em direção aos pontos de ônibus, que as levariam não sei para onde. Flamengo, Botafogo, Copacabana? Só eu não tinha para onde ir, a não ser para o meu quarto, que dividia com dois desconhecidos e que só apareciam lá para dormir.

Antes perambular pelas ruas do que me deitar naquela cama estreita e ficar olhando, pela janela, a noite cair.

O que me salvava era a poesia, se ocorresse em determinado instante, se me surgisse um verso inesperado. Aí sim, entregava-me àquela viagem, esquecia o quarto, o mundo, a solidão. Pouco me importava, então, se anoitecia ou amanhecia.

Sucede que poema é coisa rara. No meu caso, sempre foi. Quem me dera escrever um poema por dia, alçar voo acima do vazio dos sábados, dos domingos e feriados! Sempre fui cismado com esses dias porque, além de me sentir sozinho, a poesia também preferia ir à praia a me visitar. Já nos dias normais, como disse, metia-me na BN, agarrava-me a uma *Nouvelle Revue Française* e valia-me dos poemas alheios.

Mas houve uma exceção. Foi numa Sexta-Feira da Paixão quando, ao me dar conta de que era dia feriado e por isso o Vermelhinho estava deserto e a Cinelândia também, encaminhei-me sem rumo para a rua do Catete e fui parar no Parque Guinle, entregue ao delírio de um poema louco, cuja erupção teve início exatamente quando cruzava a rua Santo Amaro: "Au sôflu i luz ta pompa/ inova'/ orbita". Naquele momento, em que violentava meu instrumento de expressão, vivia a ilusão de ter chegado ao inalcançável: fazer que a língua nascesse ao mesmo tempo que o poema. Só no dia seguinte, na Redação da *Revista do IAPC*, ao passá-lo a limpo, dei-me conta de que ninguém o compreenderia e que, de fato, havia destruído minha linguagem de poeta... É nisso que dá fazer poema em dia santo.

Essa ocorrência, se não me engano, data de março de 1953. Depois daquele dia, muitas outras vezes me encontrei entre esses mesmos prédios – o teatro, o museu, a biblioteca, a câmara municipal – num sábado ou num domingo, sem ter o que fazer da vida. Exatamente como agora, nesta tarde de 2011.

20.2.2011

O povo desorganizado

O fim da ditadura de Hosni Mubarak, no Egito, pode suscitar indagações acerca das consequências que podem advir dela, mas num ponto todas as opiniões parecem coincidir: foi o povo desorganizado que pôs abaixo o regime autoritário que durara trinta anos.

No Egito havia – e ainda há – numerosos partidos e organizações sociais que, de uma maneira ou de outra, vinham atuando na vida do país. Mas não partiu de nenhuma delas a mobilização popular que, concentrada na Praça Tahrir, durante dezoito dias, obrigou o ditador, obsessivamente apegado ao poder, a abrir mão dele. A fagulha que incendiou a nação egípcia foi o suicídio de um jovem, em resposta ao abuso da repressão policial.

Esse gesto desesperado despertou a revolta inicialmente de algumas dezenas de jovens, depois de centenas, de milhares e finalmente de milhões de cidadãos. Ignorando o poder repressivo do regime, foram para a rua, ocuparam a praça e receberam o apoio do povo egípcio. O povo desorganizado se mobilizou e através da internet passou a coordenar suas ações e seus objetivos. Parece um milagre? Pode parecer, mas não é. A razão disso é que o povo é, de fato, o detentor do poder, esteja ele organizado ou não.

Essa rebelião popular espontânea leva-me a refletir sobre o que chamo de "povo desorganizado". O que é, então, o povo organizado? Certamente aquelas parcelas da população que atuariam nos sindicatos e em outras entidades profissionais, estudantis e culturais. O objetivo de tais organizações, ao serem criadas, é defender os interesses das categorias e classes sociais que representam. A verdade, porém, é que isso nem sempre acontece e pode até mesmo ocorrer que tais organizações passem a se valer de sua suposta representatividade para atuar contra os interesses que deveriam defender.

Isso pode acontecer de várias maneiras, especialmente nos regimes autoritários. Por exemplo, no Brasil, quando os militares tomaram o poder, prenderam as lideranças sindicais e as substituíram por agentes do regime. A partir de então, essas entidades, que deveriam representar o povo organizado, agiam em sentido oposto, isto é, impedindo toda e qualquer manifestação contrária ao governo. Por isso a primeira grande manifestação popular contrária à ditadura – a Passeata dos Cem Mil – nasceu da mobilização espontânea de intelectuais e artistas que, em face da repressão policial, se concentraram num teatro e dali apelaram para a solidariedade da população, que aderiu a eles.

Mas essa noção da potencialidade política do povo desorganizado deveria ser acionada também no Estado democrático, quando as entidades, que deveriam lutar pelos direitos da população, são cooptadas pelos que exercem o poder.

No Brasil, temos um péssimo exemplo: o de Getúlio Vargas, que, ao criar o imposto sindical, anulou a combatividade dos sindicatos de trabalhadores. Foi uma medida maquiavélica. Enquanto em outros países os sindicatos nascem da conscientização dos trabalhadores, que neles se organizam e os mantêm com sua contribuição mensal, os nossos, sustentados pelo imposto que é cobrado de todos os assalariados e controlado pelo governo, dispensam a participação efetiva dos assalariados.

Noutras palavras, são entidades fantasmas, que não nasceram da necessidade dos empregados de se organizarem em entidades que defendam seus direitos. Por isso mesmo, poucos são os trabalhadores que delas participam, enquanto os oportunistas, com o apoio de minorais organizadas, passam a dirigi-las, impondo-se como lideranças fajutas.

Através delas, vinculam-se a partidos políticos, elegem-se deputados, tornam-se ministros e passam a atuar na vida política. Como a maioria dos trabalhadores ignora tudo ou quase tudo do que estou dizendo aqui, esses impostores passam por ser líderes de verdade e servem de "pelegos" para manter os trabalhadores submissos aos jogos de interesses.

Agora, mesmo esses falsos líderes apresentaram-se como defensores de um aumento do salário mínimo maior que o oferecido pelo governo, num jogo de cartas marcadas, demagógico, cujo resultado estava previsto.

E assim as coisas irão até que, um dia, o povo desorganizado perca a paciência e acabe com essas lideranças de araque e esses sindicatos de mentira.

27.2.2011

O trinado do passarinho

Ele é um excelente e raro poeta, que terá escrito uns vinte poemas em toda a sua vida. Sou certamente o único amigo que possui no mundo. Tem alguns parentes, filhos de uma irmã já falecida.

Como herdou dos pais alguns bens, esses parentes tentaram obter um diagnóstico médico para considerá-lo louco e, portanto, incapacitado para gerir a herança da família. Ele percebeu o golpe, fugiu de casa e nunca mais apareceu. Mudou-se para Lisboa, onde viveu alguns anos, e depois voltou, na moita, de modo que, para os parentes gananciosos, ele deve ter morrido.

Na verdade, reside, faz alguns anos, num pequeno apartamento no centro do Rio, num prédio onde só há escritórios e firmas comerciais. Ninguém sabe quem ele é nem o que faz. Com o resto do dinheiro, comprou um terreno em Magé, no Estado do Rio, e o doou à prefeitura para que instalassem ali um clube esportivo para meninos pobres, com campos de futebol e quadras de tênis.

A prefeitura aceitou a doação e nada fez. Agora ele está tentando anulá-la para entregar o terreno ao governo do Estado, a fim de ali construir escolas e moradias para desabrigados. O processo burocrático está em marcha; marcha lenta, claro.

Quando o conheci, em 1952, na casa de Mário Pedrosa, ele era funcionário do Centro Psiquiátrico Nacional Pedro II, do Engenho de Dentro, onde ajudou a doutora Nise da Silveira em seus ateliês de terapêutica ocupacional. Se não me engano, quem o levou a Mário Pedrosa foi Almir Mavignier, braço direito de Nise. Ele escrevera já então os poucos poemas que constituem a sua obra poética.

Tornamo-nos amigos e vagabundávamos pelo centro do Rio, frequentando o Vermelhinho e os botecos da Lapa, em companhia de Oliveira Bastos, Carlinhos Oliveira e Amelinha, que era pintora e minha namorada. Publicou uma plaqueta de 34 páginas e distribuiu a reduzidíssima edição entre escritores indicados por mim. Um dos poemas dizia:

    Tapei a flor na noite
    e os dias se esconderam.

Descabida metade das partes
relâmpago das cores.

Mas eis que ele, dias depois, aparece no Vermelhinho com um exemplar de seu livro, abre-o, estica com a unha da mão a linha que prendia as páginas e afirma: "Isto vai arrebentar e misturar os poemas, quebrando a ordem em que estão. Vou recolher todos os exemplares e queimá-los. O teu está aí contigo?". Respondi: "O meu você não vai queimar coisa nenhuma". E o tenho guardado até hoje.

Pouco depois, decidiu gravar os poemas num disco. Usou um gravador do Centro Psiquiátrico e, de manhã bem cedo, fez a gravação. Sucedeu que, ao passá-la para o disco, verificou ter o gravador captado o trinado de um passarinho e, então, decidiu destruí-lo. Tentei dissuadi-lo, mas, para minha surpresa, no dia seguinte, ele me procurou para me informar que o trinado do passarinho enriquecera a gravação.

Editou então um álbum com o disco e me deu um exemplar que guardei até que meus filhos, brincando, o inutilizassem. Sobrou o álbum vazio.

Ele tem hoje 84 anos e, de vez em quando, aparece em minha casa. Outro dia, surgiu sem me avisar, sentou-se diante de mim e me perguntou se ainda tinha o disco com o trinado do passarinho. Respondi que tinha apenas o álbum vazio, onde estão impressos os poemas do disco. Ele, então, me informou que viera com o propósito de destruir o disco, mas, como este já não existia, destruiria o álbum. Tomei-o de suas mãos e disse-lhe que não ia destruir álbum nenhum.

Ele empalideceu, me olhou nos olhos e afirmou: "Você não tem o direito de me impedir. Os poemas são meus, o álbum é obra minha. Esses poemas não correspondem mais ao que considero minha poesia".

Tentei explicar-lhe que a nova edição que fizera dos poemas, em 1990, já deixava claro que sua visão sobre seus poemas mudara, uma vez que excluíra dela aqueles que não considerava perfeitos, à altura de sua exigência. De nada adiantou. Acusou-me de adotar uma atitude autoritária em vez de agir como amigo e foi embora muito zangado. Essa zanga passa, pensei comigo, sorrindo. Abri o álbum e li:

O indivíduo estava no chão
e a pose passeava na forma.

20.3.2011

E o lobo virou cordeiro

O leitor sabe muito bem que não sou nem pretendo ser cientista político, mas apenas alguém que, como qualquer cidadão, acompanha com atenção o que ocorre em nossa vida política e procura, tanto quanto possível, compreendê-la. Mas não o esgoto, dou palpites.

Não obstante, pelos muitos anos que tenho de observar, ler e refletir sobre os fatos políticos, creio às vezes perceber algo que ainda não foi formulado claramente pelos analistas profissionais.

Mas, também, pode ocorrer que me engane, claro. Ainda assim, me atrevo a dizê-lo, correndo o risco de não ir além do óbvio. É o que farei agora. Mas, antes, advirto os petistas de que, se lerem esta crônica até o fim, podem até concordar comigo.

Começo pelo que todo mundo sabe e que Lula e sua turma tudo fazem para ocultar: sem o Plano Real e a Lei de Responsabilidade Fiscal, o Proer e outras medidas tomadas por Itamar Franco e Fernando Henrique, o êxito do governo Lula teria sido simplesmente impossível.

Não se trata, aqui, de uma simples opinião, mas de um fato incontestável de que nenhum economista ou cientista político que veja os fatos com isenção discordará. Todos sabemos, o Plano Real foi o que pôs fim à inflação galopante que arrasava os salários e a economia brasileira como um todo.

A criação do real e os procedimentos que possibilitaram uma atitude disciplinadora em face dos problemas estruturais de nossa economia assinalaram o início de uma nova fase em nossa história.

Em seguida, a Lei de Responsabilidade Fiscal liquidou com uma das principais fontes do processo inflacionário: os gastos sem controle promovidos sobretudo pelos governos estaduais.

Essa lei, que condiciona as despesas públicas à arrecadação efetivamente conseguida, só foi posta em prática porque Lula e o PT não lograram impedir sua aprovação pelo Congresso. Foram derrotados na Câmara, depois no Senado, mas não desistiram e entraram com uma ação no Supremo Tribunal Federal para sustá-la.

A campanha do PT contra o Plano Real foi igualmente feroz, chegando Lula a afirmar que se tratava de um lance eleitoral demagógico, feito para não durar mais que três meses. O Proer, que evitou uma crise bancária de consequências imprevisíveis, contou igualmente com a furiosa oposição dos petistas.

A conclusão inevitável é que, se dependesse deles, nenhuma dessas medidas teria sido adotada e a economia brasileira não teria alcançado o equilíbrio e a consistência que permitiram ao governo Lula realizar o que realizou.

Cabe agora perguntar: não foi bom para o país que o governo Lula tenha dado certo? Claro que foi. Então, não tem sentido criticá-lo por ter feito o que era certo fazer.

Ideologia é uma coisa, realidade é outra. Quando Lula se deu conta de que sua pregação radical não o levaria ao poder, mudou de tom e de mensagem, assumindo uma posição moderada que lhe possibilitou ganhar as eleições. À frente do governo, adotou tudo o que seu adversário implantara, desde os programas assistenciais até a política econômica neoliberal, imprimindo àqueles um colorido populista e à política externa um cunho antiamericano para salvar a face.

Com esses toques, que chegavam aos ouvidos do povão ampliados pela retórica de Lula, construiu-se a imagem de um governo que contou com a simpatia popular e ganhou a confiança do empresariado.

Nada melhor para o capital do que um país sem greves nem crises econômicas.

Uma visão simplista atribuiria tudo isso ao carisma e à sagacidade política de Lula quando, na verdade, se trata de coisa bem mais complexa, conforme entendo. Se Lula mudou de retórica e de visão social, aderindo às ideias do adversário, foi porque a visão e os projetos deste é que correspondiam às necessidades reais do país.

As mudanças que ele introduziu, por serem necessárias, tornaram-se irreversíveis. E, assim, o PT virou PSDB, como um lobo que se metesse em pele de cordeiro. Com a diferença de que, se o lobo da fábula continuou lobo, o lobo Lula virou cordeiro mesmo. E Dilma, mais ainda, se não quiser fracassar.

Daí por que o PSDB tem dificuldade de fazer oposição, pois seria como opor-se a si mesmo.

E também por isso Serra defendeu um salário mínimo de 600 reais, como se fosse possível cordeiro virar lobo, de repente.

8.5.2011

Redescoberta de Oswald de Andrade

Creio que foi em 1953 que eu, ao entrar na livraria da editora José Olympio, então na rua do Ouvidor, deparei-me, sobre um balcão, com vários exemplares do livro *Serafim Ponte Grande*, de Oswald de Andrade, a preço de liquidação.

Eu, que o conhecia de nome de uns raros poemas, comprei um exemplar e, naquele mesmo dia, o li dando gargalhadas. É certo que sempre tive simpatia pelos irreverentes, talvez porque da irreverência resulte uma ruptura com a mesmice.

Essa releitura foi para mim uma revelação. Oswald ainda estava vivo, mas quase ninguém tomava conhecimento de sua literatura. Agora ele acaba de ser homenageado pela Festa Literária de Paraty.

Naquela semana mesmo, na casa de Mário Pedrosa, falei de Oswald, da boa surpresa que tive ao lê-lo. Mário sorria satisfeito, admirador que era da literatura de Oswald e de seu espírito irreverente.

Contou-me algumas histórias engraçadas que sabia dele. Pegou da estante um exemplar de *Pau-Brasil*. Era a primeira edição, com a bandeira brasileira desenhada na capa. "Você vai gostar", disse-me ele, ao me entregar o livro. E na verdade o li com prazer e surpresa, encantado com a maneira jovem que ele tinha de dizer as coisas.

Além do humor, o que percebi de melhor em sua literatura foi o frescor da linguagem, diferente da de outros poetas brasileiros modernos, mesmo os que vieram depois dele:

Para dizerem milho dizem mio
Para melhor dizem mió
Para pior pió
Para telha dizem teia
Para telhado dizem teiado
E vão fazendo telhados.

Falei do livro com Oliveira Bastos, então jovem crítico literário, que também decidiu voltar-se para Oswald de Andrade. E se tornou seu amigo. Naquele mesmo ano, estava eu em casa de Amelinha, minha namorada na época, no dia em que completava 23 anos de idade, quando toca a campainha da porta e surge um homem grande, de olhos verdes enormes, em mangas de camisa. Não acreditei no que via: ali estava Oswald de Andrade, que me abraçou e disse que vinha me cumprimentar pelo meu aniversário.

Com ele, rindo de meu espanto, entrou Bastos, que tramara tudo e lhe tinha levado uma cópia de *A luta corporal*, ainda inédito. Isso ouvi do próprio Oswald, que afirmou, exagerado como era: "Com você, renasce a poesia brasileira".

E, como se não bastasse, acrescentou que ia dar um curso de literatura brasileira na Itália e a última aula seria sobre minha poesia. Melhor presente de aniversário não podia haver. Ele me deu então um livro com suas peças *A morta* e *O rei da vela*, editado já havia algum tempo, que guardo comigo até hoje.

O Réveillon daquele ano passamos os três – Bastos, Amelinha e eu – na sua casa em São Paulo, em companhia dele e Maria Antonieta d'Alkmin, sua mulher e musa. Já estava doente e trazia uma pequena medalha de Nossa Senhora presa à blusa do pijama. Mas ele não é ateu?, perguntei a mim mesmo, achando graça. Em outubro daquele ano, morreria. Escrevi, então, um poema, que terminava assim: "Fez sol o dia todo em Ipanema./ Oswald de Andrade ajudou o crepúsculo, hoje, dia 24 de outubro de 1954".

Naquele ano, eu havia publicado *A luta corporal*, em cujos poemas finais desintegrava a linguagem, o que chamou a atenção de três jovens poetas paulistas – Augusto e Haroldo de Campos e Décio Pignatari –, que me procuraram.

Augusto veio encontrar-me, no Rio, quando conversamos sobre as questões que ele levantou acerca da poesia brasileira. Foi num almoço na Spaghettilândia, na Cinelândia. Falou-me do propósito do grupo deles de renovar a poesia brasileira e foi por essa razão que me procuraram, já que meu livro rompia com "a poesia sentada", na expressão deles. E então citou os poetas brasileiros que, no seu entender, representavam um caminho para a renovação: Mário, Drummond, Cabral. Oswald de Andrade estava fora.

Estranhei e ele então respondeu que não se podia levá-lo a sério, por considerá-lo um irresponsável. Respondi que, irresponsável ou não, sua poesia era inovadora, sua linguagem tinha um gosto de folha verde. Ele ficou de relê-lo e da releitura que fizeram resultou a redescoberta de Oswald de Andrade. Por tudo isso, fiquei feliz ao vê-lo homenageado pela Flip 2011.

17.7.2011

Uns craseiam, outros ganham fama

Foi em 1955 que ganhei de Simeão Leal, diretor do Serviço de Documentação do Ministério da Educação e Cultura, um exemplar do livro *Tudo sobre a crase*. Tomei o ônibus que me levaria à revista *Manchete* – então na rua Frei Caneca –, comecei a ler o livro e, antes de descer, já havia sacado um aforismo: "A crase não foi feita para humilhar ninguém".

Era de fato uma brincadeira com a preocupação dos gramáticos com o uso da crase. Esse primeiro aforismo desencadeou uma série de outros, que publiquei, meses depois, no suplemento literário do *Diário de Notícias*.

Essa mania de inventar aforismos me veio dos surrealistas, que faziam uso deles com humor e irreverência. Ainda outro dia citei aqui um deles, de autoria de Paul Éluard: "Bate em tua mãe enquanto ela é jovem". E este: "Parents! Raccontez vos rêves à vos enfants!" ("Pais! Contem seus sonhos aos seus filhos!").

Naquela tarde, como quase não tinha nada a fazer na Redação da revista, aproveitei para bolar outros aforismos: "Maria, mãe do Divino Cordeiro, craseava mal. E o Divino Cordeiro mesmo não era o que se pode considerar um bamba da crase!".

Escrevia e ria. Borjalo interrompeu a charge que desenhava para vir saber o que me fazia rir tanto. Mostrei-lhe os aforismos e ele, rindo também, chamou o Otto Lara Resende, o diretor da revista. Este, brincalhão como era, pegou o papel de minha mão e leu alto. "Ouve aí, Armando!" Armando Nogueira, redator e repórter de fino humor, logo se juntou ao grupo. Foi uma farra.

Isso só me animou a prosseguir. Depois que o ambiente se acalmou e cada um foi cuidar de seus afazeres, continuei me divertindo: "Quem tem frase de vidro não joga crase na frase do vizinho". E este: "Frase torcida, crase escondida". Mas eis que chegou um texto para copidescar e deixei de lado os aforismos.

Voltei a eles naquela mesma noite, no quarto onde morava, em Copacabana. É que, àquela altura, ganhando melhor, mudara-me da pensão de dona Hortência, no Catete, onde dividia um quarto com Oliveira Bastos e Carlinhos Oliveira.

Sozinho, agora, no sossego daquele aposento silencioso, retomei minha tarefa divertida: "Antes um abscesso no dente que uma crase na consciência".

E logo: "Uns craseiam, outros ganham fama". Escrevi mais alguns nos dias que se seguiram, até que a fonte secou.

Publiquei-os com uma introdução engraçada, que infelizmente se perdeu. A verdade é que, já na semana seguinte à publicação, os estudantes universitários de Curitiba, que estavam em greve, puseram uma faixa no refeitório com o meu aforismo: "A crase não foi feita para humilhar ninguém". Mas, numa entrevista a um jornal do Recife, um crítico literário o atribuiu a Paulo Mendes Campos. Não gostei, mas não dei muita importância, pois, no final das contas – disse a mim mesmo –, o que importa são meus poemas, que até agora ninguém atribuiu a outro poeta.

A vida seguiu até que alguém, escrevendo sobre erros gramaticais, citou o aforismo como sendo de Otto Lara. Comecei a ficar grilado, mas me tranquilizei, lembrando que o Otto deve ter me citado e o cara não guardou meu nome. Mas não demorou muito e a autoria do mesmo aforismo foi atribuída a Machado de Assis e, em seguida, a Rubem Braga.

Este, porém, já a par da confusão que se armara, decidiu esclarecer as coisas: publicou uma crônica afirmando que o verdadeiro autor do aforismo, agora tão citado, era o poeta Ferreira Gullar. Fiquei felicíssimo, telefonei a ele, agradecendo.

Anos depois, veio o golpe militar e a ditadura. As circunstâncias me levaram à clandestinidade e foi no buraco onde me escondera que abri a revista *Veja* daquela semana e me deparei com um anúncio de página inteira: "A crase não foi feita para humilhar ninguém. Computadores IBM". Era demais. Senti-me mais que nunca explorado pelo imperialismo americano.

Nos últimos anos, talvez porque esqueceram a frase, os equívocos cessaram. Já estava tranquilo, certo de que finalmente me tornara autor do aforismo, quando, faz uns três domingos, surge um artigo em *O Globo* afirmando que "Carlos Drummond escreveu: 'A crase não foi feita para humilhar ninguém'". Minha esperança é que, no futuro, alguém mal informado atribua a mim, ainda que por equívoco, a autoria do aforismo que é meu.

31.7.2011

Mentira tem pernas curtas

O artigo de Augusto de Campos publicado na *Folha de S.Paulo* na semana passada* me deixou surpreso pela carga de ressentimentos que revelou. E tudo porque, numa crônica, publicada aqui mesmo, mencionei um encontro nosso, em junho de 1955, na Spaghettilândia, no Rio, quando, ao falarmos de Oswald de Andrade, qualificou-o de irresponsável.

Mas, na mesma crônica, digo que, graças à releitura que ele e seus companheiros fizeram de Oswald, a obra deste ganhou o reconhecimento de que hoje desfruta. Qual a razão, então, para tamanho furor contra mim? Apenas porque disse que a visão que ele tinha de Oswald, naquele momento, era equivocada? Mas aquela era a visão que quase todos tinham dele, naquela época.

Antes desse artigo despeitado, Augusto já havia mandado uma carta à *Folha* afirmando que o tal encontro na Spaghettilândia era invenção minha. Vou demonstrar, aqui, que o encontro houve. Curioso, porém, é que, naquela carta, ele não nega que tivesse chamado Oswald de irresponsável; prefere dizer que o encontro não aconteceu, quando o que importa é o que disse ou não, tanto faz se na Spaghettilândia ou na Disneylândia.

Curioso é que já havia falado desse tal encontro em muitas outras ocasiões, sem que Augusto o desmentisse. Por que decidiu fazê-lo agora, não sei. A referida crônica, a escrevi para evocar minha relação de amizade com Oswald, e a referência, que provocou a fúria de Augusto, foi apenas uma entre tantas outras. Nunca pretendi apresentar-me como o responsável pela valorização da obra de Oswald.

Contei apenas o que de fato ocorreu entre nós: sua leitura entusiasmada de *A luta corporal*, ainda inédito; sua visita a minha casa no dia de meu aniversário; minha visita a sua casa no Réveillon de 1953-54 e a notícia de sua morte em outubro daquele ano.

---

* Augusto de Campos, "Sobre a gula". *Folha de S.Paulo*, "Ilustrada", 30/7/2001, p. E5. Disponível em: http://www1.folha.uol.com.br/fsp/ilustrad/fq3007201115.htm. Acesso em: dezembro/2015.

Escrevi então um poema, que Augusto afirma ter sido "sacado do fundo da gaveta". Não sei o que pretende dizer com isso, a não ser negar que entre mim e Oswald houvesse qualquer identificação mais profunda. Enfim, uma tolice.

Aliás, de tolices o seu artigo está repleto. Inventa que meu poema "O formigueiro" foi uma imitação oportunista de poemas seus. Sucede que esses poemas têm uma lauda cada um (ideogramas); o meu, cinquenta – e só o publiquei 36 anos depois. Quanto oportunismo, não?

Na tentativa de demonstrar que o tal encontro foi invenção minha, cita uma crônica em que confesso esquecer o que leio, o filme que vejo, chego mesmo a mijar na lata de lixo, julgando que é o vaso sanitário. Ele se vale, desonestamente, dessa autogozação para insinuar que nada do que digo merece crédito. Engraçado é que Chico Buarque, depois de ler a crônica, me disse que também havia mijado, por distração, na lata de lixo...

Augusto, que nunca mija fora do penico, quis retratar-me como um sujeito ególatra e presunçoso, dono da verdade. Pergunto: alguém assim escreveria uma crônica como essa, intitulada "Errar é comigo mesmo", confessando suas trapalhadas? Augusto jamais o faria, uma vez que, modesto como é, não erra nunca. Ele e Deus.

Aliás, prefere mentir. Diz no tal artigo que me viu apenas "umas quatro ou cinco vezes de passagem", mas pouco falou comigo. No entanto, em maio de 1955, escreveu-me uma carta que tem simplesmente cinco laudas datilografadas em espaço um (em espaço normal, daria dez páginas).

Alguém escreveria carta tão longa para um sujeito com quem não quer papo? Nela, diz: "Em que pesem nossas divergências, tenho muito interesse, acho mesmo que é um dever, estarmos em contato".

Encerra a carta informando que passará alguns dias no Rio: "Gostaria de entrar em contato com você, mas, como não tenho telefone [...], seria muito interessante que me enviasse um bilhete urgente (sublinhado) com o telefone de seu atual emprego". Passei-lhe o telefone e, assim, nos encontramos. Escolhi a Spaghettilândia, por estar a uma quadra apenas do lugar onde eu trabalhava. Como se vê, é mais fácil pegar um mentiroso que um coxo.

Ainda me lembro de Augusto ao chegar ali: cabelo penteado, óculos de aros grossos, bigode bem aparado, paletó e gravata. Que contraste com Oswald, que foi ao meu aniversário em mangas de camisa e alpercatas! Um não tinha nada mesmo a ver com o outro.

7.8.2011

Arthur Bispo e a arte contemporânea

A exposição de Arthur Bispo do Rosário na Caixa Cultural – Unidade Chile, no Rio, oferece a oportunidade de apreciarmos um número considerável de seus trabalhos realizados com fio e, também, de refletirmos sobre sua personalidade e sua obra. E isso se torna tanto mais oportuno quando alguns estudiosos dessa obra, ou apenas curadores, o associam ao que se convencionou chamar de arte contemporânea.

Essa associação inapropriada dá margem a uma série de equívocos, tanto no que se refere a esse gênero de arte quanto ao que aquele artista criou.

Mas não é só isso. Um pequeno texto na entrada da exposição afirma que Arthur Bispo do Rosário se rebelou não apenas contra o tratamento psiquiátrico como também contra a terapia ocupacional.

A referência à terapia ocupacional é surpreendente, primeiro porque, na Colônia Juliano Moreira, hospital psiquiátrico em que estava internado, não havia esse tipo de terapia, criado por Nise da Silveira no Centro Psiquiátrico Nacional. Tampouco era pretensão dela formar artistas, ali, mas apenas oferecer aos pacientes a possibilidade de se expressarem.

Aquela afirmação, porém, não é gratuita, uma vez que o texto procura apresentar Arthur Bispo do Rosário como um artista revolucionário, consciente da necessidade de romper com as formas artísticas existentes. Essa tese alia-se a outra, que pretende mostrá-lo como uma espécie de precursor da chamada arte contemporânea, uma vez que não se utiliza das linguagens artísticas consagradas, como a pintura, a escultura ou a gravura.

Sua obra consiste em objetos recobertos por fio, além de mantos e estandartes bordados à mão. Trata-se, em ambos os casos, de teorias equivocadas.

Associar a obra desse artista à chamada arte contemporânea é ignorar a origem e a natureza de ambas as manifestações. Todo mundo sabe que o que se chama de arte conceitual ou contemporânea tem sua origem nos *ready-made* de Marcel Duchamp e nos desdobramentos decorrentes da ruptura com as linguagens artísticas.

Já Bispo do Rosário – que não tinha nenhum conhecimento daquelas experiências – jamais pretendeu fazer carreira de artista nem muito menos revolucionar as linguagens artísticas consagradas.

Sua obra é, na verdade, resultado de dois fatores que se juntaram: um talento artístico excepcional e uma visão mística, alimentada por seu desligamento da realidade objetiva, dita normal.

Sabe-se que Arthur Bispo do Rosário, nascido em Sergipe em 1911, mudou-se para o Rio em 1926, onde entrou para a Marinha, passando depois a trabalhar na Light. Em 1938, experimentou o primeiro delírio místico, que o levou a um mosteiro, donde o encaminharam a um hospital psiquiátrico. Depois de algum tempo alternando períodos de internação com atividades profissionais, passou a fazer miniaturas de navios, automóveis e bordados.

Em 1964, internado na Colônia Juliano Moreira, em Jacarepaguá, teria ouvido a voz de Deus dizer-lhe que sua missão era salvar os objetos do mundo. Preso que estava numa solitária, por ter agredido outros internados, decidiu que a maneira de salvar os objetos seria recobri-los com fio. E passou a fazê-lo, desfiando o tecido de seu próprio uniforme para, com o fio assim obtido, envolvê-los. E prosseguiu nessa tarefa, que incluiria tudo o que lhe chegava às mãos, fossem facas, garfos, funis, algemas etc. Curioso é que, para salvá-los, decidiu ocultá-los, envolvendo-os com fio, e assim protegê-los do olhar humano.

Deve-se atentar para o fato de que não pretendia ser consagrado artista, como se deduz do que disse quando falaram em expor seus trabalhos: "Não faço essas coisas para as pessoas, mas para Deus". Não por acaso, sua obra-prima é um manto que bordou para com ele apresentar-se diante de Deus.

Certamente, isso não retira de seus trabalhos o valor estético e a criatividade que definem as obras de arte, mas, sem dúvida, torna inapropriado atribuir-lhe intenções vanguardistas.

Aliás, a natureza artesanal do que realizou – que lhe exigiu não só talento como mestria e dedicação – nada tem a ver com a arte contemporânea, que nasceu da negação do trabalho artesanal do artista, o que está evidente no nome *ready-made*, que significa "já feito".

14.8.2011

Pode ser que me engane...

Dando curso a minha tentativa de entender quem é esse cara chamado Lula, acrescento à crônica que publiquei aqui, faz algumas semanas, novas observações.

Por exemplo, fica evidente que Lula e seu pessoal, ao chegarem ao poder, elaboraram um plano para nele permanecer. Aliás, José Dirceu chegou a afirmar isso poucos meses depois da posse de Lula na Presidência: "Vamos ficar no poder pelo menos vinte anos".

O mensalão era parte do plano. Descartar o PMDB e aliar-se a partidos pequenos para, em vez de lhes dar cargos ministeriais, lhes dar dinheiro. Sim, porque, para permanecer vinte anos no poder, era necessário ocupar a máquina do Estado, tê-la nas mãos, de modo a usá-la com finalidade eleitoral.

Por isso, um dos primeiros atos de Lula foi revogar o decreto de Fernando Henrique que obrigava a nomeação de técnicos para cargos técnicos. Eliminada essa exigência, pôde nomear para qualquer função os companheiros de partido, tivessem ou não qualificação para exercer o cargo.

Ocorreu que Roberto Jefferson, presidente do PTB, sublevou-se contra o mensalão e pôs a boca no mundo. Quase acaba com o governo Lula. Passado o susto, ele teve que render-se ao PMDB e distribuir ministérios e cargos oficiais a todos os partidos da base aliada. Não por acaso, os 26 ministérios que recebera de FHC cresceram para 37, mais 11.

No primeiro momento, ele próprio deve ter visto isso como uma derrota, mas, esperto como é, logo percebeu que aquele poderia ser um novo caminho para alcançar seu principal objetivo, isto é, manter-se no poder.

Se já não podia comprar os partidos aliados com a grana do mensalão, passou a comprá-los com outra moeda, entregando-lhes os ministérios para que os usassem como bem lhes aprouvesse: dinheiro ali é o que não falta. E assim, como se vê agora, nos ministérios dos Transportes, da Agricultura, do Turismo, cada partido aliado montou seu feudo e passou a explorá-lo sem nenhum escrúpulo.

Lula, pragmático como sempre foi, fazia que não via, interessado apenas em contar com o apoio político que lhe permitiria garantir a sucessão, isto é, eleger Dilma. Essa candidatura inusitada – que surpreendeu e desagradou ao próprio PT

– era a que convinha a ele, pelo fato mesmo de que se tratava de alguém que jamais sonhara com tal coisa e que, por isso mesmo, jamais se voltaria contra ele ou contrariaria seus propósitos. Não é por acaso que, regularmente, eles se encontram em jantares a dois, para acertarem os ponteiros e ele lhe dizer o que fazer.

Não estou inventando nada. Não só ambos já admitiram esses encontros como ela, recentemente, respondendo a uma jornalista que lhe perguntou se discordava de Lula, respondeu: "Não posso discordar de mim mesma". Isso não exclui, porém, um fator contraditório: a necessidade que ela tem, como a primeira mulher presidente do Brasil, de afirmar sua autonomia.

Cabem aqui algumas considerações. Todos sabem que o PT, nascido partido da esquerda revolucionária, não admitia deixar o poder, uma vez tendo-o conquistado. Os demais partidos aceitam a alternância no poder porque estão de acordo com o regime. Já o partido revolucionário vem para implantar outro regime, que exclui os demais partidos. É claro que esse era o PT de 1980, que não existe mais, mesmo porque, afora o pirado do Chávez, ninguém em sã consciência acha que vai recomeçar o socialismo em Macondo, quando ele já acabou no mundo inteiro.

Disso resulta que os principais fundadores do PT abandonaram o sonho da sociedade igualitária e cuidam de seu próprio enriquecimento. Por esperteza e conveniência, porém, tentam fingir que se mantêm fiéis aos ideais socialistas. Desse modo, dizendo uma coisa e fazendo outra, enganam os mal informados, enquanto usam o poder político e institucional para intermediar interesses de grupos econômicos nos contratos com o Estado brasileiro.

Ideologicamente, é preciso distinguir Lula do PT, ou de parte dele, que não consegue aceitá-lo como um partido igual aos outros nem perceber Lula como ele efetivamente se tornou. Nada mais esclarecedor do que vê-lo chegar a Cuba em companhia do dono da Odebrecht, no avião particular deste, para acertar as coisas com Fidel Castro.

18.9.2011

À toa na tarde

Os sábados e os domingos são os seus piores dias, a não ser quando alguém o convida para um almoço ou uma visita a algum museu.

Ele mesmo não toma nunca a iniciativa; se não o convidam, fica só e deprimido. De ficar só, já se havia habituado, mas deprimido não; é novidade de uns tempos para cá.

Chegou a consultar um médico que, depois de ouvi-lo, o aconselhou a não tomar remédio nenhum, pois no seu caso de nada adiantaria e deixaria sequelas.

Assim que, quando se depara com um sábado vazio, entra em depressão e tudo o que pode fazer é sair andando pela rua, a passos lentos, sem rumo.

Desta vez escolheu o calçadão da avenida Atlântica, já que não fazia frio e a tarde estava iluminada. Foi até o escritório, pegou as chaves, calçou os sapatos e vestiu o casaco azul, leve, que costumava usar.

Ao vesti-lo, hesitou um instante, talvez fosse sentir calor. Ainda assim, friorento como era, vestiu o casaco, pôs o chaveiro no bolso e se encaminhou para a saída.

Mas, como o telefone soou na sala, voltou para atendê-lo, já tomado pela esperança de que alguém ia convidá-lo para ir a um bar, talvez. Era engano. E já que pensava num passeio demorado que preenchesse boa parte daquela tarde vazia, decidiu ir ao banheiro fazer xixi. Urinou, lavou as mãos na pia e finalmente tomou o rumo da rua.

Apenas, antes de sair, certificou-se de que as chaves do apartamento estavam no bolso. Bateu a porta, tomou o elevador e finalmente chegou à rua. Tomou a direção da praia.

Mal atravessou a avenida Nossa Senhora de Copacabana, começou a soprar um vento que se foi intensificando à medida que andava. Ao descortinar a paisagem da praia, sentiu-se animado. E fez uma reflexão, especialmente ao reparar nas nuvens leves e brancas sobre o céu azul. "É tolice pensar que o mundo pode acabar de repente."

Nos últimos meses, sem nenhuma explicação, teme que uma catástrofe cósmica ponha fim a tudo. Então se perguntava que sentido tem a vida. Mas agora sorria reconciliado com a existência ao perceber que aquele céu azul e aquelas nuvens leves eram eternos.

Foi, portanto, sorrindo, que cruzou as pistas da avenida Atlântica e chegou ao calçadão, por onde iam e vinham banhistas de calções e biquínis, turistas de bermudas e bonés, idosos e idosas fazendo *cooper*.

O mar estava agitado e o vento era agora quase uma ventania, que fazia farfalhar os coqueiros, ali, junto ao calçadão. Abotoou o casaco para se proteger da ventania.

Na areia, grupos de rapazes jogavam futebol. Eram times, com técnico, torcida e camisa própria. Deteve-se um instante para apreciar o jogo, que foi interrompido por uma discussão. Parecia questão de vida e morte. Como não tinha nada a ver com aquilo, seguiu em frente, sem pressa nem ansiedade.

Daí a pouco estava à altura da avenida Prado Júnior, onde morou uma amiga, que costumava receber os amigos para jantar e bater papo. Como essa lembrança o entristeceu, tratou de livrar-se dela e voltou-se para o mar, cujas ondas furiosas avançavam sobre a areia, lá longe, sem barulho.

Logo chegou ao final do Leme e sentou-se num dos bancos da praça para descansar, antes de tomar o caminho de volta. Ali ficou por algum tempo, vendo as crianças que brincavam e os carros que passavam. Via e não pensava em nada.

No mesmo passo lento, fez o caminho de volta. O porteiro abriu-lhe a porta do prédio e ele tomou o elevador, mas, ao chegar à porta do apartamento, procurou o molho de chaves e não o encontrou.

"E agora, como vou entrar em casa?" Lembrou-se de que mantinha escondida uma chave junto à entrada de serviço, mas se lembrou de que a tirara de lá.

Voltou à portaria, o porteiro o aconselhou a ir até a esquina chamar o cara que faz cópias de chaves e conserta fechaduras. Ele correu até lá, mas sábado o homem não trabalha. Teria então que arrombar a porta do apartamento. Mas como?

Foi aí que se perguntou onde teria perdido as chaves. No caminho não foi. Só pode ter sido quando sentara no banco da praça, o bolso do casaco era raso. Mas andar de novo até lá, isso nunca.

"E se eu for em meu carro?" Foi. Estacionou, caminhou até o banco e as chaves estavam lá, no chão de areia. Juntou-as, só faltou beijá-las.

E passou o resto do sábado feliz como se alguém o tivesse chamado para um almoço ou algum passeio.

2.10.2011

Preconceito cultural

De alguns anos para cá, passou-se a falar em literatura negra brasileira para definir uma literatura escrita por negros ou mulatos. Tenho dúvidas da pertinência de uma tal designação. E me lembrei de que, no campo das artes plásticas, em começos do século XX, falava-se de escultura negra, mas, creio eu, de maneira apropriada.

Naquele momento, a arte europeia questionava o caráter imitativo da linguagem plástica e descobria que as formas têm expressão autônoma, independentemente do que representem, ou seja, não é necessário que uma escultura imite um corpo de mulher para ter expressão estética, para ser arte.

As esculturas africanas, trazidas para a Europa pelos antropólogos, eram tão "modernas" quanto as dos artistas europeus de vanguarda, já que fugiam a qualquer imitação anatômica. Foram chamadas de arte negra não apenas porque as pessoas que as faziam eram da raça negra e, sim, porque constituíam uma expressão própria da sua cultura.

Não é o caso da literatura. A contribuição do negro à cultura brasileira é inestimável, a tal ponto que falar de contribuição é pouco, uma vez que ela é constitutiva dessa cultura.

O Brasil não seria o país que o mundo conhece – e que nós amamos – sem a música que tem, sem a dança que tem, criada em grande parte pelos negros.

Ninguém hoje pode imaginar este país sem os desfiles de escolas de samba, sem a dança de suas passistas, o ritmo de sua bateria, a beleza e euforia que fascinam o mundo inteiro.

Uma parte dessas manifestações artísticas é também dos brancos, mas constituem, no seu conjunto, uma expressão nova no mundo, nascida da fusão dos muitos elementos de nossa civilização mestiça.

Certamente, os estudiosos reconhecem que, sem o negro e sua criatividade, seu modo próprio de encarar a vida e mudá-la em festa e beleza, não seríamos quem somos. Mas teria sentido, agora, pretender separar, no samba, na dança, no Carnaval, o que é negro do que não é? E já imaginou se, diante disso, surgissem outros para definir, em nosso samba, o que é branco e o que é negro?

E, em função disso, se iniciasse uma disputa para saber quem mais contribuiu, se Pixinguinha ou Tom Jobim, se Ataulfo Alves ou Noel Rosa, se Cartola ou Chico Buarque?

Felizmente, isso não vai acontecer, mesmo porque, nesse terreno, ninguém se preocupa em distinguir música negra de música branca. O que há é música brasileira.

Mas, infelizmente, na literatura, essa discriminação começa a surgir. Não acredito que vá muito longe, uma vez que é destituída de fundamento, mas, de qualquer maneira, contribuirá para criar confusão.

Falar de literatura brasileira negra não tem cabimento. Os negros, que para cá vieram na condição de escravos, não tinham literatura, já que essa manifestação não fazia parte de sua cultura.

Consequentemente, foi aqui que tomaram conhecimento dela e, com os anos, passaram a cultivá-la.

Se é verdade que, nas condições daquele Brasil atrasado de então, a vasta maioria dos escravos nem sequer aprendia a ler – e não só eles, como também quase o povo todo –, com o passar dos séculos e as mudanças na sociedade brasileira, alguns de seus descendentes não apenas aprenderam a ler como também se tornaram grandes escritores, tal é o caso de Cruz e Souza, Machado de Assis e Lima Barreto, para ficarmos nos mais célebres.

Cruz e Souza era negro; Machado de Assis, mulato, mas tanto um quanto outro foram herdeiros de tendências literárias europeias, fazendo delas veículo de seu modo particular de sentir e expressar a vida. Não se pode, portanto, afirmar que faziam "literatura negra" por terem negra ou parda a cor da pele.

Pode ser que os que falam em literatura negra pretendam valorizar a contribuição do negro à literatura brasileira. A intenção é boa, mas causa estranheza, já que o Brasil inteiro reconhece Machado de Assis como o maior escritor brasileiro de todos os tempos, Pelé como um gênio do futebol e Pixinguinha, um gênio da música.

Contra toda evidência, afirmam que só quando se formar no Brasil um grande público afrodescendente os escritores negros serão reconhecidos, como se só quem é negro tivesse isenção para gostar de literatura escrita por negros. Dizer isso ou é tolice ou má-fé.

4.12.2011

Do tango ao tangolomango

Os anos que vivi em países latino-americanos levaram-me a perceber que entre eles e o Brasil há importantes diferenças.

Isso não significa que eles, por sua vez, sejam todos iguais; não obstante, há, entre eles, traços que os distinguem de nós.

Não é que sejamos melhores ou piores que eles, mas há diferença. Já me referi a isso aqui, faz algum tempo, mas agora essa observação me volta à lembrança ao saber das medidas francamente antidemocráticas tomadas por Cristina Kirchner, recentemente reeleita presidente da Argentina. E foi na Argentina que passei a maior parte de meu exílio.

Mais precisamente em Buenos Aires, cidade que adoro e que, apesar dos pesares, muito ajudou a enfrentar a barra pesada daqueles anos.

Cheguei ali no mesmo dia em que morrera o presidente Perón e, por isso, tive que aturar, durante três dias, a exposição do velório dele, ininterruptamente exibido na televisão.

Ali estava, enfim, morto, o homem que governara a Argentina por duas vezes e que, em seu primeiro governo, transformara sua mulher, Evita, numa mitificada mãe dos pobres e que, morta, teve seu cadáver posto em exposição na sede da CGT até ser ele apeado do poder pelos militares. Levou consigo o cadáver dela para a Espanha e o instalou na casa onde passou a viver com a nova mulher, Isabelita. Esta penteava os cabelos da morta todos os dias, conforme a vontade do marido.

De volta à Argentina, fez de Isabelita sua vice, de modo que, morto ele, assumiu ela o governo do país, embora nada entendesse daquilo, cantora de cabaré que havia sido. Não faz muito tempo, seu herdeiro político, Néstor Kirchner, fez de Cristina também sua vice; assim, morto ele, passou ela a governar o país.

País estranho é a Argentina. Se é verdade que também no Brasil tivemos a ditadura de Getúlio Vargas, igualmente travestido de pai dos pobres, jamais adquiriu a aura mistificante que até hoje mantém o peronismo como força política atuante no país.

Lembro que, quando Isabelita assumiu o governo, sem qualquer qualificação para isso, a CGT difundiu pelo país um cartaz em que ela aparecia vestida como Nossa Senhora do Perpétuo Socorro, tendo ao alto, de um lado, o rosto de Perón, e do outro, o de Evita, lançando luz sobre ela, e embaixo a seguinte frase: "Se sente, se sente, Perón e Evita estão presentes".

Ninguém teria coragem de fazer coisa semelhante no Brasil, mas na Argentina pode, e tanto pode isso como pode sequestrar do túmulo o cadáver de um general, levado para a Itália por razões políticas; e também pode, no dia da chegada de Perón, em 1973, peronistas enforcarem peronistas sob o palanque em que discursava o líder recém-chegado.

Se soube de tudo isso com perplexidade, igualmente perplexo leio agora as notícias, que me chegam de lá, após a vitória eleitoral de Cristina Kirchner.

Ao que tudo indica, estamos diante de uma personalidade surpreendente que, ao contrário de Isabelita, que não sabia a que viera, sabe muito bem o que pretende e está disposta a levar suas pretensões às últimas consequências.

A América Latina vive hoje, por determinadas razões, a experiência do neopopulismo, que tem como principal protagonista o venezuelano Hugo Chávez.

É um regime que se vale da desigualdade social para, com medidas assistencialistas, impor-se diante do povo como seu salvador. Lula seguiu o mesmo caminho, mas, como o Brasil é diferente, não conseguiu o terceiro mandato.

A solução foi eleger Dilma para um mandato tampão.

Porque o neopopulismo se alimenta de uma permanente manipulação dos setores mais pobres da população, o seu principal adversário é a imprensa, que traz a público informações e críticas que desagradam o regime.

Por isso mesmo, Chávez faz o que pode para calar os jornalistas, enquanto Lula e sua turma tentaram criar aqui um órgão para controlar os jornais.

Não o conseguiram, mas Cristina, na Argentina, talvez o consiga, já que acaba de aprovar uma lei que põe sob controle do Estado a produção de papel de imprensa. O jornal que insistir em criticar seu governo deixará de circular.

Temo pelo que possa acontecer à Argentina, nas mãos de uma presidente embriagada pelo poder.

1.1.2012

A utopia pariu um rato

Karl Marx certamente morreria de vergonha se ainda estivesse vivo para ver em que se transformou, na Coreia do Norte, o sonho da sociedade igualitária e fraterna que ele concebeu.

Revoltado com a selvageria do capitalismo de sua época, quando o trabalhador não gozava de qualquer direito, concebeu uma sociedade que, em vez do domínio da burguesia, fosse governada pelos trabalhadores.

Na sua visão equivocada, o empresário nada produzia mas apenas se apropriava do que produziam os trabalhadores, que, como os criadores da riqueza, deveriam gozar dela e dirigir a sociedade.

Ignorava, logo ele, que tão ou mais importante que o trabalho manual é o trabalho intelectual, sem o qual a economia não avançaria e a sociedade tampouco. Numa coisa, porém, ele estava certo: o capitalismo é um regime voraz que, movido pela sede de lucro e poder, a tudo devora. Até a si mesmo, como acabamos de ver no caso da bolha imobiliária nos Estados Unidos, que arrastou a economia norte-americana e a europeia a uma crise de consequências imprevisíveis.

A tomada de consciência, naquela época, do que era o capitalismo alimentou a luta ideológica que conduziu à revolução comunista, inicialmente na Rússia e depois na Ásia e na Europa oriental, chegando até Cuba, na América Latina.

Só que em nenhum desses casos a classe operária assumiu o governo do país, mas, sim, o partido comunista ou, mais precisamente, os seus dirigentes, que passaram a usufruir dos privilégios próprios à classe dominante.

É verdade que, em quase todos eles, medidas foram tomadas em benefício dos trabalhadores, cuja condição de vida melhorou bastante, mas não tanto quanto nos países capitalistas desenvolvidos. É que os capitalistas aprenderam a lição e viram que seria melhor perder alguns anéis do que todos os dedos.

Isso durou grande parte do século XX, até que, para surpresa de muita gente, o sistema socialista começou a ruir e praticamente acabou.

E não foi em função de nenhuma guerra, de nenhuma invasão militar: acabou porque não tinha condições de competir com o capitalismo que, ao contrário do comunismo, não nasceu de uma teoria, mas do processo econômico mesmo. Por isso o capitalismo é vital, criativo, voraz e destituído de ética, como a natureza. É evidente que um sistema dirigido por meia dúzia de burocratas não pode competir com um modo de produção que vive da iniciativa individual, ou seja, de milhões de pessoas que querem melhorar de vida e enriquecer.

A República Popular da Coreia do Norte é filha da Guerra Fria que, após a Segunda Guerra Mundial, opôs os Estados Unidos e a União Soviética. Essa disputa teve um de seus momentos mais críticos na guerra entre o exército ianque, tropas chinesas e soviéticas na península coreana, dividindo-a em duas: a Coreia do Norte, comunista, e a Coreia do Sul, capitalista.

Mas não é só filha da guerra: é a perpetuação simbólica desse antagonismo, que já não existe mais em parte alguma, exceto lá. Como naquela época, até hoje a Coreia do Norte investe mais em armamentos do que em qualquer outra coisa, mantém um dos maiores exércitos do mundo e insiste em afirmar-se como potência nuclear.

Isto quando o sistema socialista já desmoronou no mundo inteiro e a própria China – que era a expressão máxima do radicalismo revolucionário – aderiu ao modo de produção capitalista. O governo da Coreia do Norte ignora tudo isto e assegura que o socialismo invencível dominará, em breve, o planeta.

Mas as mentiras servem também para mitificar os próprios governantes, transformados em predestinados salvadores do povo.

Kim Jong-il, o ditador que acaba de morrer e que nascera na Sibéria, ganhou por berço a montanha sagrada de Baekdu. A locutora que noticiou sua morte na televisão o fez em soluços, como durante a espetacular cerimônia fúnebre milhares de crianças, mulheres e soldados desfilaram fingindo soluçar convulsamente. Todos soluçavam, menos o filho que o substituirá. É que os grandes líderes, como os deuses, não soluçam.

Marx morreria de vergonha: ali a história voltou a uma espécie de monarquia farsesca, onde o poder passa de pai para filho sob os aplausos da plateia assustada.

8.1.2012

Revolução no Carnaval

A teoria de que a vida é inventada e que cada um de nós se inventa, vejo-a confirmada a cada momento e nos mais diversos casos. É o exemplo de Joãosinho Trinta, recentemente morto para a tristeza de seus amigos e admiradores, como eu, que, além do mais, sou seu conterrâneo.

Chegamos os dois ao Rio no mesmo ano de 1951 e com propósitos parecidos: realizar a nossa paixão pela arte. Só que, enquanto minhas paixões eram a poesia e as artes plásticas, a dele era o balé, mas não conseguiu inventar-se bailarino, porque lhe faltava o *physique du rôle*, isto é, sonhara errado.

E só se inventaria carnavalesco bem mais tarde, quando passou a fazer adereços para a escola de samba Acadêmicos do Salgueiro.

Fernando Pamplona e Arlindo Rodrigues haviam transformado os desfiles do Salgueiro numa revolução que mudou a estética do Carnaval carioca.

Até ali, as fantasias e alegorias das escolas de samba seguiam o gosto acadêmico, que identificava o belo com o luxo da corte imperial.

Pamplona e Arlindo substituíram aquelas fantasias pesadas, cobertas de enfeites, por outras de gosto moderno, valorizando o colorido, o desenho que mostrava o corpo dos figurantes e passistas.

Também as alegorias perderam o caráter do velho Carnaval para ganhar leveza e concepção inovadora. Graças a eles, a Acadêmicos do Salgueiro destacou-se nos desfiles e passou a influir na concepção de outras escolas, à exceção da Mangueira, que mantinha o estilo tradicional.

Foi então que Joãosinho Trinta, que passara a morar no morro do Salgueiro, começou a colaborar com Pamplona e Arlindo, na concepção e realização de adereços, de que já se ocupava em trabalhos de decoração. Como se explica, então, que o moço que sonhara ser um intérprete da dança clássica tornara-se um artesão?

É que – conforme contaria mais tarde – quando menino, nascido em família pobre, fazia ele mesmo seus brinquedos. Ou seja, a habilidade artesanal e a inventividade eram qualidades inatas de Joãosinho Trinta, que ele pusera de lado quando se deixou fascinar pela dança. Como aquele não era de fato o caminho possível de sua realização artística, um dia o talento inato do menino se fez valer.

E aqui entra o outro lado da vida: o acaso. Por acaso, Joãosinho foi morar no morro do Salgueiro precisamente quando os carnavalescos da escola eram Pamplona e Arlindo, e por acaso eles precisavam de alguém para melhorar os adereços da escola... E assim, Joãosinho Trinta veio a se tornar um dos mais destacados carnavalescos do país. Quando Arlindo e Pamplona deixaram a escola, ele assumiu a função deles e deu vazão a toda a sua capacidade criativa.

Havia aprendido com eles a nova concepção estética dos desfiles de Carnaval, das fantasias, das alegorias. Assimilou aquelas lições e pôs em prática a sua própria concepção, introduzindo no Carnaval carioca a sua vivência de nordestino, nascido na histórica São Luís do Maranhão, cidade cheia de lendas e tradição, presentes em seus túneis subterrâneos, em suas fachadas de azulejo e em suas festas populares.

Graças a tudo isso e especialmente a seu talento, ganhou os Carnavais de 1973, 74 e 75, transferindo-se, no ano seguinte, para a Beija-Flor de Nilópolis, onde arrebatou cinco títulos mais.

Foi num desfile dessa escola que apresentou o seu mais surpreendente enredo – *Ratos e urubus, larguem minha fantasia* –, no qual exibia a figura do Cristo como mendigo. Tanta audácia provocou a reação da Igreja Católica, que o levou a cobrir essa alegoria com um lençol preto durante o desfile.

Naquela ocasião, escrevi sobre esse enredo, chamando a atenção para o que significava na sua carreira de carnavalesco. É que ele havia dito, meio de gozação, uma frase que se tornou célebre: "Quem gosta de pobreza é intelectual, porque o povo gosta de luxo". Era uma resposta aos que o acusavam de ter voltado ao velho estilo luxuoso, contrário à linha inovadora do Salgueiro.

O enredo *Ratos e urubus* era o oposto do luxo, uma vez que o próprio Cristo aparecia ali como mendigo. Na verdade, o luxo dos desfiles de Joãosinho era aparente, pois o que ele fazia era extrair beleza e esplendor dos materiais mais pobres. Uma alquimia.

15.1.2012

Nasce o poema

Não vou discutir se o que escrevo, como poeta, é bom ou ruim. Uma coisa, porém, é verdade: parto sempre de algo, para mim, inesperado, a que chamo de espanto. E é isso que me dá prazer, me faz criar o poema.

E, por isso mesmo, também, copiar não tem graça. Um dos poemas mais inesperados que escrevi foi "O formigueiro", no comecinho do movimento da poesia concreta.

É que, após os últimos poemas de *A luta corporal* (1953), entrei num impasse, porque, inadvertidamente, implodira minha linguagem poética. Não podia voltar atrás nem seguir em frente.

Foi quando, instigado por três jovens poetas paulistas, tentei reconstruir o poema. Havíamos optado por trocar o discurso pela sintaxe visual.

Já em alguns poemas de *A luta corporal* havia explorado a materialidade da palavra escrita, percebendo o branco da página como parte da linguagem, como o seu contrário, o silêncio.

Por isso, diferentemente dos paulistas – que exploravam o grafismo dos vocábulos, desintegrando-os em letras –, eu desejava expor o "cerne claro" da palavra, materializado no branco da página.

Daí por que, em "O formigueiro", busquei um modo de grafar as palavras não mais como uma sucessão de letras, e sim como construção aberta, deixando à mostra seu núcleo de silêncio.

Mas não podia grafá-las pondo as letras numa ordem arbitrária. Por isso, tive de descobrir um meio de superar o arbitrário, de criar uma determinação necessária.

Ocorre, porém, que essas eram questões latentes em mim, mas era necessário surgir a motivação poética para pô-las em prática.

E isso surgiu das próprias letras, que, de repente, me pareceram formigas, o que me levou a uma lembrança mágica, de minha infância, em nossa casa, em São Luís do Maranhão.

A casa tinha um amplo quintal, em que surgiu, certa manhã, um formigueiro: eram formigas-ruivas que brotavam de dentro da terra.

Eu ouvira dizer que "onde tem formiga tem dinheiro enterrado" e convenci minhas irmãs a cavarem comigo o chão do quintal de onde brotavam as formigas. E cavamos a tarde inteira à procura do tesouro que não aparecia, até que caiu uma tempestade e pôs fim à nossa busca.

Foi essa lembrança que abriu o caminho para o poema, mas não sabia como realizá-lo. Basicamente, eu tinha as letras, que me lembravam formigas, mas isso era apenas o pretexto-tema para explorar a linguagem em sua ambiguidade de som e silêncio, matéria e significado. Que fazer então?

Como encontrei a solução, não me lembro, mas sei que não surgiu pronta, e sim como possibilidades a explorar.

Tinha a palavra "formiga", que era o elemento cerne. Experimentei desintegrá-la – numa explosão que dispersou as letras até o limite da página – e depois a reconstruí numa nova ordem: já não era a palavra "formiga", e sim um signo inventado. Foi então que pensei em grafar as palavras numa ordem outra e que nos permitisse lê-las.

Em seguida, surgiu a ideia mais importante para a invenção do poema: constituir um núcleo, formado por uma série de frases dispostas de tal modo que as letras de certas palavras servissem para formar outras. Nasceu o núcleo do poema, a metáfora gráfica de um formigueiro.

Ele surgiu da conjugação das seguintes frases: "A formiga trabalha na treva a terra cega traça o mapa do ouro maldita urbe".

Construído esse núcleo, o poema nasceu dele, palavra por palavra, sendo que cada palavra ocupava uma página inteira e suas letras obedeciam à posição que ocupavam no núcleo. Desse modo, a forma das palavras nada tinha da escrita comum. Não era arbitrária porque determinada pela posição que cada letra ocupava no núcleo.

"O formigueiro" foi, na verdade, o primeiro livro-poema que inventei, muito embora, ao fazê-lo, não tivesse consciência disso.

Chamaria de livro-poema um tipo de criação poética em que a integração do poema no livro é de tal ordem que se torna impossível dissociá-los. Nos livros-poemas posteriores, essa integração é maior, porque as páginas são cortadas para acentuar a expressão vocabular. O livro-poema é que me levou a fazer os poemas espaciais, manuseáveis, e finalmente o poema-enterrado, de que o leitor participa, corporalmente, entrando no poema.

29.1.2012

Um sonho que acabou

É com enorme dificuldade que abordo este assunto: mais uma vez – a décima nona – o governo cubano nega permissão a que Yoani Sánchez saia do país. A dificuldade advém da relação afetiva e ideológica que me prende à Revolução Cubana, desde sua origem em 1959. Para todos nós, então jovens e idealistas, convencidos de que o marxismo era o caminho para a sociedade fraterna e justa, a Revolução Cubana dava início a uma grande transformação social da América Latina. Essa certeza incendiava nossa imaginação e nos impelia ao trabalho revolucionário.

Nos primeiros dias de novo regime, muitos foram fuzilados no célebre *paredón*, em Havana. Não nos perguntamos se eram inocentes, se haviam sido submetidos a um processo justo, com direito de defesa. Para nós, a justiça revolucionária não podia ser questionada: se os condenara, eles eram culpados.

E nossas certezas ganharam ainda maior consistência em face das medidas que favoreciam os mais pobres, dando-lhes enfim o direito a estudar, a se alimentar e a ter atendimento médico de qualidade. É verdade que muitos haviam fugido para Miami, mas era certamente gente reacionária, em geral cheia da grana, que não gozaria mais dos mesmos privilégios na nova Cuba revolucionária.

Sabíamos todos que, além do açúcar e do tabaco, o país não dispunha de muitos outros recursos para construir uma sociedade em que todos tivessem suas necessidades plenamente atendidas. Mas ali estava a União Soviética para ajudá-lo e isso nos parecia mais que natural, mesmo quando pôs na ilha foguetes capazes de portar bombas atômicas e jogá-las sobre Washington e Nova York. A crise provocada por esses foguetes pôs o mundo à beira de uma catástrofe nuclear.

Mas nós culpávamos os norte-americanos, porque eles encarnavam o Mal, e os soviéticos, o Bem. Só me dei conta de que havia algo de errado em tudo isso quando visitei Cuba, muitos anos depois, e levei um susto: Havana me pareceu decadente, com gente malvestida, ônibus e automóveis obsoletos.

Comentei isso com um companheiro que me respondeu, quase irritado: "O importante é que aqui ninguém passa fome e o índice de analfabetismo é zero". Claro, concordei eu, muito embora aquela imagem de país decadente não me saísse da cabeça.

Impressão semelhante – ainda que em menor grau – causaram-me alguns aspectos da vida soviética, durante o tempo que morei em Moscou. O alto progresso tecnológico militar contrastava com a má qualidade dos objetos de uso. O que importava era derrotar o capitalismo e não o bem-estar e o conforto das pessoas. Mas os dirigentes do partido usavam objetos importados e viam os filmes ocidentais a que o povo não tinha acesso.

Se a situação econômica de Cuba era precária, mesmo quando contava com a ajuda da URSS, muito pior ficou depois que o socialismo real desmoronou. É isso que explica as mudanças determinadas agora por Raúl Castro.

Mas, antes delas, já o regime permitira a entrada de capital norte-americano para construir hotéis, que hoje hospedam turistas ianques, outrora acusados de transformar o país num bordel. Agora, o governo estimula o surgimento de empresas capitalistas, como o faz a China. Está certo, desde que permita preservar o que foi conquistado, já que a alternativa é o colapso econômico.

Tudo isso está à mostra para todo mundo ver, exceto alguns poucos sectários que se negam a admitir ter sido o comunismo um sonho que acabou. Mas há também os que se negam a admiti-lo por impostura ou conveniência política.

Do contrário, como entender a atitude da presidente Dilma Rousseff que, em recente visita a Cuba, forçada a pronunciar-se sobre a violação dos direitos humanos, preferiu criticar a manutenção pelos americanos de prisioneiros na base naval de Guantánamo, o que me fez lembrar o seguinte: um norte-americano, em visita ao metrô de Moscou, que, segundo os soviéticos, não atrasava nunca nem um segundo sequer, observou que o trem estava atrasado mais de três minutos. O guia retrucou: "E vocês, que perseguem os negros!".

A verdade é que nem eu nem a Dilma nem nenhum defensor do regime cubano desejaria viver num país de onde não se pode sair sem a permissão do governo.

12.2.2012

Desfazendo equívocos

Creio não haver dúvida da importância que tem o movimento neoconcreto na história recente da arte brasileira. Por isso mesmo, como um dos fundadores desse movimento, sinto-me na obrigação de esclarecer certos pontos que ajudam na compreensão de como ele surgiu, como se desenvolveu e se diversificou.

Costuma-se afirmar que o movimento neoconcreto nasceu da minha ruptura com o grupo concretista paulista, o que não é verdade. Essa ruptura se deu em meados de 1957, e o "Manifesto Neoconcreto", por mim redigido, que dá nome à nova tendência, é de começos de 1959, quase dois anos depois.

Na verdade, a ideia de caracterizar o grupo de artistas do Rio, até então considerados concretistas, como neoconcretos nasceu da constatação de que o que faziam diferia muito do que se considerava arte concreta. Não foi uma invenção minha, e sim uma constatação.

Na verdade, desde as primeiras manifestações concretistas, nos primeiros anos da década de 1950, o grupo paulista, liderado por Waldemar Cordeiro, mostrava-se mais teórico e racionalista na concepção da obra do que o carioca, mais intuitivo. Essa mesma diferença se daria, mais tarde, entre os poetas concretos das duas cidades, o que levou à ruptura.

Como se sabe, os poetas de São Paulo propuseram que a poesia fosse feita segundo equações matemáticas, o que nos pareceu sem propósito e irrealizável. A ruptura se deu por essa razão, entre os poetas.

Sem dúvida alguma, essas duas maneiras distintas de ver a criação artística determinariam as diferenças que marcavam os dois grupos e que foram se acentuando a cada dia, até me levar à constatação do novo rumo que tomavam os trabalhos dos artistas plásticos e dos poetas do grupo carioca.

A ideia de atribuir um nome novo a essas experiências não teve nada a ver com a rivalidade entre mim e os poetas concretistas paulistas. Foi, sem dúvida, a constatação de que alguma coisa nova surgira e começava a tomar corpo. Dar a ela um novo nome e tentar entender o que se passava só nos fez tomar consciência do caminho novo que se abria e, a partir daí, explorá-lo, ampliá-lo, enriquecê-lo.

E isso ocorreu não porque teria eu inventado o neoconcretismo, mas sim porque ele já nascera antes que lhe desse um nome, mesmo porque, em arte, não é a teoria que cria a obra, e sim o contrário.

Não pretendo afirmar que a criação artística se dá às cegas, por mera intuição. Digo é que a criação intuitiva vem primeiro e, então, nasce o diálogo entre a teoria e a prática, uma fecundando a outra.

No caso neoconcreto, houve uma interatividade entre os poetas e os artistas plásticos, uma vez que, com a poesia concreta, o fator visual – a construção gráfica do poema – ganhou um peso que não tinha na poesia até então. Além do mais, os poetas neoconcretos foram além da exploração gráfica, tornando o poema um objeto manuseável, como nos "livros-poema", "poemas espaciais" e "poema-enterrado".

Essa participação corporal, que ganharia mais amplas dimensões nas obras de Lygia Clark e Hélio Oiticica, tornou-se uma das principais contribuições daquele movimento.

Não obstante, a contribuição neoconcreta não se limita a isso. Pelo fato mesmo de que, em nosso grupo, não imperava a teoria, mas a criatividade e a intuição de cada um, há que ressaltar o que havia de original e próprio nos trabalhos de Amilcar de Castro e Franz Weissmann, por exemplo, que, diferentemente de Lygia e Hélio, não fizeram da participação corporal o fator de sua linguagem.

Amilcar concebia a placa bidimensional como o elemento primeiro da escultura e, a partir desse elemento essencial, sem fazer concessões à linguagem tradicional da escultura, criava a tridimensionalidade, o volume virtual. Já Weissmann aliava ao rigor formal a intuição da forma e do espaço, inventando, com ajuda da cor, uma nova poética para a escultura.

Finalmente, devo esclarecer que não me afastei da arte neoconcreta por ter rompido com ela e com meus companheiros. Nada disso. Simplesmente, considerei ter esgotado aquele caminho, ter perdido o entusiasmo com que o percorria. Caí no vazio. O engajamento político, que ocorreu em seguida, veio preencher aquele vazio. Minha experiência neoconcreta se esgotara, mas minha vida, não.

11.3.2012

E o real cobra seu preço

Informações recentes parecem indicar que a economia brasileira caminha inexoravelmente para uma situação crítica, de difícil solução. A se efetivar tal previsão, dela resultaria uma crise política que poria em questão a hegemonia lulista sobre o sistema de poder.

A título de especulação, vamos tentar avaliar a natureza dessa crise futura e suas consequências. Mas, para isso, será necessário examinar o processo político e econômico que ajudou a criar a situação crítica a que se referem economistas e analistas da matéria.

Ninguém põe em dúvida o fato de que os governos de Itamar Franco e Fernando Henrique Cardoso introduziram mudanças importantes no processo econômico brasileiro, criando condições para um crescimento saudável e sustentado.

Graças a essas medidas, o Brasil se livrou da inflação crônica que inviabilizava o crescimento da produção e consumia o valor dos salários. Aquelas foram medidas necessárias, mas não suficientes.

Lula assumiu a Presidência da República em 2003 e, muito embora tenha combatido todas aquelas medidas, resolveu adotá-las e usá-las como um modo de consolidar seu prestígio político e ampliá-lo. Graças a isso, pôde eleger Dilma Rousseff sua sucessora e, com isso, estender para diante seu projeto político.

A verdade, porém, é que, como não tinha um programa de governo nem muito menos um projeto estratégico para o país, valeu-se da estabilidade econômica e do momento propício do crescimento mundial para ampliar seus programas assistencialistas e propiciar aumentos salariais que beneficiaram amplas camadas da população mais pobre.

O crescimento do mercado interno, entre outros fatores, permitiu que o país passasse relativamente ileso pela crise que atingiu a economia mundial a partir de 2008.

Noutras palavras, desde que o petismo assumiu o governo, nenhuma medida foi tomada para atender às novas condições criadas pelo próprio crescimento da economia. De fato, o que se fez foi onerar os setores produtivos, ampliar a máquina estatal e aumentar as despesas públicas. O número de ministros subiu de 27 para 39 – ou quarenta, já nem sei – e, com eles, o número de funcionários concursados e não concursados. Seguindo o exemplo do Executivo, a Câmara, o Senado e o Judiciário criaram novos encargos para o Tesouro, aumentando o déficit público. Naturalmente, todas essas medidas – que ampliaram o consumo e mantiveram o crescimento da economia – deixam a população otimista, disposta a gastar, ainda que se endividando a cada dia.

E tudo isso sem que se pague salário justo a professores e médicos, que desempenham papel vital para a sociedade. Mas essa gastança aproxima-se do fim, porque ou se põe termo a ela, ou o país caminhará para o impasse.

As mais recentes informações, colhidas nos institutos de pesquisa, compõem um quadro preocupante, a começar pelo índice de crescimento da economia que, no último ano, ficou em apenas 2,7%, abaixo de quase todos os países da região, exceto Guatemala e El Salvador.

Esse dado poderia ser visto como um fato conjuntural, não fossem outros, igualmente preocupantes, como o índice de investimentos, que ficou em 19% do PIB, contra o índice de 23% da região, enquanto a produtividade do trabalhador brasileiro ocupa o 15º lugar na América Latina. Por outro lado, nossa produção industrial perde competitividade, devido à desvalorização do dólar, mas também aos encargos que oneram a folha de pagamento.

Noutras palavras, o país chega ao limite de seus gastos, quando a solução para o impasse seria investir na infraestrutura (portos, estradas de ferro, rodovias) e na formação de profissionais de alto nível técnico.

A saída é cortar os gastos supérfluos com a máquina estatal e desonerar de impostos e taxas o custo da produção. Mas, para isso, teria que contrariar os interesses dos partidos da base aliada e o poder das centrais sindicais, aliados do governo. Dilma teria que topar essa briga.

Se esse diagnóstico está correto, a lua de mel lulista com o poder parece aproximar-se do fim. Podem até ganhar as eleições deste ano e as de 2014. Não sei. O certo é que, cedo ou tarde, a realidade cobra seu preço.

1.4.2012

Ah, ser somente o presente

Muito embora alguns de meus poemas falem do passado, viver no passado ou tê-lo presente no meu dia a dia não me agrada. Na verdade, todos nós somos o que vivemos e, de certo modo, o passado constitui também o nosso presente, quer o lembremos ou não. Mas, precisamente porque somos o que vivemos, trazemos conosco lembranças muitas vezes dolorosas, que de repente emergem no presente. Disso creio que ninguém gosta, à exceção dos masoquistas.

Para falar com franqueza, confesso que sofrer não é a minha vocação, embora nem sempre consiga escapar do sofrimento. Se puder, escapo. Creio mesmo que a vocação do ser humano (de todo ser vivo?) é a felicidade.

Isso é o que todos buscamos, na comida que saboreamos, na bebida que sorvemos, nos momentos de amor, no carinho, na amizade e na alegria de fazer o outro feliz. Sofrer, não. Só quando não tem jeito, e a lembrança do passado é quase sempre sofrimento: ou porque voltamos a sentir a dor de outrora, ou porque relembramos a felicidade que houve e se foi para nunca mais.

Por isso foi que, certa manhã, ao entrar na sala, vindo do quarto de dormir, deparei-me com o sol matinal que a invadia e me senti feliz como nunca. Nenhum passado, nenhuma lembrança. Eu era ali, então, um bicho transparente, mergulhado na luz matinal. E escrevi estes versos:

Ah, ser somente o presente,
esta manhã, esta sala.

Essa é uma aspiração certamente impossível de realizar, mas a poesia é, entre outras coisas, viver, com a ajuda da palavra, o impossível, já que aspirar apenas ao possível não tem graça. Pois bem, houve gente que leu esses versos e não apenas gostou deles como concordou com aquela aspiração irrealizável. Essa de que o passado já era.

Mas eis que estou caminhando pela avenida Atlântica quando vem ao meu encontro um senhor de óculos, barba e cabelos quase inteiramente brancos.

— Gullar, meu querido, quantos anos faz que a gente não se vê! Lembra daquele dia, na redação da *Manchete*, quando o Adolpho Bloch só faltou te agredir?

— Me agredir, é? — falei por falar, já que não sabia quem era aquele sujeito que me abordara assim de repente. E ele continuou:

— Você tinha aparecido na televisão, de barba por fazer e sem gravata, falando em nome da revista, o que deixou o Adolpho furioso.

E acrescentou:

— Mas acho que você não está me reconhecendo... Eu sou o Hélio, o fotógrafo.

Só então me lembrei dele. Tínhamos sido amigos e não fui capaz de reconhecê-lo.

— Você pegou um cinzeiro, ia bater com ele na cara do Adolpho e fui eu que te arrastei para fora da Redação, lembra?

A verdade é que nunca fui muito bom de memória. Quando voltei do exílio, uma atriz famosa e linda, companheira na luta contra a ditadura, desceu do carro no meio da rua, em Ipanema, para vir me abraçar. Dois meses depois, estou lançando um livro e ela para na minha frente para que eu lhe autografe o livro, e o nome dela some de minha mente. Entro em pânico. Não poderia perguntar-lhe o nome depois daquele abraço efusivo em plena rua.

A solução que encontrei foi me levantar, sair da livraria, atravessar correndo a rua, entrar no boteco em frente, perguntar à Thereza o nome da atriz e voltar. Sentei-me de novo, ela me olhou sem entender nada. Escrevo, então, no livro: "Para Norma Bengell...".

Com o passar dos anos, a coisa foi ficando pior. Outro dia, combinei com a Cláudia que iríamos ao cinema. Escolhi o filme, marquei para nos encontrarmos lá mesmo, cheguei antes, comprei as entradas (uma inteira e uma meia, que eu sou idoso) mas, quando o filme começou, ela falou revoltada: "Você ficou maluco? Esse filme nós já vimos!". E eu: "Você está brincando!". "Eu, brincando!? Você é que está maluco! Não faz nem um mês que vimos este filme!"

Realmente, após minutos, constatei que já o havíamos visto. Assim está minha memória: tudo o que vejo, leio, ouço ou faço logo esqueço. Não tenho mais passado. Aquilo que escrevi no poema virou verdade: tornei-me apenas o presente, esta manhã, esta sala.

8.4.2012

Às vezes

Vou tratar hoje aqui de um assunto estritamente pessoal, mas na certeza de que, de uma maneira ou de outra, dirá respeito a muita gente: meu nome. E basta mencioná-lo para começar a confusão, já que são vários e, com frequência, escritos de maneira errada, a começar pelos bancos.

Explico: por mais que me empenhe, não consigo que nos extratos, nos talões de cheques, venha escrito corretamente: em vez de José de Ribamar Ferreira, vem José Ribamar Ferreira. E isso já deu problema com o imposto de renda.

Ontem mesmo, ao receber novo talão de cheques, estava lá o Ribamar sem o "de".

A culpa, obviamente, é de meus pais que, dentre os muitos filhos que tiveram, escolheram logo a mim para o nome do santo mais popular da cidade de São Luís: São José de Ribamar.

No começo, não houve problema, já que em casa me chamavam de Zeca e, na rua, de Periquito. O problema apareceu quando me tornei poeta e passei a publicar poemas nos jornais.

Assinava-me Ribamar Ferreira e só então me dei conta de que muitos outros poetas eram, como eu, também Ribamar e o usavam com seu nome literário.

Não gostei, mas segui em frente, até que um poeta que assinava Ribamar Pereira publicou um poema ruim, em O *Imparcial*, que saiu com meu nome.

Cioso de meu prestígio literário – praticamente inexistente –, vali-me da condição de locutor da Rádio Timbira para avisar o público em geral de que o tal poema "As monjas" não era da minha autoria e, sim, do senhor Ribamar Pereira.

A partir de então decidi mudar de nome e passei a assinar Ferreira Gullar. É que um dos sobrenomes de minha mãe é Goulart, e eu, para evitar futuras coincidências, mudei-lhe a grafia, certo de que não haveria ninguém com nome semelhante em todo o planeta.

Disso me livrei, mas não de outros equívocos. Faz algumas semanas, recebi um jornal de uma pequena cidade do interior, anunciando a criação de um prêmio literário Ferreira Goulart. Agradeço, sinto-me honrado, mas desconfio de que exista algum espírito mau que se diverte em me sacanear.

Devo admitir, no entanto, que tenho alguma culpa nesse cartório, já que, ao longo da vida, adotei diversos nomes.

Por exemplo, quando estava na clandestinidade e precisava ganhar a vida, assinava artigos na imprensa alternativa com o nome de Frederico Marques (Frederico, de Engels; e Marques, de Marx), para enganar e sacanear a repressão.

Foi mais ou menos por essa época que o PCB me pediu que escrevesse um poema para a campanha pela libertação de Gregório Bezerra, e fiz um cordel, que intitulei *História de um valente* e assinei José Salgueiro (este, por ser o nome de minha escola de samba preferida).

Mas aí os militares invadiram minha casa à minha procura, prenderam a Thereza, depois soltaram.

Decidimos que era melhor eu ir para a União Soviética até que o processo aberto contra mim fosse julgado. Fui. E lá, no Instituto Marxista-Leninista, como todos os alunos eram clandestinos, tive de mudar de nome outra vez e passei a me chamar Cláudio.

Acontece que eu havia escrito, com Vianinha, o roteiro do filme *Em família* (1971), que foi então premiado no Festival Internacional de Cinema de Moscou.

E tive que assistir à exibição, no auditório do instituto, desse filme, sem poder dizer a ninguém que aquele Ferreira Gullar que aparecia nos créditos era eu. Fiquei rindo para mim mesmo, no escuro.

De Moscou, fui para Santiago do Chile; de lá, para Lima e depois para Buenos Aires, onde vivi os derradeiros anos de meu exílio.

Naqueles países, não precisei usar de nome falso. Finalmente, voltei para casa, fui preso por alguns dias, mas logo me deixaram em paz. Como tinha sido absolvido pelo Superior Tribunal Militar, pedi, apenas por precaução, uma cópia da sentença de absolvição e, para minha surpresa, o José de Ribamar absolvido não era eu, era outro.

É confusão demais, não acha?

E outro dia, ia eu pelo calçadão da avenida Atlântica quando alguns jovens se aproximam de mim.

– É o Goulart de Andrade!

– Nada disso. É o Paulo Goulart!

Por essa e outras é que, quando alguém me pergunta se sou o poeta Ferreira Gullar, respondo: "Às vezes".

13.5.2012

A magia da imagem

Em finais do século XIX, a linguagem figurativa da pintura – então predominantemente acadêmica – começa a se desintegrar. Isso se dá nas telas de Cézanne (1839-1906), que, contrariamente ao espírito do impressionismo – que diluía as formas em pequenas pinceladas (*petites sensations*) –, constrói o quadro com manchas. Ele dizia que sem a natureza não havia a pintura; não obstante, o que de fato fez foi mudá-la em pintura, deixando evidente, com suas manchas e pinceladas soltas, que aquilo não pretendia ser a paisagem real, mas, sim, pintura, expressão pictórica.

Esse primeiro passo na direção da autonomia da expressão pictórica provocará a revolução cubista, que rompeu com a relação natureza-pintura ao fazer do quadro uma invenção arbitrária, isto é, composição de imagens inventadas pelo artista e já não copiadas do mundo real.

Daí para a desintegração da própria linguagem pictórica faltava pouco. Os próprios inventores do cubismo, Pablo Picasso e Georges Braque, se encarregaram disso, chegando mesmo a pôr em seus quadros recortes de jornal, envelopes de carta, barbante, areia, arame etc. Fazer um quadro não era mais simplesmente pintá-lo e, sim, compô-lo com todo tipo de coisa do mundo real.

Costumo dizer que as experiências cubistas – como usar recortes de jornal na tela – são precursoras do *ready-made* de Marcel Duchamp, que fez dele um instrumento de negação da arte. Estava aberto o caminho para o que hoje se chama de arte contemporânea – a substituição da criatividade artesanal do pintor por objetos e até seres vivos, como gente, urubus, cães, tubarões etc.

Noutras palavras, a linguagem gráfico-pictórica – que nascera 18 mil anos antes, nas cavernas paleolíticas – foi então abandonada: em lugar de coisas desenhadas ou pintadas, o artista contemporâneo usa as próprias coisas e seres, como a dizer que um casal nu dispensa a escultura da *Vênus de Milo*, o *David* de Michelangelo, o touro pintado por Goya. Como tais obras da chamada arte contemporânea só se tornam arte quando exibidas em galerias ou museus, eu, de gozação, chamei-as de "realismo *high society*".

Mas, veja bem, como não paro de pensar sobre essas coisas, terminei descobrindo relações entre essa arte contemporânea e o grafite que surgiu nos muros de Nova York e hoje se espalha por tudo quanto é cidade.

A sacação é a seguinte: como vimos, de Cézanne a Picasso, chegou-se à desintegração da linguagem da pintura. Picasso esteve no limite, com suas figuras pateticamente desfiguradas. Já Marcel Duchamp, radical e niilista, embora continuasse a pintar, inventou o *ready-made* que, como o nome está dizendo, dispensa o fazer artístico. Noutras palavras, pintar seria desnecessário, pois o objeto real diria mais do que sua imagem pintada. Pura bobagem. A imagem pintada não diz mais nem menos do que o próprio objeto: diz outra coisa, porque o que a pintura diz o mundo real não diz. Por isso mesmo, afirmei certa vez que, se a arte existe, é porque a vida, a realidade, não basta. A arte não copia, e sim reinventa o real.

Mas tudo isso é para concluir que o grafite, na verdade, é o renascer da pintura, que as vanguardas desintegraram a ponto de usar, como arte, a coisa real em lugar da imagem da coisa. Com o grafite ressurge a pintura figurativa.

E é curioso que esse ressurgimento se deu nos muros da cidade, não no ateliê, não na tela, indicando que o grafiteiro não pretendia fazer arte no sentido que a crítica e o mercado consagraram. Não faz aquilo para vender: o grafiteiro desenha e pinta para se expressar, para se comunicar num mundo iminentemente urbano e massificado.

Parece inspirar-se nas histórias em quadrinhos e, sem compromisso com o mundo artístico, inventou sua própria linguagem, a partir do instrumento que tornou possível essa nova pintura mural: o *spray*. Assim como a música pop nasceu da guitarra elétrica, o grafite começou como pichação feita com *spray*.

Mas a verdade é que, das cavernas aos dias de hoje, a imagem das coisas nos fascina e, por isso, a arte da imagem não morre. E, como o artista do paleolítico, o grafiteiro faz renascer nos muros da cidade a magia da imagem pintada.

1.7.2012

A exceção e a regra

Falando francamente, confesso a você que já quase perco a esperança no Brasil. Basta ouvir o noticiário de televisão ou ler o jornal. É que a corrupção tomou conta do aparelho de Estado de tal modo que até parece não ter mais volta.

Não se trata apenas do roubo puro e simples, da apropriação de recursos públicos que são desviados para o caixa dos partidos e para o bolso dos políticos. É também o uso da máquina – dos mútuos favores e das leis – para benefício dos ocupantes de altos cargos nos diferentes setores do poder. Sem qualquer escrúpulo, a casta que se apropriou do país atribui-se a si mesma altos salários, vantagens e privilégios que envergonhariam qualquer um.

São salários que a maioria dos trabalhadores brasileiros jamais ganhará, mesmo que trabalhe vinte, trinta anos. E o pior é que grande parte daquela gente simplesmente não trabalha. Muitos recebem como funcionários públicos para prestar serviço na casa ou na firma do parlamentar que os apadrinha.

E você se pergunta: como pôr fim a isso? E logo vê que é muito difícil, se não impossível, uma vez que toda essa safadeza está amparada em leis e dispositivos que eles próprios inventaram e aprovaram.

Para mudar essas leis, seria preciso elegermos legisladores totalmente desvinculados dessa casta corrupta. Mas como, se ela domina toda a máquina do Estado e os partidos? Os que a isso se opõem – e os há! – continuarão minoria e pouco ou quase nada conseguirão fazer. Por isso, a cada dia, meu desânimo é maior.

Bem, era, porque inesperadamente me chegaram informações de que existe um presidente da República, em pleno exercício do mandato, que doa 90% de seu salário à sociedade. Devem imaginar meu espanto ao saber disso. Mas ele existe, sim, chama-se José Mujica e é presidente da República do Uruguai.

De nome, já o conhecia e me lembro de quando foi eleito em 2009, em substituição a Tabaré Vázquez, político de esquerda como ele. Admito que, ao saber dele, temi que fosse outro exemplo do neopopulismo em que a esquerda latino-americana se transformara.

Enganei-me redondamente e só me dei conta disso agora, ao receber essa notícia escandalosa de que é ele o presidente da República que não só não rouba nem deixa roubar como entrega quase todo o salário que recebe a instituições que ajudam aos pobres. Estava eu, portanto, longe de imaginar que José Mujica fosse o exemplo de homem público que ele é, com um grau de desprendimento e consciência social como dificilmente se encontra hoje em dia. De minha parte, posso dizer que não conheço nenhum.

José Mujica tem uma longa história. Foi guerrilheiro naqueles anos em que muita gente perdeu a lucidez política e entrou nessa errada.

Ele, como outros, inclusive nossa Dilma, por força das circunstâncias, teve que abrir mão do radicalismo ideológico e aderir à normalidade institucional democrática. Elegeu-se deputado, depois senador e, durante o governo de Tabaré Vázquez, foi ministro da Granadería. Talvez algo do radicalismo guerrilheiro ainda persista em alguma de suas atitudes, como negar-se a residir no palácio presidencial após tomar posse na chefia do governo.

Mas pode ser mesmo que prefira morar em sua pequena fazenda nos arredores de Montevidéu. Para quem não gosta de pompa, a própria casa é sempre mais acolhedora.

A verdade é que, muito embora já tenha exercido mandatos e ocupado cargos no governo, não enriqueceu, já que, além dessa pequena fazenda, tudo o mais que possui é um fusca azul-celeste, que não deve valer no mercado mais que 3 mil reais.

Sua mulher, a senadora Lucía Topolansky, também doa quase todo o salário a entidade sociais. A possibilidade de que isso não passe de uma atitude demagógica parece-me descabida, já que ambos se declaram em fim de carreira.

Se saber da existência de um tal político me deu ânimo novo, não significa que basta ser solidário e generoso com os mais pobres para fazer bom governo e resolver os problemas do país. Problemas esses que, a cada dia, se tornam mais difíceis de resolver. No entanto, para nós brasileiros, que vemos nosso país tomado por políticos corruptos, o exemplo de Mujica causa inveja.

5.8.2012

Amar o perdido

O quintal, relativamente grande, ficava ao lado da casa e ao fundo das casas vizinhas, de muro baixo. Rente ao muro estavam as bananeiras, onde ele e suas irmãs se embrenhavam, brincando de esconde-esconde. Do lado do quintal havia uma pitangueira e uma mangueira, cujos ramos se estendiam sobre a cerca que limitava com a residência de um coronel do Exército.

O resto do quintal era coberto de mato-burro, um tipo de vegetação que chegava à cintura dele e encobria a irmãzinha menor. Ali, certo dia, descobriu um ninho cheio de ovos da galinha-d'angola que, com seu parceiro, habitava o lugar.

Mas, atravessando um pequeno portão, ao lado da casa, chegava-se a um quintal menor, de terra batida, sem vegetação, limitado, de um lado, pela casinhola do banheiro e, de outro, pela varanda que se estendia até a sala de jantar. À esquerda, ficava o muro coberto de um musgo verde brilhante.

Este quintal menor era o domínio de um galo de crista vermelha e penas marrons, que caminhava garboso, exibindo suas esporas e observando com aqueles olhos redondos, especialmente as quatro galinhas que constituíam sua corte.

Além delas, havia ali um frango, de penugem incipiente, que às vezes se atrevia a cantar de galo e era logo reprimido pelo rei do terreiro, que partia para cima dele a bicadas. O menino, que simpatizava com o frango, intervinha na briga e evitava a agressão.

A família era, no total, de dez pessoas, o pai, a mãe e sete filhos (entre meninas e meninos) e uma tia da mãe, que cuidava da casa. O pai, comerciante ambulante, um dia apareceu na casa com um animal esquisito, que parecia um bezerro, mas não era, pois, além do mais, tinha o focinho dividido em dois. Era uma anta.

A mãe, ao ver aquele animal estranho no quintal, ficou perplexa. "Que diabo de bicho é esse que você trouxe para nossa casa?", perguntou ela. Ele respondeu que o tomara de um sujeito que lhe devia dinheiro e não pagara. "E você acha que alguém vai comprar um bicho esquisito como esse, de dois focinhos, e que não serve para nada?", ela perguntou.

As crianças da vizinhança subiam no muro para espiar o animal. Os adultos chegavam até o portão, espiavam e saíam rindo e fazendo troça. A mãe deu um ultimato ao marido: ou ela ou a anta. Ele então decidiu levar a anta não se sabe para onde. Quando subiu a rua, puxando-a pelo cabresto, a molecada o seguiu, gritando e rindo, muito excitada.

A casa era grande, tinha vários quartos, todos assoalhados. Assoalhos antigos, de tábuas corridas, debaixo das quais, às vezes, surgiam ratos, que ali se metiam pela fresta de alguma tábua apodrecida. Se saíam, eram perseguidos pelos gatos que habitavam a casa.

Exceto os pais, que dormiam numa cama de casal, todos os demais dormiam em redes armadas nos cantos dos quartos e, nessas redes, se embalavam, às vezes cantarolando, às vezes disputando lugar com um ou outro irmão. Com frequência, algum deles se estatelava no chão e saía chorando a procurar a mãe, para se queixar.

Faz muitos e muitos anos que isso aconteceu, embora a casa ainda exista e os assoalhos de tábuas corridas tenham sido substituídos por piso de cimento. Nem o pai nem a mãe existem mais. As meninas e os meninos cresceram, foram cada um inventar sua própria vida: casaram-se, tiveram filhos e netos e alguns mudaram até mesmo de cidade. Uns poucos continuam na mesma casa, cujo quintal foi vendido para uma família, que ali construiu sua casa.

O menino, que hoje é um senhor idoso, não esquece o dia em que uma moeda sua caiu pela fresta do assoalho e sumiu. Ele não se conformou. Com um pé de cabra, arrancou uma das tábuas que estava quase solta e mergulhou debaixo do assoalho. Teve uma surpresa: foi como se tivesse passado a outro planeta, já que o chão, ali embaixo, era como um talco negro, em que seus pés afundaram até os tornozelos.

Em pânico, conseguiu escapar daquele solo de pó, onde sua pequena moeda se perdera para sempre. Mas, pelo resto da vida, de quando em vez, em sonho, voltava, em prantos, àquele território lunar em busca da pequena moeda para sempre perdida.

2.9.2012

Piada de salão

Quando o escândalo do mensalão abalou a vida política do país e, particularmente, o governo Lula e seu partido, alguns dos petistas mais ingênuos choraram em plena Câmara dos Deputados, desapontados com o que era, para eles, uma traição. Lula, assustado, declarou que havia sido traído, mas logo acertou, com seus comparsas, um modo de safar-se do desastre.

Escolheram o pobre do Delúbio Soares para assumir sozinho a culpa da falcatrua. Para convencê-lo, creio eu, asseguraram-lhe que nada lhe aconteceria, porque o Supremo estava nas mãos deles. Delúbio acreditou nisso a tal ponto que chegou a dizer, na ocasião, que o mensalão em breve se tornaria piada de salão.

Certo disso, assumiu a responsabilidade por toda a tramoia, que envolveu muitos milhões de reais na compra de deputados dos partidos que constituíam a base parlamentar do governo.

Embora fosse ele apenas um tesoureiro, afirmou que sozinho articulara os empréstimos fajutos, numa operação que envolvia o Banco do Brasil (Visanet), o Banco Rural e o Banco de Minas Gerais, e sem nada dizer a ninguém: não disse a Lula, com que privava nos churrascos dominicais, não disse a Genoino, presidente do PT, nem a José Dirceu, o ministro político do governo.

Era ele, como se vê, um tesoureiro e tanto, como jamais houve igual. Claro, tudo mentira, mas estava convencido da impunidade. A esta altura, condenado pelo STF, deve maldizer a esperteza de seus comparsas. Mas os comparsas, por sua vez, devem amaldiçoar o único que, pelo menos até agora, escapou ileso do desastre – o Lula.

Pois bem, como o tiro saiu pela culatra e o partido da ética na política consagrou-se como um exemplo de corrupção, Lula e sua turma já começaram a inventar uma versão que, se não os limpará de todo, pelo menos vai lhes permitir continuar mentindo com arrogância. O truque é velho, mas é o único que resta em situações semelhantes: posar de vítima.

E se o cara se faz de vítima, tem o direito de se indignar, já que foi injustiçado. Por isso mesmo, vimos José Genoino vir a público denunciar a punição que sofreu, muito embora tenha sido condenado por nove dos dez ministros do STF, quase por unanimidade.

A única hipótese seria, neste caso, que se trata de um complô dos ministros contra os petistas. Mas mesmo essa não se sustenta, uma vez que dos dez membros do Supremo, oito foram nomeados por Lula e Dilma.

Reação como a de Genoino era de esperar, mesmo porque, alguns dias antes, a direção do PT publicara aquele lamentável manifesto em que afirmava ser o processo do mensalão um golpe semelhante aos que derrubaram Getúlio Vargas e João Goulart. Também a nota posterior à condenação de José Dirceu repete a mesma versão, segundo a qual os mensaleiros estão sendo condenados porque lutam por um Brasil mais justo. O STF, como se sabe, é contra isso.

Não por acaso, Lula – que reside num apartamento duplex de cobertura e veste ternos Armani – voltou a usar o mesmo vocabulário dos velhos tempos: "A burguesia não pode voltar ao poder". Sim, não pode, porque agora quem nos governa é a classe operária, aquela que já chegou ao paraíso.

Não tenho nenhum prazer em assistir a esse espetáculo degradante, quando políticos de prestígio popular, que durante algum tempo encarnaram a defesa da democracia e da justiça social em nosso país, são condenados por graves atentados à ética e aos interesses da nação. As condenações ocorreram porque não havia como o STF furtar-se às evidências: dinheiro público foi entregue ao PT mediante empréstimos fictícios, que tornaram possível a compra de deputados para votarem com o governo. Tudo conforme a ética petista, antiburguesa.

Mas não tenhamos ilusões. Apesar de todo esse escândalo, apesar das condenações pela mais alta corte de Justiça, o PT cresceu nas últimas eleições. Tem agora mais prefeituras do que antes e talvez ganhe a de São Paulo. Nisso certamente influiu sua capacidade de mascarar a verdade, mas não só. Com a mesma falta de escrúpulos, tendo o poder nas mãos, manipula igualmente as carências dos mais necessitados e dos ressentidos.

Não vai ser fácil acharmos o rumo certo.

21.10.2012

Com saudade e com afeto

Conheci Rubem Braga na revista *Manchete*, em 1955, quando lá trabalhei como redator. Aliás, ali conheci muita gente, a começar por Otto Lara Resende, seu diretor, que me chamou para lá, onde trabalhavam Armando Nogueira, Darwin Brandão, Borjalo e, depois, Janio de Freitas e Amilcar de Castro.

Não por acaso, logo se tornou a melhor revista do Brasil. Rubem, como Paulo Mendes Campos e Fernando Sabino, era colaborador, escrevia uma crônica por semana.

Fui para lá por indicação de Millôr Fernandes, meu companheiro de praia em Ipanema, ao saber que tinha sido demitido de *O Cruzeiro*.

Como não havia vaga de redator, Otto me pôs provisoriamente como revisor, mas, para Adolpho Bloch, dono da revista, eu não era mais do que isso. Tanto assim que, quando Otto me passou a redator, criou-se um problema: "Ele não é redator, Otto, é revisor!". E Otto: "Não fala besteira, Adolpho, Gullar é um poeta, escreve muito bem".

Ele se calou, mas não se convenceu. Acontece, porém, que Rubem Braga, por alguma razão, não mandou a crônica da semana e Otto me pediu que a escrevesse em lugar dele. Aí entra Adolpho na Redação: "Otto, esse Rubem é um gênio. Viu que bela crônica escreveu nesta semana?". Armando e Borjalo logo se aproximaram para ouvir os elogios.

E Otto: "Quer dizer que a crônica do Rubem desta semana é uma maravilha?". "Pode dizer a ele que adorei!". "Acontece, Adolpho – disse Otto – que o autor dessa crônica não é Rubem Braga, é o Gullar."

Adolpho amarelou: — Você está de gozação comigo!

— Então pergunta ao pessoal aí.

— É verdade, Adolpho, quem escreveu a crônica foi o Gullar — garantiu Armando.

— Vocês estão querendo me sacanear! – alegou Adolpho, saindo da Redação, com um gesto obsceno.

— Aqui pra vocês, ó!

Mas não me tornei logo amigo de Rubem Braga, que pertencia à turma do uísque e eu à do chope. Naquela época, eu morava num quarto de pensão, no

Catete, com Oliveira Bastos e Carlinhos Oliveira, que era espírito-santense como Rubem, e seu fã. Embora nunca tivesse grana para completar o aluguel do quarto, passava as noites tomando uísque com ele, Tom Jobim e Fernando Sabino. Viria a ser também um ótimo cronista.

Estive algumas vezes na cobertura de Rubem, ali na Barão da Torre. Numa dessas vezes, foi para encontrar com o poeta Pablo Neruda, que passava pelo Rio. Ao final do encontro, convidei-o a assistir à peça *Dr. Getúlio, sua vida, sua glória*, do Dias Gomes e minha, no Teatro Opinião. Ele foi em companhia de Rubem, que o ajudou no esclarecimento de certos detalhes da peça.

No final, ele aplaudiu de pé e foi me agradecer o convite: "Agora conheço melhor o Brasil", exagerou ele. Pouco tempo depois, embora não mexesse com teatro, escreveu uma peça, não sei se levado pelo entusiasmo daquela noite.

Outro convite do Rubem foi para encontrar com Gabriel García Márquez. A conversa estava animada, quando chegou um convidado que só me conhecia de nome.

— Você é o poeta Ferreira Gullar?

— Às vezes – respondi eu, para a risadaria geral. García Márquez quis saber o motivo dos risos e eu então lhe expliquei: — Respondi "às vezes" porque meu nome mesmo não é Ferreira Gullar, mas José de Ribamar Ferreira e, também, porque não sou poeta 24 horas por dia. Só às vezes.

Ele gostou da minha tirada, tanto que, pouco depois, ao falar a um jornal mexicano, a contou, mas atribuindo-a a Jorge Luis Borges.

Quem me informou disso foi Leon Hirszman, que também esteve na casa de Rubem naquela noite. Estava desapontado. Entendi: a tirada era boa demais para ser atribuída a um desconhecido.

Adolpho, ao elogiar a crônica que escrevi com o nome do Rubem Braga, estava mais uma vez equivocado. Era apenas interessante, não alcançava o nível das crônicas que o Rubem escrevia e fizeram dele um mestre do gênero na imprensa brasileira.

Agora, ao falar dele aqui, quando se comemora seu centenário de nascimento, lembro-me de uma linda crônica sua que começa assim: "Vieram alguns amigos. Um trouxe bebida, outros trouxeram bocas. Um trouxe cigarros, outro apenas um pulmão. Um deitou-se na rede e outro telefonava. E Joaquina, de mão no queixo, olhando o céu, era quem mais fazia: fazia olhos azuis".

27.1.2013

Não basta ter razão

Entendo que alguém que durante toda a vida tenha tido o marxismo como doutrina e o comunismo como solução dos problemas sociais se negue, a esta altura da vida, a abrir mão de suas convicções. Entendo, mas não aprovo. Tampouco lhe reconheço o direito de acusar quem o faça de "vendido ao capitalismo". Aí já é dupla hipocrisia.

Tornei-me marxista por acaso, ao ler o livro de um padre católico sobre a teoria de Marx. É verdade que o Brasil daquela época estava envolvido na luta pela reforma agrária e pelo repúdio ao imperialismo norte-americano, que se assustara com a Revolução Cubana.

Confesso que meu entusiasmo por um Brasil concretamente mais democrático não me permitiu examinar, ponto por ponto, a doutrina marxista, para nela descobrir equívocos e propósitos inviáveis.

Não ignorava, claro, as acusações feitas ao regime soviético, mas atribuía aqueles erros à fase stalinista que, após a denúncia feita por Kruschev, havia sido superada. A verdade é que essas questões – sobretudo depois que os militares se instalaram no poder – não estavam em discussão: o fundamental era derrotar a ditadura e avançar na direção do regime socialista.

Com o AI-5, em dezembro de 1968, a repressão aos comunistas e opositores do regime militar intensificou-se, multiplicando-se os casos de tortura e assassinatos. Tive que deixar o país e ir para a URSS. Convivendo ali apenas com militantes brasileiros e de outros países, pouco pude conhecer da vida dos cidadãos soviéticos, a não ser daqueles que pertenciam à máquina oficial.

De Moscou fui para Santiago do Chile, onde cheguei poucos meses antes da queda de Allende.

Mergulhado no conflito ideológico que opunha as duas potências antagônicas – URSS e EUA –, não me foi possível ver com maior clareza o que de fato acontecia, nem muito menos os erros cometidos também por nós, adversários do imperialismo norte-americano. Isso se tornou evidente para mim, anos mais tarde, quando o sistema socialista ruiu como um castelo de cartas.

Tornou-se então impossível não ver o que de fato ocorria. O regime soviético não ruíra porque um exército inimigo invadira o país. Pelo contrário, foi o povo russo mesmo que pôs fim ao sistema, e o fez porque ele fracassara economicamente.

Não obstante, muitos companheiros se negavam a aceitar essa evidência. Passaram a atribuir a Gorbatchov a culpa pelo fim do comunismo, como se isso fosse possível. A verdade é que as pessoas, de modo geral, têm dificuldade em admitir que erraram, que passaram anos de sua vida (e alguns pagaram caro por isso) acreditando numa ilusão.

E, além do mais, é compreensível, uma vez que o socialismo propunha derrotar um sistema econômico injusto e pôr em seu lugar outro, fundado na igualdade e na justiça social.

É verdade também que em alguns países onde o socialismo se implantara muito foi feito em busca dessa igualdade. Não obstante, algo estava errado ali, já que o regime era obrigado a coibir a livre opinião e impedir que as pessoas saíssem livremente do país. A pergunta é inevitável: alguém que vive no paraíso quer a todo custo fugir dele?

Tampouco o regime capitalista é o paraíso. Longe disso. A diferença é que, dele, podemos sair se o decidirmos, criticá-lo e, pelo voto, mudar o governante. Mas não é só isso. O capitalismo é dinâmico e criativo porque é a expressão da necessidade humana de tudo fazer para melhorar de vida.

Neste momento mesmo, milhões de pessoas estão inventando meios e modos de criar empresas, realizar empreendimentos que lhes possibilitem lucrar e enriquecer.

Como poderia competir com isso um regime cujo processo econômico era dirigido por meia dúzia de burocratas, os quais, em nome do Partido Comunista, tudo determinavam e decidiam? Isso conduziu o comunismo ao fracasso e levou a China a tornar-se capitalista, para escapar do desastre que pôs fim ao sistema socialista mundial.

O capitalismo, por sua vez, é o regime da exploração e da desigualdade, precisamente porque se funda no egoísmo e na busca do lucro máximo. Se deixarmos, ele suga a carótida da mãe.

O grande problema, portanto, é este: como estimular a iniciativa criadora de riqueza e, ao mesmo tempo, valer-se da riqueza criada para reduzir a desigualdade.

3.2.2013

A revolução que não houve

Hugo Chávez foi, sem qualquer dúvida, um líder carismático que aliava, em sua atuação, a audácia e a esperteza política. Desde cedo, a ambição de poder determinou suas ações, que o levaram da conspiração nos quartéis às manobras populistas características de seu projeto de governo.

Sempre soube o que deveria fazer. Compreendeu, desde logo, que teria de atender às necessidades de grande parte da população que, ignorada pela oligarquia venezuelana, vivia na miséria.

Ganhar a confiança dessa gente, atendê-la em suas carências, era a providência eticamente correta e, ao mesmo tempo, o caminho certo para tornar-se um líder de imbatível popularidade. Mas, para isso, teria que enfrentar os poderosos e obter o respaldo das forças armadas, às quais, aliás, pertencia. Foi o que fez e ganhou a parada.

Outro traço característico de Hugo Chávez era o pouco respeito às normas democráticas. Se é verdade que ele chegou ao poder pelo voto e pelo voto nele se manteve, é certo também que se valeu do prestígio popular e de alguns erros dos opositores para controlar os diferentes poderes da nação venezuelana, impor sua vontade e consolidar o poder discricionário.

Nesse sentido, o que ocorreu na Venezuela é um exemplo de como o regime democrático, dependendo do nível econômico e cultural da população de um país, pode abrir caminho para um governo autoritário que, dependendo da vontade do líder, anulará a ação política dos adversários, como o fez Hugo Chávez.

Ele não só fechou emissoras de televisão como criou as Milícias Bolivarianas, que, a exemplo da conhecida juventude nazista, inviabilizava pela força as manifestações políticas dos adversários do governo.

Para culminar, fez mudarem a Constituição para tornar possível sua reeleição sem limites. Aliás, é uma característica dos regimes ditos revolucionários não admitir a alternância no poder. Está subentendido que sua presença no governo garante a justiça social com a simples exclusão da classe exploradora e, portanto, como são o povo no poder, não há por que sair dele.

Chávez intitulou seu regime de "revolução bolivariana", embora não tivesse feito qualquer revolução. O que fez, na verdade, foi dar comida e casa aos mais necessitados, o que, ao contrário de levar à revolução, leva à aceitação do regime pelos que poderiam se revoltar. Daí a necessidade de haver um inimigo, que ameace tomar o que eles ganharam. E o líder – Chávez – está ali para defendê-los.

O azar dele foi o câncer que o acometeu e que ele tentou encobrir. Quando já não pôde mais, lançou mão da teoria conspiratória, segundo a qual seu câncer foi obra dos norte-americanos. Como isso ocorreu, nem Nicolás Maduro nem Evo Morales se atrevem a explicar.

De qualquer modo, tinha que se curar e foi tratar-se em Cuba, claro, para que ninguém soubesse da gravidade da doença, que o obrigaria a deixar o governo. Sucede que o câncer não cedeu à onipotência do líder, obrigando-o a ausentar-se da Venezuela e da chefia do governo, por meses seguidos. O povo venezuelano, naturalmente, desejava saber o que se passava com o seu presidente, mas nada lhe era dito.

No entanto, Chávez deveria disputar eleições em 2012 para manter-se no governo e, por isso, voltou à Venezuela dizendo-se curado. Foi reeleito, mas teve que voltar às pressas à UTI em Havana. Daí em diante, mais do que nunca, o sigilo foi total: Está vivo? Está morto? Vai voltar? Não vai voltar? Pela primeira vez, alguém governou um país de dentro de uma UTI.

Chega a data em que teria que tomar posse, mas continuava em Cuba. Contra a Constituição, Nicolás Maduro, que ele nomeara seu vice-presidente, assume o governo, embora já não gozasse, de fato, da condição de vice-presidente, já que o mandato do próprio Chávez terminara.

Mas, na Venezuela de hoje, a lei e a lógica não valem. Por isso mesmo, o próprio Tribunal Supremo de Justiça – de maioria chavista, claro – legitimou a fraude, e a farsa prosseguiu até a morte de Chávez; morte essa que ninguém sabe quando, de fato, ocorreu.

Durante o enterro, Nicolás Maduro anunciou que Chávez seria embalsamado e exposto para sempre à visitação pública, como Lênin e Mao Tse-tung. Um líder revolucionário de uma revolução que não houve. Não resta dúvida, estamos em Macondo.

17.3.2013

Ciência e paciência

Houve época em que a idade era tida como qualidade, mas, de uns tempos para cá, caiu em descrédito. Nos anos 1960, tornou-se comum dizer-se que não se devia confiar em ninguém que tivesse mais de trinta anos. Descobriu-se, então, que ser jovem era o único valor real e que a chamada sabedoria dos mais velhos era simples balela.

Os que diziam isso, naquela época, hoje têm mais de cinquenta anos e não sei se continuam a afirmar a mesma coisa ou se ensinam a seus filhos o que aprenderam com a idade.

Por exemplo, que o consumo de drogas, a que se entregavam entusiasticamente naquela época, levou muitos amigos seus à loucura ou à morte precoce. Mas, se o fizerem, correm o risco de ouvir deles que não confiam em ninguém que tenha mais de trinta anos de idade, pois foi o que aprenderam com os próprios pais.

De fato, aos vinte anos a gente não sabe muito da vida. Tampouco os mais velhos sabem tudo. Se aquela frase irreverente expressava a necessidade de uma geração de romper com os valores estabelecidos e entregar-se ao desvario *beatnik*, há que levar em conta que cabe aos jovens inventar a própria vida e, para isso, têm que, às vezes, não ouvir os conselhos dos pais.

É que nem sempre a sabedoria dos mais velhos ajuda os mais jovens. E mais que isso, o jovem quer errar, precisa errar, porque é errando que se aprende. Não adianta a mãe advertir o filhinho de não tocar o dedo na chama da vela, pois fogo queima. Ele só acreditará depois de queimar o dedo.

Bem, toda essa conversa vem a propósito de minha irritação com a barulheira desta rua onde moro. Desta vez, foi um vendedor de laranjas que apregoava as virtudes de sua mercadoria, berrando num alto-falante posto em cima de uma caminhonete.

Minha filha Luciana, que me visitava na ocasião, preocupada com meu estado de espírito, aconselhou-me a mudar de apartamento e buscar uma rua tranquila, como aquela onde mora. Minha reação a seu conselho deve tê-la surpreendido.

— Sair eu deste apartamento onde moro há trinta anos?! Nunca! Já pensou na quantidade de livros que teria que transportar e rearrumar na outra casa? Prefiro enlouquecer aqui mesmo.

Foi a minha primeira reação. Logo, mudei de tom e lembrei-lhe de que, mal me instalara aqui, descobri que, sob meu quarto de dormir, funcionava uma boate. Iniciou-se uma luta que durou anos e que terminei vencendo. Se não saí naquela época, não seria agora que o faria.

E quando os meninos da vizinhança passaram a jogar bola embaixo de minha janela? Todos os dias, no final da tarde. Eles, na verdade, menos jogavam do que gritavam, se esgoelavam. Um inferno.

Desesperado, comecei a engendrar um plano para acabar com aquilo e concluí que o mais eficaz seria quebrar meia dúzia de garrafas e jogar os cacos de vidro na calçada. Encontrada a solução, fui dormir naquela noite mais conformado, sem calcular as consequências daquele plano. Sucedeu que, dois dias depois, à hora de sempre, não houve a pelada. Nem no dia seguinte, nem nunca mais.

Achei ótimo, mas não me dei o trabalho de refletir sobre o fato. Não muito depois, foi um vendedor de uvas que, todos os dias, a partir das três da tarde, começava a gritar num alto-falante: "Uvas por dois reais! É só hoje e não tem mais!".

Isso durou semanas, mas um dia acabou também. Senti-me aliviado e não pensei mais no assunto, mesmo porque o que nos desagrada a gente trata, se possível, de esquecer.

E não é que, certa noite, dois caras começaram a conversar aos berros debaixo da minha janela? Além do berro em si mesmo, irrita-me especialmente o fato de que o sujeito está junto do outro, mas berra como se estivesse do outro lado da rua.

Tive vontade de descer, ir até eles e lhes dar um esporro. Mas pensei um pouco, fui até a cozinha tomar um gole d'água e, quando voltei à sala, eles tinham ido embora ou se calado. Então refleti: se eu tivesse dado um esporro neles, teria ganho dois inimigos e eles, para me irritar, estariam possivelmente berrando até agora. E ainda teria ganho dois inimigos.

Terminei aprendendo: espere passar, pois tudo passa. A sabedoria é ter paciência e não se estressar nem brigar. Mas isso só se aprende com a idade.

14.4.2013

Sem pecado

A morte de Robert Geoffrey Edwards, pai da fertilização *in vitro*, trouxe de volta a discussão entre os que apoiam e os que se opõem a esse procedimento científico que possibilita o nascimento de seres humanos sem a necessidade, até bem pouco tempo indispensável, da relação sexual entre homem e mulher.

A verdade é que, quando, em 25 de julho de 1978, Louise Joy Brown tornou-se, ao nascer, o primeiro bebê de proveta, foi como se alguma coisa sagrada ruísse, provocando a indignação de quem acredita na origem transcendental do homem.

De fato, a manipulação do óvulo feminino e do espermatozoide masculino para fazer nascer uma pessoa punha em questão o mistério sagrado que envolvia nossa origem. Não por acaso, a indignação maior, em face disso, foi da Igreja Católica.

Trata-se de assunto delicado porque envolve aquilo que é, no meu entender, o princípio básico da teologia cristã: o pecado original.

Ele é o fator determinante da posição da Igreja com respeito a uma série de questões fundamentais. Tão importante é o conceito de pecado original que, conforme a versão cristã, o Cristo foi concebido sem pecado, ou seja, Maria não foi fecundada sexualmente por José, seu marido, mas pelo divino Espírito Santo.

Por isso mesmo, ostenta a denominação de Virgem Maria. Todos os demais seres humanos, concebidos na relação sexual, nascem pecadores, segundo essa doutrina, e, para os livrarem disso, a Igreja criou o rito purificador do batismo.

Por que a Igreja encara o ato sexual como pecado é difícil de explicar, uma vez que se trata de uma necessidade natural e vital, pois dele depende a sobrevivência da espécie.

Por isso mesmo, a Igreja teve que, sem negar-lhe o caráter pecaminoso, encontrar meios de admiti-lo. Esses meios são o casamento religioso e o batismo. Este é tão fundamental que, se o bebê morre antes de ser batizado, vai para o inferno.

Se essa é a visão da Igreja, deveria então aprovar a fecundação *in vitro*, já que, neste caso, o ato sexual é dispensado e, consequentemente, o bebê que dali nasce não traz consigo o pecado original.

Espero que não se veja, nesta minha observação, qualquer propósito sacrílego, mas apenas uma dedução lógica: o bebê de proveta foi concebido sem pecado. Como Cristo? Não, como o Cristo não, já que este nasceu por intervenção do Espírito Santo, enquanto o bebê de proveta deve sua existência à intervenção de um mero biólogo.

Sem pretender dar uma de teólogo, arrisco afirmar que o conceito de pecado original é a base mesma da doutrina cristã, de modo que a ele se deve o entendimento da relação sexual como um ato só admissível quando praticado visando à procriação. Como puro e simples prazer é inaceitável. A partir desse entendimento, torna-se lógico que a Igreja se oponha à relação entre indivíduos do mesmo sexo, que não vise à procriação e, sim, unicamente, ao prazer sexual.

Pela mesma razão, a Igreja também condena o uso da camisinha, cuja função é evitar a fecundação e, por conseguinte, a procriação. Não se trata, portanto, de mero preconceito ou conservadorismo de fundo moral. Pelo contrário, a Igreja, fiel a sua concepção teológica, não pode aceitar o sexo – que é pecado – como mero prazer.

No passado, quando a fé católica dominava de modo incontestável a sociedade, houve casos de mulheres casadas que, mesmo transando com o propósito de procriar, achavam-se tão culpadas que, para não sentir prazer algum, martirizavam-se durante o coito, certas de que, desse modo, livrar-se-iam de ir parar no inferno, após a morte.

Eu, que sou a favor do casamento de pessoas do mesmo sexo e considero o prazer sexual uma das boas coisas da vida, entendo que os católicos – e particularmente as autoridades eclesiásticas – se oponham ao sexo como mero prazer. É uma questão doutrinária.

Observo, porém, que essa atitude é mais fácil de defender em teoria do que na prática, como o demonstram os numerosos casos de padres pedófilos denunciados recentemente.

Mas esse é um problema que cabe ao papa Francisco resolver. De minha parte, louvo a conquista científica que fez nascer 4 milhões de pessoas e levou alegria a milhões de casais sem filhos.

5.5.2013

É abuso demais

Não sou a favor de vandalismo, mas entendo que as pessoas tenham ido para as ruas protestar contra o aumento das tarifas de transporte coletivo. Não têm que quebrar casas comerciais, agências bancárias, nem muito menos vidraças de igrejas e instituições culturais.

É burrice e põe a opinião pública contra os manifestantes. É baderna, coisa de quem não sabe o que está fazendo. Mas não há dúvida de que o interesse público há muito foi posto de lado.

De São Paulo não posso falar, pois não conheço bem a situação real de lá. Ouço dizer que é péssima; que, nos ônibus, nas horas críticas, não cabem as pessoas, e que levam horas para chegar ao destino, seja para o local de trabalho, seja na volta para casa.

No Rio não é muito diferente. Se na hora de ir para o trabalho é aquele sufoco, já altas horas da noite, quando o número de passageiros é mínimo, os ônibus desaparecem.

As empresas de transporte coletivo não estão nem aí para a população, para servir aos cidadãos. Seu único interesse é ganhar dinheiro, e o povo que se dane. Todo mundo sabe que, se no ponto só estiverem idosos – que não pagam passagem –, os ônibus não param, passam direto. E fazem isso porque o patrão manda e, se não fizerem, sofrem represálias.

E o metrô aqui do Rio? Nunca vi igual. Sei que é caríssimo – dizem que é o mais caro do planeta – e serve pessimamente aos cidadãos. No mundo, não há nenhum que se lhe compare.

Tenho carro, gosto de dirigir, mas raramente saio com ele, mesmo porque, se vou ao centro da cidade, não há onde estacionar e, quando há, é por um preço que mais vale tomar um táxi e pagar a corrida; sai mais em conta.

Sucede, porém, que uma vez ou outra, se vou para certos lugares, pego o metrô. Idoso não paga, não entra na fila para comprar passagem. Como sou idoso e há uma estação de metrô bem perto de minha casa, me valho dele, melhor dizendo, me valia. Sim, porque não o faço mais. Nunca vi metrô igual. E olhe que viajei nos metrôs de Nova York, Paris, Roma, Berlim, Buenos Aires e Moscou. Ruim como o nosso, ao que eu saiba, não existe outro. Mas isso não é de hoje.

O trem do metrô para no meio do caminho a cada viagem. Nas poucas vezes em que andei nele aconteceu isso. E veja que, como disse, raramente o faço. Mas Maria, minha empregada, que mora perto da Pavuna, anda nele todos os dias e já muitas vezes teve que completar a viagem a pé, caminhando pelos trilhos.

Em que metrô do mundo acontece isso?

E não fica só nisso. Outro dia, como necessitava ir a Ipanema, num local próximo à praça General Osório, decidi tomar o metrô. Como não sou habituado a usá-lo, não sabia que a estação daquela praça estava desativada. Só soube quando, já em viagem, uma voz deu essa informação, e mais: deveríamos todos descer na estação seguinte, para fazer um transbordo.

Como assim, me perguntei, por que não vamos até a estação Corte do Cantagalo, uma antes da General Osório? Seria o lógico, mas não é: descemos na estação Siqueira Campos, passamos para a outra plataforma – por onde trafegam os trens em direção contrária – e lá ficamos esperando não se sabia o quê.

Bem, depois de muito, veio uma composição vazia, parou, ficou um tempo fechada, abriram-se as portas e nós entramos para irmos até a estação Corte do Cantagalo.

Lá, descemos todos, e aqueles que iam para a General Osório pegariam um ônibus que os levaria até lá. Começou a chover e o ônibus não chegava nunca, tomei um táxi e me safei daquele inferno. Aliás, se no inferno houver metrô, deve ser administrado pela mesma empresa que administra o do Rio de Janeiro.

Ultimamente, ando desapontado com a passividade do povo brasileiro diante desse e de tantos outros abusos, mas as manifestações destas últimas semanas parecem indicar que ele acordou. É o que espero.

23.6.2013

Idade da informação

O que move as pessoas a atuar politicamente é a opinião, que, por sua vez, nasce da informação, do conhecimento. É óbvio que, se não sei o que se passa em meu país, não posso ter opinião formada sobre o que deve ser feito para melhorar a sociedade.

Não estou dizendo nada de novo. No passado, em diferentes momentos da história, quem governava era apenas quem tinha poder econômico e, por isso mesmo, mais conhecimento da situação em que viviam.

E, na medida em que a educação se ampliou e maior número de pessoas passou a ter conhecimento da realidade social, ampliou-se também a influência da população sobre a vida política. Dessa evolução nasceria a democracia.

Óbvio, no entanto, que esse aumento do nível de informação não significa que a informação é sempre verdadeira e, consequentemente, as escolhas, que faz o eleitor, nem sempre são corretas.

Há erros e acertos, claro, mesmo porque cada partido político procura levar o eleitor a ter uma opinião que lhe seja favorável. Isso implica conquistar-lhe a confiança nem que seja às custas de mentiras e espertezas.

Há, sem dúvida, o político competente e honesto, que não precisa enganar o eleitor, mas, pelo menos no Brasil de hoje, esse tipo de político é exceção.

Deve-se assinalar também que o grau de informação – e consequentemente a consciência política – tanto pode ampliar-se como reduzir-se em determinadas condições.

Aqui no Brasil, a impressão que se tem é de que, nas últimas décadas, esse grau de consciência diminuiu, e isso se deve, creio eu, à derrota do socialismo em escala mundial.

O socialismo, bem ou mal, em que pesem os equívocos que continha, estimulava os jovens a participar politicamente e ter uma visão crítica da sociedade. O fim do socialismo levou à desilusão e ao desânimo, o que determinou a dissolução dos partidos de esquerda em quase todos os países.

No Brasil, não foi diferente. Não tenho dúvida de que esse fato contribuiu para a decadência dos valores políticos, da ética partidária e o inevitável predomínio do oportunismo político e da corrupção.

Por outro lado, os jovens, de modo geral, desinteressaram-se pela política, o que contribuiu para tornar mais fácil a ação dos corruptos e oportunistas.

Outro fenômeno decorrente disso foi – como ocorreu aqui – a formação de uma casta que tomou conta da máquina do Estado, facilitada pela decrescente participação das pessoas no processo político. O Estado foi sendo dominado por famílias e grupos que passaram a dividir entre si os organismos políticos e administrativos.

Pode-se dizer que, de certo modo, a sociedade passou a ignorar o que fazem os políticos, tornando-se assim presa fácil das mentiras e das medidas demagógicas.

Como explicar, no entanto, dentro desse quadro, as manifestações que ocuparam as ruas nos últimos meses e que, em menor grau, prosseguem por todo o país?

Acredito que esse fenômeno, que a todos surpreendeu, decorre basicamente da quantidade de informações a que têm acesso hoje milhões de pessoas no país, graças à internet.

Não é por acaso que manifestações semelhantes têm ocorrido em muitos países, possibilitando a mobilização de verdadeiras multidões.

Veja bem, as causas do descontentamento variam de país a país, os objetivos visados pelos manifestantes também, mas não resta dúvida de que em nenhum outro momento da história tanta gente teve acesso a tanta informação.

Pode ser que estejamos vivendo o início de uma nova etapa da história humana, já que nunca tantas pessoas souberam tanto acerca da sociedade em que vivem.

Há que considerar, no entanto, que nem sempre essas informações são verdadeiras e, mesmo quando verdadeiras, podem levar a conclusões nem sempre corretas.

Em suma, esse fenômeno novo, que mobiliza a opinião pública, ainda que signifique um avanço, pode arrastar as pessoas a uma atuação de consequências imprevisíveis. E por quê?

Por várias razões, mas uma delas será, certamente, o risco do inconformismo pelo inconformismo, sem objetivos definidos e sem lideranças responsáveis.

18.8.2013

Para onde vamos?

Que o sonho da sociedade comunista, onde todos seriam iguais em direitos e propriedades, acabou, não é novidade para ninguém. É verdade que, apesar disso, há quem ainda insista em defender uma opção ideológica alimentada por aquele mesmo sonho.

Não obstante, na prática social, tudo indica que os valores de esquerda foram assimilados por uma boa parte dos políticos, que já não lhes atribuem propósitos revolucionários. Do meu ponto de vista, isso é um avanço, já que defende o fim das desigualdades como o caminho inevitável da sociedade humana.

De qualquer modo, o projeto da sociedade comunista se desfez. Tudo bem. E o capitalismo? Para onde vai o capitalismo? É difícil dizer para onde ele vai, mas, no meu modo de ver, ele vai mal.

Não me refiro apenas à recente crise iniciada em 2008, porque muito antes dela, mesmo nos Estados Unidos, o mais rico país capitalista do mundo, o problema da desigualdade social jamais se resolveu.

Não me refiro à eliminação definitiva da pobreza. Isso parece fora de cogitação. Se não se encontra lá o mesmo nível de pobreza que encontramos em países menos desenvolvidos, nada justifica um tal grau de exploração do trabalho humano num país que produz a riqueza que ali se produz.

Não há nenhuma novidade em dizer-se que o capitalismo é o regime da exploração. E isso independe do empresário capitalista, que pode ser um feroz explorador ou um patrão generoso. Independe, porque a exploração é inerente ao sistema, voltado para o lucro máximo. E veja bem, como isso é a essência do sistema, quem descuida disso vai à falência. Ao contrário do que Marx dizia, a luta de classes não se dá entre trabalhadores e patrões, mas, sim, entre os patrões: é um tentando engolir o outro.

Não estou dizendo nenhuma novidade. Todos os dias nascem milhares de empresas, a maioria das quais vai à falência, derrotadas pelas outras. O mercado é de fato um campo de batalha, uma zona de guerra: quem não dispõe de armas e munição em quantidade necessária e com a suficiência exigida não sobrevive. É a lei da selva, que determina a sobrevivência do mais apto; a seleção natural a que se referia Charles Darwin.

Para vencer essa guerra, o recurso fundamental é o lucro máximo, o que pode ser sinônimo de maior exploração, seja do trabalhador, seja do consumidor. Claro que não é tão simples assim, porque, hoje em dia, os trabalhadores também dispõem de meios para se defender. Não obstante, na Coreia do Sul, hoje um dos países capitalistas mais florescentes, a quantidade de trabalhadores que se suicida é espantosa. A pergunta a fazer é: por que se matam? Certamente porque não são felizes naquele paraíso capitalista.

E não é porque todo empresário capitalista seja por definição explorador e cruel. Nada disso. Na verdade, ele (a empresa) está voltado para tirar cada vez mais vantagem dos negócios que faz, e isso não apenas resulta em explorar os empregados – fazer com que o trabalhador produza mais ao menor custo possível – como pode provocar desastres como a bolha imobiliária norte-americana, que levou a economia do país ao desastre, arrastando consigo o sistema bancário e o empresariado europeus.

Os estudiosos do assunto garantem que, a certa altura do processo, era possível antever o que inevitavelmente ocorreria, mas a aspiração ao lucro e tudo o mais que isso envolve não permitem parar. Não por acaso, as crises do capitalismo são cíclicas.

E o mais louco de tudo isso é que o capitalista individualmente pode acumular bilhões de dólares em sua conta bancária. Mas de que lhe serve tanto dinheiro? Quem necessita de bilhões de dólares para viver?

Ninguém precisa. Por isso, Bill Gates doou sua fortuna a uma entidade beneficente que trata de crianças com Aids e, depois disso, ele mesmo abandonou a direção de sua empresa para ir dirigir aquela entidade beneficente. Em seguida, convenceu outros capitalistas a fazerem o mesmo. É que ganhar dinheiro por ganhar dinheiro, a partir de certo ponto, perde o sentido.

O que o capitalismo tem de bom é que ele estimula a produção de riqueza e isso pode ajudar a melhorar a vida das pessoas, mas desde que não se perca a noção de que o sentido da vida é o outro.

6.10.2013

Amor e morte em Buenos Aires

Meu primeiro relacionamento mais próximo com Vinicius de Moraes foi durante um show que ele fez no Teatro Opinião, do qual eu fazia parte. Se não me engano, era um show com os jovens baianos, que mal surgiam e aos quais ele queria dar força. Antes ou depois do show, íamos para um boteco ali perto jogar conversa fora. Vinicius nunca falava nada sério, fazia piadas ou contava histórias picantes e divertidas.

Nosso convívio maior foi, vinte anos depois, em Buenos Aires. Todo mundo conhece a história da gravação do "Poema sujo", que ele trouxe para o Brasil e difundiu como pôde. Poeta fazer isso por outro poeta é coisa rara, mas Vinicius era assim mesmo, generoso e afetuoso.

Mais ainda com as mulheres, claro. Nesse particular, ele tinha um modo muito próprio de se conduzir. A impressão que tenho é de que ele, quando surgia um novo amor, não pensava em nada, entrava de cabeça, sem ligar para as consequências prováveis. Nem no que dissesse respeito a ele nem à namorada que ia trocar pela nova.

Foi mais ou menos o que aconteceu em Buenos Aires, quando se enamorou de uma moça argentina uns quarenta anos mais jovem que ele. E ainda teve o desplante de ir à casa dela para pedir aos pais permissão de namorá-la. É difícil imaginar que conversa foi aquela, mas a verdade é que o namoro continuou e, sem muita demora, a moça seguia com ele para o Rio de Janeiro.

Sucede que ele tinha uma namorada em Salvador – uma linda mulata – que, ao saber do novo caso do poetinha, foi para o Rio, entrou na casa dele e fez um "serviço" na cama onde o poeta dormia, para fazer mixar o tesão pela argentina.

Se deu resultado, não sei. O certo é que, um ano depois, quando voltei para o Brasil, a argentina já tinha dançado, substituída por outra musa, ainda mais jovem.

Outro fato marcante dessa passagem de Vinicius por Buenos Aires foi o desaparecimento de Tenório Júnior, pianista de seu show. Ele dissera, no quarto do hotel, à namoradinha que viajava com ele, que ia à farmácia comprar um remédio. De fato, ia encontrar um cara que ficara de lhe vender cocaína. Saiu do hotel e não voltou mais.

Quando cheguei ao quarto de Vinicius, no hotel, estava todo mundo preocupado. Ele pedira a ajuda da embaixada brasileira para localizar Tenório e a resposta, que acabara de chegar, é que era impossível. O golpe militar havia sido desfechado há poucas semanas e a repressão atingia todas as áreas.

Foi então que dei um palpite. Disse a Vinicius que conhecia uma vidente argentina, que localizara meu filho quando sumiu da cidade; quem sabe, localizaria Tenório. Ele achou muito boa a ideia, mesmo porque não havia outra coisa a fazer.

Estavam ali a namoradinha de Tenório e Maria Julieta, filha do poeta Carlos Drummond, funcionária da embaixada brasileira. Informei que, para telefonar à vidente, teria que ir até meu apartamento, pois não tinha comigo o seu telefone. Fui acompanhado da namorada e de Maria Julieta e, chegando lá, telefonei para dona Haydê, a vidente. Ela atendeu, ouviu o que eu lhe disse e perguntou o nome do desaparecido.

Ao ouvir o nome dele, sua voz mudou estranhamente. Depois de um longo silêncio, afirmou que Tenório deveria estar ou morto ou inconsciente, pois não conseguia comunicar-se com ele. Pediu dois dias para tentar localizá-lo, mas, antes de desligar, advertiu: "Diga a essa mocinha que está aí que vá logo embora da Argentina, pois corre risco de vida". Como ela sabia que a garota estava ali?

Voltamos para o hotel, contei o que a vidente disse, e Vinicius, visivelmente preocupado, logo providenciou a volta da garota para o Rio, já que os pais dela nem sequer sabiam por onde e com quem ela andava.

Não esperei os dois dias pedidos pela vidente. Liguei no dia seguinte e ela me falou com aquela voz estranha: "A polícia bateu nele até matá-lo". Quando contei isso ao Vinicius, seus olhos se encheram de lágrimas. Tenório, quando saiu do hotel, levou consigo seus documentos. Os policiais, quando se deram conta de que haviam assassinado um músico brasileiro, deram fim nele. O corpo de Tenório Júnior nunca foi encontrado.

17.11.2013

O que me disse a flor

Durante um passeio pela avenida Atlântica, sentei-me sob uma das árvores que há ali, próximo aos edifícios, quando, ao meu lado, no banco, caiu uma flor amarela, igual a muitas que estavam ali no chão.

Peguei-a e tive uma surpresa ao olhar para dentro dela, côncava como um cálice. É que o fundo do cálice era de cor lilás intenso e, do centro dele, erguia-se um pistilo que parece um requinte decorativo posto ali para me encantar. Mas, encantar a mim que, por acaso, peguei essa flor? A flor, suas cores, seu pistilo têm a delicadeza encantadora de uma obra de arte. Mas uma obra de arte que não foi feita por nenhum artista, por ninguém.

Observo ainda que o pistilo é constituído de pequenos anéis feitos de uma matéria semelhante a pluma e lindamente completado por quatro fios também lilases. Que capricho, que harmonia em tudo aquilo! A natureza cria beleza para si mesma? A beleza é natural a tudo o que ela cria?

Certamente, você dirá que ela cria também bichos horríveis e repugnantes. É verdade, mas isso torna ainda mais incompreensível o esplendor das coisas belas que ela cria. E, no caso dessa flor, do pistilo dessa flor, fascinou-me o esmero, o capricho, a delicadeza das pequeninas rodelas de pluma amarela, que pareciam ter sido feitas com o deliberado propósito de fascinar. Mas a quem? Mas por quem?

O que eu desejo transmitir a vocês, nesta crônica, é o espanto de que fui tomado, naquela tarde, ao descobrir essa flor. E havia dezenas delas pelo chão, algumas já murchas, outras esmagadas pelos pés dos transeuntes, num desperdício de belezas. Será mesmo um desperdício? Não, ela é assim mesmo em tudo ou quase tudo.

Quando o homem ejacula lança centenas de milhões de espermatozoides, embora apenas um deles tenha a possibilidade de atingir o óvulo e fecundá-lo. Creio que ela pretende, com esse excesso, tornar inevitável a fecundação e o surgimento de outro ser vivo.

Mas meu espanto não para aí. Outro dia, via na televisão um documentário filmado em águas profundas do oceano, onde a luz do sol não chega. Era um mundo outro, habitado por seres que não sei se devo chamá-los de peixes. Sei que eram estranhíssimos; nadavam, é certo, mas suas nadadeiras eram algo nunca visto, de uma matéria transparente, flexível, que mudava de cor a cada instante.

Tinham cabeça, boca? Não sei. E quase todos traziam consigo antenas em cuja ponta uma pequena lâmpada acendia e apagava. São próprios àquela outra dimensão do planeta, onde se criam outros seres, outras vidas, outra beleza.

Eram peixes? Eram flores? Eram ficção? É que, como no caso da flor amarela que me caiu no colo, eram criações poéticas da natureza. Pois é, ando ultimamente grilado com esses exageros da natureza que não sei explicar. Na verdade, a realidade do mundo excede qualquer lógica. Ou a lógica dele é outra?

Mas não é: já pensou nas descobertas feitas pelos físicos que levaram a descobrir essa maravilha que é o átomo? Fico pensando: descobriram quais partículas constituem o núcleo do átomo e, a partir daí, conseguiram desintegrá-lo. E temos a energia atômica! Não é estranho que seja tudo tão complexo e, ao mesmo tempo, tão bem organizado, e que a inteligência humana seja capaz de entender isso?

Gente, quando faço essa pergunta, lembro-me de que o universo é constituído de bilhões e bilhões de galáxias, constituídas, por sua vez, de quatrilhões de sóis. O sistema solar a que pertencemos é quase nada nesse universo infinito. E nosso planeta, que importância tem? Um grãozinho de poeira. E nós, seres humanos, menos que um grãozinho de poeira nessa imensidão. Não obstante, conseguimos pensá-la.

15.12.2013

Alquimia na quitanda

Pode ser que, no final das contas, isso que vou dizer aqui não interesse a ninguém, mas é que, numa crônica em que falava das poucas coisas que lembro, esqueci de mencionar uma das que mais me lembro: as bananas que, às vezes, ficavam sem vender e apodreciam na quitanda de meu pai.

Aliás, se bem me lembro, não era na quitanda dele e, sim, na de uma mulata gorda e simpática que, na rua de trás, vendia frutas: bananas, goiabas, tamarindo, atas, bagos de jaca e manga-rosa. Mas o que é verdade ou não, neste caso, pouco importa, porque o que vale é o momento lembrado (ou inventado) em que as bananas apodrecem. E mais que as bananas, o que importava mesmo era seu apodrecer, talvez porque o que conta, de fato, é que ele se torna poesia.

Essas bananas me vieram à lembrança quando escrevi o "Poema sujo". Jamais havia pensado nelas ao longo daqueles últimos trinta anos. Mas, de repente, ao falar da quitanda de meu pai, me vieram à lembrança as bananas que, certo dia, vi dentro de um cesto, sobre o qual voejavam moscas-varejeiras, zunindo.

Haverá coisa mais banal que bananas apodrecendo dentro de um cesto, certa tarde, na rua das Hortas, em São Luís do Maranhão? Pois é, não obstante entrei naquele barato e vi aquelas frutas enegrecidas pelo apodrecer, um fato fulgurante, quase cósmico, se se compara o chorume que pingava das frutas podres ao processo geral que muda as coisas, que faz da vida morte e vice-versa.

E essas bananas outras – não as da quitanda, mas as do poema – inseriram-se em mim, integraram-se em minha memória, em minha carne, de tal modo que são agora parte do que sou.

Agora, se tivesse de dizer quem sou eu, diria que uma parte de mim são agora essas bananas que, no podre dourado da fantasia, me iluminaram, naquela tarde em Buenos Aires, inesperadamente, tornando-me dourados os olhos, as mãos, a pele de meu braço.

Entenderam agora por que costumo dizer que a arte não revela a realidade e, sim, a inventa? Pois é, as bananas de dona Margarida, apodrecendo num cesto, numa quitanda em São Luís – e que ela depois, se não as vendesse, as jogaria no lixo –, ganharam outra dimensão, outro significado nas palavras do poema e na existência do seu autor. Porque a banana real é pouca, já que a gente a torna mais rica de significados e beleza.

Veja bem, não é que a banana real não tenha ela mesma seu mistério, sua insondável significação. Tem, mas, embora tendo, não nos basta, porque nós, seres humanos, queremos sempre mais. Ou seria esse um modo de escapar da realidade inexplicável?

Se pensamos bem, a banana inventada pertence ao mundo humano, é mais nós do que a banana real. E não só isso: a realidade mesma é impermeável, enquanto a outra, feita de palavras, amolda-se a nossa irreparável insatisfação com o real.

Depois que as bananas podres surgiram no "Poema sujo", numa situação de fato inventada por mim, e mais verdadeira que a verdadeira, incorporaram-se à memória do vivido, de modo que, mais tarde, elas voltaram, não como invenção poética, mas como parte da vida efetivamente vivida por mim.

Sim, porque criar um poema é viver e viver mais intensamente que no correr dos dias. Por isso, como se tornaram vida vivida, me fizeram escrever outros poemas, já que a memória inventada se junta à experiência real, quando novos momentos também se tornarão memória. Até esgotarem-se, e se esgotam.

Do mesmo modo que não sei explicar como a lembrança das bananas apodrecidas na rua das Hortas voltou inesperadamente naquela dia em Buenos Aires, nem por que, depois de cinco reincidências, a lembrança das bananas cessou, apagou-se, nenhum poema mais nasceu daquela experiência banal, vivida por um menino de uns dez anos de idade sob o calor do verão maranhense.

Foi o que pensei, mas o assunto não morrera. Ao ver uma folha de jornal suja de tinta, onde limpava os pincéis, pareceu-me ser a mesma cor das bananas podres. Recortei o papel em forma de bananas e fiz uma colagem. Logo me veio a ideia de fazer outras, para ilustrar os poemas sobre elas. E disso resultou um livro de colagens, com os poemas que preferi escrever à mão.

29.12.2013

Tragédia desnecessária

A morte de Eduardo Coutinho chocou o país e particularmente os seus amigos. Morrer assassinado era a última coisa que alguém poderia prever que ocorresse com ele. Por isso mesmo, ao chegar em casa e ver seu rosto na televisão, me detive pensando que se tratava de alguma notícia relacionada com sua atividade de cineasta. Não era, logo ouvi o locutor dizer que ele havia morrido, e fiquei surpreso. E logo acrescentou que havia sido morto por seu filho Daniel, de 41 anos.

Não dava para acreditar naquilo, era absurdo demais. Não obstante, aos poucos, aquele quadro trágico ia se completando e ganhando realidade. O filho era doente mental e consumia drogas. Matara o pai a facadas e tentara fazer o mesmo com a mãe; em seguida, esfaqueou-se a si mesmo, mas não morreu.

Teria declarado a um vizinho que fizera aquilo para libertar os pais e a si mesmo. Sem dúvida, é preciso estar louco e surtado para pensar e agir dessa maneira. Depois de saber essas coisas, não restava dúvida: Daniel agira tomado por um surto esquizofrênico.

Não sabia que Eduardo Coutinho tinha um filho com esse problema. Segundo ouvir dizer, parece que ele não admitia que o filho fosse doente mental e, se isso for verdade, certamente evitava tratá-lo como tal. Pode não ser verdade mas, se for, não seria o único caso de uma família não admitir que algum de seus membros seja louco. Conheci uma família que manteve trancado num quarto, por mais de uma década, um filho com problemas psíquicos.

Esse tipo de comportamento decorre quase sempre de uma visão preconceituosa da doença mental, como se sua incidência na família fosse uma espécie de maldição. Era assim no passado. Hoje, no entanto, são pessoas avançadas que negam a existência da doença mental. Segundo elas, trata-se apenas de um relacionamento diferente com o mundo real. Admitir que alguém é louco seria nada mais, nada menos que um preconceito.

Certamente, quem pensa assim nunca viveu de fato o problema. Como pega bem mostrar-se avançado, aberto, antirrepressivo, muita gente não apenas nega que a loucura seja doença como, coerentemente, se opõe à internação nos chamados "manicômios". Criaram até um movimento que se intitula "antimanicomial", que visa, de fato, acabar com as clínicas psiquiátricas, uma vez que o que se chama de manicômio não existe mais.

É verdade que, no passado, a internação nesses hospitais implicava agressão física e choques elétricos, mas não por simples crueldade e, sim, pelo desconhecimento das causas da doença e de medicamentos apropriados.

Com a descoberta dos remédios neurolépticos, os hospitais psiquiátricos mudaram radicalmente. Hoje, muitas dessas clínicas possuem campos de esporte e salas de leitura e de jogos. Já não lembram em nada os hospícios de antigamente, que mais pareciam prisões.

Os adeptos da nova psiquiatria fazem por ignorar essa mudança para justificar sua tese contra a internação. Essa tese surgiu em Bolonha, onde foi implantada com resultados desastrosos: os doentes pobres terminavam nas ruas como mendigos.

Isso já começa a acontecer no Brasil que, tendo adotado a tal nova psiquiatria, levou à extinção de mais de 30 mil leitos em hospitais públicos. Quem tem recursos interna seus doentes em clínicas particulares, enquanto os doentes pobres morrem na rua. E isso é obra de um governo que diz trabalhar em favor dos necessitados.

Tive oportunidade de conversar com pessoas que se opõem à internação de doentes mentais e me dei conta de que nada sabem da doença e aceitam a nova psiquiatria por acreditarem que favorece os doentes. Na verdade, a internação só tem cabimento quando o doente entra em surto e consequentemente torna-se um perigo para si mesmo e para os outros. Foi o que aconteceu no caso de Eduardo Coutinho.

Desconheço a situação por que passava sua família naquele momento, mas não resta dúvida de que o filho Daniel, que é esquizofrênico, entrou em surto. Não sei por que os pais não solicitaram atendimento médico para interná-lo, mas não tenho dúvida de que, se o tivessem feito, aquela tragédia dificilmente teria ocorrido.

Espero que esse exemplo terrível leve as pessoas a refletirem melhor sobre essa questão.

16.2.2014

Quisera ser um gato

Fora os fantasmas que me acompanham e me fazem refletir sobre o sentido da vida, vivo eu, neste apartamento, com uma gatinha siamesa. Que é linda, não preciso dizer, mas, além disso, é especial: quase nunca mia e, quando soa a campainha da porta, se arranca. Nem eu sei onde ela se esconde.

Ela é, portanto, muito diferente do gatinho que, antes dela, me fazia companhia e que se foi. Morreu de velho, já que nunca havia adoecido durante seus dezesseis anos de vida. Quando adoeceu, foi para morrer. Não preciso dizer que fiquei traumatizado e não quis mais saber de outro gato. Amigas e amigos me ofereceram um substituto para o meu gatinho, e eu respondia que amigo não se substitui.

Os anos se passaram, a dor foi se apagando, até que um belo dia, minha amiga Adriana Calcanhotto chegou aqui em casa com um presente para mim: era uma gatinha siamesa. Faltou-me coragem para dizer não, mesmo porque a bichinha me encantou à primeira vista. Manteve-se arredia por algum tempo, mas logo me aceitou e nos tornamos amigos.

Hoje me sinto praticamente lisonjeado pelo fato de que, por medo ou desconfiança, enquanto ela foge de todo mundo, me busca pela casa, sobe em minhas pernas e ali se deita, isso sem falar que, todas as noites, dorme em minha cama.

Confia em mim, sabe que gosto dela e que pode contar comigo para o que der e vier. Essa confiança de um bicho que não fala a minha língua, que não sabe quem sou eu, mas só o que sou dentro desta casa, me alegra.

E às vezes, olhando-a dormir na poltrona da sala, lembro que para ela a morte não existe, como existe para nós, gente. Ela é mortal, mas não sabe, logo é imortal. A morte, no caso dela, é apenas um acidente como outro qualquer, dormir, comer, brincar, correr; só existirá quando acontecer, sem que ela saiba o que está acontecendo.

Neste ponto é que a invejo. Já pensou como a vida seria leve se não tivéssemos consciência de que ela acaba? Seria como viver para sempre, tal como ocorre com a gatinha.

E enquanto penso essas tolices, ela – que se chama Gatinha – se levanta, vem até mim e começa a se roçar nas minhas pernas, insistentemente. Só então me dou conta de que está pedindo que eu vá até a cozinha e ponha ração no seu prato. Ela não sabe que é mortal, mas sabe muito bem que necessita comer e que quem lhe providencia a comida sou eu.

A verdade é que vivemos os dois neste apartamento cheio de livros, quadros e móbiles (feitos por mim, não por Calder, ou seja, falsos móbiles) e nos entendemos bem. A Gatinha é diferente do Gatinho, é de outra geração, a geração do *pet shop*. Por isso mesmo, ela não come carne nem peixe, só come ração.

Consequentemente, ao contrário do Gatinho, que subia na mesa para xeretar meu almoço, ela não está nem aí para comida de gente, só quer saber de ração. E tem mais: só pode ser aquela ração; se mudar, ela não come, cheira e vai embora.

Aliás, isso criou um problema sério, quando a ração que Adriana trouxera terminou. Como não entendia de rações, ao ver que a dela acabara, fui a um *pet shop* aqui perto para comprar e, como não tinha a dela, decidi comprar qualquer outra, mas fui advertido pela dona da loja de que teria que ser da mesma ração.

Fui a outra loja, bem mais longe, e lá também não tinha a tal ração. Pedi a meu neto que a comprasse num *pet shop* do Humaitá, bairro onde ele mora, e nada, lá também não havia. Desesperado, liguei para Adriana que, imediatamente, me fez chegar aqui em casa dois pacotes com a raríssima ração que a Gatinha comia. Respirei, aliviado.

Depois aprendi que para evitar que ela morra de fome, no caso de faltar sua ração exclusiva, há que ter em casa uma ração parecida e ir misturando à sua, até que se acostume. Coisas de gatos modernos, muito diferentes daqueles que, outrora, vagabundeavam aqui pelos telhados e pela rua.

Mas, se mudou a ração, não mudou a razão que me fez adotá-la como minha companheira de todas as horas, que me acorda, pontualmente, às seis horas da manhã, vindo cheirar meu rosto sob o lençol. E agora a vejo, ali, a poucos metros de mim, deitada na poltrona, livre da morte, nesta tarde de março, num determinado ponto da Via Láctea, onde moramos.

9.3.2014

Ao apagar das luzes

Estava eu na sucursal do jornal O *Estado de S. Paulo*, no Rio, quando chegou a notícia de que o general Mourão Filho, comandante da Quarta Divisão de Infantaria, sediada em Juiz de Fora, havia se sublevado contra o presidente João Goulart. Era o dia 31 de março de 1964.

Imediatamente, entrei em contato com os companheiros do Centro Popular de Cultura (CPC), certo de que devíamos nos reunir naquela noite para ver que atitude tomar. Não demorou muito e, juntamente com a direção da UNE (União Nacional dos Estudantes), decidiu-se convocar os artistas e intelectuais para encontrarmos um modo de resistir à tentativa de golpe.

Nem fui para casa jantar. Fui direto para a sede da UNE, que ficava na praia do Flamengo. Não demorou muito e o auditório estava repleto de estudantes, artistas e intelectuais de esquerda. Um representante da UNE abriu a reunião, condenando o golpe militar e convocando todos a resistirem à derrubada do governo.

Lá para as dez horas da noite, subiram ao palco três representante do Comando Geral dos Trabalhadores Intelectuais (CGTI), que traziam informações importantes. Em nome deles, falou Nelson Werneck Sodré, afirmando que não ia haver golpe, uma vez que o general Mourão estava isolado. Garantiu que o presidente João Goulart contava com o apoio das três forças armadas.

Ouvimos aquilo com certa surpresa, mas também com alívio. Foi então que eu e Armando Costa fomos até uma lanchonete, no Largo da Carioca, comer alguma coisa e, lá chegando, ouvimos no rádio a notícia de que o general Amaury Kruel, comandante do Segundo Exército, sediado em São Paulo, aderira ao golpe. Preocupados, voltamos para a UNE, onde já havia chegado a notícia.

Não demorou muito, fomos surpreendidos por tiros disparados contra a entrada da UNE. Houve um momento de pânico, particularmente depois de sabermos que os tiros foram disparados de dentro de uma caminhonete e que atingiram dois colegas nossos, que estavam na porta do prédio. Um deles teve que ser levado ao hospital. Em face disso, pedimos a proteção do brigadeiro Teixeira, comandante da Terceira Zona Aérea, que apoiava o governo. Ele mandou dois soldados para nos dar proteção.

Já era madrugada quando decidimos que alguns de nós fossem para casa dormir e voltassem, no dia seguinte, para render os que ficassem. Thereza e eu fomos para casa, mesmo porque havia crianças nos esperando. Mas, de fato, quase não dormimos, tal era a preocupação com a situação do governo e as consequências de um regime militar para o país e para cada um de nós. Ao acordarmos, a televisão informou que os militares rebeldes haviam tomado o Forte de Copacabana.

Comemos alguma coisa e tomamos o carro para voltar à UNE. Ao nos aproximarmos, percebemos que alguma coisa estranha estava acontecendo ali. Seguimos em frente até a Cinelândia. Toda a praça estava ocupada com tanques de guerra e soldados com farda de campanha. Não havia o quer fazer ali e voltamos pela praia do Flamengo, em direção à UNE. Ao nos aproximarmos de lá, o tráfego estava engarrafado, quase não andava. Logo depois, percebemos por quê: um grupo, armado com pistolas e coquetéis *molotov*, atacava a sede da UNE. Consegui ver que alguns de nossos companheiros fugiam por trás do prédio, correndo pelos telhados dos edifícios vizinhos.

Meu carro parou exatamente em frente à UNE e os caras passavam junto dele, para jogar as bombas incendiárias contra o edifício. Meu temor era que algum deles percebesse que, dentro daquele carro, estava o presidente do CPC. Respirei aliviado quando os veículos começaram a se mover e pude me afastar dali.

Na noite daquele dia, realizou-se uma reunião com Marcos Jaimovich, assistente do PCB junto ao CPC. O golpe estava consumado, Jango deixara Brasília e fora para Porto Alegre, onde Brizola tentava resistir com o apoio do Terceiro Exército. Não alimentávamos esperanças. A discussão não deu grandes resultados, mesmo porque era impossível prever o que vinha pela frente. Por isso mesmo, pedi ao Marcos que comunicasse à direção do PCB que, a partir daquele momento, eu me considerava membro do partido. É que, com o fim do CPC, o que nos restava era a luta clandestina contra a ditadura que nascia.

30.3.2014

Tentando entender

Quando, em 1951, na companhia de Mário Pedrosa e Ivan Serpa, visitei a 1ª Bienal Internacional de São Paulo, deslumbrei-me com tanta obra de arte ali exposta. Mesmo porque, além das obras recentes, que estavam sendo exibidas pela primeira vez, havia uma sala especial com obras de Picasso, Giacometti e Magritte, além de outros artistas que haviam revolucionado as artes plásticas do século xx.

Deslumbrei-me, mas surgiu-me na mente uma pergunta que só se formulou claramente na 2ª Bienal. Ali estavam expostas centenas de obras de arte, criadas por pintores, escultores, gravadores do mundo inteiro. Então pensei: daqui a dois anos haverá outra bienal, também com centenas de novas obras. E assim será dois anos depois e daí por diante, a cada dois anos, centenas de novas obras de arte terão que ser produzidas. E daí minha pergunta: mas é possível produzir tantas obras de arte, de dois em dois anos e para o resto do tempo?

Foi então que me assaltou uma preocupação. No meu modo de pensar, fazer arte requer certo estado de espírito, capacidade criativa, domínio técnico etc. etc. Muitos artistas passam semanas trabalhando num mesmo quadro, outros passam meses. Como então produzir tantas obras de real qualidade num espaço de apenas dois anos?

Não soube responder e, depois, deixei de fazer-me essa indagação. Mas ela me voltou recentemente ao tentar entender esse fenômeno chamado "arte contemporânea", que tem como principal característica o não fazer: é uma expressão que dispensa o domínio da linguagem estética e, mais que isso, dispensa o fazer.

Por exemplo, vi recentemente uma exposição que consistia na reunião de dezenas de objetos que a expositora havia recolhido durante uma viagem. Havia de tudo ali, e tanto podia ser a saboneteira que ela expôs como uma escova de dentes ou um par de chinelos. Ela não fez nada daquilo, claro, apenas foi recolhendo e pondo na maleta. Outra exposição que visitei mostrava lençóis que teriam sido usados em hospitais, conforme dizia um texto na parede, porque, sem isso, ninguém o adivinharia, certo? Claro que há, dentro dessa tendência, obras interessantes e de qualidade, mas são raras. A quase totalidade dispensa a realização estética e não quer durar: é só uma sacação.

Mas o que tem isso a ver com as bienais? Essa foi a pergunta que me fiz e, tentando respondê-la, cheguei à seguinte conclusão: as bienais, por seu tamanho, sua regularidade e a importância que adquiriram na vida artística atual, determinaram o rumo tomado pelas artes plásticas do século XX. Mas determinaram como? Cabe indagar. A resposta, a meu ver, é a seguinte: passou-se a fazer arte para as bienais, ou seja, em quantidade suficiente para ocupar seus amplos espaços; melhor dizendo, participar das bienais tornou-se obrigatório para o prestígio do artista e, por outro lado, elas, para sobreviver, necessitam de obras em tal quantidade que preencham as salas. Desse modo, quanto mais produzam os artistas, melhor para as bienais. E assim, um fator condicionou o outro: para as bienais, o que passou a importar foi a quantidade das obras e não tanto a qualidade, enquanto, para o artista, expor nelas atribui a suas obras a qualificação de arte.

Dizendo de outro modo: no passado, o artista realizava os seus quadros sem pressa, dedicando-lhes o tempo que fosse necessário à sua plena realização; expor era outro assunto, era outro momento. As bienais, tendo se tornado eventos para a exibição de novidades no campo da arte, tornaram-se também lugares propícios às mais inusitadas manifestações, pouco importando o que se defina como qualidade artística. O inusitado tornou-se o traço essencial das obras exibidas ali. Assim, as bienais deixaram de ser mostras de arte para exibirem instalações que duravam o tempo que duram as bienais. Desmontada a bienal, desmontam-se as obras, tornadas também eventuais.

Esta crônica já estava escrita quando li a notícia de que o curador da próxima Bienal de São Paulo encarregou artistas de realizarem obras seguindo uma proposta sua, do curador. Isso vem confirmar minha observação, com um dado a mais: a bienal é que é, agora, a obra de arte, a grande instalação que os artistas são chamados a realizar.

6.4.2014

Mas a Petrobras é deles

Os escândalos que envolvem a Petrobras merecem ser considerados com atenção porque revelam quem são as pessoas que nos governam e às mãos de quem nosso país foi entregue.

Todos certamente se lembram do uso que Lula fez da Petrobras durante a campanha eleitoral, inventando que o adversário iria privatizá-la. O adversário ganhou as eleições e não a privatizou; ele, Lula e sua turma, chegados ao governo, usaram-na politicamente, levando-a a prejuízos sucessivos, levando-a da condição de empresa lucrativa, mundialmente respeitada, à situação crítica em que se encontra hoje, com a perda preocupante de seu valor de mercado: caiu de aproximadamente 500 bilhões para 150 bilhões de reais, ou seja, para menos de um terço do que valia.

Até aqui, nós brasileiros atribuíamos esse desastre ao uso eleitoral que Lula fez da empresa, obrigando-a a vender seus produtos por um preço inferior ao que paga para importá-los. Até aí, o abuso se limitava a prejudicar o desempenho da Petrobras em função de seus interesses partidários.

Mas o escândalo da compra da refinaria de Pasadena já é outra coisa: envolve Lula, então presidente da República, e Dilma Rousseff, chefe de sua Casa Civil e presidente do Conselho de Administração da Petrobras naquela época. Trata-se de uma inexplicável transação de que resultou um prejuízo de milhões de dólares para a empresa brasileira.

Mas o problema não se limita a esse vultoso prejuízo, pois foi agravado pelo modo como a coisa se deu. Como se não bastasse ter a Petrobras pago 360 milhões de dólares pela metade da refinaria que havia sido comprada, um ano antes, por apenas 42 milhões de dólares, ainda foi obrigada a adquirir por 680 milhões a outra metade, conforme a obrigava o contrato!

E Dilma, como presidente de Conselho, concordou com isso? Diante do escândalo, ela soltou uma nota afirmando que aquelas cláusulas haviam sido omitidas no contrato que lhe foi apresentado, do contrário, não teria aprovado a compra. E puniu o suposto responsável, Nestor Cerveró, que lhe teria apresentado o suposto documento, demitindo-o do cargo de diretor internacional. O curioso é que tudo isso já era conhecido desde 2012 e ninguém havia sido punido.

No entanto, nossa surpresa não para aí. Após a nota da presidente Dilma, admitindo a falcatrua, o ministro da Justiça, José Eduardo Cardozo, veio a público afirmar que a compra da refinaria de Pasadena foi feita de acordo com estritas normas administrativas, não tendo havido nenhuma trapaça. Se isso é verdade, então a nota de Dilma é mentirosa e a demissão de Cerveró, uma medida farsesca para ocultar a verdade. Afinal, qual dos dois está mentindo?

A verdade é que a história da Petrobras, desde que caiu nas mãos de Lula, tem sido desastrosa. Lembram-se da propalada iniciativa do presidente Lula ao decidir construir, em Pernambuco, uma refinaria em sociedade com o presidente venezuelano Hugo Chávez? A tal refinaria Abreu e Lima, que custaria 2,5 bilhões de dólares, já está custando 18 bilhões e ainda não funciona. A Venezuela não entrou com um tostão que fosse.

Como se vê, pelo menos no que se refere a petróleo, o estadista Lula é um fracasso. Sim, porque tem mais: ele também inventou de comprar uma refinaria no Japão por 71 milhões de dólares, mas, até agora, a Petrobras já gastou 200 milhões. A consequência de tudo isso é que, como seria inevitável, a grande empresa brasileira vem se descapitalizando, chegando hoje, na avaliação do mercado internacional, a menos de um terço do que valia antes de ser entregue ao populismo petista.

Como se sabe, uma das características do populismo é usar empresas do Estado como moeda de troca no jogo do poder. Nesse jogo, entram desde o presidente da República até vigaristas como Paulo Roberto Costa, preso por lavagem de dinheiro.

E o pior é que a senadora Gleisi Hoffmann, do PT, até recentemente ministra da Casa Civil de Dilma, teve a coragem de afirmar que a finalidade da Petrobras é melhorar a vida do brasileiro pobre e não dar lucro, pois isso só interessa aos acionistas. Ou seja, a Petrobras está no caminho certo, falindo.

13.4.2014

Agora é cair na real

Maldita a hora em que alguém inventou de trazer essa Copa de 2014 para o Brasil, dirão agora os fanáticos por nosso futebol. Quem teve essa ideia, não se sabe ao certo.

Mas quem tudo fez para trazê-la para cá foi o presidente Lula, que chegou a ir à reunião da Fifa para conseguir trazê-la. E isso foi saudado como vitória por todo mundo, inclusive por mim. Uma Copa dos campeões do mundo no Brasil, quem não queria?

Todos os brasileiros queriam e, por isso mesmo, Lula fez tudo o que pôde para que esse sonho se realizasse, mesmo porque só faria crescer seu prestígio e sua popularidade.

Mega, como ele é, logo imaginou que seria um acontecimento extraordinário, de projeção internacional e, ainda por cima, o resgate do nosso insuperado trauma da Copa de 1950. Tal feito o elevaria definitivamente à condição de herói nacional.

Isso era possivelmente o que ele pensava, mas nós, que não somos políticos, também víamos a realização dessa Copa aqui como a afirmação de nosso prestígio no universo futebolístico. Só não pensamos que, para que tudo saísse às mil maravilhas, era necessário termos uma seleção capaz de peitar e vencer as dos outros países. E não tínhamos.

Creio que o ponto principal para entendermos o desastre que foi a nossa atuação nesta Copa está em nos darmos conta de que não apenas Lula é mega: nós, o Brasil também o é. E como quem é mega não se dá conta de que o é, nós, brasileiros, ao sabermos que a Copa de 2014 seria aqui, começamos imediatamente a sonhar com o título de hexacampeão e com o banho que daríamos em nossos adversários.

"A Copa já está em nossas mãos", disse Felipão, disse Parreira, disse a torcida inteira. Eu não disse, como alguns outros poucos. O que escrevi aqui sobre o assunto, nas últimas semanas, deixou claro que eu temia o desastre.

Porque somos mega, a derrota de 1950 tornou-se um trauma insuperável. É que o mega não pode perder e, se perder, não se conforma, como não nos conformamos com a derrota para o Uruguai.

Pois bem, lógico seria, após as vitórias posteriores, que nos tornaram pentacampeões, aceitarmos aquela derrota como natural, mesmo porque a seleção uruguaia, que nos venceu, era uma boa seleção e, portanto, poderia ganhar de nós, como ganhou.

Mas quem é mega não pensa assim. Aceitar a derrota é admitir que não jogamos o melhor futebol do mundo e, portanto, para sermos derrotados, deve ter havido algo inexplicável, fora da lógica natural das coisas: um apagão, certamente.

Não é assim que Felipão explica os 7 a 1 que sofremos na semifinal com a Alemanha? Sim, porque, se perdemos por termos jogado mal, não somos os melhores do mundo.

Daí por que a derrota não tem explicação. Claro, o melhor do mundo, aquele que se tornou o país do futebol, que tem o rei do futebol e cinco títulos mundiais, não pode perder de ninguém, muito menos perder de lavada. Se isso nos acontecer, entramos em crise, ou seja, estamos em crise.

E então você entenderá por que muita gente agora maldiz a ideia de trazer para o Brasil a Copa dos campeões este ano. No primeiro momento, todos nós só pensamos na alegria de termos em nosso país a disputa entre as melhores seleções do mundo e, claro, a oportunidade de superarmos o trauma surgido com a derrota de 1950.

Só nos esquecemos de considerar que, tendo perdido a última Copa realizada aqui, estaríamos obrigados a vencer esta, do contrário passaríamos por um vexame ainda maior. Ou seja, em vez de nos livrarmos do trauma de 1950, acrescentaríamos a ele um novo trauma, o de 2014.

Para os brasileiros mais modestos, o modo como a nossa seleção chegou à semifinal já os deixou de pé atrás, e a derrota fragorosa diante da Alemanha apagou qualquer dúvida: já não somos os melhores do mundo.

Essa foi uma derrota tão inesperada e avassaladora que nem a nossa megalomania resistiu a ela. O novo temor era o jogo com a Holanda e o pior se confirmou: nova derrota, de 3 a 0.

É hora de encarar a realidade. Não só no futebol como no resto. Para melhorar o nosso futebol e o nosso país, encarar a realidade é melhor que nos iludirmos.

20.7.2014

Perguntas sem resposta

Se há uma mania desagradável que tenho é a de pensar sobre o Universo. Não adianta nada, não há uma resposta que me satisfaça, mas, numa hora qualquer, lá vêm as perguntas inevitáveis: O Universo sempre existiu? Alguém o criou? Ninguém o criou?

Respondo a mim mesmo que não sei, mas as perguntas continuam. Então sou obrigado a responder e respondo: se o Universo foi criado teria de haver existido, antes dele, alguém que o criasse, logo já havia esse alguém. Mas quem poderia criar uma coisa tão gigantesca que nem se sabe onde termina?

Claro, ninguém o criou, digo a mim mesmo, e tento pensar numa coisa mais agradável, menos perturbadora. Tento e não consigo.

O Universo não pode ter sido criado porque isso implicaria haver um ser ou maior do que ele ou mais poderoso. Nada disso é possível, mas, ainda que o fosse, não dá para acreditar que houve um tempo em que o Universo não existia.

Já imaginou? Se houve um tempo em que ele não existia, tudo o que havia era nada. Você pode imaginar um tempo sem nada? Não existiria nem o espaço vazio, porque seria existir algo, ou seja, nada de nada. Não dá para pensar isso.

A conclusão inevitável é que o Universo sempre existiu. Por isso, não creio que o Big Bang tenha sido o início de tudo que aí está. O Big Bang seria a explosão inicial que deu origem a tudo, mas, se ocorreu mesmo tal explosão, havia, antes, alguma coisa que explodiu. Nada não explode, certo?

Logo, a conclusão lógica é que o Universo não começou ali nem em momento algum: não começou.

Segundo a teoria do Big Bang, essa explosão inicial prossegue, e o Universo continua se expandindo, impulsionado pela detonação inicial, ocorrida há bilhões de anos.

Por isso mesmo, como faz tanto tempo que isso ocorreu, a expansão do Universo estaria começando a se reduzir, em consequência de que, depois de algum tempo, ele terá encolhido, até voltar ao estado inicial, ou seja, ficar do tamanho de uma bola de tênis.

Confesso que sempre achei isso estranho, lógico demais em meio a tanto disparate. Pois bem, descobriram, faz pouco tempo, que, em vez de diminuir, o Universo estaria se expandindo, crescendo cada vez mais.

A questão que se coloca, então, é a seguinte: se o Universo é tudo o que existe – o que chamo de o dentro sem fora –, como pode se expandir? Se há espaço para crescer, então ele não é tudo?

A única hipótese seria que ele criasse o espaço de que precisa. É difícil entender, e, por isso mesmo, há quem acredite na existência de outro universo, um antiuniverso, onde tudo seria o contrário deste nosso. E, veja, como se um só já não bastasse.

Abro o jornal que tenho nas mãos e começo a lê-lo para parar de pensar nesses enigmas e me deparo, por azar, com uma notícia sobre o satélite lançado pelos norte-americanos com destino a Marte. Bastou isso para que voltasse eu ao assunto de que tentava me livrar. Embora Marte esteja bem ali, o foguete levaria meses para chegar a ele.

De qualquer modo, o sistema solar é insignificante e o Sol está pertinho da Terra, se pensarmos nas galáxias que estão a bilhões de anos-luz de distância.

Li, certa vez, que pretendiam construir uma nave capaz de se deslocar na velocidade da luz, isto é, a 300 mil quilômetros por segundo, para alcançar outras galáxias. Mera fantasia, claro, porque tudo o que se desloca na velocidade da luz vira luz, ou seja, se desintegra.

Logo, mesmo que pretendêssemos apenas chegar a Sirius, que fica a vinte anos-luz de distância da Terra, voando não digo a 300 mil quilômetros por segundo, mas por minuto, levaríamos décadas para chegar lá, isto é, seria preciso várias gerações de tripulantes para completar a viagem. A conclusão inevitável é que o Universo está aí apenas para que o contemplemos de longe, e põe longe nisso.

A essa altura, o táxi chegou ao Aterro do Flamengo e pude ver a baía de Guanabara com suas montanhas banhadas de sol. Respirei aliviado ao constatar que o Universo era aquilo ali também: as águas frescas com seus barcos, o céu azul e a paisagem vesperal iluminada pelo sol de dezembro. Este é o nosso mundo, que existe para nós, filhos da Terra, disse a mim mesmo.

28.12.2014

Papo furado

Vou dizer aqui uma coisa que você talvez não acredite: nunca pensei em me tornar conhecido, muito menos famoso.

É verdade que sempre fui atrevido, pensando por minha conta e risco. Quando ainda adolescente, afirmei, certa vez, na presença de um padre, que não acreditava em Deus e passei a enumerar argumentos, o padre, escandalizado, afastou-se exclamando: "Ih, filósofo, filósofo!".

É claro que quem defende ideias polêmicas termina chamando a atenção para si, mas não era esse o meu propósito: só queria afirmar meu ponto de vista, o que, aliás, faço até hoje.

O leitor, porém, poderia alegar, contra minha suposta modéstia: não queria ser conhecido, mas seu primeiro emprego foi o de locutor de rádio... É verdade, mas não o busquei, fui levado por um amigo que trabalhava na Rádio Timbira do Maranhão. Fiz o teste, fui aceito e, modestamente, adotei um pseudônimo: Afonso Henrique.

Aliás, o que mais tive na vida foram pseudônimos, em parte para fugir da polícia, é verdade. Nada mais coerente, uma vez que, se não desejava ser conhecido, muito menos queria que o fosse pelos agentes do DOI-Codi.

Estou certo de que, à mente do leitor, ocorrerá uma indagação inevitável: se eu não sonhava em ser famoso, por que me tornei poeta?

Sei que você não vai acreditar, mas a verdade é que jamais havia pensado em me tornar poeta, nem mesmo sabia que isso me tornaria conhecido. Veja bem, eu tinha treze anos, nascido na família do quitandeiro Newton Ferreira, com dez irmãos e numa casa onde não havia livros; só havia exemplares da revista *Detective*, leitura predileta de meu pai, enquanto eu e meus irmãos líamos histórias em quadrinhos. Talvez por isso, quando, pela primeira vez, li um poema, levei um susto.

Um susto bom, tão bom que tive vontade de escrever coisas bonitas como aquelas. Era uma ideia de jerico, sem muito propósito, já que, na minha infundada opinião, todos os poetas já haviam morrido (Camões, Bocage, Gonçalves Dias, Castro Alves) e, ainda assim, decidi entregar-me àquela atividade de defuntos.

A maior prova de que não queria ser conhecido foi trocar meu nome verdadeiro por um pseudônimo. Por isso mesmo, até hoje, quando alguém me pergunta se sou eu o poeta Ferreira Gullar, respondo: "Às vezes". Sim, porque às vezes sou José de Ribamar Ferreira; aliás, na maioria das vezes.

Mas o famoso não é ele, é o outro, o Gullar. E veja você, embora o subversivo fosse o Gullar e não o Ribamar, no final das contas, para minha surpresa, era este e não o outro que a polícia da ditadura buscava.

Só soube disso mais tarde, aliás, tarde demais, depois que retornara do exílio, dado como absolvido pelo STM (Superior Tribunal Militar).

Ao receber o documento do STM informando-me da absolvição, não era o Gullar nem o José de Ribamar Ferreira que tinham sido processados e julgados, mas outro Ribamar, também maranhense, de quem nunca ouvira falar.

Soube depois que ele aderira à luta armada, na certeza de que, juntamente com Marighella e mais meia dúzia de revolucionários, ia derrotar o Exército, a Marinha e a Aeronáutica, além de todas as polícias militares do país. Eu, o Ribamar, filho de dona Zizi e do Newton Ferreira, era menos insensato.

A verdade, porém, é que, querendo ou não, me tornei conhecido e, mais ainda, agora, ao ser eleito para a ABL (Academia Brasileira de Letras).

Mal sabia eu o que estava perdendo negando-me a candidatura à ABL. Nunca fui tão cumprimentado e saudado nas ruas do bairro quanto agora. Descobri, assim, que, se a consagração erudita é dada pela crítica literária, a consagração popular é dada pela ABL.

Agora sou saudado pelo vendedor de picolé, pelo barraqueiro da feira, pela moça do caixa do supermercado. Não há um dia em que saia de casa, para ir à farmácia ou à banca de jornais, que não seja cumprimentado por numerosos e simpáticos desconhecidos.

Não resta dúvida de que boa parte dessa popularidade se dá graças à televisão. Ainda assim, como explicar que um mendigo, imundo e seminu, murmure ao me ver passar: "Poeta Gullar, imortal!".

No fundo, todos repetem aquela mesma frase do cara, também bêbado, que, anos atrás, quando me viu atravessando a rua, gritou: "Ferreira Gullar, famoso e eu não sei quem é!". Nem eu, tampouco.

1.2.2015

Do fundo da noite

Há cem anos nascia, em Restinga Seca, Rio Grande do Sul, o pintor Iberê Camargo, que haveria de se tornar um dos nomes mais marcantes da moderna pintura brasileira.

Costumo dizer que a vida é, em boa parte, resultado do acaso, mas sou obrigado a admitir que certas casualidades são tão especiais que parecem fruto de alguma determinação.

Vejam isso. Estava, aos meus 18 anos, em São Luís do Maranhão, onde nasci, quando descubro, na biblioteca pública, um exemplar recente da revista *Esso*, em cuja capa estava estampado um quadro moderno, uma paisagem urbana.

Foi no final da década de 1940. Naquele fim de mundo onde vivia, quase nada chegava de pintura moderna. Foi aquele quadro, uma paisagem do bairro da Glória, no Rio de Janeiro, de autoria de Iberê Camargo, de quem nunca ouvira falar. Mas aquele foi o primeiro quadro moderno que me tocou e me revelou essa nova linguagem da pintura. Pois bem, jamais imaginaria, então, que aquele pintor iria, no futuro distante, tornar-se meu amigo e de cuja vida, em seu final dramático, ia eu ter participação.

A trajetória artística de Iberê foi das mais significativas da arte brasileira, pois, partindo da pintura figurativa, inicialmente na linha do modernismo brasileiro, tornar-se-ia o protagonista de um momento único da arte do país. É quando rompe com a linguagem figurativa, numa implosão estilística que o leva à invenção de um novo expressionismo, que nada deve, porém, a qualquer tendência contemporânea.

Não pretendo dizer que a sua pintura nada tem a ver com as demais tendências da pintura moderna – o que seria inviável. É verdade, porém, que, à medida que começa a violar a expressão realista, inicia o caminho que o levará a um modo intensamente expressivo e original de elaborar a linguagem pictórica.

Em certo momento, explora a riqueza da pasta pictórica, numa entrega passional – diria cega – para alcançar a imagem imprevisível, que surge na tela como algo mágico. Digo isso porque vivi, como modelo, essa experiência indescritível, ao ver minha figura surgir e desaparecer na tela, cada vez que a espátula fazia e desfazia e refazia minha figura diante de meu olhar perplexo.

Estando eu ali como o objeto a ser retratado, testemunhei o processo exasperado do pintor, que partiu de alguns traços quaisquer, donde surgiria meu rosto, por ele inventado nos lances do acaso e da intuição. Em determinado momento, tive o ímpeto de dizer a ele: "Para, Iberê!". Mas não o fiz, claro, e ele prosseguiu naquela faina feita de ímpeto e mestria, até que, finalmente, surgiu na tela uma imagem de meu rosto, que sou eu mais do que eu, uma metáfora de mim, que só existe ali, naquela tela, naquele acúmulo de camadas de pasta e de cores, mudada em expressão humana, vinda do fundo da noite.

Nossa amizade nasceu de um artigo que escrevi sobre a exposição que ele fizera na Galeria Acervo e que tinha sido ignorada pela crítica. A mostra não foi montada na sala de exposições da galeria, mas num espaço do subsolo, no porão. Iberê a fizera na esperança de conseguir dinheiro para pagar o advogado que o defendia da acusação de homicídio.

Escrevi o artigo porque os quadros expostos eram de alta qualidade artística, mas, também, para responder à crueldade dos que desconheciam o seu drama e, sobretudo, seu talento de pintor. Além disso, as referências que surgiam sobre ele na imprensa, "o homicida Iberê Camargo".

Após ler o artigo publicado na revista *IstoÉ*, ele me telefonou soluçando para me agradecer e, dias depois, me convidou para ir jantar em sua casa. Nasceu aí uma amizade que durou até os últimos dias de sua vida. Tenho comigo, como uma preciosidade artística, mas também como uma joia afetiva, o retrato meu que ele pintou naquela ocasião.

Pouco tempo depois, ele se mudou do Rio para Porto Alegre, onde pintou até quando a doença lhe permitiu. Antes de morrer, ele me telefonou. Um telefonema de despedida.

15.3.2015

Arte como alquimia

Outro dia me deparei com uma senhora que veio ao meu encontro para dizer-me: "Fiquei muito feliz ao ouvi-lo dizer que a arte transforma o sofrimento em alegria". Falou isso e me abraçou.

E aí quem ficou feliz fui eu, de ver que aquela minha opinião tinha alcançado seu objetivo. É que já estou cansado de ver e ouvir coisas que visam exatamente ao contrário, ou seja, fazer da arte veículo da feiura e da banalidade.

Essa não é uma opinião unânime, uma vez que os museus e as mostras internacionais de arte, em muitos casos, expõem coisas – ditas obras de arte – que ninguém poria em sua sala, nem mesmo os que as exibem.

É verdade que isso não surgiu gratuitamente, mesmo porque a verdadeira arte não é apenas bom gosto e boniteza. Quando digo que o artista transforma sofrimento em alegria, estou me referindo à complexa alquimia que está na essência de toda arte verdadeira.

Transformar sofrimento em alegria só consegue quem efetivamente conhece o sofrimento e o sente na carne. É como Picasso quando pinta a *Guernica*, tocado pela tragédia daquela pequena cidade esmagada pela fúria nazista.

Esse é um caso extremo, mas, por isso mesmo, serve de exemplo do que pode realizar a alquimia da dor em alegria estética, se bem entendido, uma vez que a crueldade presente naquele episódio bestial não se apaga como fato real.

Pelo contrário, a sua transformação em linguagem simbólica, ao mesmo tempo que o transfigura, o perpetua como expressão de bestialidade e sofrimento. E daí mesmo a significação especial que aquela obra guarda em si.

Não pretendo afirmar que toda arte nasce do sofrimento ou da tragédia, porque, se o fizesse, estaria desconhecendo, por exemplo, a beleza das telas de Henri Matisse ou das naturezas-mortas de Giorgio Morandi.

Essas obras não nasceram do sofrimento e, sim, da alegria de criar a beleza – do espanto, como costumo dizer – que é, em suma, a necessidade de acrescentar ao mundo, que já tem tanta beleza, mais uma coisa bela. Isso porque a vida, com tudo o que nos oferece, não basta.

Não só necessitamos mudar o sofrimento em alegria, como também criar mais e mais alegrias. Por isso, escrevi, certa vez, a propósito da tela *A noite estrelada*, de Van Gogh, que aos milhões de noites expandidas universo afora (ou adentro?), ele acrescentou mais uma, que só existe em sua tela.

Não encontraremos nela tantas estrelas quanto encontramos no céu, mas, em compensação, pôde o artista impregnar aqueles poucos centímetros de pano com uma magia que os torna mais ricos que os espaços infinitos da noite cósmica.

É que a noite do pintor é invenção humana, coisa nossa.

Sim, porque a noite pintada, a obra de arte, não é a realidade – que, por si só, já guarda um mistério insondável. A noite estrelada de Van Gogh não é a que se vê da janela do apartamento; é outra noite, inventada por sua maestria.

Por isso, quando digo que pintar é transformar o sofrimento em alegria, refiro-me à alegria que nasce da linguagem pictórica, do mesmo modo que a alegria dos poemas de Carlos Drummond de Andrade, que surge do espanto diante da vida e da magia das palavras.

Essa é a razão minha de acreditar que o mundo humano é inventado, mas não no sentido de que seja mera fantasia. Nada disso.

Existe o mundo material, que independe de nós – o chão, o mar, as montanhas –, cuja origem desconhecemos, e existe o mundo humano, da tecnologia, da religião, da arte – o qual inventamos para tornar a vida melhor.

Sei muito bem que, se a realidade não é simples, tampouco o é o mundo imaginário da arte.

Quando Picasso pintou *Guernica*, foi movido pela revolta que nele provocou o bombardeio daquela pequena cidade por aviões alemães, mas, ao pintá-lo, não pretendeu obviamente repetir o sofrimento que o massacre provocara e, sim, pela dramaticidade das figuras que inventou, denunciar a barbárie dos genocidas e exaltar a grandeza da vida humana.

Por isso, cabe afirmar que, quando não consegue transcender a barbárie ou a dor, a obra de arte não cumpre sua função.

19.4.2015

Índice remissivo

A
ABI (Associação Brasileira de Imprensa) 188
ABL (Academia Brasileira de Letras) 273
Abreu e Lima (refinaria, PE) 267
Abreu, Casimiro de 97
Accioly, Breno 188
Aeroflot 115
Aeroporto Antônio Carlos Jobim (RJ) 93, 125
Ahimsa, Cláudia 87, 92-3, 225
AI-5 (Ato Institucional nº 5) 46, 238
Aids (Síndrome da Imunodeficiência Adquirida) 112, 251
Alberti, Rafael 93
Alcântara (MA) 54
Alemanha 69, 269
Alkmin, Maria Antonieta d' 197
Allende, Salvador 74-5, 118, 124, 146, 238
Alves, Ataulfo 209
Alves, Castro 21, 97, 272
Amarelinho (bar) 186, 188
Andrade, Carlos Drummond de 99, 160, 197, 199, 253, 277
Andrade, Goulart de 227
Andrade, Mário de 99, 197
Andrade, Oswald de 99, 196-7, 200-1
Anjos, Augusto dos 43
"Antiode" (João Cabral de Melo Neto) 98
Apollinaire, Guillaume 57
Aragão, Thereza 45-6, 75, 104, 155, 162, 225, 227, 263
Arap, Fauzi 87
Araponga (telenovela) 24
Argentina 117-8, 124, 210-1, 253
Arp, Hans 176
art abstrait, L' (Michel Seuphor) 150

Artaud, Antonin 16, 186-8
arte conceitual 202
Assembleia Nacional Constituinte 33
Assis Chateaubriand, Francisco de 165
Assis, Joaquim 24
Astória (cinema) 188
Ato Institucional nº 5
   ver AI-5
Autran, Paulo 21
Azevedo, Álvares de 97

B
Bachianas brasileiras (Villa-Lobos) 155
Baekdu (montanha) 213
Banco de Minas Gerais 234
Banco do Brasil 234
Banco Rural 234
Barcelona 126, 178
Barrault, Jean-Louis 167
Barreto, Lima 209
Barros, Emygdio de 15, 68-9
Baudelaire, Charles 58, 97
Beija-Flor de Nilópolis (escola de samba) 215
Bengell, Norma 225
Bezerra, Gregório 227
Biblioteca Mário de Andrade (SP) 97
Biblioteca Nacional 186, 188
Bienal de Arte de São Paulo 177, 264-5
Bienal de Veneza 177
Big Bang (teoria) 270
Bill, Max 141
Bin Laden, Osama 27
Bispo do Rosário, Arthur 202-3
Bloch, Adolpho 225, 236-7

Boal, Augusto 20, 103-4
Bocage 272
bolivarianismo 240
Bolonha 137, 259
Bolsa Família 109, 143-4, 183
Boni (José Bonifácio de Oliveira Sobrinho) 24
Borba, Emilinha 119
Borges, Jorge Luis 11-2, 176, 237
Borjalo (Mauro Borja Lopes) 198, 236
Botafogo (bairro) 154, 180, 189
Box in a Valise (Duchamp) 85
Braga, Rubem 199, 236-7
Brandão, Darwin 236
Braque, Georges 228
Brasília (DF) 105, 116, 142, 161, 167-8, 263
Breton, André 188
Brizola, Leonel 145-6, 263
Brown, Louise Joy 244
Buarque de Holanda, Chico 63, 97, 201, 209
Buarque de Holanda, Sérgio 63
Buda 11-2
Buenos Aires 30, 104, 115, 118, 123-4, 155, 210, 227, 246, 252, 256-7
Bündchen, Gisele 27
Bush, George W. 128

C

Cabañas, Kaira 187
Cabral Santos, Sérgio 45, 103
"Caderno B" (*Jornal do Brasil*) 73
Cahiers d'Art (revista) 84
Cahiers de la Pléiade, Les (revista) 186
Caixa Cultural (RJ) 202
Calcanhotto, Adriana 97, 260-1
Calder, Alexander 72, 261
Callado, Antonio 45
Câmara de Vereadores (RJ) 129, 188-9
Câmara dos Deputados (Brasília) 36, 40, 80-1, 110, 194, 223, 234

Camargo, Iberê 274-5
Camões, Luís de 272
Campofiorito, Quirino 68
Campos, Augusto de 197, 200
Campos, Haroldo de 197
Canhoteiro (José Ribamar de Oliveira) 62-3
canto do pajé, O (Villa-Lobos) 155
cantos de Maldoror, Os (Lautréamont) 186
"cão sem plumas, O" (Melo Neto) 98
capitalismo 55, 70, 89, 115, 126, 131-2, 137, 174-5, 212-3, 219, 238-9, 250-1
Cardoso, Fernando Henrique 33, 80, 194, 204, 222
Cardoso, Joaquim 106
Cardoso, Lúcio 188
Cardozo, José Eduardo 267
Carga pesada (série) 23
Carnaval 35, 168, 208, 214-5
Carneiro, Edison 119
Carpeaux, Otto Maria 160
Cartola (Angenor de Oliveira) 209
Carvalho Pinto, Carlos Alberto Alves de 146
Casa Branca (EUA) 128
Castro, Amilcar de 73, 119, 221, 236
Castro, Fidel 33, 205
Catedral de Brasília 105, 169
Catedral de São Basílio (Moscou) 116
Catete (bairro) 62, 147-8, 153, 189, 198, 237
Cavalcanti, Severino 37-8
Celestino, Vicente 107
Cem anos de solidão (García Márquez) 125
Cemitério de São João Batista (RJ) 154, 161, 165
Centro Cultural Banco do Brasil 149
Centro de Ecologia e Conservação da Universidade de Exeter (Inglaterra) 55
Centro Georges Pompidou (Paris) 85
Centro Psiquiátrico Nacional Pedro II (RJ) 14, 42, 68, 192
Cerveró, Nestor 266-7

Cézanne, Paul 228-9
CGT (Confederación General del Trabajo, Argentina) 117, 210
CGTI (Comando Geral dos Trabalhadores Intelectuais) 262
Chagall, Marc 149
Chapéu Mangueira (morro) 180
Char, René 188
Chávez, Hugo 205, 211, 240-1, 267
Che Guevara, Ernesto 65
Chile 74-5, 124, 146, 238
China 120, 126, 174-5, 213, 219, 239
Cinelândia (bairro) 147, 188-9, 197, 263
Civilização Brasileira (editora) 156
Clair, Janete 23
Clark, Lygia 141-2, 150, 152, 221
Clinton, Hillary 127-8
código Da Vinci, O (Dan Brown) 57
Colegio de Periodistas de Chile 75
Colônia Juliano Moreira (RJ) 202-3
Comissão Estadual de Cultura (SP) 152
Complexo da Maré (RJ) 88
comunismo 21, 27, 75, 116, 145, 149, 174, 212-3, 219, 238-9, 250
concretismo brasileiro 141
"**Confesso que bebi**" (Gullar) 110
Congresso Nacional (DF) 35-8, 61, 74, 105, 111, 137, 158-9, 194
Conselho Nacional das Ligas Camponesas 129
construtivismo 141, 176
Contrarrelevo (Tatlin) 150
Copa do Mundo de Futebol 65, 268-9
Copacabana (bairro) 18, 20, 90, 94, 126, 130, 165, 175, 181, 189, 198, 206
Cordeiro, Waldemar 220
Coreia do Norte 212-3
Coreia do Sul 213, 251
Correio da Manhã (jornal) 73, 160
Costa, Armando 23, 104, 262

Costa, Lúcio 105
Costa, Paulo Roberto 267
Costa Filho, Odylo 119
Costa Neto, Valdemar 35-7
Coutinho, Eduardo 258-9
CPC da UNE (Centro de Cultura Popular da União Nacional dos Estudantes) 20, 104, 129, 142, 262-3
CPI dos Correios 35, 37
Cristo, Jesus 112, 215, 244-5
Cruz e Souza, João da 209
Cruzeiro, O (revista) 236
Cuba 47, 124, 205, 212, 218-9, 241
cubismo 47, 149, 176, 228
Cunha, Mário 46
Cuoco, Francisco 23
Curitiba 199

D

Da Vinci, Leonardo 49, 85, 177
dadaísmo 176
Darwin, Charles 250
David (Michelangelo) 228
Degand, Léon 68
Dentro da noite veloz (Gulllar) 30
design gráfico 73, 119, 217, 221
Detective (revista) 272
Diário Carioca 119
Diário de Notícias 198
Diários Associados 165
Dias, Gonçalves 272
Diniz, Fernando 15, 68
Dirceu, José 32, 80, 204, 234-5
ditadura militar brasileira (1964-85) 20-2, 32-3, 73, 129-30, 142, 145, 164, 191, 199, 225, 238, 263, 273
Divina comédia (Dante) 30
DOI-Codi (Destacamento de Operações de Informações do Centro de Operações de Defesa Interna) 104, 272

Domingues, Raphael 15, 68
Dona Felinta Cardoso, a rainha do agreste (minissérie) 23
Dr. Getúlio, sua vida, sua glória (peça teatral) 237
Dr. Urubu e outras fábulas (Gullar) 26
Drummond, Maria Julieta 253
Duchamp, Marcel 84-5, 142, 176, 202, 228-9

E

Edson Luís (Edson Luís de Lima Souto) 129
"**educação pela pedra, A**" (João Cabral de Melo Neto) 100
Edwards, Robert Geoffrey 244
Egito 190
Elias Maluco (Elias Pereira da Silva) 121
Eliot, T. S. 29
Éluard, Paul 188, 198
Em família (Paulo Porto) 227
Engels, Friedrich 126, 227
Escola de Artes Visuais (RJ) 165
Escola do Partido Comunista (Moscou) 115-6, 184
Esmagado (jogador de futebol) 62-3
Espanha 92-3, 178, 210
esquizofrenia 14, 16, 68, 137-8, 140, 258-9
Esso (revista) 274
Estado de S. Paulo, O 46, 156, 262
Estados Unidos (EUA) 127-8, 136, 153-4, 212-3, 238, 250
Étant donnés (Duchamp) 85

F

"**faca só lâmina, Uma**" (João Cabral de Melo Neto) 97-8, 100
Fatos & Fotos (revista) 86
Faulkner, William 176
Felipão
  ver Scolari, Luiz Felipe
Fernandes, Hélio 21

Fernandes, Millôr 21, 236
Fernandinho Beira-Mar (Luiz Fernando da Costa) 183
"**ferrageiro de Carmona, O**" (João Cabral de Melo Neto) 98
Ferreira, Newton 62-3, 107, 272
Festival Internacional de Cinema de Moscou 227
Fifa (Federação Internacional de Futebol) 268
Filho, Daniel 23
Fina Flor do Samba (show) 45, 104
Finnegans Wake (Joyce) 176
Fiorentina (restaurante) 21, 86
Flamengo (bairro) 18, 79, 147, 262-3, 271
Flip (Festa Literária de Paraty) 196-7
flores do mal, As (Baudelaire) 58
FMI (Fundo Monetário Internacional) 80
Fontaine (Duchamp) 84-5
"**formigueiro, O**" (Gullar) 53, 201, 216-7
Forte de Copacabana 263
Fortuna, Perfeito 45
Fortunato, Gregório 148
Francis, Paulo 45
Francisco, papa 245
Franco, Itamar 194, 222
Frei Betto (Carlos Alberto Libânio Christo) 32
Freitas, Janio de 73, 104, 119, 164, 236
futebol 62-5, 113-4, 207, 268-9

G

Galeria Acervo (RJ) 275
Gândavo, Pero de Magalhães 43
Garanhuns (PE) 36
Gates, Bill 251
Genoino, José 32, 234-5
Giacometti, Alberto 264
Gil, Gilberto 45
Giotto 71

Globo, O 199
Globo (TV) 23-5
golpe militar chileno (1973) 74-5, 146, 238
Gomes, Dias 23-5, 237
Gorbatchov, Mikhail 116, 239
Goulart, João 145-6, 235, 262-3
Goya, Francisco de 228
grande família, A (programa de TV) 23
grande vidro, O (Duchamp) 85
Gropius, Walter 106
Guernica (Picasso) 276-7
Guerra Fria 213
Guimarães, Ulysses 164
Gullar, Luciana Aragão Ferreira 45-6, 242

H

Harry Potter (J. K. Rowling) 57
Havana (Cuba) 218, 241
Helena, Heloísa 38
Henrique Cardoso, Fernando 33, 80, 194, 204, 222
Heráclito de Éfeso 43
Hirszman, Leon 165, 237
Histoire du surréalisme (Nadeau) 147
História da Província Santa Cruz (Magalhães Gândavo) 43
História de um valente (Gullar) 227
Hoffmann, Gleisi 267
Hölderlin, Friedrich 50
Homero 42, 65
horto, O (Giotto) 71
Hoskens, David 55
Humaitá (bairro) 261

I

IAPC (Instituto de Aposentadoria dos Comerciários) 147
IBM (International Business Machines) 199
Igreja Católica 17-8, 111-2, 130, 215, 244-5

Ilíada (Homero) 65
Imparcial, O (jornal) 226
Inglaterra 55
Instituto Marxista-Leninista (Moscou) 51-2, 227
Ipanema (bairro) 18, 20, 54, 86, 88, 147, 152, 155, 164-5, 181, 197, 225, 236, 247
IstoÉ 275

J

Jaimovich, Marcos 263
Jangadeiros (bar) 29
Jardim, Reynaldo 72-3
Jefferson, Roberto 35-7, 204
Jiménez, Juan Ramón 93
Jobim, Antonio Carlos 164, 209, 237
Jong-il, Kim 213
Jornal, O 165
Jornal do Brasil 15, 47, 72-3, 86-7, 119-20, 151-2
Jornal dos Sports 73
José, Paulo 23
José de Ribamar, são 226
Jung, Carl Gustav 14
Juventude Católica (Chile) 74

K

Kafka, Franz 108
Kandinsky, Wassily 149
Kirchner, Cristina 117-8, 210-1
Kirchner, Néstor 210
Kremlin 52, 116, 132
Kruel, Amaury 262
Kruschev, Nikita 238

L

La Moneda (palácio) 75
La Monumental (praça de touros) 178
Lacerda, Carlos 147-8
Lara Resende, Otto 131, 198-9, 236

Lautréamont, conde de 186, 188
Le Corbusier 98, 105-6
Leal, Simeão 198
Leão, Nara 20, 103
Leblon (bairro) 88
Léger, Fernand 84
Lei Afonso Arinos 83
Lei da Biodiversidade 111
Lei de Responsabilidade Fiscal 80, 109, 194
Leiteria Mineira (RJ) 156
Leme (bairro) 86, 180, 207
Lênin, Vladimir 115-7, 150 , 241
Leningrado 51
Ler (editora) 47
Liberdade, liberdade (peça teatral) 20-1
Lisboa 192
Lispector, Clarice 72, 78-9, 86-7, 164, 176
Lissitzky, El 149
livro-poema 57, 152, 217
Lobo, Edu 156
Lobo, Luiz 119
Lopes, Tim (Arcanjo Antonino Lopes do Nascimento) 77, 121
López Rega, José 118
Lorca, Federico García 21, 93
Luís Pereira de Sousa, Washington 62
Lula (Luiz Inácio Lula da Silva) 26, 32-6, 80-1, 109-11, 136, 143-4, 183, 194-5, 204-5, 211, 222, 234-5, 266-8
Luso Brasileiro Futebol Clube 62
lustre, O (Lispector) 86
luta corporal, A (Gullar) 91, 197, 200, 216
Luther King Jr., Martin 127

M

Machado de Assis, Joaquim Maria 114, 199, 209
Madri 80, 92-3, 115, 118, 124, 187
Maduro, Nicolás 241
Magalhães, Rafael de Almeida 21
Magritte, René 264
Malevich, Kazimir 149-50
Mallarmé, Stéphane 31, 43
Maluf, Paulo 110
MAM-RJ (Museu de Arte Moderna do Rio de Janeiro) 151
MAM-SP (Museu de Arte Moderna de São Paulo) 68, 152
Manchete 119, 198, 225, 236
Mangueira (escola de samba) 168, 214
Manifesto comunista (Marx e Engels) 126
Manifesto Neoconcreto 141
Manual de zoología fantastica (Borges) 11
Marighella, Carlos 273
Martín de Porras, san 110
Marx, Karl 49, 89, 126, 131, 149, 174, 212-3, 227, 250
marxismo 74, 174, 218, 238
Matisse, Henri 276
Mavignier, Almir 69, 90, 192
McCain III, John Sidney 127
MDB (Movimento Democrático Brasileiro) 32
MEC (Ministério da Educação e Cultura) 90
Melo Neto, João Cabral de 97-100, 178-9
"Memória" (Carlos Drummond) 161
Mendes Campos, Paulo 199, 236
Mendes, Murilo 99, 108
mensalão 35-6, 66, 80-1, 96, 204, 234-5
Merleau-Ponty, Maurice 142
Milão 106, 117-8, 149
Moholy-Nagy, László 150
Mona Lisa (Da Vinci) 85
Montevidéu 231
Moraes Neto, Prudente de 119
Moraes, Marcílio 24
Moraes, Vinicius de 161, 252
Morales, Evo 241

Morandi, Giorgio 276
morta, A (Oswald de Andrade) 197
"Morte e vida Severina" (João Cabral de Melo Neto) 98
Moscou 30-1, 51-2, 74, 104, 115, 123-4, 149, 219, 227, 238, 247
Mourão Filho, Olímpio (general) 262
Mubarak, Hosni 190
Mujica, José 230-1
Muniz, Lauro César 24
Museu da Língua Portuguesa (SP) 87
Museu de Arte de São Paulo (MASP) 168
Museu Nacional de Belas-Artes (RJ) 188
Museu Reina Sofía (Madri) 187

N

Nacional (rádio) 107, 119
Nadeau, Maurice 147
narcotráfico 76-7, 172-3, 180-1
Negrão de Lima, Francisco 130
neoconcretismo 47, 72, 141-2, 151-2, 167, 220-1
Nerguy, Claude 186
Neva (rio) 52
Neves, João das 45-6, 104
Neves, Tancredo 164
Niemeyer, Oscar 105-6, 164
Nogueira, Armando 63, 198, 236
Noite, A 119
noite estrelada, A (Van Gogh) 277
noivas de Copacabana, As (minissérie) 24
Nouvelle Revue Française 189
Nova York 55, 77, 84, 125, 152, 218, 229, 246

O

O'Higgins, Bernardo 74
Obama, Barack 127-8
Obrigado, doutor (minissérie) 23
Odebrecht (construtora) 205
Odeon (cinema) 188

Oiticica, Hélio 71, 142, 150-2, 221
Oliveira Bastos, Evandro de 147, 160, 188, 192, 196, 198, 237
Oliveira, Carlinhos
  ver Oliveira, José Carlos
Oliveira, Denoy de 104
Oliveira, José Aparecido de 167
Oliveira, José Carlos (Carlinhos Oliveira) 73, 188, 192, 198, 237
Operação Bandeirante (Oban) 32
Opinião (grupo e teatro) 20, 23, 45, 129, 142, 237, 252
Opinião (show e disco) 20-1, 103
Orígenes de Alexandria 12

P

PAC (Programa de Aceleração do Crescimento) 109, 136
Palácio da Alvorada (DF) 105-6
Palácio do Catete 62, 147-8
Palácio Guanabara (RJ) 130, 164
Palácio Gustavo Capanema (RJ) 105, 161, 164
Palatnik, Abraão 90
Palmeira, Sinval 130
Pamplona, Fernando 214-5
Paris 84-5, 149, 153-4, 165, 246
Parlamento da Catalunha 178
Parreira, Carlos Alberto 268
Partido Comunista da China 126, 239
Pasadena (refinaria, EUA) 266-7
Pasquim, O 110
Passarinho, Jarbas 145
Passeata dos Cem Mil 130, 164, 191
Patria y Libertad (organização política, Chile) 74
Pau-Brasil (Oswald de Andrade) 196
Pavão-Pavãozinho (morro) 180-1
PCB (Partido Comunista Brasileiro) 32, 129, 148, 165, 227, 263
PCC (Primeiro Comando da Capital) 60-1

PCUS (Partido Comunista da União Soviética) 123
Pedro de Andrade, Joaquim 164
Pedrosa, Mário 15, 68, 72, 90, 147, 165, 192, 196, 264
Pelé (Edson Arantes do Nascimento) 116, 209
Pereira Carneiro, condessa 72, 120
Pereira, Ribamar 226
Perón, Evita 117-8, 210-1
Perón, Isabelita 118, 210-1
Perón, Juan Domingo 117-8, 210-1
Peru 110, 124
Pessoa, Fernando 29, 44
Petrobras 266-7
Piao, Lin 120
Picasso, Pablo 49, 71, 178, 228-9, 264, 276-7
Pichin Plá (Iris Dora Plá) 21, 45-6
Pignatari, Décio 197
Pinochet, Augusto 74-5
Pinoncelli, Pierre 85
Pitnick, Scott 55
Pixinguinha (Alfredo da Rocha Vianna Filho) 209
PL (Partido Liberal) 33
Plano Real 109, 194
Platão 12
PMDB (Partido do Movimento Democrático Brasileiro) 204
"Poema enterrado" (Gullar) 142, 151-2
"Poema sujo" (Gullar) 155, 252, 256-7
poema-enterrado 217, 221
Pompeu de Sousa (Roberto Pompeu de Sousa Brasil) 119
Pontes, Paulo 23, 45, 104
populismo 81, 110, 117, 143, 195, 211, 230, 240, 267
Porto Alegre 263, 275
Power, Tyrone 178
Praça Tahrir (Cairo) 190
Praça Vermelha (Moscou) 52, 116

Prestes, Luís Carlos 124
Proceedings of the Royal Society: Biological Science (revista) 55
Procuradoria-Geral da República (BR) 111
Proer (Programa de Estímulo à Reestruturação do Sistema Financeiro Nacional) 194-5
Programa César de Alencar (rádio) 119
Proust, Marcel 170-1
PSDB (Partido da Social Democracia Brasileira) 195
PT (Partido dos Trabalhadores) 32-8, 80-1, 109, 194-5, 204-5, 234-5, 267
PTB (Partido Trabalhista Brasileiro) 204

Q

Quadrado branco sobre fundo branco (Malevich) 150
Quadrado negro (Malevich) 149-50
Quadrado negro sobre fundo branco (Malevich) 150
Quadros, Jânio 145, 167-9
Quem ama não mata (minissérie) 23

R

racismo 26, 82-3, 127
Rafael (Sanzio) 177
Rangel, Flávio 21
Ratos e urubus, larguem minha fantasia (enredo carnavalesco) 215
ready-made 84-5, 202-3, 228-9
rei da vela, O (Oswald de Andrade) 197
Rembrandt 71
Repórter Esso (programa de TV) 148
Restinga Seca (RS) 274
Revista do IAPC 147, 186, 188-9
Revolução Cubana 218, 238
Revolução Soviética (1917) 115-6, 126, 131, 149
Ribeiro, Darcy 165
Rimbaud, Arthur 97

Rio de Janeiro 14, 32, 45, 51, 62-3, 68-9, 72-3, 76-7, 88, 90-2, 101, 124-5, 130, 141, 144, 146, 149, 156, 164-5, 167, 169, 175, 180-1, 186, 192, 197, 202-3, 214, 220, 237, 246-7, 252-3, 262, 274-5
Rocha, Glauber 86, 165
Rodchenko, Aleksandr 149
Rodrigues, Arlindo 214
Rodrigues, Nelson 65
Rolling Stones, The 126
Roma 115, 123
Ronaldo Fenômeno (Ronaldo Luís Nazário de Lima) 64-5, 114
ronda noturna, A (Rembrandt) 71
Rosa, Noel 209
Roth, Philip 57
Rousseff, Dilma 135-6, 182, 195, 204, 211, 219, 222-3, 231, 235, 266-7
Rússia 116, 126, 149, 212

S

Sabino, Fernando 236-7
Salgado, Zélia 86
Salgueiro (escola de samba) 214-5
Salgueiro (morro) 181, 214-5
Sánchez, Yoani 218
Sangue e areia (Rouben Mamoulian) 178
Santa Marta (morro) 180
Santiago do Chile 74, 92, 115, 118, 123-4, 227, 238
Santo Agostinho 111-2
Santos Neto, Nicolau dos 27
São Luís de Gonzaga (colégio, MA) 41
São Luís do Maranhão (MA) 17, 30, 43, 51, 62-3, 86, 90-1, 107, 125, 155, 178, 215-6, 226, 256, 274
São Paulo (SP) 58, 60-1, 72, 87, 92, 141, 149, 154, 197, 220, 235, 246, 262
São Paulo Futebol Clube 62-3
São Petersburgo 51, 149
Sartre, Jean-Paul 48, 97
Schwitters, Kurt 176
Scolari, Luiz Felipe 268-9

Secretaria Especial de Direitos Humanos 26-7
Segunda Guerra Mundial 213
Senado Federal 110, 167, 194, 223
Senhor (revista) 73
Serpa, Ivan 264
Sesc Ipiranga (SP) 20, 22
Seuphor, Michel 150
Shakespeare, William 21, 49, 97
Sheremetievo (aeroporto) 115
Sibéria 52, 213
Silveira, Ênio 156
Silveira, José 73
Silveira, Nise da 14-5, 68-9, 192, 202
Silvinho (Silvio Pereira) 37
Sinal de alerta (telenovela) 23
SNI (Serviço Nacional de Informações) 24
Soares, Delúbio 234
socialismo 32, 115-6, 126, 131-2, 185, 205, 212-3, 219, 238-9, 248
Sócrates 21, 49
Sol, O (jornal) 73
Sousa Dantas, Raimundo 167
Spaghettilândia (restaurante) 197, 200-1
Stálin, Josef 116, 150
STF (Supremo Tribunal Federal) 111, 122, 234-5
STM (Superior Tribunal Militar) 273
"Suplemento Dominical" (*Jornal do Brasil*) 47, 72-3, 86, 151-2
Suplicy, Eduardo 36-8

T

Taça Libertadores 114
Tarso Santos, Paulo de 167
Tatlin, Vladimir 149-50
tauromaquia 178-9
Teatro Casa Grande 32, 164
Teatro de Arena (SP) 20, 104, 168
Teatro Gláucio Gill 130

Teatro Nacional de Brasília 167
Teixeira, Francisco (brigadeiro) 262
Teixeira, Lucy 90, 187
Tenório Júnior, Francisco 252-3
Teoria do Não-Objeto 11, 142
terapia ocupacional artística 14, 202
Terceira Zona Aérea (RJ) 262
Terceiro Exército (RS) 145, 263
Teresina 155
Territórios da Cidadania 109
Theatro Municipal do Rio de Janeiro 188
Ticiano 177
Timbira (rádio) 155, 226, 272
Tinhorão, José Ramos 119
Tiradentes 65
Tiro ao pombo (Mestre Bernardo) 101
Topolansky, Lucía 231
trenzinho do caipira, O (Villa-Lobos) 155-6
Tribuna da Imprensa 21, 147
Trinta, Joãosinho 214-5
Tse-tung, Mao 120, 241
Tzara, Tristan 176

U
Ucrânia 132
"Último Número, O" (Augusto dos Anjos) 43
UNE (União Nacional dos Estudantes) 103-4, 129, 142, 262-3
União Soviética 52, 115, 124, 126, 213, 218-9, 227, 238
Unidades de Polícia Pacificadora (UPP) 180
United Press 120
Universidade de Syracuse (NY) 55
"Ursonate" (Schwitters) 176

V
Vale, João do 20, 103
van der Rohe, Mies 106
van Gogh, Vincent 277

Vargas, Getúlio 147-8, 191, 210, 235
Vasco da Gama (time de futebol) 62, 155
Vázquez, Tabaré 230-1
Veja 199
Veloso, Caetano 45
Veneza 102
Venezuela 240-1, 267
Vênus de Milo 228
Vermelhinho (bar) 29, 90, 188-9, 192-3
Viana, Roberto 115
Vianna Filho, Oduvaldo (Vianinha) 20-1, 23, 45-6, 103-4, 227
Victorio, Décio 42, 160, 188
Vila Militar (RJ) 47
Villa-Lobos, Heitor 155-7
Virada russa (exposição) 149
Vitória (cinema) 188
Voltaire 21

W
Walesa, Lech 33
Washington, D.C. 218
Weffort, Francisco 32
Weissmann, Franz 221
Werneck Sodré, Nelson 262

Z
Zé Keti (José Flores de Jesus) 20, 103-4
Zeppelin (restaurante) 152
Zicartola (restaurante) 20, 104

Este livro foi composto na fonte Albertina
e impresso em janeiro de 2016 pela Corprint,
sobre papel pólen soft 80 g/m².